U0030680

MEPHISTO

Roman einer Karriere

梅菲斯特

一個追求飛黃騰達的故事

克勞斯・曼 Klaus Mann——著　姬健梅——譯

導讀
似虛如實之間的「梅菲斯特」

張守慧
文藻外語大學德國語文系教授

《梅菲斯特：一個追求飛黃騰達的故事》是二十世紀德國流亡文學的重要作品之一。這部小說出版於作者克勞斯・曼（Klaus Mann, 1906-1949）一九三六年流亡期間，他是諾貝爾文學獎得主著名作家湯瑪斯・曼（Thomas Mann, 1875-1955）的長子。這部作品主要關注的是藝術與權力之間虛與實錯綜複雜的關係。

克勞斯・曼出生於一個圍繞著作家、知識份子和藝術家的家庭，成長過程中見證了兩次大戰的歐洲，對於當時的社會轉變和道德價值觀的淪喪體認特別深刻。隨著納粹政權的崛起，他透過小說的創作，生動地呈現了尋常百性之間的互動、日常生活悄然的變化，以及揭露一個發生在德國，卻也有可能發生在不同的國家、時代和背景裡不斷出現的普世議題。他的小說，更進一步帶我們深入瞭解一九三〇年代歐洲政治、經濟與社會的動盪，尤其是當時德國詭譎多變的人文樣貌。

二十世紀六〇年代和七〇年代的文學批評者在評論《梅菲斯特》時，通常聚焦於克勞斯．曼在小說中，以他的姊夫古斯塔法．格林根斯（Gustaf Gründgens, 1899-1963）作為主角的原型這個議題，尤其是後來《巴黎日報》（一九三六）在宣傳中，特別將這部作品視為「影射小說」，因而引發熱烈的討論以及近半個世紀的爭議。所幸，近年來的評論家則回歸文學作品本身的探討，著重於深究這部小說反省國家社會主義以及納粹政權之內涵。

小說中的主角亨德里克．何夫根（Hendrik Höfgen）在摘下「梅菲斯特」的白色面具之後，真實的格林根斯之身影即若隱若現。格林根斯曾經是克勞斯．曼的摯友，並與年長一歲的大姊有過短暫的婚姻；當克勞斯．曼流亡各國時，他的好友格林根斯卻晉升為柏林的普魯士國家劇院的總監。納粹德國黨政軍領袖赫爾曼．戈林（Hermann Göring, 1893-1946）以及宣傳部長約瑟夫．戈培爾（Joseph Goebbels, 1897-1945）都非常欣賞這位藝術家的表演才華；但據說格林根斯也曾經協助過受難的猶太人，並從蓋世太保（納粹德國時期的祕密警察）的死亡集中營救出共產黨員。

就是這些迂迴曲折、隱藏暗喻的矛盾情節／結以及真實生活及虛構層面的堆疊，使得小說中的這位主人翁如此的吸引讀者，在作品中如此，在歷史現實上也不遑多讓。《梅菲斯特》原本一九三六年要由阿姆斯特丹 Querido 出版社問世，也計劃於一九五六年在東柏林的 Aufbau-Verlag 出版。但礙於格林根斯當時仍活躍於藝文界，一九六三年去世之後他的繼承人始終認為，先人的個人權利受到了侵犯。因此，這部小說直到一九八一年才獲得法院判決允許在西德發行。

時至今日，《梅菲斯特》仍經常被視為是一部「影射小說」。這意味著讀者所感受到的是在作品中，關於當代人物和社會狀況，對於現實的指涉似乎是意有所指，從人物的構思而言，小說中的角色，在身分、經歷、性格、作為上，除了與大家所熟悉的特定公眾人物非常類似，作者幾乎都是對這位被影射的對象抱持著譏嘲、不滿、怨恨的態度，或許因為這個人當時還是權高位重，作者不得已藉由小說虛構之手法間接批評，編造成一個遊移於似虛如實之間的小說故事。針對此，克勞斯．曼在自傳《轉捩點》（*Wendepunkt*, 1952）中，雖然不加掩飾何夫根是以他姊夫格林根斯為創作原型這項事實。但是他一再強調的卻是：「我雖然選擇了格林根斯，並非因為我認為他特別壞（他甚至可能比第三帝國的其他一些政要好些），而只是因為我恰巧特別瞭解他。也正是考慮到我們先前熟識的程度，他的轉變，他的叛離，對我而言似乎是虛幻的，新奇的，不可思議的，這些元素都足以構成我撰寫這部小說的動機。」

小說的創作裡，人物通常是經過了文學手法的處理。因此，它的虛構性應該是後人在詮釋這部小說時的重點，也正是這種虛構性，更能夠將文學文本與非虛構類的文章或其他體裁的文類區分開來，進而提升文學到藝術的層次與境界。不論小說中的每一個角色背後是否暗藏著一位作者想要在書中描繪的歷史人物，但是閱讀這部小說之時更應該進一步審視、探索與深思反省的是一個時代的圖像。

就如同克勞斯．曼所反覆強調的，他關注的從來都不是個別案例，而是「附和的追隨者」（Mitläufer）之人物類型，例如第三帝國納粹政權的追隨者，而小說中的主角何夫根就是當年支持納粹政權的人群之化身；他事業上飛黃騰達的過程以及出於野心和虛榮心與魔鬼達成的協定，形構了一個這類型機會主義者的心理圖譜。

就表演藝術而言，以往劇作家萊辛、席勒或布雷希特的戲劇理念與演出的目的都是為了尋找真理和提升觀眾的批判意識，進而宣揚道德教育和改革社會制度，淨化人性。相較之下納粹政權的戲劇理念及表演意圖，與前人的理想真的相距甚遠。針對此，小說《梅菲斯特》的場景「劇院」在當時不僅是為了提供權貴娛樂的場所，也同是具有分散人民注意力的作用，這個功能在納粹主義政權中發揮了很大的效果，因為戲劇的演出變成了轉移人們對於國家所面臨的實際問題注意力的工具，統治者藉此逐步操控引導民眾的想法，積極傳播政策文宣，在戲劇「夢想世界」的催化下，使得兩方的心態能夠合而為一。克勞斯．曼在小說中試圖透過主角何夫根，一方面暗諷納粹主義者的戲劇理念，另一方面則展現他們的同路人膚淺的娛樂風格。何夫根身為國家劇院總監，坐擁第三帝國娛樂產業的首席位子，但卻是欺騙人民的首腦，誠如書中何夫根為自己在第三帝國政府裡扮演的角色所下的結語：「我根本就是不可或缺！」「劇院需要我，而每個政權都需要劇院！任何一個政權都不能少了我！」他非常明白，自己只是一個服膺於強權的操縱者。何夫根把道德感和羞恥心賣給了納粹政權，在國家制度的保護下，他成為游移於真假之間的叛徒，並且如願的追求到了飛黃騰達的事業。名義上的「梅菲斯特」成為伴隨著他的幽靈，暢遊亂世。克勞斯．曼筆下的何夫根不僅是一個野心勃勃的貪婪者，而且充滿著矛盾的性格。他從與當權者的交往中獲取利益，卻也暗自鄙視納粹主義者對於藝術概念的無知。他是一個見風轉舵、汲汲營營的偽君子，最終擔任了國家劇院的總監，甚至於成為總理的密友，箇中之道就在於他的偽裝：他總是撒謊，然而他又從不說謊。他的虛假就在於他的真實；使人搞不清楚「在這個人身上何處是假的，什麼地方又是真的呢？」

《梅菲斯特：一個追求飛黃騰達的故事》是部描述一位藝術家在第三帝國飛黃騰達的小說，寓意深遠，克勞斯．曼以隱喻幽默的筆觸，經由暗諷的方式批評時政。誠如小說結尾作者的註腳：「此書中的人物全都是類型，而非肖像。」他以現實生活中的人物做為原型來創作，無意藉由作品中的虛構人物來「影射」現實生活中的真實人物，不是針對個人，更不是個人的「肖像」，而是一個人物典型。

這本針砭時弊的小說描寫的並不是某一位具體人物，而是意圖塑造一個類型。作者利用這部小說，塑造一個類型，投射出蘊釀這樣一個類型人物的時代環境，進一步揭露納粹政府掌權的手段。如同當年作家赫爾曼．凱斯滕（Hermann Kesten, 1900-1996）所強調：《梅菲斯特》是「描寫了一個附和的追隨者之類型，他是千千萬萬的小幫凶之一。這群人是法西斯主義納粹政權得以崛起的社會基礎」。這麼一部小說，完成之後屢遭挫折，直至一九八一年才得以合法出版。

實至今日，這部作品雖已不斷改編為戲劇，也轉譯成多國文字，但回首作品問世的來時路，這麼一段曲折驚險的「飛黃騰達」的歷程，對於二十世紀乃至於當代的文學、政治及社會各方面的影響彌足珍貴。

獻給演員
特瑞絲・吉塞 Therese Giehse

我原諒演員身為人的一切缺點，
不原諒人身為演員的任何缺點。
——歌德《威廉·邁斯特的學徒年代》

序幕 一九三六年

「在德國西部的一個工業重鎮，最近據說有八百多名勞工被判刑，全都判處多年徒刑，而且是在同一場審判中。」

「據我所知只有五百名，另外一百多名根本沒等到判決，就被暗中處決了，由於他們的政治信念。」

「工資真的這麼差嗎？」

「差得要命。而且還愈來愈低，同時物價卻在上漲。」

「今晚歌劇院的布置據說花了六萬馬克，另外至少還有四萬馬克的其他開銷，這還沒把歌劇院為了準備這場舞會而有五天不能開放所造成的門票損失算進去。」

「挺不賴的一場小型生日派對。」

「不得不來湊熱鬧真是令人作嘔。」

這兩名外國的年輕外交官向一位身穿軍禮服的軍官鞠了個躬，臉上掛著無比親切的笑容，對方狐疑地從單眼鏡片後面看了他們一眼。

「高級將領全都來了。」他們確定了身穿軍禮服的那人已經走到聽不見他們說話的距離之外，才又開始交談。

「而他們全都熱愛和平。」另一個人挖苦地加了一句。

「還會熱愛多久呢？」先開口說話的那人問道，他露出愉快的微笑，和日本大使館的一位矮小女士打招呼，她挽著一名高大的海軍軍官走進來，顯得嬌小玲瓏。

「我們必須準備好面對一切情況。」

一位外交部官員加入了這兩名年輕的使館隨員，這兩人隨即轉移了話題，稱讚起布置得富麗堂皇的大廳。「是啊，總理先生喜歡這些東西，」外交部官員有點尷尬地說。「可是所有的東西都非常有品味。」那兩名年輕外交官向他保證，幾乎是異口同聲。「當然，」外交部官員不自在地說。「除了在柏林，如今在其他地方都看不到這種盛會了。」那兩個外國人當中的一個又加了這一句。外交部官員遲疑了一秒鐘，才決定露出禮貌的微笑。

談話出現了空檔。這三位男士環顧四周，聆聽這場派對的熱鬧喧嘩。「真是盛大啊，」最後那兩個年輕人當中的一個小聲地說，這一次絲毫沒有挖苦之意，而是真的被周圍這番奢華的排場給震懾了，簡直是被嚇到了。空氣中瀰漫著燈光和香氛，閃爍得令他目眩。他眨著眼睛，帶著敬畏，也帶著猜疑，看進那片閃動的光華。「我身在何處？」這個年輕人心想，他來自一個北歐國家，「我置身之處毫無疑問是布置得十分奢華，但是也有點恐怖。這些衣冠楚楚的人表現出的歡樂不太可信。他們的動作像木偶一樣生硬，而且怪異地抽搐著。有種東西潛伏在他們眼中，他們的眼神不善，眼中有太多的恐懼和殘忍。我家鄉的人有著不同的眼神，他們的眼神比較和善，也比較自在。在我北方家鄉的人笑的方式也不同。這裡的笑聲帶著一絲譏嘲，也帶著一絲絕望，帶著一點放肆和挑釁，而又帶著一點無望、一點令人戰慄的悲傷。感覺怡然自得的人是不會這樣笑的。過著正派、理性生活的男男女女是不會這樣笑的……」

這場慶祝總理四十三歲生日的大型舞會占用了歌劇院的各個空間。盛裝打扮的人群在寬敞的門廳裡、在過道和迴廊上走動。包廂裡響起香檳酒塞彈出的聲音，包廂欄杆上披著華麗的裝飾布幔，人群在一樓的觀眾席上跳舞，一排排的座椅都被移開了。管弦樂團在清空的舞台上就位，樂團的編制很大，像是要演奏一首交響樂，至少是理查．史特勞斯的作品，但只以突兀的混亂演奏著軍隊進行曲和爵士樂。爵士樂雖然由於黑人風格有違善良風俗而在帝國裡受到蔑視，但這位高官卻又不願意自己的慶生會上少了這種音樂。

但凡在這個國家有點份量的人物都齊聚在此，一個都不少，除了獨裁者本人，他因為喉嚨痛和神經衰弱而婉拒參加，另外還有幾個粗鄙的黨內名人也沒有受邀。另一方面卻看得見好幾位皇室和王室的王子、許多公侯和幾乎全員到齊的上層貴族、軍中的所有將領、許多金融鉅子和重工業家、外交使節團的各級成員，大多來自比較小或是距離比較遠的國家，還有幾位部長、幾位知名演員（壽星對戲劇的喜好乃是人盡皆知）、甚至還有一位詩人，他儀表堂堂，還和那位獨裁者有著私交。寄出的邀請卡有兩千多張，其中大約一千張是貴賓卡，持有人可以免費享受這場盛會；其餘那一千張邀請卡的收件者則必須每人支付五十馬克：這樣一來，這筆龐大的開銷就又回收了一部分，剩下的部分就仍由納稅人來負擔，那些不屬於總理社交圈、因此絕對不屬於新德國社會菁英階層的納稅人。

「這場慶祝會真是太棒了！」一個體型胖大的婦人對著一位南美外交官夫人大聲說，這個婦人的丈夫是萊茵地區的一個武器製造商。「啊，我玩得太開心了！我的心情真好，真希望全德國、全世界的人都有這麼好的心情！」

那位南美外交官夫人聽不太懂德語，正感到無聊，不甚開心地笑了笑。

快活的武器製造商夫人對這種缺乏熱情的態度感到失望，於是決定在會場繼續逛逛。「失陪了，親愛的！」她優雅地說，挽起她閃亮的裙裾。「我得去和來自科隆的一位老朋友打聲招呼，她是我們國家劇院總監的母親，您想必知道，就是偉大的亨德里克．何夫根。」

這時這位來自南美洲的女士首次開口發問：「亨里克．侯夫根是誰？」這使得那位武器製造商夫人輕喊一聲：「什麼？您不曉得我們的何夫根嗎？親愛的，是何夫根，不是侯夫根！而且是亨德里克，不是亨里克，他非常在乎中間那個『德』字喔！」

說著她就已經急忙向那位尊貴的老夫人走去，對方挽著那位詩人兼元首友人的手臂，踩著莊重的步伐穿過大廳。「親愛的貝拉夫人！好久不見！您都好嗎？您偶爾會想念我們的科隆嗎？

可是您在這裡的地位這麼顯赫！令嬡約西小姐也好嗎？那個可愛的孩子！最重要的是：您的長公子亨德里克好嗎？天啊，他可真成了個大人物！幾乎就跟一位部長一樣重要！是啊，親愛的貝拉夫人，我們在科隆都很想念您和您的一對出色子女！」

事實上，貝拉．何夫根太太還住在科隆、而她兒子尚未飛黃騰達的時候，這個百萬富婆從來沒有在乎過她。這兩位女士只略微相識，貝拉女士從未受邀去過這位武器製造商的豪宅。但此刻這個生性快活而情感豐富的富婆根本不想鬆開這位老夫人的手，因為她的成年兒子和總理私交甚篤。

貝拉女士露出慈祥的笑容。她的穿著簡單大方，但不乏一絲莊重的嬌媚，在那襲光滑的絲質黑色晚禮服上別著一朵亮眼的白色蘭花。灰白的頭髮梳成簡單的髮型，和她那張還保持得相當年輕、仔細修飾過的臉形成強烈的對比。她睜大了藍綠色的眼睛，以一種矜持的友善看著這位喋喋不休的女士，這個富婆戴著耀眼的項鍊、長長的耳墜，穿著來自巴黎的晚禮服，這一身的光鮮亮麗都要歸功於德國正在積極備戰。

「我沒得抱怨的，我們都過得很好，」何夫根夫人謙遜而又自豪地說，「約西和年輕的唐納斯貝格伯爵訂婚了。亨德里克有點勞累過度，他忙得不可開交。」

「我想也是。」這位實業家夫人一臉敬意。

「讓我向您介紹我們的朋友凱薩．馮．穆克先生，」貝拉女士說。

這位詩人微微欠身，握了握這個富婆珠光寶氣的手，她立刻又喋喋不休起來。「真是幸會，我真高興，我看過您的照片，馬上就認出您了。我在科隆欣賞過您那齣舞台劇《坦能堡》[1]，演得相當不錯，跟柏林人見慣了的精彩表演當然沒法比，但的確有模有樣，毫無疑問十分值得稱讚。而您，國務顧問先生，您不是才剛剛做了一趟很棒的旅行嗎？大家都在談論您的遊記，這幾天我就會去買來拜讀。」

「我在國外看見了很多美好的事物，也看見了很多醜陋的事物，」詩人簡單地說。「不過，我旅行各國並非只是去觀賞、遊樂，而更是去發揮影響力、去教導，依我之見，我在國外成功地替我們的新德國贏得了新朋友。」許多文藝副刊都曾讚美過他那雙清澈得熾熱逼人的鋼青色眼睛，此時他用這雙眼睛打量這個來自萊茵地區的婦人身上貴重的珠寶，心想：「等我下次要去科隆演講或是參加戲劇首演的時候，就可以借住她的豪宅，」一邊繼續說：「有多少謊言、多少對我們國家的惡意誤解在外界流傳，這是我們這些心思正直的人無法理解的。」

他的相貌讓每個記者都不得不用「宛如雕刻出來的」來形容：額頭布滿皺紋，金色眉毛底下一雙鋼藍色的眼睛，噘起的嘴巴說話時帶著一點薩克森地區的口音。這位武器製造商夫人對他深深折服，由於他的外表，也由於他高尚的談吐。「啊，」她如癡如醉地看著他，「哪天您若是到科隆來，一定要來拜訪我們！」

國務顧問凱薩．馮．穆克，作家協會的主席，那齣各地都在演出的舞台劇《坦能堡》的作者，以騎士風度鞠了個躬：「那會是我的榮幸，夫人。」他說這話時甚至把手擱在胸口。

這位實業家夫人覺得他太棒了。「閣下，如果一整晚都能聽您說話會是多麼令人愉快呀！」她喊道，「您一定有過形形色色的豐富經歷！您不也曾經擔任過國家劇院的總監嗎？」

這句話問得太不得體，而且不僅是高貴的貝拉女士這麼覺得，《坦能堡》一劇的作者也這麼覺得。因此他就只說了一句「沒錯」，語氣中帶著一絲尖銳。

這個科隆富婆渾然不覺，反而還用完全不恰當的戲謔口吻繼續說：「那麼國務顧問先生您會不會有點嫉妒我們的亨德里克呢？您的接棒人？」這會兒她甚至還狀似威脅地伸手指著他。貝拉女士都不知道該往哪兒看。

但是凱薩．馮．穆克證明了他的世故和優越，而且到了近乎高尚的地步。他那有如木刻的臉上露出一抹微笑，只在一開始時略顯苦澀，後來就變得溫和、善良，乃至睿智。「我樂意把這個重擔，是的，由衷樂意把這個重擔交給我的朋友何夫根，他比其他任何人都更適合承擔。」他的聲音在顫抖，為自己的寬宏大量和美好性格深深感動。

貝拉女士，劇院總監的母親，露出了佩服的表情；而那個軍火大王的配偶被這位知名劇作

1 坦能堡（Tannenberg）是德軍和俄軍在一次大戰初期交戰之處，史稱「坦能堡戰役」，由於德軍大勝，這場戰役後來常被德國國家主義分子歌頌。

家高貴莊嚴的態度感動得差點要哭了。她勇敢地自我克制，嚥下了淚水，用一條小絲巾匆匆拭了拭眼睛，明顯地抖動了一下，把這肅穆的情緒從身上抖落。萊茵地區典型的活潑性格在她身上占了上風，她又顯得神采奕奕，興高采烈地說：「這真是一場盛會，不是嗎？」

這是一場盛會，這一點無庸置疑。看看那片閃亮，聞聞那股芳香，聽那些歡聲笑語！無法確定是那些珠寶還是那些勳章更為光彩奪目。枝形吊燈的炫麗光線流轉舞動，照在女士裸露的白皙背部和化了美麗妝容的臉上，照在肥胖男士肥厚的後頸、硬挺的胸襯或是筆挺的制服上，也照在端著冷飲走來走去的服務生冒汗的臉上。芳香四溢的是整個宴會場地中隨處擺放的美麗鮮花，還有德國女士身上搽的巴黎香水、工業鉅子所抽的雪茄、身穿納粹黨衛軍緊身制服的苗條青年所搽的髮油；發出香味的還有王子和公主、祕密警察頭子、文藝副刊主編、電影女明星、講授種族學或軍事學的大學教授，還有少數猶太裔銀行家，他們擁有巨大的財富和國際人脈，使他們甚至得以參加這場專屬於上流階層的活動。眾人散發出一陣陣的人工香氣，彷彿是為了避免另一股氣味浮現——鮮血略帶甜味的淡淡腥臭，主辦人雖然喜歡這種氣味，整個國家也充斥著這種氣味，但是在有外國使節在場的這種高雅場合，這股血腥味還是令人有點難為情。

「真是盛大，」國家防衛軍[2]的一位高階將領對另一位說，「那個胖子真是大手筆！」

「只要我們還容忍他這麼做，」對方說。他們擺出愉快的表情，因為有人正在替他們拍照。

「據說洛蒂會穿一件價值三千馬克的禮服，」一個電影女演員告訴正和她跳舞的霍亨索倫王子。洛蒂是那個擁有眾多頭銜的強人之妻，那位強人像個童話中的王子一樣讓眾人來慶祝他的四十三歲生日。洛蒂原本是小地方的女演員，公認是個心地善良、個性純樸、十分典型的德國女性。在他們結婚當天，那個童話中的王子下令處死了兩名勞工。

霍亨索倫王子說：「我們家族從來沒擺過這麼大的排場。對了，總理夫婦究竟何時入場呢？想來是要把我們的期望提高到極致吧！」

「小洛蒂懂得這一點，」曾和這位國母同台演出的女演員淡淡地說。

這是一場名符其實的盛會：所有在場之人似乎都盡情享受，不管是持貴賓卡入場的，還是那些必須支付五十馬克才得以參加的。

眾人跳舞、閒聊、調情，顧盼自得，也欣賞別人，尤其讚嘆有能力舉辦這種奢華活動的權勢。在包廂裡和長廊上，在誘人的餐檯旁，賓客熱烈交談。大家談論著女士的裝扮、男士的財產，也談論著慈善彩券的獎品：最貴重的獎品據說是一個鑲鑽的納粹十字黨徽，小巧玲瓏，而且價值不斐，可以當成胸針或項鍊墜飾來配戴。熟悉內情者表示也會有一些極其逗趣的安慰獎，例如仿製得維妙維肖的坦克車和機關槍，用呂北克特產的杏仁糖做成。

2「國家防衛軍」（Reichswehr）是德國威瑪共和時期和希特勒掌權之初（一九一九至一九三五年）的德國正規軍，之後由「德意志國防軍」（Wehrmacht）取代。

幾位女士打趣地說她們寧願得到用糖果做成的殺人武器，也不想要那個昂貴的納粹黨徽。眾人開懷大笑。大家壓低了聲音談論這場活動的政治背景。引人注意之處在於獨裁者婉拒出席，好幾個黨內名人沒有受邀，但卻看得見為數可觀的王公貴族。這個情況引發了一些黑暗而又耐人尋味的傳聞，在竊竊私語中被傳了開來。就連獨裁者的健康狀況也有人聲稱握有祕密消息，眾人低聲熱烈討論，不管是在外國新聞界代表和外交官的圈子裡，還是在國家防衛軍將領和重工業鉅子之間。

「似乎還是癌症，」英國新聞界的一位先生用手帕掩著嘴對一位巴黎同行說。但是他找錯對象了。皮耶．拉魯的模樣就像個十分虛弱而又奸詐的侏儒，但是他嚮往英雄主義，也嚮往新德國那些身穿軍裝的英俊小伙子。此外，他也不是記者，而是個富翁，專門撰寫八卦書籍，報導歐洲各國首都社交界、文學界、政治界的生活。他的人生目的在於結識名人。這個怪誕而惡名昭彰的小妖怪有一張尖尖的小臉，還有著宛如生病老婦在訴苦的尖厲嗓音，他鄙視自己祖國的民主，向每個願意聆聽的人宣稱他認為克里蒙梭[3]是個惡棍，白里安[4]是個白癡，但他認為蓋世太保的每個高官都是半個神，而德國新政權的高層則是一組完美的神祇。

「先生，您在散播什麼下流的無稽之談！」這個小矮子的目光惡毒得嚇人，他的嗓音就像落葉一樣沙沙作響。「元首的健康狀況好得很。他就只是有點感冒。」

這個矮小的怪物肯定是會去告密的那種人，英國記者緊張起來，試圖替自己辯解：「是一個義大利同行私底下這樣向我暗示的……」但是這個熱愛穿在飽滿身軀上的緊身制服的瘦小男子厲聲打斷了他：「夠了，先生！我不想再聽下去了！這些全都是不負責任的流言蜚語！——失陪了，」他又加了一句，語氣溫和了些，「我得去跟前保加利亞國王打聲招呼。黑森王妃和他在一起，我是在她父親位於羅馬的宮廷裡認識她的。」他匆匆離去，尖細蒼白的小手交疊在胸前，姿態和表情就像一個心懷鬼胎的修道院院長。那個英國人在他背後輕聲嘀咕：「可惡的勢利小人。」

大廳裡起了一陣騷動，聽得見一陣窸窸窣窣：宣傳部長駕到。大家沒有料到他今晚會來，人人都知道他和那個胖壽星之間關係緊張，而壽星本人為了在入場時製造這場盛會的高潮也遲遲尚未現身。

宣傳部長主宰著千百萬人民的精神生活，他靈活地跛行穿過那群光鮮亮麗、向他鞠躬的人。他走過之處似乎掀起一陣冰冷的風，彷彿有一個邪惡、危險、孤獨而又殘忍的神祇下到凡間，走進耽於享樂、懦弱可悲之凡人的喧囂擾攘。有幾秒鐘的時間，全場的人都嚇得呆住了。跳舞的人僵在優雅的舞姿當中，他們膽怯的目光既恭順又充滿憎恨，緊盯著這個眾人畏

3 克里蒙梭（Georges Clemenceau, 1841-1929），法國政治家，曾兩度擔任總理，在一次大戰結束後主張嚴懲德國。

4 白里安（Aristide Briand, 1862-1932），法國政治家，曾多次擔任法國總理，並獲頒一九二六年諾貝爾和平獎。

懼的侏儒。他則咧開既薄又利的嘴巴，把嘴角直咧到耳邊，試圖用迷人的微笑來減輕他造成的可怕效果。他努力散發魅力，釋出善意，並且讓他那雙深邃精明的眼睛露出和善的目光。他優雅地拖著那隻畸形足，敏捷地穿過宴會大廳，向這兩千名奴隸、幫兇、騙徒、受騙者和愚人展示他那狀似猛禽的虛偽側臉。他帶著狡詐的微笑，從三五成群的百萬富翁、各國使節、軍團司令和電影明星旁邊快步走過，最後停在身兼劇團總監、國務顧問和參議員的亨德里克．何夫根身旁。

這又是個轟動事件！何夫根總監是身兼空軍將領的總理公開提攜的寵兒，總理不顧宣傳部長的反對，硬是把何夫根任命為國家劇院的主管。經過一場漫長而激烈的鬥爭，宣傳部長被迫換下自己的愛將，詩人凱薩．馮．穆克，派他去國外旅行。此刻他卻藉由問候和交談來刻意向自己的死對頭一手提拔的屬下致意。莫非這個狡猾的宣傳部長是想藉此向國際菁英人士表明：在德國政權的領導人物之間並不存在意見分歧和陰謀，在他這個宣傳部長和身兼空軍將領的總理之間的妒意乃是被編造出來的醜陋故事？還是說亨德里克．何夫根——首都的話題人物——竟是如此聰明，竟然能夠和宣傳部長也維持著親密的關係，一如和身兼空軍將領的總理？難道是他挑起了這兩個當權者的對立，讓自己同時受到這兩大對手的保護？以他眾所周知的靈巧手腕，這也並非不可能……

這一切都太有趣了！皮耶．拉魯索性撇下了前保加利亞國王，小步快走穿越大廳，被好奇心所驅使，就像一根羽毛被風吹起，以便從近距離觀看這場轟動的會面。凱薩・馮・穆克狐疑地瞇起鋼藍色的眼睛，來自科隆的百萬富婆對這莊嚴的情景感到興奮雀躍，嬌聲輕呼，貝拉・何夫根老夫人，這個大人物的母親，則向周圍的人露出似乎帶著鼓勵的和藹笑容，彷彿想向他們表示：我的亨德里克是個大人物，而我是他的高貴母親。儘管如此，你們也無須屈膝下跪。我們母子也只是血肉之軀，儘管在其他方面優於眾人。

「親愛的何夫根，您好嗎？」宣傳部長露出迷人的微笑詢問這位劇場總監。

劇場總監也露出微笑，但是並沒有把嘴咧開直到耳朵，而是帶著一份幾乎顯得痛苦的高雅。「謝謝，部長先生！」他說話小聲，語調有點像在吟唱，而咬字極其清晰。部長仍舊沒有鬆開他的手。「請容我問候一下尊夫人身體可好，」劇場總監說，這下子他那個位高權重的談話對象終於不得不擺出一副嚴肅的表情。「她今天晚上身體略有不適。」說著他鬆開了這位參議員兼國務顧問的手。何夫根惋惜地說：「我深感遺憾。」

他當然知道，一如大廳裡的每個人都知道：宣傳部長夫人滿心嫉妒總理夫人，內心受到這份嫉妒的摧殘。由於獨裁者本身未婚，宣傳部長的結髮妻子曾經是帝國地位最崇高的女性，而她莊重得體地履行了上帝賦予她的這份職責，就連她的死敵也不能否認這一點。可是後來冒出了這個洛蒂・林登塔，一個平庸的女演員，而且也不年輕了，嫁給了那個喜歡排場的胖子。宣傳部長夫人的痛苦難以形容。有人搶走了她第一的位置！另一個女人擠到了前頭！一個喜劇女演員成了眾人崇拜的對象，彷彿她是路易絲王后[5]再世！每次有替洛蒂舉辦的活動，宣傳部長夫人就會氣到偏頭痛。今天晚上她也一直躺在床上。

「尊夫人若是來了，在這裡肯定也會很盡興。」何夫根始終一臉莊重，話語中聽不出一絲嘲諷。「只可惜元首必須婉拒出席，而英國大使和法國大使也有事無法參加。」

用這番輕聲說出的話，何夫根向心懷嫉妒的宣傳部長出賣了自己真正的朋友和恩人，亦即總理先生，他的一切榮耀都歸功於他，但是他也維持著和宣傳部長的關係，以防萬一。

這個機敏的跛子不無嘲弄之意地私下問道：「這裡的氣氛如何？」

國家劇院總監含蓄地說：「大家似乎滿開心的。」

這兩位顯貴低聲交談，因為他們周圍擠滿了好奇的人，好幾個攝影師也走了過來。那個軍火工廠老闆娘正在對皮耶・拉魯耳語，他正陶醉地在胸前搓著他那雙枯瘦蒼白的小手：「我們的劇院總監和宣傳部長不是出類拔萃的一對嗎？兩個人都這麼重要！兩個人都這麼出色！」她把她珠光寶氣的豐滿身軀湊近那個小矮子虛弱的身體。這個纖弱的高盧人熱愛日耳曼英雄主義、挺拔的年輕人、領導者的思想和高尚的貴族姓氏，但卻害怕近距離聞到這麼龐然的女性肉體。他試著稍微後退一點，同時細聲細氣地說：「太卓越了！非常迷人！無與倫比！」來自萊茵地區的那個富婆篤定地說：「我們的何夫根是個堂堂男子漢，我告訴您！他是個天才，不管是巴黎還是好萊塢都沒有像他這樣的人物！而且他是個標準的德國人，這麼正直、樸素而又誠實！他還是個小男孩時我就認識他了。」她伸出手來比出亨德里克當年有多小，而當時這個百萬富婆在科隆的慈善活動中對他母親一逕冷眼相待。「一個優秀的男孩！」她還說道，同時流露出嫵媚的眼神，使得拉魯倉皇逃離。

別人可能會認為亨德里克・何夫根大約五十歲，但他其實才三十九歲，以他所居的高位而言十分年輕。他蒼白的臉上戴著一副牛角眼鏡，呈現出石像一般的冷靜，特別神經質和虛榮的人在知道自己被眾人觀察的時候，就能強迫自己展現出這種冷靜。他光禿的腦袋形狀優美，浮腫的灰白面容上那道過度緊張、敏感而痛苦的線條很顯眼，從高高抬起的金色眉毛延伸到凹陷的太陽穴；此外還有形狀醒目的有力下巴，他驕傲地將下巴高高抬起，大膽而傲慢地凸顯出那道從耳朵到下巴的優美線條。他蒼白的大嘴上掛著一抹凍結的微笑，含意曖昧，既帶著嘲弄，也在博取同情。在那副眼鏡會反光的大鏡片後面，他的眼睛只偶爾可見，也只偶爾會起作用：這時別人就會不無驚恐地看出這雙眼睛儘管柔和，但卻冰冷，儘管憂傷，但卻十分殘忍。這雙灰綠色的閃亮眼睛讓人想起會帶來厄運的寶石，也讓人想起一條凶惡危險的魚貪婪的眼睛。所有的女士和大多數的男士都認為亨德里克・何夫根不僅地位重要、八面玲瓏，也是個英俊搶眼

5 路易絲王后（Königin Luise, 1776-1810）是普魯士國王腓特烈・威廉三世之妻，德皇威廉一世之母，以美麗親切著稱，在世時極受愛戴，死後也受到尊崇。

的男人。他站得很挺，那經過算計的刻意優雅使得他的姿勢幾乎顯得僵硬，再加上身上那套昂貴的燕尾服，使得別人看不出他顯然太胖了，尤其是在腰部和臀部。

「另外我要恭喜您演出的哈姆雷特，我親愛的朋友，」宣傳部長說，「一場精彩的表演。德國的舞台可以引以為榮。」

何夫根微微頷首，把漂亮的下巴稍微往下壓，使得他的脖子在雪白的高領上擠出了無數條皺紋。「演不好哈姆雷特的人就不配被稱為演員。」他的聲音流露出謙虛。部長才只表達了肯定：「您完全掌握了這齣悲劇，」這時大廳裡起了一陣騷動。

那位飛將軍和他的夫人，曾是女演員的洛蒂・林登塔，從中間那扇大門進場了：熱烈的掌聲和震耳欲聾的歡呼迎接著他們。這對顯赫的夫妻從夾道歡呼的人群中走出來。沒有哪個皇帝曾經有過這麼華麗的進場。熱烈的情緒似乎高漲：場中兩千名精挑細選出來的上流人士，每一個人都盡情放聲叫喊和鼓掌，藉此來向自己、向旁人和總理證明他是多麼熱情參與這位高官的四十三歲生日，整體而言也熱情參與納粹國家的事務。眾人高呼：「萬歲！」「平安！」「恭喜！」有人投擲鮮花，洛蒂夫人高貴而優雅地接下。樂隊奏起響亮的出場樂。宣傳部長的臉由於恨意而扭曲，可是沒有人注意到，也許除了亨德里克・何夫根之外。何夫根一動也不動地站著：他以挺直、優雅而僵硬的姿勢等候著他的貴人。

曾有人為了這個胖子今晚會穿哪種花俏的制服而打賭。而他以一套極其簡單的裝束令眾人大感意外，這是他在玩弄禁慾主義。他身上那件瓶綠色的雙排扣軍裝幾乎就像一件剪裁合身的居家外套，只有一枚小小的銀色徽章在前胸閃閃發亮。他的一雙腿在那條灰色長褲裡顯得格外粗壯，就像一對柱子扛著他緩緩移動，而他平常喜歡用長大衣遮住雙腿。他那有如怪物般龐然的高壯身材很容易讓人感到恐怖和敬畏，尤其不會讓人覺得他身上有何滑稽之處：想到在這個肥壯巨人的指示下已經流了多少鮮血，而為了替他增光不知道還要流多少鮮血，膽子再大的人也會笑不出來。在他粗短的脖子上那顆大頭就像被澆上了紅色汁液：宛如凱撒的頭顱被剝掉了頭皮。這張臉不再有一絲人性：那是一塊不成形的生肉。

總理挺著他的大肚腩，凸出的肚腹連接著挺起的胸膛，威風凜凜地穿過笑容滿面的人群。總理咧開嘴笑了。

他的妻子洛蒂沒有咧開嘴笑，而是向眾人微笑，全然就像路易絲王后。她貴重的禮服一直是眾女士的話題，這件禮服在華麗中不失大方：用閃亮的銀色布料剪裁而成，滑順地下垂，裙尾像皇室般拖著長長的裙襬。而她麥金色頭髮上的鑽石頭飾和胸前配戴的珍珠和綠寶石，不管在重量還是光芒上都勝過這群上流人士身上的一切。這個外地女演員配戴的碩大珠寶價值數百萬：這要感謝她丈夫的殷勤，也要感謝幾個家境優渥、受到寵信的屬下的忠誠，雖然總理在公開談話中經常抨擊共和政府的部長和市長浮華腐敗。洛蒂夫人懂得用知足的開朗來接受這種重量級的關注，這給她帶來了天真單純、有如慈母、值得尊敬的名聲。她被認為不自私自利，純潔得無可挑剔。她成了理想的德國女性。她有一雙又大又圓、略微凸出的牛眼，是水汪汪的藍色，還有美麗的金髮和雪白的胸脯。此外她也已經有點過胖，因為在總理官邸吃得又多又好。人們稱讚她偶爾會替出身上流社會的猶太人向她丈夫求情——但是猶太人還是被送進了集中營。她被稱為總理的善良天使；但是自從她向他提出建言，這個可怕的人並沒有變得比較寬大。她演出過最知名的一個角色是席勒劇作《陰謀與愛情》[6]中的米爾福夫人：一個當權者的情婦，當她得知為了這些寶石要付出什麼代價，她就再也受不了她耀眼的珠寶，也受不了待在那個王侯身邊。她最後一次在國家劇院登台時，飾演的是明娜．馮．巴恩赫姆[7]：這表示她在搬進這個飛將軍的豪宅之前，曾又一次朗誦出一個倘若活在此時此地就會受到她夫婿及其黨羽迫害的作家所寫的台詞。當權者討論集權國家的可怕祕密時她也在場，而她露出慈母般的微笑。早晨，當她戲謔地越過丈夫的肩頭偷瞄，她看見他面前那張文藝復興風格的書桌上擺著死刑判決，而他在判決書上簽了字；晚上，她會去觀賞歌劇首演，或是和那些有幸與她來往的親信共餐，在歌劇院和布置精美的餐桌旁展現她雪白的胸脯和梳成藝術髮型的金髮。她是無可批評、無懈可擊的，因為她一無所知，而且多愁善感。她認為自己被「人民的愛」所包圍，因為有兩千個虛榮、勢利、能被收買的人為了她而歡呼。她從這片金碧輝煌之中走過，並且分送微笑——她從不送出微笑以外的東西。她真心以為上帝很眷顧她，因為祂讓她得到這許多珠寶。她缺乏想像力，也缺少智慧，這保護了她，使她想不到未來和這個美好的現在也許不會有太多相似之處。當她這樣昂首前行，浸浴在燈光裡和眾人的讚賞中，她心中絲毫不懷疑這股魔力將會持續下去。她信心十足地認為這份光彩永遠不會從她身上剝落，那些被折磨的人永遠不會報復，黑暗永遠不會向她探出手來。

樂隊仍舊奏著出場樂，聲音很大，而且一絲不苟；致敬的呼喊也仍舊未歇。這時洛蒂和她的胖夫婿走到了宣傳部長和何夫根身旁。三位男士短暫地舉起手臂，馬虎地進行了問候儀式。然後何夫根露出嚴肅而衷心的微笑，俯身握住這位貴婦的手，在舞台上他曾經多次得以擁抱她。他們站在這裡，面對一群經過篩選的觀眾強烈的好奇心：這個國家裡四個有權有勢的人，四個握有權力的人，四個喜劇演員——宣傳部長、擅長判人死刑和駕駛轟炸機的專家、多愁善感的已婚婦人、蒼白的陰謀家。那群被挑選出來的觀眾看著那個胖子重重拍了拍劇院總監先生的肩膀，拍得啪啪作響，同時咕噥著笑問道：「怎麼樣，梅菲斯特，你好嗎？」

從審美的角度來看，這個情況對何夫根有利：站在那對體型龐大的夫妻旁邊，他顯得很苗條；而站在那個靈活但跛足的矮小宣傳部長旁邊，他顯得高䠷而儀表堂堂。而他那張臉雖然既

6《陰謀與愛情》（*Kabale und Liebe*）係德國文學家席勒的劇作，於一七八四年首演，敘述貴族青年費迪南與平民女孩路薏絲之間的愛情遭到宮廷陰謀破壞的悲劇故事。

7德國啟蒙時期重要作家萊辛（Gotthold Ephraim Lessing, 1729-1781）同名劇作《明娜・馮・巴恩赫姆》（*Minna von Barnhelm*）中的女主角。

蒼白又惹人厭，但是和他周圍那三張臉相比還是比較討喜：敏感的太陽穴和有力的下巴讓他的臉看起來畢竟是個曾經生活過、受過苦的人臉；至於他那個肉墩墩的貴人，那張臉是一副腫脹的面具；多愁善感的夫人的臉是張愚蠢的假面具，宣傳部長的臉則是張猙獰的鬼臉。

多愁善感的夫人對劇院總監懷著一份祕密的好感（但也不是太祕密），她深情款款地看著他說：「亨德里克，我都還沒告訴您，我認為您的哈姆雷特演得太好了。」他默默地捏了捏她的手，朝她走近一步，試圖用她與生俱來的那種真摯看著她。但這個嘗試注定要失敗：他那雙像魚一般的寶石眼睛流露不出這麼多溫柔的暖意。因此他擺出一副嚴肅、幾乎有點惱怒的官樣表情，低聲說道：「我得講幾句話。」然後他就提高了音量。

他的嗓音清亮，訓練有素，鏗鏘有力，直到大廳最遠的角落都能聽見，都能感受到其效果，當這個聲音高喊：「總理先生！各位殿下，各位閣下，各位女士和先生！我們很榮幸——是的，我們既榮幸又高興，今天得以在此與您，總理先生，和您美麗的夫人一起慶祝這個節日……」

他一開口，全場兩千名賓客的熱絡交談就頓時無聲。在全然的寂靜中，眾人恭順地一動也不動，聆聽這番慷慨激昂、充滿陳腔濫調的冗長賀詞，是這位劇院總監兼參議員和國務顧問獻給總理的。所有的目光都集中在亨德里克．何夫根身上。大家都佩服他。他屬於有權力的一方，分享著權力的光芒——只要這道光芒仍舊持續。在權力的代表人物當中，他是最文雅、最圓滑的。為了慶祝他主子的四十三歲生日，他的聲音發出了最令人驚嘆的歡快語調。他把下巴高高抬起，目光炯炯有神，簡潔而大膽的手勢劃出極其優美的線條。他小心翼翼地避免說出任何一句實話。那個被剝去頭皮的凱撒、那個宣傳部長、還有那個大眼睛的貴婦似乎都在監視著他，從他口中就只能吐出謊言，別無其他：一個祕密的約定這樣要求，在這個大廳裡如此，在整個國家也是如此。

當他的致詞接近尾聲，而他熟練地加快了速度，在大廳後端一個不起眼的位置上，一位模樣稚氣、漂亮嬌小的女士，一位知名電影導演之妻，悄聲向身旁的女子說道：

「等他講完，我得過去和他握個手。這不是很奇妙嗎？我從以前就認識他了。是啊，我們曾經在漢堡一起同台演出。那是多麼有趣的時光！在那之後這個人真的是飛黃騰達了！」

第1章 H. K.

在世界大戰的最後幾年和十一月革命[1]之後的頭幾年裡，文學劇場在德國蓬勃發展。在這段時間的經濟條件儘管艱困，劇場導演奧斯卡・克羅格仍過得如魚得水。他在法蘭克福經營一家小劇場：在那氣氛親密的狹小地下室裡聚集了該市的知識分子，尤其是一群活躍的年輕人，每當有魏德金或史特林堡的劇作重新搬上舞台，或是有凱澤、史登海姆、弗里茨・馮・翁魯、哈森克萊佛或是托勒爾的劇作首次演出[2]，受到時事刺激的這一群人樂於討論也樂於喝采。本身也寫散文隨筆和讚美詩的奧斯卡・克羅格認為劇場是個道德機構：舞台應該教育出新的一代，追求自由、正義、和平的理想，當時的人認為實現這些理想的時刻已經到來。奧斯卡・克羅格熱情、自信而且天真。週日上午，在劇場演出托爾斯泰或泰戈爾的作品之前，他會向群眾發表演說。「人性」這個詞在他的演說中經常出現；他以激動的聲音向擠在站票席裡的年輕人呼籲：

---

1 十一月革命始於一九一八年，由於德國在一次大戰中戰敗，造成民生凋敝而起，德皇威廉二世被迫退位，結束了帝制，成立了共和。

「兄弟們！要有勇氣做你們自己！」當他用席勒的句子結束他的演講：「互相擁抱吧，萬民！」[3]他贏得了如雷的掌聲。

奧斯卡．克羅格在法蘭克福十分受到愛戴，在對推廣「知性劇場」這個大膽實驗感興趣的國內各地也一樣。他有一張表情豐富的臉，高高的前額布滿皺紋，稀疏的灰髮，細金邊眼鏡後面是一雙聰明和善的眼睛，這張臉經常出現在小型前衛刊物上，有時甚至會出現在大型畫報上。奧斯卡．克羅格屬於表現主義戲劇最活躍也最成功的先驅。

放棄他在法蘭克福那間氣氛活潑的小劇場無疑是個錯誤，而他也很快就明白了這一點。不過，一九二三年請他去主持的漢堡藝術劇院比較大，因此他就接受了。然而，事實證明，漢堡的觀眾比較無法接受這種熱情而具有挑戰性的實驗，遠遠比不上法蘭克福小劇場那群訓練有素而又充滿熱情的忠實觀眾。在漢堡藝術劇院，克羅格除了搬演他真心在乎的作品，也仍舊必須排出《強擄薩賓婦女》[4]和《雪勒膳宿公寓》[5]這些通俗戲碼。這令他很難受。每逢週五要排定下週上演的劇目，他就會和劇院經理施密茲有一番小爭執。施密茲希望安排鬧劇和懸疑劇，因為它們能夠吸引觀眾；克羅格卻堅持要安排文學劇目。通常施密茲都不得不讓步，再說，他對克羅格懷著真摯的友誼和欽佩。這間藝術劇院維持著文學性，而這對票房收入是不利的。

克羅格抱怨漢堡年輕人的漠不關心，也抱怨大眾普遍不重視精神生活，疏遠了境界較高的一切事物。「情況改變得太快了！」他忿忿地指出，「在一九一九年，大家還會去觀賞史特林堡和魏德金的作品；到了一九二六年，大家就只想去看輕歌劇。」奧斯卡·克羅格對觀眾的要求很高，此外他也沒有預見未來的能力。假如他能夠想像一九三六年的情況，那他還會抱怨一九二六年的情況嗎？「好一點的作品都吸引不了觀眾了，」他還在生氣地嘀咕，「就連昨天上演《織工》[6]的時候，觀眾席都有一半是空的。」

「至少我們還勉強不會虧本。」施密茲經理試圖安慰他的朋友：克羅格那張善良稚氣的老臉

---

2 魏德金（Frank Wedekind, 1864-1918），德國作家、劇作家兼演員，劇作帶有社會批評的色彩。
史特林堡（August Strindberg, 1849-1912），瑞典作家及藝術家，尤以劇作聞名。
凱澤（Georg Kaiser, 1878-1945），德國作家，也是德國表現主義時期最成功的劇作家。
史登海姆（Karl Sternheim, 1878-1942），德國劇作家及小說家，常在作品中抨擊德皇威廉時期市民階層的道德觀。
弗里茨·馮·翁魯（Fritz von Unruh, 1885-1970），德國表現主義時期的作家兼畫家。
哈森克萊佛（Walter Hasenclever, 1890-1940），德國表現主義時期作家。
托勒爾（Ernst Toller, 1893-1939），德國作家、劇作家，也是左派社會主義革命分子。

3 引自席勒的詩〈歡樂頌〉。

4《強擄薩賓婦女》（*Raub der Sabinerinnen*）係奧地利作家荀坦兄弟（Franz und Paul von Schönthan）根據羅馬建城神話中強擄薩賓婦女的故事所創作的一齣鬧劇。

5《雪勒膳宿公寓》（*Pension Schöller*）是一齣很受歡迎的德國喜劇，作者為雅科比（Wilhelm Jacoby, 1855-1925）和勞福斯（Carl Laufs, 1858-1900）。

6《織工》（*Die Weber*）是德國諾貝爾文學獎得主豪普特曼一八九二年的劇作，以一八四四年的織工起義為主題。

上煩惱的皺紋令他難過，雖然他自己也大有理由擔憂，而且他那張紅潤多肉的臉上也已經有了好幾條皺紋。

「可是靠的是什麼！」克羅格一點也不想被安慰。「我們是怎麼做到不虧本的！我們不得不從柏林邀請有名的演員來客座演出，就像今晚，好吸引漢堡人到劇院來看戲。」

黑妲．馮．賀茲費德說話了，她是克羅格的老同事和朋友，在法蘭克福時就是他手下的編劇和演員。她說：「奧斯卡，你又是凡事都往壞處想了！邀請朵拉．瑪汀來客座演出畢竟不是什麼丟臉的事，她是個傑出的演員。再說，何夫根演出的時候，漢堡的觀眾也會來觀賞。」當她說出何夫根的名字，賀茲費德女士露出了慧黠而溫柔的微笑，臉上和眼睛裡閃現出淡淡的光彩，她那張撲了粉的大臉上有個肉嘟嘟的鼻子，一雙金褐色的大眼睛聰明而帶著憂傷。

克羅格不悅地說：「何夫根拿的酬勞過高了。」

「瑪汀女士也一樣，」施密茲加了一句。「她的確很有魅力，也的確吸引了很多觀眾，但是一個晚上一千馬克的演出費實在有點太多了。」

「這是柏林明星演員的價碼，」黑妲嘲諷地說。她從不曾在柏林工作過，聲稱她瞧不起首都的活動。

「給何夫根一個月一千馬克也一樣太誇張了，」克羅格忽然生起氣來。「他從什麼時候開始拿一千的？之前他一向都只拿八百，那已經是綽綽有餘了。」

「我能怎麼辦呢？」施密茲抱歉地說。「他衝進我的辦公室，還坐在我大腿上。」賀茲費德女士覺得好笑，注意到施密茲述說此事時微微紅了臉。「他搔著我的下巴，不停地說：『一定要一千馬克！一千，經理呀！這個整數多好啊！』克羅格，你倒說說看，我能怎麼辦呢？」

這是何夫根慣用的狡猾伎倆，在他想要預支薪水或要求加薪時像一陣緊張的小旋風衝進施密茲的辦公室。在這種時候他會扮演一個任性吵鬧的人，而他知道，當他弄亂施密茲的頭髮，開玩笑地用食指去戳他的肚子，肥胖而笨拙的施密茲是招架不住的。由於事關一千馬克的演出費，他甚至坐到他的大腿上。施密茲紅著臉承認了此事。

「這太幼稚了！」克羅格生氣地搔頭，一臉煩惱。「何夫根壓根就是個幼稚的人。他身上的一切都是假的，從他的文學品味到他所謂的共產主義。他不是個藝術家，而是個搞笑演員。」

「你對我們的何夫根有什麼不滿？」賀茲費德女士勉強自己用嘲諷的語氣說。事實上，她一點也不想用嘲諷的語氣說起何夫根，她太容易受到他那股訓練有素的魅力影響。「他是我們最好的演員。我們應該慶幸他沒有被柏林搶去。」

「我並不怎麼以他為榮，」克羅格說。「他就只不過是個有經驗的地方演員，而且這一點他自己其實也很清楚。」

施密茲問：「他今天晚上到底在哪裡？」賀茲費德女士聽了噗哧一笑：「他在他更衣室裡躲在一面屏風後面，這是小波克告訴我的。每次有柏林的演員來客座演出，他就激動嫉妒得要命。他會說他永遠也無法達到他們的水準，然後就歇斯底里地躲在屏風後面。瑪汀女士大概格外令他坐立難安，他對她是又愛又恨。據說今天晚上他已經大哭過一場了。」

「由此就能看出他的自卑！」克羅格喊道，得意地環顧四周。「或者應該說：基本上他還是很清楚自己的斤兩的。」

這三個人坐在劇院的員工餐廳裡，這個餐廳根據「漢堡藝術劇院」的名稱縮寫被稱為「H.K.」。桌上鋪著污漬斑斑的桌布，桌子上方掛著一排布滿灰塵的照片，是這幾十年來曾在此地演出的人。在談話中，賀茲費德女士偶爾會抬起頭來對照片中的人微笑，有飾演天真而多愁善感的女孩的，也有飾演滑稽老人、英雄父親、年輕戀人、陰謀家和沙龍仕女的，施密茲和克羅格則對他們視而不見。

在樓下的劇院裡，朵拉．瑪汀正把一齣懸疑劇演完，她以沙啞的嗓音、少年般瘦削的誘人身體、稚氣而憂傷的深邃大眼睛迷倒了德國各大城市的觀眾。這兩位劇場主管和賀茲費德女士在第二幕戲結束後離開了他們的包廂。藝術劇院的其他成員則留在大廳，繼續觀賞這位柏林同行的演出直到劇終，他們對她半是欽佩，半是嫌惡。

「她帶來的那些團員實在是不值一提，」克羅格輕蔑地說。

「您想怎麼樣呢？」施密茲說。「如果她還要帶著價碼高的演員一起旅行演出，那她每天晚上怎麼還能賺到一千馬克？」

「但是她自己的演技卻愈來愈好了，」慧黠的賀茲費德女士說。「她再怎麼矯揉造作都沒有妨礙。她可以像個有精神病的嬰兒一樣說話，也還是能夠征服觀眾。」

「有精神病的嬰兒，這個形容不錯，」克羅格笑著說。「下面好像演完了，」他又加了一句，同時看出窗外。散場的人群離開劇場，走上經過員工餐廳通往大門的那條鋪石小路，穿過大門走上街道。

員工餐廳裡的人漸漸多了起來。那些演員帶著刻意的親切，恭敬地向兩位主管所坐的這桌打招呼，然後向餐廳老闆喊些玩笑話，這位老闆是個矮壯的老人，留著上唇鬚和山羊鬍，有個紅中泛青的鼻子。對劇院演員來說，餐廳老闆韓瑟曼老爹幾乎就跟劇院經理施密茲一樣重要。他們可以向施密茲預支薪水，如果他剛好心情好；可是如果薪水在下半月已經用完，而預支薪水又沒被批准的話，他們就得在韓瑟曼這兒簽字賒帳。大家在他那兒都有前帳未清，據說何夫根欠他的錢超過一百馬克。因此，韓瑟曼完全沒有必要去回應這批賒帳顧客的玩笑；他面無表情，額頭上的嚴肅咄咄逼人，端出了沒有人付帳的白蘭地、啤酒和冷盤。

大家都在談論朵拉．瑪汀，每個人對她的演出水準都有自己的看法；只在一點上眾人意見一致，就是她賺的錢絕對太多。

莫姿小姐表示：「德國劇場就毀在這種明星酬勞上。」她的男友彼得森陰沉地點頭表示同意。彼得森慣常飾演父親的角色，懷有展現英雄風範的野心，偏好飾演歷史劇中的國王或蠻勇的年邁貴族。只可惜對這些角色來說他略嫌矮胖，因此他試圖藉由緊繃和好鬥的姿態來彌補。他的臉呈現出虛假的正直，倘若配上一把灰色落腮鬍正合適；由於少了這把鬍子，他的臉顯得有點光禿，刮去鬍子的上唇細長，眼睛太小，但是很藍，表情豐富地閃動著。大家都知道莫姿小姐愛他要比他愛她更多。由於他點了頭，她就直接轉身面對他，用一種親暱而意味深長的語氣說：「對吧，彼得森：我們不是經常聊起這種經營劇場的錯誤方式？」他老實地加以證實：「沒錯，老婆！」一邊向拉荷．莫倫薇茲眨眼，她打扮成惡魔般的變態少女：黑色瀏海與刮掉的眉毛相齊，臉上戴著大大的黑框單眼眼鏡，這張臉稚氣、臉頰豐潤，而且完全尚未定型。

「瑪汀這種譁眾取寵的表演方式在柏林也許有用，」莫姿小姐堅決地說。「但是她唬不了我們，畢竟我們都是劇場界的老手了。」她環顧四周，渴望得到掌聲。她的專長是飾演滑稽的老婦，有時也得以飾演成熟的沙龍仕女。她很愛笑，經常笑，也笑得很大聲，笑得嘴角出現明顯的皺紋，嘴裡的金牙閃現。不過，此刻她擺出了一副莊重嚴肅、近乎憤怒的表情。

拉荷．莫倫薇茲一邊傲慢地擺弄著她的長菸嘴，一邊說：「畢竟沒有人能夠否認，瑪汀女士是個出類拔萃的人物。不管她在舞台上表演什麼，她總是全心全意地投入。你們明白我的意思……」大家都明白她的意思，但是莫姿小姐不以為然地搖頭，而嬌小的安潔莉卡．西伯特用她尖細的羞澀聲音表示：「我很佩服瑪汀女士。我覺得她散發出一種魔力……」她漲紅了臉，因為她大膽說出了這麼長的一句話。大家都有點受到感動地看著她。嬌小的西伯特小姐很迷人。

她小腦袋上的金髮剪得短短的，向左旁分，就像個十三歲男孩。她明亮純真的眼睛並不因為近視而減少了魅力：有些人認為，安潔莉卡看東西時瞇起眼睛的樣子正是她特別迷人之處。

「我們的小姑娘又在心醉神馳了，」英俊的羅夫·波內提說，同時笑得有點太大聲。他是劇團中收到最多觀眾情書的演員，因此有著驕傲、疲倦，由於自鳴得意而幾乎感到厭惡的表情。可是在嬌小的安潔莉卡面前他卻是個追求者：他追求她已經有一段時間了。由於他所飾演的角色，在舞台上他經常得以把她擁入懷中，但是在其他時候她對他依舊冷淡。以一種奇怪的固執，她只把她的柔情送給不會回報、甚至也不想要的人。她楚楚動人，似乎生來就會備受憐愛和呵護。但是她內心那種奇特的任性卻讓她冷淡而嘲弄地面對羅夫·波內提的猛烈追求，也使她為了亨德里克·何夫根擺明了對她冷眼相看而心酸哭泣。

羅夫·波內提以行家的口吻說：「無論如何，要把這個瑪汀當成女人來看待是不可能的：她是個怪異的雙性人，血管裡肯定有魚血之類的東西。」

「我覺得她很美，」安潔莉卡說，聲音雖小，卻很堅定。「我認為她是最美的女人。」她的眼睛已經盈滿淚水：安潔莉卡很愛哭，就算沒有特別的緣由。她又神往地說：「很奇怪，我覺得朵拉·瑪汀和亨德里克有某種神祕的相似之處……」這話令眾人都感到訝異。

「那個瑪汀是個猶太人。」脫口說出這句話的是年輕的漢斯·米克拉斯。眾人感到錯愕，並且有點厭惡地看著他。「米克拉斯很會搞笑，」莫姿小姐打破了這片尷尬的沉默，並且試圖笑出聲來。克羅格皺起了眉頭，感到驚訝和反感，賀茲費德女士則只能搖頭，而且臉色變得蒼白。年輕的米克拉斯臉色蒼白，倔強地倚著吧台。由於這片沉默變得漫長而尷尬，最後劇院主管克羅格相當尖銳地說：「這話是什麼意思呢？」並且盡他所能地擺出一副凶惡的表情。另一個年輕演員剛才一直在低聲和韓瑟曼老爹聊天，這時開口打圓場，輕快地說：「哎呀，說錯話囉！算了，米克拉斯，這種事難免會發生，平常你都是個好孩子！」他一邊說一邊拍拍這個罪魁禍首的肩膀，並且由衷地大笑，讓大家都能跟著一起笑。就連克羅格都決定表現出歡暢，雖然帶著點勉強：他用手掌往自己大腿上一拍，上半身向前傾，彷彿忽然樂不可支。米克拉斯卻仍然一臉嚴肅，把執拗蒼白的臉轉向一邊，生氣地緊抿著雙唇。「她明明就是猶太人。」他說得非常小聲，幾乎沒有人能夠聽見；只有奧圖．烏里希聽見了，剛才以輕鬆自若挽救了這個局面的就是他，現在他用嚴肅的眼神責備地看著米克拉斯。

劇院主管克羅格用笑聲明白表示，他完全從滑稽的一面來看待年輕的米克拉斯的失言，然後他向烏里希招手。「哦，烏里希，請過來一下！」烏里希在兩位主管和賀茲費德女士那一桌坐了下來。

「我不想干涉你的事，真的不想。」克羅格讓對方知道，這件事對他而言非常難以啟齒。「可是你現在愈來愈常在共產黨的集會中登台表演。昨天你又參加了某個地方的活動。這對你會有壞處，烏里希，對我們也有壞處。」克羅格小聲地說。「你很清楚那些中產階級的報紙是什麼作風，烏里希，」他懇切地說。「我們在那些人眼中本來就很可疑了。如果我們劇院的成員暴露出自己的政治立場，這可能會給我們帶來嚴重的後果，烏里希。」克羅格急急喝完他的白蘭地，甚至有點紅了臉。

烏里希平靜地回答：「主管先生，我很高興您跟我談這些事。我當然也已經考慮過了。也許我們最好是分道揚鑣，主管先生，請相信我，這個提議對我來說並不容易，但是我無法放棄我的政治活動。為了我的政治活動我甚至必須犧牲我在劇院的演出，而這的確會是一種犧牲，因為我很喜歡在這裡演出。」他的聲音悅耳、深沉而溫暖。在他說話時，克羅格像父親般同情地看著他那張聰明、充滿力量的臉。奧圖．烏里希是個俊帥的男人，有著友善的高額頭，一頭黑髮退到離額頭很遠處，細長慧黠的深棕色眼睛讓人感到信賴。克羅格很欣賞他，因此這會兒幾乎動怒了。

「可是烏里希！」他喊了出來。「沒有這回事。你很清楚，我是絕對不會讓你走的！」「我們根本少不了你！」施密茲加了一句，這個胖子有時會以出奇響亮的悅耳嗓音令人驚訝。賀茲費德女士嚴肅地點頭表示同意。「我就只是請你稍微收斂一點而已，」克羅格向他保證。

烏里希由衷地說：「你們都對我很好，真的很好，而我會盡量不要連累你們。」賀茲費德女士對他露出親切的微笑，小聲地說：「我想你大概也知道，在政治上，我們在很大程度上是支持你的。」當年她在法蘭克福曾經結過婚，至今還冠著夫姓，而那個男人就是個共產黨員。他比她年輕許多，後來拋棄了她。目前他在莫斯科工作，是個電影導演。

「在很大程度上！」克羅格強調，說教似地舉起食指。「但不是完全，不是百分之百。我們的夢想並非全都在莫斯科實現了。知識分子所懷有的夢想、要求和希望能夠在獨裁統治下實現嗎？」

烏里希嚴肅地回答，把細長的眼睛瞇得更緊了，露出近乎咄咄逼人的眼神：「不是只有知識分子，或是自稱為知識分子的人懷有希望和要求。無產階級的要求更為迫切。以世界的現狀，這些要求只能藉由獨裁統治來實現。」聽見這話，劇院經理施密茲露出了震驚的表情。為了讓這番談話變得輕鬆一點，烏里希微笑地說：「對了，在昨天的集會上，藝術劇院最知名的演員差點就要代表出席。亨德里克本來想要登台表演，可惜在最後一刻臨時來不了。」

「何夫根永遠都會在最後一刻臨時來不了，如果事情有可能會損及他的事業。」克羅格一邊說，一邊不屑地撇了撇嘴角。黑妲．馮．賀茲費德用央求的表情看著他。可是當奧圖．烏里希堅定地表示：「亨德里克是我們的一分子，」她露出了欣慰的微笑。「亨德里克是我們的一分子，」烏里希又說了一次。「而且他會用行動來證明。他的行動將是這個月即將開幕的『革命劇場』。」

「但是它還沒有開幕。」克羅格露出挖苦的微笑。「只把信紙先印好了，信頭印著『革命劇場』這幾個漂亮的字。即使假定它真的能夠開幕，你以為何夫根會膽敢演出一齣真正具有革命性的劇作嗎？」

烏里希相當激動地回答：「事實上我相信他敢！再說戲碼也已經挑好了，這算得上是一部具有革命性的劇作。」

克羅格用表情和手勢表達出厭倦而輕蔑的懷疑：「我們等著瞧吧。」黑妲．馮．賀茲費德注意到烏里希氣得漲紅了臉，認為最好是換個話題。

「米克拉斯剛才發表的那句謬論是什麼意思？難道這個小伙子果真是個反猶主義者，而且和納粹分子有來往？」說到「納粹」這個字眼，她的臉由於厭惡而扭曲，就像摸到了一隻死老鼠。施密茲不屑地笑了，克羅格則說：「我們還需要這種人嗎！」烏里希往旁邊瞅了一眼，確定米克拉斯沒有在聽他們說話，然後壓低了聲音說：

「漢斯其實是個好人，這我知道，因為我經常和他聊天。像這樣的年輕人我們得要多加關心，多加包容，那麼也許還能將他導上正途。我不認為他已經無可救藥了。他的叛逆、他對生活的普遍不滿都發洩在錯誤的地方。你們明白我的意思嗎？」黑妲點點頭；烏里希急切地輕聲說：「在這樣一個年輕人的腦袋裡一切都很混亂，一切都不清楚，如今像米克拉斯這樣的人有幾百萬個。他們心中主要是懷著一股恨意，而這股恨意是好的，因為它乃是針對現實情況而發。他可是後來這個小伙子運氣不好，落入了引誘者的手中，而他們就使他那份好的恨意變質了。他們告訴他：一切的不好都要怪猶太人和《凡爾賽條約》，而他就相信了這番鬼話，而忘了真正的罪魁禍首是誰，不管是在此地還是在任何地方。這就是那種著名的嫁禍手段，而這一招在所有這些頭腦不清楚的年輕人身上奏效了，他們一無所知，也還無法正確思考。於是就有這麼一個可憐的傢伙坐在那裡，讓別人罵他是納粹分子！」

他們四個人全都朝漢斯·米克拉斯看過去，他坐在餐廳最遠的角落裡的一張小桌旁，同桌的還有年老肥胖的提詞員埃弗女士、矮小的戲服管理員威利·波克、以及劇院的門房克努爾先生。有人聲稱克努爾先生在外套翻領底下偷偷戴著一個納粹十字徽章，還說他家裡掛滿了納粹「元首」的照片，畢竟他還不敢掛在門房室裡。克努爾先生曾和信奉共產主義的舞台工人起過激烈的爭論，那些舞台工人並不在H.K.餐廳出入，而是固定在對面一家酒館裡聚會，烏里希有時也會去找他們。何夫根幾乎從來不敢去這些工人固定聚會的場所，擔心那些人會嘲笑他的單眼鏡片。另一方面他又經常抱怨他受不了H.K.，因為納粹分子克努爾先生也在那裡。「這個可惡的小資產階級，」何夫根這樣說克努爾，「等待著他的元首和救星，就像少女等著讓她懷孕的男人！每次當我必須從門房室旁邊經過，想到他外套翻領底下的納粹十字徽章，我就覺得身上一陣冷一陣熱……」

「他的童年當然過得很糟，」奧圖·烏里希還在談漢斯·米克拉斯。「他曾經和我談起過他的童年。他在下巴伐利亞某個落後的鄉下長大，父親在世界大戰中陣亡，母親似乎是個容易激動、不太理性的人，在他決定要去劇場工作時鬧得天翻地覆，這一切都不難想像。他勤勞、上進，也有天賦；他學了很多東西，比我們大多數人都多。他原本想成為音樂家，學過對位法，也會彈鋼琴；另外他還會雜耍、跳踢踏舞、拉手風琴，幾乎什麼都會。他一整天都在工作，而他很可能有病，咳嗽聽起來很嚴重。他當然覺得自己懷才不遇，不夠成功，而且拿不到好角色。他認為我們在暗中對付他，由於他所謂的政治觀點。」烏里希仍舊嚴肅而專注地看向年輕的米克拉斯。「月薪九十五馬克，」他忽然說，同時咄咄逼人地看著劇院經理施密茲，此人立刻感覺坐立難安，「靠這麼微薄的薪水要一直當個正派的人是很難的。」這時賀茲費德女士也凝神朝米克拉斯看過去。

每當漢斯．米克拉斯覺得自己受到藝術劇院管理階層的卑鄙打壓，他就會去和戲服管理員波克、提詞員埃弗女士和克努爾先生坐在一起。在他的政治朋友面前，他形容劇院管理階層「被猶太化了」，是「馬克思主義分子」。他尤其痛恨何夫根，這個「噁心的沙龍共產主義分子」。如果米克拉斯說的話可以相信，那麼何夫根既善妒又虛榮，何夫根狂妄自大，什麼角色都想演，尤其愛搶米克拉斯的角色。「他沒有讓我飾演《春醒》[7]中的莫里茲．史提弗實在很過份，」他忿忿不平地說。「既然《春醒》這齣戲已經是由他來執導了，他又何必還非要飾演最好

7《春醒》（*Frühlings Erwachen*）是德國劇作家魏德金（Frank Wedekind）的作品，一八九一年出版，是一齣社會諷刺劇。莫里茲．史提弗（Moritz Stiefel）是該劇中的一個十五歲少年。

的角色?!而我們這些人就什麼都沒得演。這實在太過份了！要飾演莫里茲這個角色，他根本就太胖也太老了。他穿上短褲看起來會很可笑。」米克拉斯憤憤地看著自己那雙瘦削而結實的腿。

戲服管理員波克是個傻小子，有一雙淚汪汪的眼睛和一頭又粗又硬的金髮，他把頭髮剪得很短，像把刷子，他對著啤酒杯吃吃地笑：沒有人知道他是在笑何夫根飾演中學生的滑稽模樣，還是在嘲笑年輕的漢斯．米克拉斯無奈的憤怒。提詞員埃弗女士卻表現出憤慨，她認同米克拉斯的看法，認為那的確很過份。這個肥胖的老婦像母親一樣關心這個年輕人，這給他帶來了一些實際的好處。而在政治上她也站在他這一邊。她替他補襪子，請他吃晚飯，送他香腸、火腿和醃漬的食物。「好讓你吃胖一點，孩子，」她說，並且溫柔地看著他。而她其實就喜歡他那份瘦削，他個子不高，身體苗條靈活。每當他濃密的深金色頭髮在後腦勺太過不聽話地豎起來，埃弗女士就會說：「你看起來像個街童！」然後從皮包裡取出一把梳子。

漢斯．米克拉斯看起來的確像個街童，卻是個過得不太好的街童，並且倔強地壓抑他的疲憊。他過得很辛苦；他一整天都在鍛鍊，對他瘦削的身體太過苛求，可能就是因為這樣，他才暴躁易怒，而他年輕的臉上也才有了那種陰沉冷淡的表情。他的氣色很差，臉頰凹陷得很厲害，凸出的顴骨下方顯出黑洞，明亮的眼睛周圍也有黑眼圈。平滑稚氣的額頭卻彷彿被一種蒼白敏感的光澤照亮，他的嘴也發亮，但卻亮得不健康，太紅了：似乎所有的血液都集中在那兩片漠然噘起的嘴唇上，而那張臉卻全無血色。埃弗女士經常捨不得把目光從那雙誘人的豐唇上移開，但是嘴唇下方的下巴卻嫌太短，無力地後縮，令人失望。

「今天早上排演的時候，你的樣子看起來又很嚇人，」埃弗女士擔心地說。「臉頰上的凹洞那麼黑、那麼深！還有那陣咳嗽！聽起來悶聲悶氣的，真可憐！」

米克拉斯受不了別人憐憫他；他只樂於接受由這份憐憫轉化而成的禮物，雖然他接受時沉默不語。他對埃弗女士那番哀嘆聽而不聞，卻想從波克口中得知：

「何夫根真的一整晚都躲在他更衣室的屏風後面嗎？」波克無法否認這一點。米克拉斯覺得何夫根的舉止實在太過幼稚，這簡直逗樂了他。「我就說嘛，十足的笨蛋！」他得意洋洋地笑了。「而這一切就只為了一個一直把腦袋縮在肩膀之間的猶太女人！」他把背駝起來，模仿瑪汀女士的模樣。埃弗女士看得樂呵呵的。「這種人還算是明星！」他這句嘲弄的呼聲既可能是指瑪汀，也可能是指何夫根。照他的判斷，這兩個人都屬於那一小撮受到優待、非德國人、應該受到譴責的人。「那個瑪汀！」他繼續說，用一雙不太乾淨的手托著那張生氣、受苦、年輕而具有魅力的臉。「據說她也總是大談那些沙龍共產主義的陳腔濫調，但是卻收取每晚一千馬克的演出費。真是一群強盜！他們會被除掉的，何夫根也一樣會完蛋！」

這種危險的話他平常是不會在員工餐廳裡說出來的，尤其是當克羅格就在附近的時候。今天他卻豁出去了，不過也並沒有到大聲說出來的程度，仍然只是激動的低語。埃弗女士和克努爾先生向他點點頭，表示贊同，波克則睜著淚汪汪的眼睛瞧著。「這一天會來到的，」米克拉斯還在說，聲音雖小，但很激動，而他明亮的眼睛在那雙黑眼圈之中發出一種狂熱的光芒。然後他忍不住劇烈咳嗽，埃弗女士拍拍他的背部和肩膀。「你的咳嗽聽起來又是悶聲悶氣的，」她擔憂地說。「像是從胸部深處咳出來的。」

狹小的餐廳裡煙霧瀰漫。「這空氣濃濁到都可以切成一塊一塊了，」莫姿小姐抱怨。「就連最強壯的男人也受不了。還有我的嗓子！各位，明天你們又會看見我去看喉科醫生了。」誰也沒有興致去看她坐在醫生旁邊。拉荷．莫倫薇茲甚至諷刺地說：「喲，我們的花腔女高音！」莫姿小姐狠狠瞪了她一眼，她本來就討厭拉荷，而彼得森知道原因何在。昨天他才又被發現待在這個扮成邪惡少女的演員的更衣室裡，而莫姿小姐忍不住哭泣。但今天她似乎決心不讓這個蠢丫頭破壞了心情，這丫頭或許對她的單眼鏡片和可笑髮型還沾沾自喜呢。於是她把雙手交疊在腹部，裝出愜意的心情。「但是這裡很舒適，」她親切地說，「對吧，韓瑟曼老爹？」她向餐廳老闆眨眼，她還欠他二十七馬克，因此他沒有也對她眨眼。緊接著她又驚又怒，因為彼得森點了一份牛排，還配上荷包蛋。「好像吃兩根小香腸還不夠似的！」她的眼中有憤怒的淚水。莫姿和彼得森經常爭吵，因為在他女友看來，這個飾演父親角色的演員有揮霍無度的傾向。他總是替自己點昂貴的餐點，而他給的小費也太多。「當然，他非得吃牛排加蛋不可！」莫姿叨唸著。彼得森嘟囔著說一個大男人總得吃得像樣一點。莫姿卻完全失控，忽然用尖酸憤怒的口氣質問莫倫薇茲，問彼得森是否買了一瓶香檳送她。「凱歌香檳，特級品！」莫姿喊道，儘管怨氣衝天，還是優雅地說出這個香檳品牌的法文名字，配得上她所飾演的沙龍仕女。這話卻嚴重冒犯了莫倫薇茲。「請你說話客氣點！」她尖聲喊道。「你開什麼玩笑?!」單眼鏡片從她眼睛上掉下來，臉頰豐潤的臉氣得發紅，看起來忽然一點也不像惡魔了。克羅格已經訝異地抬起頭來，賀茲費德女士露出嘲諷的微笑。英俊的波內提卻拍拍莫姿的肩膀，同時也拍拍莫倫薇茲的肩膀，她興師問罪地走近了。「不要吵架，兩位！」他勸她們，嘴角露出格外疲憊而厭倦的皺紋。「吵不出什麼結果的。不如來玩牌吧。」

就在這時，隱約的呼喊愈來愈大聲，大家全都轉身面向打開的門。朵拉・瑪汀站在門口，與她一同巡迴演出的團員擠在她身後，就像舞台上女王身後的隨從。

朵拉・瑪汀笑著向漢堡藝術劇院的全體成員揮手，一邊用沙啞的嗓音以她那種被國內千百名年輕女演員模仿的著名方式說話，在每一句話裡都把幾個字音拉長：「各位，我們接獲邀請，任是個**十分**無趣的飯局，**非常**遺憾，但是我們**非**去不可！」她似乎想要諷仿自己的說話方式，任意拉長音節的長度。但是聽在每個人的耳中都很悅耳，就連那些不喜歡瑪汀的人也一樣，例如年輕的米克拉斯。不容否認：她的出現產生了極大的效果。在她聰明的高高額頭底下，那雙睜得大大的眼睛帶著稚氣，神祕深邃，迷倒了每個人，就連韓瑟曼老爹都露出著迷的傻笑。賀茲費德女士和瑪汀以前是朋友，對她喊道：「這太遺憾了，小朵拉，你就不能過來和我們一起坐一會兒嗎？」眾人對黑妞頓時增添了幾分敬意，因為她用暱稱和瑪汀說話。但是瑪汀微笑著搖頭，她的臉幾乎要消失在那件棕色毛皮大衣豎起的衣領之間，因為她把肩膀高高聳起。「**太**可惜了！」她嬌聲說道，一邊搖著頭，蓬鬆的紅髮飛揚起來，因為她並沒有戴帽子。「可是我們已經**太**遲了！」

就在這時，有人從她身後那群人中擠出來。突然冒出來的那人是亨德里克．何夫根。他穿著他在舞台上飾演瀟灑角色時所穿的黑色晚宴服，肩上披著一條白色絲巾，從近處看，那套衣服已經顯得又舊又髒。他呼吸急促，臉頰和額頭都急得泛紅。他緊張地笑著，笑得渾身抖動，令人感覺相當不安，同時他慌慌張張地彎下腰，俯身在這位知名女伶的手上，那條絲巾飛揚起來，這個舉動中不乏某種狂熱的真摯。「對不起，」他開口說道，一張臉仍舊俯在她手上，臉上的單眼鏡片仍牢牢戴著，令人驚訝，而他也仍舊笑得很厲害。「太棒了，我來遲了，您對我會怎麼想呢？太棒了……」他笑得全身抖動，一張臉愈來愈紅。「但是我不想就這樣讓您走，」說著他終於直起身來，「而沒有告訴您我是多麼享受這一晚，這一晚是多麼美妙！」突然間，讓他幾乎要笑破肚子的那件滑稽事物似乎不再存在，這會兒他露出了十分嚴肅的表情。

現在輪到朵拉．瑪汀笑一下了，而她也笑了，笑聲格外沙啞迷人。

「騙子！」她喊道，任性地把尾音拖長，彷彿沒完沒了。「您剛才根本不在劇場！您躲起來了！」她一邊說一邊用那隻黃色豬皮手套輕輕打他。「但是沒有關係，」她對著他燦笑。「據說您很有天分。」

這突如其來的稱讚起初把何夫根嚇了一大跳，他臉上的紅暈褪去，臉色變得蒼白。但他隨即用一種令人融化的聲音說：「我？有天分？這是個完全未經證實的傳言……」他也能夠把母音拖得長長的，不是只有朵拉．瑪汀辦得到。他利用言語來賣弄風情的方式自成一格，完全沒有必要去模仿誰。朵拉．瑪汀是嬌聲呢喃，他卻是矯揉做作地吟唱。同時他露出微笑，是他在排演時常示範給女演員看的那種微笑，當她們必須要演出令人尷尬的場景：他會齜著牙，露出相當卑鄙的笑容。他稱之為「邪氣的笑」。（「邪氣，親愛的，你了解嗎？邪氣！」他在排演時這樣提醒拉荷．莫倫薇茲或是安潔莉卡．西伯特，同時示範給她們看。）

朵拉．瑪汀也露齒而笑。可是當她的嘴說著「嚶嚶兒語」，當她的頭賣弄風情地藏在高聳的肩膀之間，她用那雙大而聰明、無法欺騙、帶著悲傷的眼睛打量著何夫根的臉。「您將會證明您具有天分！」她小聲地說，有那麼一瞬，不僅她的眼神是嚴肅的，她的面容也是嚴肅的。她表情嚴肅地向他點點頭，近乎咄咄逼人。一刻鐘之前還躲在屏風後面的何夫根和她對視，沒有閃避。然後瑪汀又笑了，嬌聲說道：「我們已經**太**遲了！」她揮揮手，和跟在她身後的那群人一起離開。何夫根則走進了員工餐廳。

和朵拉．瑪汀的相遇奇妙地令他精神振奮，此刻他似乎感到歡欣鼓舞，一張臉散發出和藹的光輝。大家都看著他，這會兒幾乎就像他們剛才看著那位柏林名伶一樣被征服了。何夫根還沒有向劇院主管克羅格和賀茲費德女士打招呼，先朝著戲服管理員波克走去。「聽我說，小波克，」他用吟唱的聲調說，並且以誘人的姿態站著：雙手深深插在褲袋裡，肩膀高高聳起，唇上是那抹邪氣的笑。「你得借我至少七塊五馬克。我想吃頓像樣的晚餐，而我有預感：韓瑟曼老爹今天會要求付現。」他那雙閃亮如寶石般的眼睛猜疑地斜瞄了韓瑟曼一眼，韓瑟曼頂著青紅色的鼻子坐在櫃臺後面不動如山。

波克跳了起來，被何夫根這個一方面很看得起他、另一方面卻很嚇人的要求給嚇壞了，他的眼睛更加淚汪汪了，雙頰漲成了深紅色。當他激動地默默在口袋裡掏來掏去，漢斯．米克拉斯用憤怒的目光全神貫注地觀察著這一幕，這時嬌小的安潔莉卡急忙走過來。「亨德里克啊！」她羞怯地急急說道，「如果你需要用錢，我可以借你五十馬克，下個月一號再還我就行了！」何夫根的眼睛立刻變得像魚一樣冰冷。他傲慢地別過頭去說：「不要插手管我們男人的事，小姑娘。波克很樂意借我。」這個戲服管理員興奮地點頭，西伯特小姐則含淚退了下去。何夫根沒有道謝，就把波克給他的那幾枚銀幣順手塞進了自己口袋。米克拉斯、克努爾和埃弗女士沉著臉，波克不知所措，安潔莉卡流著淚從他身後看著他，他則大搖大擺地踱步穿過餐廳，肩上仍然披著那條白色絲巾。「因為施密茲老爹讓我挨餓，」他解釋，臉上帶著勝利的微笑，看向劇院主管所坐的那一桌。

他從那一桌得到了幾聲「哈囉」為招呼，就連克羅格都勉強表現出熱絡，但是並不由衷。「怎麼樣，老壞蛋，你好嗎？安然度過今晚了嗎？」他那張像貓的嘴巴周圍出現了深深的皺紋，幾乎就像莫姿，而眼鏡鏡片後面的眼睛變得虛偽。頓時可以看出他不僅是個寫文化政治評論和讚美詩的人，而是在戲劇界打滾超過三十年。何夫根和奧圖．烏里希親暱地握手，無言地握了很久。施密茲經理用他柔軟悅耳得令人驚訝的嗓音說了些無關痛癢的笑話；賀茲費德女士卻沒來由地露出嘲諷的微笑，她金褐色的眼睛盯著亨德里克，由於真摯的情感而濕潤，幾乎像在懇求。他請她幫忙出主意挑選餐點，這給了她理由挪到他身邊，把她呼吸沉重的胸脯湊近他。他的邪氣微笑似乎並沒有嚇倒她：她習慣了這個笑容，也喜歡這個笑容。

等到何夫根向韓瑟曼老爹點好菜之後，他開始談起他執導的《春醒》。「我想這齣戲會相當不錯，」他認真地說；同時他的目光從餐廳裡掃過，審視著那些演員，就像一個元帥在檢閱部隊。「西伯特小姐不會演壞溫蒂拉這個角色；波內提雖然不是飾演梅西歐．蓋博的理想人選，但是他可以勝任；我們的邪惡少女莫倫薇茲飾演依瑟會是一流的。」他說話不插科打諢，而像此刻這樣認真地就事論事，這種情況並不常見。克羅格懷著敬意豎耳聆聽，心中有些驚訝。是賀茲費德女士又破壞了這股氣氛，諷刺而諂媚地把她那張撲了粉的大臉湊近何夫根，說道：「至於莫里茲．史提弗這個角色，剛剛才由最具權威的一方，由朵拉本人親自確認過，負責演出這個角色的年輕演員還挺有天分的……」克羅格不以為然地皺起眉頭，何夫根則似乎對這番調侃聽而不聞。「那麼由您來飾演蓋博太太會演得如何呢？」他當面問賀茲費德女士。這是粗魯的公然譏嘲。黑妲．馮．賀茲費德是個沒有天分的演員，這是眾所周知的事實；而且每個人都知道這令她很不好受。大家喜歡嘲笑這位聰明的女士忍不住想要登台演出，哪怕就只是演出不吃重的母親角色。對於亨德里克的無禮，她試圖滿不在乎地聳聳肩，但是她那張不再年輕的大臉上掠過一陣紅、一陣紫。克羅格看見了，由於同情而感到揪心，這份同情和柔情相去不遠。在許多年前，克羅格和賀茲費德女士曾經有過一段情。

為了轉移話題，或是為了切入他唯一真正關心的話題，烏里希直接談起了「革命劇場」。在計畫中，「革命劇場」是一系列在週日上午舉行的活動，由亨德里克．何夫根主導，並且受到一個共產主義組織的贊助。烏里希以執著的熱情抓住這個計畫不放，對他而言，舞台最主要是一件政治工具。這時他說他們替開幕演出挑選的那齣戲碼非常合適，說他已經又仔細研究過一次。「黨內對我們所做的事很感興趣，」他說，用意味深長的同謀者眼神看著何夫根，沒有看著克羅格、施密茲和賀茲費德女士，但是他很自豪他們會聽見他說的話並且感到佩服。「哼，如果屆時漢堡市民抵制我們的劇院，貴黨可不會賠償我們的損失，」克羅格嘟噥著，「革命劇場」這個念頭令他愈來愈感到懷疑和厭煩。「是啊，」他又說，「在一九一八年的時候，要做這種實驗，劇院還承擔得起，可是如今……」何夫根和烏里希交換了一個眼神，其中包含了一份高傲而祕密的共識，以及對劇院主管這種中產階級的顧慮感到不屑。這道眼神持續了很久，賀茲費德女士注意到了，並且感到難受。最後何夫根以紆尊降貴的態度對克羅格和施密茲說：「革命劇場不會對我們造成損害的，肯定不會，您大可以相信，施密茲老爹！凡是真正好的東西，絕對不會讓人蒙羞。革命劇場會是好東西，會很出色！由真實的信仰、真正的熱忱所支撐的成就會令所有人信服。面對我們的熾熱信念，就連敵人也會啞口無言。」他的眼睛閃閃發亮，微微斜視，似乎欣喜若狂地凝視著遠方，在那裡將會做出重大的決定。他自豪地抬起下巴，蒼白的臉向後仰起，敏感的臉上發出自知必勝的光彩。「這是真正的感動，」黑妲・馮・賀茲費德心想，「這是他演不出來的，即便他是這麼有天分的演員。」她得意地看著克羅格，他無法掩飾他受到了某種感動。烏里希擺出了一副莊嚴的表情。

正當他感人的熱忱使大家都怔怔出神，何夫根突然改變了姿態和表情。他出人意料地笑了起來，指著桌子上方牆壁上貼著的一張照片，照片上是一位「英雄之父」：雙臂咄咄逼人地交叉著，陰沉的眉毛底下露出正直的眼神，滿臉的大鬍子仔細攤開在一件想像出來的古老獵裝上衣上。亨德里克覺得這個老傢伙實在太滑稽了，令他笑不可遏。他笑了很久，黑妲拍拍他的背，因為他差點被沙拉噎到，然後他才說，他自己曾經看起來跟這人很像，幾乎是一模一樣，亦即當年他在北德巡迴劇團中飾演父親角色的時候。

「我還是個少年的時候，」亨德里克興高采烈地說，「我看起來就很老成。在舞台上我總是因為尷尬而彎著腰走路。在《強盜》[8]這齣戲裡，他們讓我飾演老莫爾，而我演得很出色。劇中

8《強盜》（*Die Räuber*）是席勒的第一部劇作，屬於德國狂飆時期的作品，一七八二年首演。

飾演我兒子的每個都比我大上二十歲。」

由於他笑得很大聲，並且談起了北德巡迴劇團，坐在每張桌子旁的同事都急忙靠過來：大家都知道現在將有趣聞可聽，而且不是老掉牙的舊聞，而是新的趣聞，而且可能相當有趣，因為亨德里克很少會重複說同樣的故事。莫姿津津有味地搓著雙手，露出嘴裡的金牙，並且興高采烈地表示：「這下子可有趣了！」緊接著她不得不嚴厲地看了彼得森一眼，因為他給自己點了一杯雙份的白蘭地。拉荷．莫倫薇茲、安潔莉卡．西伯特、英俊的波內提全都緊盯著亨德里克能言善道的嘴唇。就連米克拉斯都不得不去聽，不管他想不想：這個他討厭的人說出的如珠妙語讓他忍不住發出不情願的小小笑聲。看見她氣呼呼的寵兒在笑，胖胖的埃弗女士也開心起來。她氣喘吁吁地把她的椅子搬到亨德里克所坐的沙發附近，喃喃地說：「各位應該不介意吧！」她擱下正在織補的襪子，把右手做成漏斗形舉在耳邊，好讓她不會因為重聽而漏聽了什麼。

這成了一個非常愉快的夜晚。何夫根的狀態極佳。他令人陶醉，光芒四射。彷彿他面前有一大群觀眾，而不是只有幾個無足輕重的同事，他慷慨大方地縱情揮霍他的機敏、魅力和趣聞寶庫。在他必須飾演父親角色的那個巡迴劇團裡發生了多少趣事啊！莫姿已經笑得喘不過氣來了。「各位，我不行了！」她喊道，由於波內提搞笑而殷勤地用一條小手帕替她搧風，她沒有看見彼得森又替自己點了烈酒。等到何夫根開始用尖細的嗓音、飛舞的手勢和斜睨的眼睛模仿起巡迴劇團裡多愁善感的年輕女角，就連韓瑟曼老爹都放鬆了僵硬的表情，而克努爾先生不得不躲在手帕後面偷笑。何夫根不可能取得比這更大的勝利了，於是他住了口。莫姿也嚴肅起來，因為她發現彼得森已經醉得一塌胡塗。克羅格表示該解散了。時間是凌晨兩點。臨別時，一向有獨特點子的莫倫薇茲把她那支長菸嘴送給亨德里克，那是個裝飾品，並沒有什麼價值。「因為你今天晚上太有趣了，亨德里克。」她的單眼鏡片反射出的光線照在他的單眼鏡片上。大家看得出來站在波內提旁邊的安潔莉卡．西伯特嫉妒得鼻子發白，眼裡噙著淚水，還帶著一點惡意。

賀茲費德女士請亨德里克再和她一起喝杯咖啡。在空蕩蕩的餐廳裡，韓瑟曼老爹已經關掉了電燈。這種昏暗對黑妞有利：她那張柔軟的大臉和那雙溫柔聰慧的眼睛此刻顯得比較年輕，或者至少是看不出年紀。這不再是那個年華老去、具有才智的女子憂傷的面容。雙頰不再顯得有絨毛，而顯得光滑；東方風情般慵懶、半開著的嘴唇周圍那抹微笑不再帶著嘲諷，而幾乎顯得誘人。賀茲費德女士溫柔地靜靜看著亨德里克．何夫根。她沒有去想她自己看起來比平常更有魅力，只注意到亨德里克的臉上太陽穴旁緊繃的痛苦表情和高貴的下巴在昏暗中顯得蒼白而顯眼，而且她享受這一幕。

亨德里克把手肘撐在桌上，讓伸直的雙手指尖相碰。他做出這個講究的姿勢，就彷彿他擁有一雙格外纖細美麗的手。但是何夫根的手一點也不纖細，反而像是想用其粗壯來駁斥太陽穴的痛苦表情。手背很寬，長著泛紅的毛髮；手指相當長，但也很粗，末端是不太乾淨的方形指甲。可能正是這些指甲使他的手顯得不甚高貴，近乎難看。它們似乎是由劣等物質構成：堅硬易碎，沒有光澤，沒有弧度，不成形狀。

但是對他有利的昏暗光線遮掩了這些缺陷和瑕疵，使那雙綠色眼睛作夢般的斜睨顯得神祕迷人。

「你在想什麼，亨德里克？」在沉默良久之後，賀茲費德女士壓低了嗓音問道。

何夫根同樣輕聲地回答：「我在想，朵拉．瑪汀錯了……」黑妲沒有提問，也沒有反駁，由著他越過指尖相碰的雙手對著那片黑暗說話。「我沒辦法證明自己具有天分，」他對著那片昏暗訴苦。「我沒什麼可證明的。我永遠都不會是一流的演員。我就只有地方性的水準。」他沉默了，緊抿著雙唇，彷彿他自己也被這個古怪時刻所帶來的體認和自白給嚇到了。

「還有呢？」賀茲費德女士用溫柔的責備語氣問。「其他的事你都沒去想嗎？始終就只想著這一件事？」由於他仍舊沉默不語，她心想：「是的，這大概就是他唯一真正關心的事。先前說到的政治戲劇還有他對革命的熱忱，原來就也只是在演戲。」這個發現令她失望，但也以一種奇特的方式令她滿意。

他讓眼睛閃爍出神祕的光芒；他沒有答案。

「你沒有注意到你在折磨小安潔莉卡嗎？」他身旁這個女子問道。「難道你沒有感覺到你讓其他人受苦嗎？你總要為這一切付出代價的。」她沒有把埋怨和探尋的目光從他身上移開。「你終究得要贖罪，得要去愛。」

現在她卻還是為了自己說出這番話而感到尷尬。她絕對是說得太多了，而沒有克制自己。她迅速把臉從他的臉旁移開。令她驚訝的是，他並沒有用凶惡的獰笑或譏嘲的言語來懲罰她，仍舊以斜睨、閃爍、僵直的目光看進黑暗中，彷彿在黑暗中尋找一些急迫問題的答案，試圖平息他的疑慮，並且尋找未來的樣貌，這個未來的真正意義就在於使他偉大。

第2章
舞蹈課

亨德里克把隔天的排演時間訂在上午九點半。參與《春醒》演出的全體演員準時集合，有些聚集在通風的舞台上，有些聚集在光線欠佳的觀眾席上。大家等了大約一刻鐘之後，賀茲費德女士決定去辦公室把何夫根找來，他和劇院的兩位主管施密茲與克羅格從九點起就在辦公室裡商量事情。

他一進來，大家就明白他今天情緒很差，在他身上認不出昨晚那個神采飛揚、談笑風生的人了。肩膀緊張地高高聳起，雙手深深插在褲袋裡，他急急忙忙地穿過觀眾席，要別人給他一份劇本，聲音煩躁得幾乎啞了。「我把我的劇本忘在家裡了。」他的語氣痛苦委屈，彷彿在小聲但強烈地責怪全體在場之人，因為他，亨德里克，在出門時心思渙散而忘東忘西。「怎麼樣，我可以要一本嗎？」他能夠用既輕蔑又尖銳的語氣說話，「就沒有人能給我一本嗎？」

嬌小的安潔莉卡把她的劇本遞給他。「我用不著劇本了，」她紅著臉說。「我的台詞都背好了。」亨德里克沒有道謝，只簡短地說：「我也希望你背好了！」然後就轉過身去不再理她。

他沒有穿襯衫，而是披著一條紅絲巾，也可能是絲巾遮住了他所穿的襯衫，在這條絲巾上他的臉顯得格外蒼白。一隻眼睛從半垂的眼皮底下露出鄙夷而凶惡的目光，另一隻眼睛前面的單眼鏡片閃閃發光。當他突然用響亮、刺耳而略微顫抖的聲音下達命令：「排演開始，各位！」所有的人都嚇了一跳。

舞台上在進行排練的時候，他在觀眾席上跑來跑去。他把莫里茲．史提弗這個角色留給自己，卻讓本身戲份很少的米克拉斯代替他排練。從此舉中可以看出一份特別的惡意，因為可憐的米克拉斯本來就巴不得想要飾演莫里茲。此外，何夫根似乎想以挑釁的傲慢向同事暗示他自己根本沒必要排演或準備：他是導演，凌駕於一切之上；他不僅有天分，也熟悉整套劇目，他自己的角色隨便演一下就行；要等到彩排的時候，大家才能看見、聽見他要如何理解並演出莫里茲．史提弗這個陰鬱的中學生、絕望的單戀者和自殺者。

另一方面，大家現在就能看見他示範演出少女溫蒂拉、少年梅西歐和母親般的蓋博太太。亨德里克以令人驚訝的敏捷跳上舞台，而他果然化身成為那個稚嫩的少女，在清晨走進花園，想要擁抱全世界，由於她想到了心愛的人；他化身為那個對生活充滿飢渴的自豪少年，又化身為那個明智而憂心忡忡的母親。他能夠讓他的聲音聽起來溫柔、奔放或是深思，有辦法在這一刻顯得稚氣年輕，在下一刻又顯得年邁無比。他是個十分出色的演員。

英俊的波內提半是生氣、半是敬重地揚起了眉毛，溫順的安潔莉卡拚命忍住眼淚，等到何夫根令人佩服地向他們示範了一個有能力的演員會如何飾演他們的角色，他露出疲倦而鄙夷的表情，把單眼鏡片夾在眼睛前面，爬下舞台回到觀眾席。他從觀眾席上繼續說明、調度和批評。沒有人能逃過他譏嘲貶抑的批評，就連賀茲費德女士也挨了一頓責備，她用扭曲而嘲諷的微笑接受了。嬌小的安潔莉卡已經好幾次淚流滿面地躲到幕後，波內提氣得額頭上青筋暴露，但是氣得最厲害、最激動的是漢斯．米克拉斯，他的臉似乎氣得凹陷成兩個黑洞。

由於大家都在受苦，亨德里克的情緒漸漸好轉。午休時間，在員工餐廳裡，他和賀茲費德女士聊得相當起勁。下午兩點半，他讓大家再度開始排練。三點半時，英俊的波內提嘴邊露出了厭惡的表情，雙手插在褲袋裡，像個被寵壞的小孩一樣嘟囔：「這份苦差事還沒有要結束嗎？」何夫根聽見這話，用柔和但冰冷的雙眼狠狠瞪了他一眼，說：「什麼時候結束，就只由我來決定！」同時把他的漂亮下巴抬得特別高。他向全體演員擺出一張高貴而神經質的暴君臉孔，但那張臉同時也讓人聯想起上了年紀、被惹惱的家庭女教師蒼白的臉孔。大家都很害怕，嬌小的安潔莉卡尤其感到背脊上一陣甜蜜而劇烈的寒顫。有幾秒鐘的時間，大家乖乖地一動也不敢動；等到他們的主子做出了一個讓大家放鬆的手勢，這群受到驚嚇的人明顯鬆了一口氣。亨德里克把手一拍，帶著施恩般的開朗仰起了頭。「繼續排演，各位。」他喊道，聲音鏗鏘響亮，幾乎沒有人能夠抗拒這個聲音。「我們剛才排演到哪裡了？」

大家乖乖地排演下一幕戲，但是這一幕還沒排演完，這時亨德里克朝他的手錶瞥了一眼。時間是差十五分四點。當他注意到這一點，他嚇了一跳，而且嚇到胃都痛了。他想起來他和尤麗葉約好了四點在他的住處見面。當他用倉促客氣的話語告知團員排練到此為止，他的笑容不太自然。年輕的米克拉斯悶悶不樂地朝他走近，想問他一個問題，他急忙揮手拒絕。他穿過昏暗的觀眾席，朝出口跑去。從劇院大門到員工餐廳那段坡度很大的路他用跑的，上氣不接下氣地抵達了H.K.餐廳，從掛鉤上扯下他的棕色皮大衣和灰色軟帽，隨即走遠了。

走到街上他才穿上大衣，同時在心中盤算。「如果用走的，不管我走得再快，我還是會遲到幾分鐘。尤麗葉不會給我好臉色看。如果搭計程車我就來得及，搭電車也幾乎還來得及。但是我口袋裡就只有一枚五馬克的硬幣，而我至少也得付給尤麗葉五馬克。所以搭計程車是想都不必想了；搭電車其實也不行，因為那樣一來就只剩下四馬克八十五芬尼，對尤麗葉來說太少了，況且都是些小面額的硬幣，她早就說過她不收。」

他一邊考慮這些事，一邊也已經繼續快步往前走。基本上，他可能根本沒有認真考慮要花錢叫車，甚至就只是去搭電車；因為五馬克找開成為一堆零錢會真的惹惱他的女友，而她因為他稍微遲到而看似大發雷霆卻已經成為他們相處時必不可少的儀式。

這個冬日晴朗嚴寒，亨德里克在那件輕薄的皮大衣底下覺得很冷，何況他還忘了把扣子扣上。他的手腳尤其受凍：他沒有手套，而那雙像涼鞋一樣有扣帶的鞋子顯然不適合這個季節。為了讓自己暖和起來，也為了節省時間，他邁開大步，走著走著往往變成古怪的蹦蹦跳跳。許多路人帶著微笑或是不以為然地看著這個奇怪的年輕人：他穿著那雙輕薄而獨特的鞋子敏捷地移動，帶點傻氣，也帶點仙氣。此外他不僅又蹦又跳，而且還一邊唱歌，輪流唱出莫札特所做的曲調和輕歌劇中的流行歌曲。這個快步趕路的人還用各式各樣的手勢來伴隨他的蹦跳和歌唱，這也不是每天都能見到的。此刻他正用一束紫羅蘭玩拋接遊戲。他發現這束花插在他大衣最上面的一個釦眼裡，想必是劇團裡某個愛慕他的女士送的，這份柔美的禮物很可能來自嬌小的安潔莉卡。

亨德里克一邊想著患有近視、和藹可親的安潔莉卡，一邊在大街上又唱又跳，令路人感到又好氣又好笑。難道他沒有察覺有一位中產階級女士輕輕推了一下另一位，對她耳語：「這一定是劇場的人吧？」另一位則吃吃笑著說：「沒錯，這不就是一向在藝術劇院裡演出的那個人嗎？那個叫何夫根的。你瞧，他的動作多麼滑稽，還一邊唱個不停！」她們兩個都笑了，而在街道的另一側，幾個青少年也跟著笑了。可是這一次亨德里克既沒有注意到那兩位女士，也沒有注意到那幾個中學生，雖然由於虛榮心和職業使然，他原本習慣去注意並記住別人對他的每個手勢和姿態有什麼反應。他在寒冷中輕盈地快步行走，期待著和尤麗葉相會，這使他處於一種微醺的狀態。

如今他難得會有這種歡欣鼓舞的情緒了！從前，是的，從前他經常這樣，也許幾乎總是這樣：如此飄飄然而且陶然忘我。當他二十歲在巡迴劇團裡飾演父親角色和壯年英雄的時候：當年他曾有過快活的時光。那時他的縱情歡樂和遊戲人間要勝過他的野心，那是很久以前的事了，雖然也許並不像他如今所以為的那麼久遠。他真的變了這麼多嗎？他不仍舊是縱情歡樂而遊戲人間嗎？即便是此刻，在這個美好時刻，他也不再知道野心為何物。假如野心和偉大事業的概念此刻具體出現在他面前，他也只會對它們嗤之以鼻。此刻他就只意識到：空氣清新，陽光照耀，而他還年輕。此外他還意識到：他在快步行走，他的圍巾在風中飄揚，他馬上就會到他心愛的女人身邊。

這美好的心情使他變得仁慈，例如對他經常羞辱、經常惹她傷心的安潔莉卡。這時他近乎溫柔地想起她。「一個可愛的孩子，一個非常可愛的孩子，今天晚上我要送她點什麼，讓她也能開心一下。我難道不能和安潔莉卡一起生活嗎？是的，那會生活得很愜意，要比和尤麗葉一起生活愜意得多。」儘管此刻他因為感動而心懷仁慈，他還是忍不住嘲諷地吃吃笑了，因為他把安潔莉卡拿來和尤麗葉相比較。嬌小可憐的西伯特小姐和身材高大的尤麗葉，後者可怕的脾氣正好是他所需要的。這麼想是冒犯了，他在心裡請求尤麗葉原諒，同時走到了他住處門口。

他住在一棟老式別墅一樓的一個房間，這棟別墅位在一條安靜的街上，在三十年前屬於這座城市最高尚的街道。隨著戰後嚴重的通貨膨脹，這個高級地段的居民變窮了；由於缺乏維護，那些有許多牆垛和山牆的別墅看起來已經相當破敗，一如圍繞著這些別墅的大庭院。亨德里克的房東蒙克貝格領事夫人也處於經濟窘迫的情況，他每個月付她四十馬克，租住一個寬敞的房間。但她仍舊是一個自尊自重、無可挑剔的老夫人，有尊嚴地穿著她那身有著蓬蓬袖和蕾絲披肩的奇特服裝，光滑的髮線上永遠沒有一根頭髮敢亂動，薄薄的嘴唇周圍會露出嘲諷但是並無怨恨的細紋。蒙克貝格夫人是個寡婦，她的優越感足以讓她對這位房客的怪癖和種種頑皮行徑不以為意，而能夠看出其滑稽逗趣的一面。在她的朋友圈裡，一些和她同樣高雅、同樣貧窮、裝扮幾乎和她一模一樣的老夫人，她經常以冷冷的幽默感說起她房客所做的傻事。「有時候他會單腳跳上台階，」她說，露出近乎傷感的微笑。「而且他去散步的時候，會突然坐在人行道上。各位想一想：坐在那骯髒的鋪石地面上，因為他擔心自己會絆一跤然後摔倒。」那些老夫人全都半是震驚、半是好笑地搖著白髮蒼蒼的頭，使得連著披肩的頭紗簌簌作響，領事夫人又替他緩頰地說：「各位又能怎麼樣呢？他是個藝術家……也許是個很重要的藝術家。」這位出身貴族的老夫人緩緩地說，同時在茶几褪了色的蕾絲桌巾上移動著蒼白瘦削的手指，這些手指在這十年來都不再戴著戒指。

在蒙克貝格夫人面前，亨德里克感覺沒有自信；她高貴的出身和過往令他生畏。因此，當他砰地一聲把大門在身後甩上，就在門廳裡遇見了這位高貴的老夫人，他也深深感到不自在。由於她姿態威嚴，他也稍微收斂了一點，把紅絲巾拉拉整齊，再把單眼鏡片夾在眼前。「晚安，夫人，您好嗎？」他用吟唱的聲音說，在這句禮貌性慣用語的句尾沒有把音調抬高，強調出這句話約定俗成、禮貌而空洞的特質。他說出這句禮貌的短短問候時微微欠身，儘管姿態優雅輕鬆，卻幾乎帶有宮廷風格。

寡居的蒙克貝格夫人沒有露出微笑，只是眼睛和薄唇周圍的細紋更明顯地流露出世故的嘲諷，當她回答：「您快點吧，親愛的何夫根先生！您的……老師已經等了您十五分鐘了。」蒙克貝格夫人在「老師」一詞前面挖苦地停頓了一下，使得亨德里克感覺自己的臉開始發燙。「我的臉肯定漲得通紅，」他心想，既生氣又羞愧。「但是這裡光線昏暗，她不會注意到，」他試圖鎮靜下來，同時以西班牙貴族的完美風度告辭。

「謝謝您，夫人。」他打開他房間的門。

房間裡是一片漾著粉紅色的昏暗，就只有沙發床旁邊的低矮圓桌上那盞燈亮著，燈上罩著一條彩色絲巾。亨德里克．何夫根低聲下氣地用略微顫抖的聲音對著那片漾著色彩的昏暗問道：

「泰芭公主，妳在哪裡？」

一個低沉咆哮的聲音從一個黑暗的角落回答他：「在這裡，你這隻豬。不然還會在哪裡？」

「噢，謝謝，」亨德里克說，聲音還是很小，他低著頭仍舊站在門邊。「喔……現在我看得見妳了……我很高興能看見妳……」

「都幾點了？」那個女子從角落裡喊道。

亨德里克顫抖地回答：「大約四點吧……我想。」

「大約四點！大約四點！」那個凶巴巴的女人說，她仍舊隱身在黑暗中。「這真有趣啊！

真是太棒了！」她說話帶著濃重的北德口音，嗓音嘶啞，就像一個經常喝酒、抽菸和咆哮的水手。「已經四點一刻了，」她說，聲音忽然小了下來，令人發毛。這可怕地壓低了的聲音是個不祥的預兆，她以同樣的聲音要求他：「你不要稍微靠近我一點嗎？漢茲，就只靠近一點點就好！但是先把燈打開！」

聽到她喊他「漢茲」，亨德里克嚇得縮起身子，彷彿被打了第一下。他不准任何人這樣喊他，就連他母親也不行：只有尤麗葉敢這樣叫他。除了她以外，在這座城市裡大概也沒有人知道他的前名原本叫漢茲。唉，他是在哪個甜蜜而軟弱的時刻向她透露的？漢茲：在他十八歲以前，所有的人都用這個名字喊他。直到他明白自己想要成為演員，而且想要成名，他才用了「亨德里克」這個比較文雅的名字。當時要讓家人習慣這個名字並且認真看待這個名字是多麼困難啊，這個與眾不同、格調高的「亨德里克」。有多少封以「親愛的漢茲」開頭的信他沒有回覆，直到他母親貝拉和妹妹約西終於認命地接受了這個新名字。他不講情面地和那些堅持用「漢茲」來稱呼他的兒時朋友斷絕了往來；再說，那些同伴喜歡從陳年往事中翻出令人難堪的糗事，不知輕重地打趣狂笑，他也懶得和這些人來往。漢茲已經死了，而亨德里克將會揚名立萬。身為年輕演員的何夫根和經紀公司、劇院主管和文藝刊物編輯進行了一場激烈的抗爭，為了要別人正確拼寫他這個憑空杜撰、自命不凡的名字。每當他看見他的名字在節目表上或是在一篇劇評裡被寫成「亨里克」，他就生氣委屈得發抖。這個他自己選擇的名字中間那個「德」

字，對他而言具有非凡的神奇意義：一旦他能夠使全世界的人都無一例外地承認他是「亨德里克」，那麼他就達到了目標，成為一個功成名就的人。

在亨德里克．何夫根野心勃勃的念頭裡，名字扮演著如此重要的角色，不只是個稱謂，而是一份任務和義務。儘管如此，此刻他容忍尤麗葉從她隱身的黑暗角落裡咄咄逼人地用「漢茲」來稱呼他，這個被他拋棄、被他厭惡的名字。

他聽從了她的兩個命令；打開了電燈開關，一道刺眼的光亮頓時令他目眩，然後他朝尤麗葉走近了幾步，仍舊低著頭。他在離她一公尺處停了下來，但是她也不允許他這麼做。她用沙啞的聲音帶著令人不安的和善說：「再靠近一點，好孩子！」同時仍舊咬牙切齒。

由於他沒有離開原地，她引誘他，就像引誘一條狗，用諂媚的語氣引誘牠過來，再用更殘忍的手段懲罰牠。「靠近一點，帥哥！再靠近一點！不要害怕！」他仍舊一動也不動，仍舊低著頭，肩膀和手臂無力地垂下，太陽穴和眉毛周圍出現了一種痛苦而緊張的神情，張開的鼻孔吸進了一股甜膩刺鼻的香水味，這股氣味和另外一種更加猛烈但絕對不甜的氣味，一具身體的體味，令人興奮又折磨人地混合在一起。

由於他那副哭喪著臉而又高貴的姿態維持得太久，令那個女孩感到無聊和惱怒，她忽然發出了憤怒的聲音，就像發自原始森林的沙啞怒吼：「別站在那裡，一副好像尿濕了褲子的樣子！抬起頭來，真是夠了！」她又更威嚴地加了一句：「看著我的臉！」

他緩緩抬起頭來，太陽穴周圍的痛苦神情加深了。在他蒼白的臉上，那雙藍綠色的眼睛出於喜悅或是恐懼睜得大大的。他無言地凝視著泰芭公主，他的黑色維納斯。

她的黑人血統只來自於她母親，而她父親是漢堡的一位工程師，但事實證明黑人血統要比白人血統更強勢：她看起來不像混血兒，而幾乎像是純種黑人。她粗糙的皮膚是深褐色的，在某些地方有點乾裂，在某些部位幾乎是黑色的，例如低矮隆起的額頭上和結實細長的手背上。天生膚色較淺的部位就只有她的掌心，但她藉由化妝而任意改變了臉頰上半部的顏色：形狀野蠻的強壯顴骨上那抹胭紅就像一道狂亂的微光。眼睛周圍也化了妝：剃掉了眉毛，用炭筆畫上細細的線條，戴上了假睫毛使睫毛變長，上眼瞼的眼影塗成泛紅的藍色，一直延伸到那兩道細眉。厚厚的雙唇則保留了天然的顏色。在她大笑和罵人時露出的那兩排耀眼牙齒上方，她的嘴唇顯得粗糙，就像她雙手和頸部的肉，而且是一種深紫色，黯淡的色調和牙齦與舌頭那種健康的紅色形成了強烈的對比。她那雙靈活、殘酷、聰明的眼睛和那兩排閃亮的牙齒主宰了她的臉，使人一開始根本不會注意到她的鼻子；那鼻子又扁又塌，要仔細去看才看得出來。事實上，這個鼻子彷彿不存在；在那張具有邪惡魅力的狂野面具上，這個鼻子不像是個隆起，而像是個凹陷。

以尤麗葉極具野性的頭顱，別人會希望她身後的背景是一片原始森林，而不是這個中產階級的房間，有著絨布家具、小擺飾和絲質燈罩。此外，令人失望的不僅是襯托著這個頭顱的室內裝潢，還有這個頭顱頂上的頭髮。那完全不是能和這個額頭、這雙嘴唇相匹配的黑色細密捲髮，而是平滑的暗金色頭髮，令人驚訝。她髮線中分的髮型很簡單。這位黝黑的女士喜歡強調她的頭髮向來如此，她從不曾加以改變：髮色和髮質遺傳自她父親，亦即那位來自漢堡的工程師馬騰斯。

一個叫這個名字、從事這個職業的男人曾是她的父親，這一點似乎是確定的，或者說並沒有人質疑過。再說馬騰斯已經死了好幾年了。他並不適應在非洲內陸那段工作繁重的日子。由於染患瘧疾發燒而變得虛弱，由於注射奎寧和飲酒過量而損及心臟，他返回漢堡，為了在那裡死去，也死得很快，而且沒有引起太多注意。他把曾是他情人的黑人女子留在剛果，也留下了可能是他女兒的那個黑皮膚小孩。這個工程師的死訊沒有傳到非洲。過了一段相當長的時間，尤麗葉也失去了她的母親，於是她啟程前往那個非常遙遠、肯定十分美好的德國。她希望在德國能夠得到父愛的庇護，然而沒有人能夠告訴她那個工程師葬在哪裡。她可憐的父親的骸骨下落不明，一如他的遺物。

幸好年輕的尤麗葉會跳踢踏舞，而且跳得不錯：這是她在她族人那裡學來的。於是她很快就在聖保利區一家高級夜總會裡找到了工作。本來她肯定能在那裡站穩腳步，而且聰明又有活力的她說不定還能得到光榮的晉升，若非她暴躁的脾氣和控制不了地嗜飲烈酒成了她的致命傷。她喜歡用馬鞭去抽打和她意見相左或是合不來的熟人和同事，而且根本克制不了自己：這個習慣在聖保利區的娛樂圈裡起初被視為一種逗趣可愛的特色，但時間一久就變得太過怪異，況且也實在煩人。

尤麗葉被解僱了，接著以很快的速度體驗到所謂的「每況愈下」，意思是她不得不在愈來愈小、名聲愈來愈差的場所表演她的舞蹈技巧。漸漸地，她從這種工作得到的收入愈來愈少，不久之後，她就被迫透過兼差來掙取額外的收入。那還會是什麼樣的工作呢？除了晚上在繩索街和鄰近的巷弄裡徘徊[1]？她昂首闊步地走在人行道上，步態近乎高傲，那具黝黑美麗的身體的確不是這個出賣身體的市場上最差的貨色，提供給每夜於此過境的水手和漢堡市的男人，不分貴賤。

不過，演員何夫根絕對不是在買春時認識他的黑色維納斯的，而是在一家小酒館，那裡煙霧瀰漫，喝醉的水手吵吵嚷嚷，她以每晚三馬克的酬勞在那裡展示她黝黑光滑的四肢和巧妙的踢踏舞技。在這個昏暗秀場的節目單上，黑人女舞者尤麗葉．馬騰斯被冠上「泰芭公主」的名號。這個名字其實只能當成藝名來使用，但是她聲稱自己在現實生活中也有權使用這個名稱。如果相信她的說法，那麼她已故的母親，亦即那位漢堡工程師所遺棄的愛人，具有純正的貴族血統，是一位如假包換的黑人國王之女。這位國王富甲一方，高尚仁慈，可惜在仍舊年輕的時

1 繩索街（Reeperbahn）一帶是漢堡市著名的紅燈區。

候就被敵人給吃了。

亨德里克．何夫根雖然非常喜歡這個頭銜，但是令他印象深刻的倒不是這個頭銜，而是她靈活殘酷的雙眼和她巧克力顏色的腿上肌肉。等到泰芭公主的節目表演完畢，他去這位女藝人的更衣室求見，向她表達他的願望，這個願望乍聽之下也許有點令人訝異，亦即：他想跟她學習舞蹈。「如今的演員必須接受訓練，就像雜技藝人一樣，」何夫根補充說明。但是這位公主對他的說明似乎並不熱中。她沒有納悶多久，就把每小時的酬勞和第一次碰面的時間說定了。

亨德里克．何夫根和尤麗葉．馬騰斯之間的關係就這樣建立了。這個黝黑的女孩是「老師」，亦即主子；站在她面前的蒼白男子是「學生」，亦即服從者、卑屈者，以同樣的謙卑接受常有的處罰和少有的稱讚。

「看著我！」泰芭公主下令，同時嚇人地轉動她的眼珠，他的眼睛則既渴望又害怕地緊盯著她專橫的表情。

「妳今天真美啊！」他終於吐出這句話，因為他的嘴唇似乎不聽使喚。

她喝叱他：「別胡說！我並沒有比平常更美。」但她卻同時虛榮地撫摸自己的胸部，把那條緊身短小的褶裙拉好，裙長略高於膝蓋。由於那雙柔軟的綠色漆皮長靴包覆了小腿肚，只看得見一小截黑色絲襪。這位公主穿了一件灰色毛皮短外套來搭配這雙漂亮靴子和那件短裙，外套的領子在頸部高高翻起。幾個廉價的鍍金粗手鐲在她黝黑結實的手腕上叮噹作響。她這一身裝扮中最精緻的物品是一條馬鞭，那是亨德里克送她的禮物。馬鞭是亮紅色的，用皮革編成，尤麗葉以短促有力而咄咄逼人的節奏用馬鞭敲打著她那雙綠色長靴。

「你又遲到了十五分鐘，」她在停頓了很久之後說，低矮的額頭隆起成兩小團肉，擠出凶惡的皺紋。「我到底還要警告你多少次，親愛的？」她陰險地小聲問道，接著怒氣突然爆發：「夠了！我受夠了！把你的手伸出來！」

亨德里克緩緩舉起雙手，手心向上。而他那雙被催眠了、睜得大大的眼睛沒有從他情人憤怒猙獰的面孔上移開。

她一邊抽打，一邊用刺耳的嘶吼數著：「一、二、三！」那條精緻的鞭繩狠狠地從他掌心上呼嘯而過，他的掌心立刻就出現了紅色的血痕。他感受到強烈的疼痛，痛得淚水湧進了眼睛。他的嘴扭曲了；打第一下時他輕聲尖叫，然後他控制住自己，臉色僵硬蒼白地站在那裡。

「一開始這樣就夠了，」她說，忽然露出疲倦的微笑，這完全違反了遊戲規則：這個微笑一點也不猙獰殘酷，而帶著善意的嘲弄和些許同情。她垂下鞭子，別過頭去，側著臉，擺出美麗而悲傷的姿勢。「換衣服吧！」她小聲地說。「我們要上課了。」

房間裡沒有能讓他躲在後面換衣服的屏風。尤麗葉半垂著眼瞼，用絲毫不感興趣的目光觀察著他的每一個動作。他必須脫掉所有的衣服，把他已經有點太胖、長著泛紅毛髮的白皙身體呈現在她眼前，再穿上那件藍白條紋的無袖上衣和黑色運動短褲。最後他以這套不太體面的服裝，以這一身幼稚可笑的打扮站在她面前，他稱之為他的「運動服」，包括黑色鏤空平底鞋配上白襪，襪子在腳踝上方俏皮地捲起來，還有閃亮的黑色緞面短褲，就像小男孩在體操課上所穿的，再加上那件讓脖子和手臂裸露在外的條紋上衣。

她打量著他，挑剔而冷漠。「從上個星期以來你又胖了一點，親愛的，」她指出，同時嘲諷地用皮鞭敲打著她的綠色長靴。

「對不起，」他小聲地請求原諒。在那具裝扮怪異的身體上方，他蒼白的臉孔保持著全副嚴肅和一份近乎悲壯的尊嚴，那張臉有著線條嚴謹的下巴、敏感的太陽穴和形狀美麗的哀怨眼睛。

這個黑人女子去操作留聲機。爵士樂節奏分明的樂聲驟然響起，她在樂聲中粗聲說道；「開始吧！」同時齜著兩排白閃閃的牙齒，並且慍怒地轉動眼睛：這正是此刻他期望並要求她做出的表情。

在他面前，她的臉就像一個異邦神祇嚇人的面具：這個神祇高踞在原始森林中一個隱蔽之處，而祂齜牙咧嘴、轉動眼睛，要求以生人獻祭。祭品被帶到祂面前，鮮血在祂腳邊飛濺，祂用凹陷的鼻子嗅著那熟悉的甜腥味，同時隨著那狂野鼓聲的節奏微微擺動祂威嚴的上半身。祂的臣民圍繞著祂表演狂喜的舞蹈。他們甩動雙臂和雙腿，他們跳躍、搖擺、踉蹌；他們的吼聲變成了喜悅的呻吟，呻吟變成了喘息，而他們也已經倒下，匍匐在這個黑色神祇的腳前，他們敬愛的神，他們崇拜的神，一如人類只會敬愛和崇拜他們為之獻出最珍貴之物的神祇：這份最珍貴的東西就是鮮血。

亨德里克開始緩緩起舞。但是他身上那份受到觀眾和同事欣賞的輕盈自若到哪兒去了呢？消失了。此刻他似乎只在痛苦中踩出舞步，而在痛苦中也有喜悅：這從他蒼白緊抿著嘴唇顯現忘我的微笑和恍惚的眼神流露出來。

尤麗葉自己並沒打算跳舞，而讓這個學生獨自苦練。她只用拍手、粗聲叫喊和隨著節奏搖擺身體來替他加油。「快一點，快一點，快一點！」她生氣地要求。「你骨子裡都有些什麼？你還算是個男人嗎？你還算是個演員嗎？還想讓別人花錢來看你嗎？瞧你這個滑稽可笑的可憐蟲……」鞭子抽在他的小腿肚和手臂上。這一次他的眼睛沒有湧出眼淚，而是仍舊乾燥發亮。只有他緊抿的雙唇在顫抖。泰芭公主又一次鞭打他。

他沒有間斷地跳了半個小時，彷彿這是一項嚴肅的訓練，而不是一種有點陰森恐怖的娛樂。最後他喘得很厲害，腳步踉蹌，臉上滿是汗水。他吃力地說：「我頭暈。我可以停下來嗎？」

她朝著時鐘看了一眼，淡淡地簡短回答：「你至少還得再跳十五分鐘。」

由於音樂再度響起，而尤麗葉又狂熱地拍起手來，他又嘗試去跳那複雜的舞步。但是他飽受折磨的雙腳在那雙俏皮的鞋襪裡不聽使喚了。亨德里克搖晃了一秒鐘，隨即靜立不動，用顫抖的手擦去額上的汗水。

「你在開什麼玩笑？」她低聲咆哮。「沒有我的准許你就停下來？這倒是新鮮事，這倒好了！」

她把那條紅色鞭子對準他的臉抽下去，他及時躲開了這可怕的一擊。晚上去劇院時臉上帶著一條從額頭到下巴的血痕：這就太離譜了。儘管他此刻心神恍惚，他還是知道他絕對不能讓這種事情發生。「別這樣！」他簡短地說。當他已經轉身背向她，他又加了一句：「今天就到此為止。」

她明白這不再是開玩笑。她沒有回答，如釋重負地輕輕嘆了一口氣，看著他披上那件襯裡很厚、已經有好幾處撕破了的紅色絲質睡袍，然後在那張臥榻上躺下。

那張沙發在白天裡鋪著布巾和彩色靠墊，夜裡可以當成床鋪使用。沙發旁邊的圓形矮桌上立著一盞燈。

「把那刺眼的燈光關掉！」亨德里克央求道，用那種吟唱般、帶有哭腔的聲音。「然後到我這兒來，尤麗葉！」

她穿過那片玫瑰色的昏暗走向他。等到她停在他身旁，他輕聲嘆息：「真好！」

「剛才好玩嗎？」她不帶感情地問，替自己點燃了一根香菸，也把火遞給他；他用拉荷・莫倫薇茲送他的那支普普通通的長菸嘴抽菸。「我筋疲力盡了，」他說。聽見這話，她咧開大嘴，露出和善體諒的微笑。「這樣很好，」她說，同時朝他俯下身子。

他把那雙長著紅色毛髮的蒼白大手擱在她穿了黑絲襪而閃閃發亮的勻稱膝蓋上，作夢般地說：「親愛的，我這雙粗俗的手在妳漂亮的腿上看起來是多麼醜陋啊！」「你身上的一切都很醜陋，我的小豬，從頭到腳，還有手和其他一切！」她以一種凶巴巴的溫柔向他保證。

她輕輕倚在他身旁。她脫掉了那件灰色毛皮短外套，底下穿著一件襯衫狀的緊身上衣，材質是紅黑相間的格紋絲質布料，十分閃亮。

「我會永遠愛妳，」他疲憊地說。「妳很堅強、純潔。」同時他垂著眼瞼看著她堅挺的乳房在單薄貼身的布料底下明顯凸起。

「喔，你只是說說罷了，」她說，語氣嚴肅而且略帶鄙夷。「這只是你的想像。有些人是會這樣，總是去想像這類事情，否則就會感到不自在。」

他用手指去觸摸她那雙柔軟的長靴。「可是我的確知道我會永遠愛妳，」他輕聲低語，閉上了眼睛。「我再也找不到像妳這樣的女人了。妳是我的真命天女，泰芭公主。」

她在他蒼白疲憊的臉龐上方搖了搖她黝黑嚴肅的臉。「可是你卻不准我在你演出的時候去劇院，」她抱怨。

他輕聲說：「但我只為了妳而演出，就只為了妳，我的尤麗葉。我從妳身上得到力量。」

「但是我不會讓別人來禁止我，」她倔強地說。「不管你准不准，我都會去劇院。下一次我會坐在一樓的觀眾席上，在你走上舞台的時候放聲大笑，我的猴崽子。」

他急忙說：「別開玩笑了！」嚇得睜開了眼睛，並且稍微坐直了。看見他的黑色維納斯似乎使他再度平靜下來。他露出微笑，甚至用法文吟誦起來。

「噢，美啊，你是來自碧空，還是來自九泉？」

「這是哪門子鬼話？」她不耐煩地問。

「這出自那邊那本精彩的書，」他向她說明，指著茶几上檯燈旁一本黃色書皮的法文書，那是波特萊爾的詩集《惡之華》。

「這些我不懂，」尤麗葉不高興地說。但他正陶醉其中，不為所動地繼續吟誦：「在你嘲弄的死者身上前行，美啊，恐怖是你嫵媚的珠寶，而謀殺是你最珍貴的飾品，在你驕傲的肚腹婀娜起舞……」

「你怎麼能夠說這麼愚蠢的謊話，」她說，用黝黑修長的手指碰觸他正在說話的嘴。

他卻繼續往下說，一直用同樣那種憂傷吟唱的聲調：「你從來沒告訴過我妳從前的生活，泰芭公主。我的意思是在你的故鄉……」

「我什麼都不記得了，」她簡短地說。然後她吻了他，也許只是為了阻止他繼續提出不得體和具有詩意的問題。她那有如野獸般張得大大的嘴有著裂痕斑斑的暗色嘴唇和血紅的舌頭，緩緩湊近他貪婪蒼白的嘴。

等她把臉從他臉上抬起來，他繼續說：「我不知道妳剛才是否明白我的意思，當我說我只為了妳而演出，只透過妳而演出。」當他這樣作夢般地柔聲說話，她用她熟練的手指梳過他稀疏的柔軟頭髮，燈光在他黯淡的頭髮上幻化出一點金光。她梳理他柔軟頭髮的方式其實並不溫柔，而是嚴肅而實際，彷彿想要弄出個髮型似的。「我說的完全就是字面上的意思，」他繼續說。「如果我有一點討人喜歡，如果我有所成就，我都要感謝妳。見到妳，摸到妳，泰芭公主，這對我來說就像具有神奇的療效……是件美妙的事，令人神清氣爽，完全無與倫比……」

「唉，如果你能一直這樣胡說八道下去，」她慈愛地說。「你是我遇過最搞笑的小混蛋。」為了讓他安靜下來，她把一雙手擱在他臉上，幾個粗手環在他下巴旁邊叮咚作響，她雙手的淺色掌心靜靜擱在他臉頰上。這下子他終於不再吭聲。他把頭在枕頭上挪正，彷彿想要入睡。同時他以一種求救的姿態緊緊摟住這個黑人女孩。當她在他的擁抱中完全靜止不動，她的雙手仍然擱在他臉上，彷彿必須避免讓他看見她此刻俯視著他時，臉上那溫柔嘲弄的笑容。

第3章 克諾科

這一季的演出繼續進行，對漢堡藝術劇院而言這一季的票房不差。奧斯卡·克羅格曾說何夫根的一千馬克月薪過高，但他這句話肯定是說錯了。假如少了這位演員兼導演，劇院根本無法維持下去。他貢獻良多，勤奮努力，而且點子很多。他什麼角色都演，不分老少：不僅是米克拉斯有理由嫉妒他，就連彼得森乃至奧圖·烏里希都有理由嫉妒他。但是烏里希忙著更重要的事，並不那麼在乎中產階級的劇場活動。何夫根在聖誕童話中扮演機智英俊的王子，贏得了孩童的心；女士們覺得他在對話風趣的法國喜劇和王爾德的喜劇作品中令人難以抗拒；漢堡觀眾中的文學愛好者則討論他在《春醒》中的表現、在史特林堡的《夢幻劇》[1]中飾演的律師、在畢希納的《雷昂采與雷娜》[2]中飾演的雷昂采。他可以高雅，也可以悲慘。他有那抹「邪氣」的微

---

1 《夢幻劇》（*Ein Traumspiel*）是瑞典劇作家史特林堡最知名的作品之一，被視為表現主義和超現實主義的先驅。

2 《雷昂采與雷娜》（*Leonce und Lena*）為德國作家畢希納（Georg Büchner 1813-1837）的劇作，是一齣隱含社會批判的喜劇。

笑，但也有太陽穴旁的痛苦表情。他以機智風趣令人著迷，以他霸氣抬起的下巴、斬釘截鐵的命令語氣、驕傲緊張的姿態令人印象深刻；他以溫順、無助迷茫的眼神、不諳世事的稚嫩無措打動人心。他時而善良，時而刻薄，時而傲慢，時而溫柔，時而果敢，時而頹喪，完全視劇目的要求而定。在席勒的劇作《陰謀與愛情》中，他輪流飾演費迪南少校和伍爾姆祕書，前者是熱情洋溢的情人，後者是卑鄙的陰謀家：而他其實沒有必要這樣賣弄他無庸置疑的變身能力。他上午排演《哈姆雷特》，下午排演一齣名叫《咪咪一手包辦》的鬧劇。那齣鬧劇在除夕夜上演，並且大獲成功，施密茲可以感到滿意；可是克羅格對那齣《哈姆雷特》卻大發雷霆，在彩排時都還想禁止這齣戲上演。「在我主持的劇院裡從來都不容許這種胡鬧！」這位文學劇場的老前輩大為震怒。「不能把《哈姆雷特》像一齣鬧劇一樣隨便演一演！」何夫根演了；他在那身直扣到領口的黑色戲服裡令人印象深刻，加上他神祕斜睨的眼睛和備受折磨的蒼白臉孔，隔天上午得到漢堡媒體的肯定，說那是一場別緻的演出，也許處理得不夠細膩，有點即興，但仍舊充滿了扣人心弦的時刻。安潔莉卡．西伯特得以飾演歐菲莉亞，在每一次排練時都幾乎哭成了淚人兒，而在首演時因為哭得太厲害而差點無法上台。順帶一提，後來有幾個行家認為她在這場稍有可議之處的演出中其實是表現最好的。

何夫根每天工作十六個小時，每星期至少會精神崩潰一次。這些危機出現時總是非常激烈，而且形式多樣。有一次何夫根倒在地上無聲地抽搐；下一次他雖然還站著沒倒下，但卻發出恐怖的尖叫，而且連著叫了五分鐘沒有間斷；然後他又在排演時聲稱他的嘴巴張不開，把大家都嚇壞了，他說他的嘴巴抽筋了，情況很糟，說他現在只能嘟嘟囔囔地講話，而接下來他就也嘟嘟囔囔地講話。晚上演出之前，在更衣室裡，他讓波克（此人一直還沒有拿回上次借他的那七塊半馬克）替他按摩下半臉，他咬緊牙關，又是呻吟又是嘟囔。十五分鐘後，在舞台上，他的嘴又跟平常一樣聽話了；他熟練地使用他的嘴，神采飛揚，表演成功。

在泰芭公主爽約沒來的那一天，他又哭又叫又抽搐。那次發作很可怕，劇團團員嚇壞了，膽怯地圍著他站立，儘管他們已經習慣了他的精神崩潰。最後，賀茲費德女士拿了水來澆在這個哭鬧不休的人身上。順帶一提，尤麗葉很少讓她男友有理由如此絕望；通常她都會在約好的時間準時出現在他住處，並且做到他期望她做到的事。在這番吃力傷神的午後娛樂過後，他更加強壯，精神抖擻，有了更多點子，更加霸道也更加頑強。他對尤麗葉說他愛她，說她是他生活的中心。有時候他相信自己所說的話。在他的黑色維納斯身旁，他不是為了他的野心而受到懲罰嗎？在她面前他不是貶抑了自己的虛榮心嗎？他不是真的愛她嗎？有時候，他會在夜裡從H. K.餐廳走路回家的途中思考這件事。然後他會對自己說：是的，我愛她，這是確定的。他聽見內心更深處的一個聲音說：你為什麼要欺騙自己呢？但是他成功地讓這個聲音不再吭聲。至於他內心最深處的聲音則沉默不語。亨德里克可以相信他有能力去愛。

小安潔莉卡很煎熬，何夫根不在乎。賀茲費德女士很煎熬，他用知性的交談打發她。羅夫．波內提很煎熬，由於小安潔莉卡的緣故，不管他多麼固執而熱烈地追求她，她仍舊難以接近。於是這個年輕英俊的情人只好在拉荷．莫倫薇茲那裡尋求安慰，而他做得不情不願，臉上帶著厭惡的表情。漢斯．米克拉斯懷著恨意，挨著餓，如果埃弗女士沒有剛好送他奶油麵包。他和政治立場相同的朋友一起咒罵馬克思主義者、猶太人和替猶太人效勞的走狗；他頑強地訓練自己，得到一些小角色，而他顴骨下方的凹陷愈來愈黑。

奧圖．烏里希也常和政治立場相同的朋友在一起，在他們面前，他尤其為了「革命劇場」的開幕時間一再延後而感到尷尬。每一個星期，何夫根就又編出另一個藉口。烏里希經常在排演結束後把這位朋友拉到一旁，向他懇求：「亨德里克！我們究竟什麼時候開始！」於是何夫根就會趕緊熱情地說起資本主義應該受到譴責，說起把劇場當成政治工具，說起有必要採取力道十足、計畫縝密、結合藝術的政治行動，並且最終承諾，一等到《咪咪一手包辦》的首場演出結束，就會開始替「革命劇場」進行排練。

然而，氣氛熱烈的除夕首演結束了，接下來又有許多其他齣戲的首場演出。眼看這個演出季節接近尾聲，幾乎就快結束了，「革命劇場」仍然只存在於那印刷精美的信紙上。何夫根用這些信紙和具有社會主義思想的知名作家通信，興致高昂而且通信對象很廣。當奧圖．烏里希又一次懇求他、催促他，亨德里克向他解釋，說他深感遺憾，由於一些極其嚴重的情況同時發生，對這個演出季節來說為時已晚，很可惜必須等到下一個秋季了。這一次烏里希的臉色陰沉下來。但是亨德里克摟住這位朋友兼同志的肩膀，用令人難以抗拒的聲音向他勸說。那聲音先是吟唱顫抖，然後變得激動尖銳，因為何夫根開始痛斥資產階級的道德淪喪，並且讚揚各國無產階級的團結互助。烏里希的怒氣平息了。兩人道別時久久握著手。

當時正在替這個演出季節準備最後一齣新戲：亨德里克・何夫根要在特奧菲・馬爾德的喜劇作品《克諾科》中飾演主角。馬爾德這齣批判社會的劇作享有盛名，所有的行家都稱讚那獨樹一幟的形式、無懈可擊的舞台效果以及詼諧但不留情的挖苦。將會有劇評家從柏林前來觀賞《克諾科》的首演。此外作者本人也將前來，眾人不無緊張地恭候大駕，因為眾所周知馬爾德自視甚高，陰沉無禮，常會莫名其妙地突然和別人爭吵不休。

儘管害怕，何夫根還是期待著這位知名劇作家的到來。他認為這個具有眼力而且經驗豐富的人將會注意到他的表現，對此他幾乎沒有懷疑。「我在《克諾科》這齣戲裡必須要很出色！」亨德里克向自己發誓。

為了能夠全心投入這個角色，這一次他把這齣戲交給劇院主管克羅格來執導，克羅格是執導特奧菲・馬爾德喜劇作品的老手。《克諾科》屬於一個諷刺劇系列，描繪並嘲弄德皇威廉二世時期的中產階級。這齣喜劇的主角是個暴發戶，用他不顧廉恥賺取的金錢、天生的粗鄙活力和一種不擇手段、卑劣、自信的才智，在最高階層贏得了權勢。克諾科怪誕可笑，但也令人佩服。他代表著典型的資產階級暴發戶，突然發跡，活力充沛，與精神生活沾不上邊。何夫根預期將會把這個角色演得精彩萬分。他具有這個角色那種殘忍尖刻的特徵，有時也具有那種幾乎動人的無助。他使出渾身解數：姿態和手勢帶著有點心虛的威風派頭，但一開始能夠唬住別人；卑鄙狡猾的能言善道，能騙倒所有的人，讓自己往上爬；利慾薰心之人那種蒼白、僵硬、幾乎像英雄般的表情，甚至還有看著自己平步青雲的那種驚恐目光，這種快速的攀升令人暈眩，可能會戛然而止。毫無疑問：何夫根在這齣戲中的演出將會造成轟動。

克諾科的伴侶和他一樣不擇手段，她比較軟弱之處只在於她愛著克諾科，而將在這齣精彩的喜劇中飾演這個伴侶角色的是一個年輕女孩，特奧菲．馬爾德在幾封措辭強烈、近乎發怒的信裡強力推薦她。妮可蕾塔．馮．尼布爾的實際劇場經驗還很少，她登台的次數很少，而且是在比較小型的城鎮，但是她自信滿滿，個性幾乎令人生畏。馬爾德用露骨的言詞威脅可憐的奧斯卡．克羅格，如果藝術劇院的主管階層不聘請尼布爾小姐領銜演出的話，就會鬧出極其難堪的醜聞。這位劇作家恐嚇的措辭使得克羅格害怕地讓步了，讓妮可蕾塔在《克諾科》一劇中以試演的方式客串演出。她搭車前來，帶著好幾個紅色漆皮手提箱，戴著一頂男用黑色寬沿帽，配上火紅色的防風雨衣，臉上有個大大的鷹勾鼻，美麗的高額頭底下是一雙閃亮的貓眼。大家都立刻察覺她是號人物：莫姿女士在H. K.餐廳裡用敬畏激動的聲音確認了這一點，而沒有人能夠反駁她。就連拉荷．莫倫薇茲也無法反駁，雖然她對這個新人的來到感到生氣，因為妮可蕾塔絕對也是個惡魔般的年輕女士，而她既不需要單眼鏡片、也不需要長長的菸嘴來向世人證明這一點。

羅夫．波內提和彼得森討論起妮可蕾塔是否稱得上美女。反應熱烈的彼得森認為她「簡直明豔照人」，謹慎的內行人波內提只想用「有意思」來形容她。「長著那種鼻子哪能稱得上美女！」他不屑地說。

「可是她的眼睛很美，」彼得森愛慕地說，一邊四下張望，看看莫姿是否在附近。「還有她的姿態！簡直稱得上威風凜凜！」

妮可蕾塔從餐廳外走過，挽著何夫根的手臂，很引人矚目。她顯眼的鼻子、炯炯的目光、寬廣的額頭就像一個文藝復興時期的少年頭像。賀茲費德女士以痛苦的洞察力注意到了這一點，她嫉妒地注視著這一對男女。妮可蕾塔站得很挺。她搽著鮮豔唇膏的雙唇以一種乾淨利落的精確吐出那些字詞，每一句話都字正腔圓。她用口腔很前面的部位來發母音，使得它們聽起來亮而淺，沒有一個子音被漏掉，就連隨口說出的慣用語也成了說話技巧的勝利。

妮可蕾塔正在仔細強調她的雄心壯志，如有必要，不惜用上心計。「當然，親愛的！」她斬釘截鐵地對她才認識了幾個小時的何夫根說。「我們全都想要力爭上游。必要時必須不擇手段。」亨德里克從旁邊好奇地看著她，思忖著她此刻說的是否是真心話，還是在裝模作樣。這很難決定。也許這種激進堅定的憤世嫉俗正是一張面具，在那後面藏著一張截然不同的臉。可是誰知道藏起來的這另一張臉是否也有一個如此顯眼的鼻子和一個如此鮮明的嘴巴，就像她此刻自豪地展示出來的這張面孔？

他身邊這個女子令他印象深刻，亨德里克無法向自己隱瞞這一點。毫無疑問，自從他認識尤麗葉以來，這是他第一次向另一個女子投以感興趣的目光。當天他就向他的黑色維納斯坦承了這件事，並且被狠狠打了一頓。這一次不是出於儀式性的原因，也不是因為鞭打他屬於遊戲的一部分，而是發自真心，並且帶著真實的情感，因為泰芭公主生氣了。亨德里克忍受著，呻吟著，享受著，最後向他的公主保證，她仍將是他真正的主子和情人。可是等他再次看見妮可蕾塔，她斬釘截鐵的說話方式、具有穿透力的炯炯目光和她驕傲的姿態就再度令他著迷。

她的腿其實並不美，而是稍嫌太粗；但是她穿上黑絲襪，以得意洋洋的姿態來展示它們，斷然不允許別人對它們的美有任何懷疑。就像亨德里克懂得擺出他那雙並不高貴的手，假裝它們纖細修長。妮可蕾塔交疊雙腿，眼神發亮，露出難以捉摸的微笑，並且把裙子拉到膝蓋上方。亨德里克當然看穿了這整套動作，但正因為如此而為她心醉。就連內行人波內提現在也看上了這雙腿，而亨德里克很能夠想像這雙腿穿上綠色長靴的模樣，這使得妮可蕾塔對他更具有吸引力了。亨德里克仰起蒼白的臉，讓寶石般的眼睛貪婪地游移。他喜歡妮可蕾塔。

他也喜歡她用精準的語言向他透露她的出身和過去。由於他自己的出身背景再平凡不過，稀奇古怪、冒險離奇的事令他佩服。妮可蕾塔說她並不認識自己的父母。「我爸爸是個招搖撞騙的人，」她昂首說道，愉快而自豪。「媽媽在巴黎歌劇院當過一個小舞者，我聽說她很笨，但是據說她有一雙無與倫比的美腿。」她挑釁地看著自己的雙腿，就只是假裝這是一雙美腿。「我爸爸是個天才，一向懂得過奢華的生活。他死在中國，留下了十七家茶館和鉅額的債務。我擁有的唯一一件紀念品是他的鴉片菸斗。」在她的旅館房間裡，她讓亨德里克看了那件遺物。她正經八百地問他要喝茶還是咖啡，讓人忍不住懷疑那背後有鬼。她打電話要服務生送飲料來，那語氣就像冰冷無情地宣讀一個可怕的判決。然後她一五一十地說起她的年少時光。「我根本沒學到什麼東西，」她說。「但是我能夠用手倒立行走，在滾動的球上奔跑，還能像貓頭鷹一樣啼叫。」她學習識字的圖畫書是那本十分值得推薦的法文雜誌《巴黎生活》。她的成長時期有一部分在法國的寄宿學校度過，由於她的調皮搗蛋，總是沒多久就被攆了出來；另一部分時間則是在樞密顧問布魯克納的家裡度過，她說那是她父親年輕時的朋友。

何夫根以前就聽說過樞密顧問布魯克納。這位歷史學家的著作很有名，不過亨德里克並沒有讀過。但是他知道這位樞密顧問的社會地位既重要又不尋常。這位學者和思想家不僅是德國和歐洲學術界與文學界倍受矚目而且常被談論的人物，據說他和政治圈也往來密切而且深具影響力。眾人皆知他和一位社會民主黨籍的部長是朋友，另外他和國家防衛軍也有淵源：他已逝的妻子是一位將軍之女。這位樞密顧問曾前往蘇維埃政權下的俄國巡迴演講，此行引發了許多議論。當時，宣揚國家主義的媒體對他展開了圍剿。從那以後，就有人喜歡憤然斷言布魯克納的歷史觀乃是受到馬克思主義的影響。當他走上講台，那群大學生鼓譟不休，但是他在國際上的地位以及他冷靜優越的態度震懾了那群激動的學生。這位樞密顧問以勝利者的姿態從這番公憤中脫身。他仍舊是神聖不可侵犯的。

「這位老先生很了不起，」妮可蕾塔說。「他對人性也頗為了解，比如說，他對我爸爸很眷念。所以他總是什麼事都由著我，而我則對他的高雅無趣很有耐心。」妮可蕾塔最好的朋友是布魯克納的女兒芭芭拉，和她情同姊妹。「她是這麼美麗，這麼善良！」妮可蕾塔說這話時眼神變得柔和，但是她仍然無法放棄她咬字格外清晰的發音。《克諾科》首演時不單是特奧菲．馬爾德會來，芭芭拉也會來。「我很好奇你會不會喜歡她，」妮可蕾塔對亨德里克說。「也許你不會特別喜歡她，但是看在我的份上，請你對她友善一點。她有點害羞，」妮可蕾塔說，把母音發得格外響亮。

芭芭拉．布魯克納在盛大首演那一天抵達，馬爾德則直到傍晚才從柏林搭乘快車抵達。何夫根在快要演出之前去員工餐廳喝了一杯白蘭地，在那裡結識了芭芭拉。妮可蕾塔用字正腔圓的清晰咬字和刺耳的聲音說：「這位就是我最親愛的朋友，芭芭拉．布魯克納！」她一邊說，一邊在有著硬挺皺褶的黑色斗篷底下做了一個正式介紹的手勢。亨德里克太過緊張，沒能仔細打量這個年輕女孩。他把白蘭地一飲而盡，然後就走了。在更衣室裡他發現了兩大束花：白色丁香是安潔莉卡．西伯特送的，賀茲費德女士送的玫瑰則是淡淡的茶黃色。為了藉由行善來得到上天的保佑，何夫根鄭重其事地給了小波克五馬克，此人在首演之前看起來總是有點眼淚汪汪，當然，即便如此，那筆七塊半馬克的債務仍然沒有完全清償。

《克諾科》這齣喜劇的首演很成功：馬爾德的辛辣諷刺贏得了滿堂彩，精彩的對話逗得觀眾發出又震驚又開心的笑聲，但是最令人激賞的是何夫根和「禮聘來客串」的生力軍妮可蕾塔・馮・尼布爾之間的對手戲，精準到位，熱情洋溢，從各方面來看都出色耀眼。在第二幕結束後，兩位主角不得不多次出來向反應熱烈的觀眾謝幕。中場休息時，特奧菲・馬爾德在妮可蕾塔陪同下來到何夫根的更衣室。

馬爾德不安分的目光具有穿透力，打量著更衣室裡的所有物品，最後打量起亨德里克本人，他正筋疲力竭地坐在鏡子前面。妮可蕾塔肅然保持沉默，停在更衣室門口沒有進來。一段長時間的靜默之後，馬爾德用刺耳的命令語氣說：「你是個不簡單的人物！」他凶狠注視的雙眼沒有從亨德里克化了美妝的臉上移開。

「馬爾德先生，您滿意嗎？」何夫根試圖用寶石般的目光和疲倦的微笑來向這位諷刺作家施展魅力。馬爾德卻說：「這個嘛……」並且無禮地加了一句：「嗯，您的大名是？」這下子亨德里克還是覺得有點受到侮辱，但仍舊用他那吟唱般誘人的聲音說出了他的名字。馬爾德聽了就說：「亨德里克，亨德里克，我得說這是個好笑的名字，非常好笑！」這句話中的嘲弄意味那麼濃，使得何夫根背脊發涼。然後這位作家忽然發出嚇人的歡呼：「亨德里克！為什麼叫亨德里克？你本來當然是叫漢茲！本來叫漢茲，自稱為亨德里克！哈哈哈，這挺不賴！」他發出刺耳的笑聲，笑得開懷，而且笑了很久。這份惡意的洞察力令何夫根感到震驚，他渾身顫抖，彩妝面具底下的臉變得蒼白。妮可蕾塔用晶亮的貓眼鏡有興味地看看這個人，又看看那個人，沒有插手干預。馬爾德已經又嚴肅起來。他似乎在思考，同時不停地動著那撇黑鬍子底下泛青的嘴巴。他的雙唇動個不停，讓人想起食肉植物的貪婪吸吮或是張口猛咬的魚嘴，令人發毛。最後馬爾德說：「但你是個不簡單的人物。很有天分，這我嗅得出來，我的鼻子靈敏得很。我們稍後再聊。演出結束後一起吃飯。走吧，孩子！」他挽起妮可蕾塔的手臂，離開了更衣室。留下錯愕的何夫根。

等到他站上舞台，站在聚光燈下，他才恢復了鎮靜，而且是完全恢復。在第三幕裡，他出色的風采超越了在那之前他所有的公開演出。落幕之後，觀眾歡聲雷動。妮可蕾塔手臂裡抱滿花束，摟住何夫根的脖子，說：「特奧菲又一次說對了！你的確是個不簡單的人物！」克羅格也走過來，喃喃地說了些稱讚的話。他向尼布爾小姐保證，說他很樂意和她繼續合作，請她明天上午到辦公室去商談工作條件。妮可蕾塔立刻擺出一本正經中暗藏狡猾的表情，鄭重地一鞠躬，用精準的言詞表達出她對劇院主管的這個決定感到滿意。

特奧菲．馬爾德邀請這兩位年輕女士和演員何夫根去一家很貴的餐廳用餐，那是個中規中矩的場所，不算時髦。亨德里克還不曾來過，這使得馬爾德斬釘截鐵地聲稱這乃是漢堡市唯一一家端得出像樣食物的「小店」——中規中矩的菜色，優良的老派風格，如果這位劇作家之言可以相信的話；其他餐廳就只供應餿掉的油脂和發臭的肉排，但是這家餐廳的顧客是些高雅的老先生，他們還懂得生活；此外酒窖的收藏也很不錯。

的確，在這間鑲著棕色壁板、牆上掛著狩獵圖和漂亮壁毯的餐廳裡，就只坐著上了年紀、看起來像是有百萬身家的老先生。不過，餐廳領班顯得比他們都更為尊貴：在接受馬爾德點餐時，他的恭敬裡似乎帶有一絲嘲諷。馬爾德提議點龍蝦為前菜。「你意下如何，親愛的海里希？」他問何夫根，帶著那種暗藏狡猾的一本正經，妮可蕾塔可能就是從他那兒學來的。亨德里克沒有意見。此外，在這個氣派的場所他有點侷促不安。他覺得那個領班似乎在輕蔑地打量他的黑色禮服，這件禮服污漬斑斑，有幾處油光閃亮。在這位高雅侍者審視的目光下，亨德里克頓時強烈地意識到自己身為顛覆分子的思想。「我不該來這個屬於資本主義剝削者的場所，」他憤怒地想，一邊讓侍者替他斟上白酒。此刻他後悔自己一直拖延「革命劇場」的開演，並且對馬爾德感到失望。這個批評起資產階級社會毫不留情、洞悉人心而且危險的劇作家，在你和他面對面坐著時表現出可疑的保守傾向。他有著命令式的刺耳嗓音和狡詐的目光，穿著一件剪裁合身的深色西裝，配上精心挑選的領帶，而且內行地從此刻端上桌的龍蝦當中挑出了最好的幾隻。他和他劇作中所嘲弄的那些人物不是有許多共同點嗎？這會兒他稱頌起他年輕時的美好舊時光，說這個膚淺、墮落的新時代在任何一點上都無法與之相比。同時他一直把貪婪而且不安分的冷冷目光投向妮可蕾塔，她則不單是蠕動著嘴巴，也蠕動著身體，那具身體裹在一件發出金屬光澤的晚禮服裡。芭芭拉安靜地坐在一旁。亨德里克對於妮可蕾塔明目張膽地和馬爾德調情感到厭惡，也可能只是感到嫉妒，於是他終於把注意力轉移到芭芭拉身上。這時他察覺她探詢的目光一直投向他。亨德里克．何夫根吃了一驚。

在他內心，他吃驚於芭芭拉．布魯克納具有一種他不曾在其他女人身上感受到的魅力。他遇見過各式各樣的女人，但是還不曾遇過像她這樣的女人。當他看著她，他快速但仔細地回想起所有他曾接觸過的女性，彷彿想替一段漫長而齷齪的過去劃下句點。他逐一檢視她們，再把她們全都丟棄：萊茵地區的開朗女性，她們沒有大費周章，也沒有用上什麼心計，就領他進入了愛情的粗糙現實；他母親貝拉的女性朋友，徐娘半老、風韻猶存的婦人；他妹妹約西的女性朋友，年輕但並不稚嫩的女孩；柏林那些經驗老到的阻街女郎，還有德國各地那些幾乎毫不遜色的阻街女郎，常常按照他的要求替他提供特殊服務，使得他對比較不刺激、比較尋常的尋歡作樂失去了興趣；那些精心打扮、經驗豐富、總是想要討好他的女同事，但他只在極少數情況下給予她們青睞，通常她們只能將就於他喜怒無常的同事情誼，有時以殘忍的方式表現出來，有時表現為誘人的調情；一大群愛慕他的女人——有的害羞如少女，有的哀婉陰鬱，有的譏誚聰明。由於芭芭拉剛被發現的非凡特質，這些女人全都再次現身，再次展現她們的表情和姿態，隨即後退、消失、沉沒。就連妮可蕾塔也相形見絀，這個有趣的投機客之女，這個咬字精確迷人的女子，她的一本正經和放蕩墮落幾乎變得滑稽。亨德里克犧牲了她，放棄了他對她的興趣。在這個命中注定的甜蜜瞬間，他還有什麼捨不得放棄呢？當他看著芭芭拉，他不是首次嚴重背叛了尤麗葉嗎？那個陰沉的情人，他曾經稱她為他生活的中心，是讓他的精力得以更新和恢復的巨大力量。和妮可蕾塔在一起，他絕對不會真的對尤麗葉不忠，雖然他能夠想像妮可蕾塔穿上綠色長靴；她頂多只會是那個黑色維納斯的替代品，肯定不會是她的對手。但她的對手卻坐在這裡。她先前探詢地打量著亨德里克，當他還在忙著注意馬爾德和妮可蕾塔的時候。由於現在他反過來凝視著她，不是誘人地斜睨，不是神祕地閃爍，而是帶著使人無助的真實感動，她垂下了目光，並且把頭側向一邊。

內行人會看出她那件十分簡單的黑色洋裝乃是出自家庭裁縫師之手，她還戴著一個有如女學生的白色硬領，讓脖子和瘦削的手臂裸露在外。那張敏感而形狀規整的鵝蛋臉是蒼白的，脖子和手臂帶點古銅色，閃著金光，是品種高級的蘋果在漫長的夏天裡逐漸散發出香氣那種成熟而溫柔的顏色。這個顏色比芭芭拉的面容更加打動了他，亨德里克絞盡腦汁思索這種珍貴的顏色讓他想起了什麼。他想起達文西畫的一些女性肖像，對於自己在這裡靜靜思索如此高尚的東西，當馬爾德正在炫耀他對古老法國食譜的了解，他有點感動。對，在幾幅達文西的畫作上有這種飽滿、柔和而敏感的肉色；他畫作中的幾個少年也呈現出這種肉色，他們從朦朧的黑暗中舉起彎曲的可愛手臂。古代大師畫作中的少年和聖母具有這種美。

芭芭拉．布魯克納的模樣讓心醉的亨德里克想到少年和聖母。按照理想形象塑造出來的少年擁有這種纖細的四肢，聖母則有這樣的臉龐。她們就像芭芭拉此刻一樣睜開雙眼：長長的睫毛又黑又挺、但完全自然，底下的眼睛是飽滿的深藍色，接近黑色。芭芭拉・布魯克納有這樣的眼睛，而這雙眼睛嚴肅探詢地看著，帶著友善的好奇，有時近乎淘氣。這張高貴的臉龐原本就不乏淘氣：不是哀愁的聖母面容，也不是威嚴的聖母面容，而是帶著狡黠。那張大而濕潤的嘴在出神地微笑，帶著慧黠。濃密的灰金色頭髮在後頸挽成髮髻，稍微有點歪，使得這個女子的頭部幾乎帶有一絲俏皮。但是中分的髮線就一絲不苟。

「您為什麼這樣看著我？」芭芭拉終於問道，由於心醉的亨德里克目不轉睛地看著她。

「不可以嗎？」他輕聲反問。

她用爽朗的嫵媚隱藏了她的侷促，說：「如果這給您帶來樂趣的話……」。亨德里克覺得她的聲音聽在耳中是一種享受，一如她的膚色看在眼裡是一種享受。她的聲音似乎也有成熟而柔和的飽滿音色，也閃著光芒，有著漸漸變濃的光澤。亨德里克就像先前專心看著她一樣專心聆聽。為了讓她繼續說話，他提出了一些問題。他問她打算在漢堡待多久。她不太熟練地吸了一口菸，洩露出她並沒有抽菸的習慣，一邊說：「妮可蕾塔在此地演出多久，我就會待多久。也就是說，要看《克諾科》這齣戲有多叫座。」

「那麼，我很高興今晚觀眾鼓掌的時間那麼長，」亨德里克說。「我想媒體也會給予好評。」

他問起她的學業。妮可蕾塔提起過芭芭拉在大學聽課。她說起社會學和歷史學的大班課。

「但是我聽課太不規律，」她出神地說，帶點自嘲。同時她把手肘撐在桌上，用修長、淡褐色的手托著她的臉。旁觀者若是不像亨德里克此刻這樣充滿善意，可能會覺得她的動作笨拙而且近乎粗魯，但是在亨德里克眼中，她的動作卻流露出美麗動人的侷促。她僵硬的姿勢洩露出這位教授之女來自小地方，是個並不世故的年輕女子，和她眼神中聰明開朗的坦率形成對比。她具有一種不安全感，是在特定的小圈子裡很受寵愛的人所特有的，一旦出了這個圈子往往就感到自卑。尤其是當妮可蕾塔在場時，芭芭拉似乎習慣扮演配角。因此這個奇特的演員亨德里克・何夫根如此明顯地專心和她說話令她感到開心，也覺得有點逗趣，而她很樂意和他繼續交談。

「我做各式各樣的事，」她若有所思地說。「本來我畫畫……我對舞台布景很有研究。」這給了亨德里克一個提示，他讓這番交談變得更為熱烈。他臉頰上漾著淺淺的紅暈，急切地談起布景風格的演變，談起該領域中所有需要發掘或是重新運用、加以改善的一切。芭芭拉聆聽、回答、露出審視的目光，微笑著，雙臂做出笨拙而動人的手勢，用淘氣而深思的聲音說出合理而且經過深思熟慮的看法。

亨德里克和芭芭拉小聲而熱烈地聊著，不乏真摯之情。妮可蕾塔和馬爾德則對著彼此散發出誘人的火花。兩人都使出渾身解數。妮可蕾塔像猛獸般的美麗眼睛比平常更為晶亮，她的清晰咬字帶有勝利的性質。當她說說笑笑，細小而銳利的牙齒在搽了鮮豔口紅的雙唇間閃閃發亮。馬爾德則施放出知性的煙火。他靈活抽動的嘴巴幾乎說個不停，泛青的嘴唇顯得極不健康。此外馬爾德往往會執著地一再重複說同樣的事，尤其是慷慨激昂地堅稱當代乃是所有時代中最糟糕、最墮落、最無望的時代，自稱他是當代最警醒、最稱職的批判者。他認為以他的嚴格標準，這個時代稱不上有任何精神活動，也沒有普遍的趨勢或特別的成就。依他之見，這個時代尤其缺少像樣的人物，而他，馬爾德，是放眼望去唯一像樣的人物，但他卻沒有得到應有的重視。令人困惑的是，此人雖然觀察到歐洲的衰敗，並且加以批判，但是他並沒有拿一種未來的景象來對照這個無望的當代，一個值得去愛的未來，為了這個未來而憎恨現狀。為了貶低現狀，他反而去頌讚過去，那個明明被他看穿、嘲弄、批判的過去。妮可蕾塔在激動和興奮中不太會對什麼事感到納悶，否則她可能會覺得很驚訝，這個自稱是市民時代經典諷刺作家的男人，現在卻把昔日的德國軍官和萊茵地區的工業家美化成理想人物，說他們結合了完美的紀律和無畏的個性。這個年老的嘲諷者，他自視甚高但缺少精神方向的激進主義已經朝反動派傾斜，變質成了反動派。他嘖嘖讚賞普魯士將軍的身體素質和道德素質，並且以低階軍官的暴躁聲音嘲笑當今這一代。「完全沒有教養！完全沒有紀律！」他喊得這麼大聲、這麼憤怒，使得那些坐著喝紅酒的老先生驚訝地轉過頭來。激憤的馬爾德聲稱當今的女性也完全失去了紀律。說她們不再了解什麼是愛，把付出當成一種買賣，變得和男人一樣膚淺庸俗。聽到這裡，妮可蕾塔笑了，挑釁的意味很濃，使得馬爾德獻殷勤地補充道：「當然也有例外！」

但他隨即又破口大罵。他的觀點是：自從義務兵役制被廢除之後，德國男性就完全不懂得紀律和尊重。如今，在一個敗壞的民主制度裡，一切都是鍍金黃銅，都是虛有其表，都是藉由廣告大肆宣揚的騙局。「假如不是這樣，」馬爾德忿忿地質問，「那麼我難道不該是國內的頭號人物嗎？我的巨大腦力和能力不是應該被用來決定公眾生活的所有重要事物嗎？然而如今，由於能夠識別真實地位的本能和標準都已喪失，我的聲音就只成了公眾不安的良心幾乎被置若罔聞的聲音！」他的眼睛發出怒火，憔悴的臉孔扭曲，面色蒼白，和那撇黑色小鬍子形成對比。為了安撫他，妮可蕾塔提醒他說，在仍在世的作家當中，沒有誰的劇作比他的作品更常被演出。他由於虛榮心暫時得到滿足而露出了微笑。但幾秒鐘之後，他的臉色就又陰沉下來。忽然，他對著坐在一旁、正全神貫注地在和芭芭拉交談的亨德里克．何夫根大喊：「你服過兵役嗎？先生？」

亨德里克對這句威嚇性的問話感到訝異和震驚，不知所措地轉過頭去面向他。馬爾德卻要求：「回答我，先生！」亨德里克勉強擠出微笑，說：「不，當然沒有……感謝老天……」聽了這話，馬爾德得意洋洋地笑了。

「看吧！沒有紀律！沒有像樣的人物！難道你有紀律嗎，先生？難道你是個像樣的人物嗎？放眼看去，全都是鍍金黃銅，全都是假貨，全都是些俗物！」

這番話很無禮，亨德里克不知道該如何反應。他感覺到怒氣上升，但是看在有女士在場的份上，也因為他佩服馬爾德的名氣，他決定避免鬧出風波。再說，他認為這位作家神經有毛病。可是接下來在馬爾德身上出現了多麼令人驚訝和震撼的改變啊！他壓低了嗓音，露出預言家的眼神，令人發毛！

「這一切將會有可怕的結局。」他低聲呢喃，目光突然具有嚇人的穿透力，此刻他正看向哪個遠方？哪座深淵？「最壞的情況將會發生，屆時你們要想到我，年輕人，我預見了這個情況，預知了這個情況。這個時代在腐爛，在發臭。你們要想到我：我聞到了。別人騙不了我。我感覺到了一場災難正在醞釀。它將是史無前例的，將會吞噬一切，沒有誰值得惋惜，除了我。現有的一切都將分崩離析。它朽爛了。我摸過、檢視過，然後加以摒棄。當它崩塌，將會把我們全都埋葬。年輕人，我替你們感到難過，因為你們將無法好好過生活。我卻有過美好的人生。」

特奧菲．馬爾德五十歲了。他曾經結過三次婚，曾經受到敵視和嘲笑；他享受過功成名就，也享受過財富。

由於他沉默下來，就只是激動地喘氣，同坐一桌的另外幾個人就也一言不發；妮可蕾塔、芭芭拉和亨德里克垂下了目光。

可是馬爾德的情緒又突然轉變。他斟上紅酒，變得風度迷人。剛剛被他侮辱過的何夫根這會兒受到他的誇獎，誇他的表演才華。「我很清楚，」他以施恩的態度說，「這個角色非常搶眼，我寫的對白犀利無比。可是如今自稱為演員的那些可憐蟲就連在我的劇作中都有辦法演得沉悶無趣。何夫根你呢至少對戲劇還有點概念。我注意到你就像一群盲人當中的獨眼之人。乾杯！」說著他舉起了紅酒杯。「看來你和我們的芭芭拉挺談得來，」他詼諧地說。芭芭拉以嚴肅的目光回應他曖昧的微笑。亨德里克猶豫了一下，才和馬爾德碰杯，他覺得這個劇作家那種大剌剌的說話方式用在芭芭拉這個美妙的女孩身上不太恰當。馬爾德不僅以懂得葡萄酒和醬汁而聞名，他的盛名也來自他對於一個女人的價值具有準確無誤的直覺，而他似乎根本沒有注意到芭芭拉。他眼裡只有妮可蕾塔，而她則小心翼翼地避免去回應芭芭拉偶爾向她投去的溫柔而擔憂的眼神。

馬爾德點了香檳來搭配那位高雅的領班剛剛送來的甜點。午夜已過，這家高雅的餐廳裡已經沒有其他客人，除了這奇特的四位。餐廳本來早就要打烊了，但是馬爾德讓服務生明白他們將會得到豐厚的小費，如果他們比平常再多服務一會兒。這位傑出的諷刺作家，一個腐敗文明的警醒良知，此刻展現出他談笑風生的天賦。他說起笑話，既有出自普魯士軍事圈的笑話，也有來自東歐猶太人圈子的笑話。偶爾他會看著妮可蕾塔，喊道：「出色的姑娘！有紀律的人！這在如今罕見得很！」或者他會打量著何夫根，然後愉快地喊道：「這個叫亨德里克的，不簡單的人物！非常滑稽的稀有人才！逗我發笑。我得記下來！」

亨德里克由著他說話、誇耀、展露光彩，不嫉妒他的每一項勝利。他絲毫沒有興致去和他競爭。就讓馬爾德在這一桌獨領風騷吧。亨德里克聽著他開的玩笑，開心地笑了。何夫根微妙而獨特地享受著：相對於馬爾德露骨的好心情，他覺得自己變得安靜而高雅，這在他身上很少見。在女孩芭芭拉眼中他也必須是個安靜、高雅的人，她很可能根本不欣賞馬爾德那種大聲嚷嚷的作風。亨德里克感覺到芭芭拉審視的目光投向他，帶著充滿好感的好奇。他自認為知道這個女孩喜歡他。他激動的心中充滿了美好的希望。

他們很晚才道別，而且道別時的氣氛極其融洽。亨德里克走路回家。他不得不思索芭芭拉的事。他不曾有過這種純粹墜入愛河的感覺，而由於美酒的作用也增強了這種感覺。「這個女孩的祕密是什麼？」這個心醉的人尋思。「我想這祕密就是全然的端莊。她是我見過最端莊的人，也是我見過最自然的人。她可以是我的善良天使。」

他在街心停下腳步，黑夜溫和芬芳。已經接近夏天了。他還根本沒有察覺春天已經來過，而現在就已經快要是夏天了。他的心被一種從未識得的幸福給嚇到了，這顆心不曾做過任何溫柔的練習來準備迎接這份幸福。

「芭芭拉將會是我的善良天使。」

亨德里克對於次日和泰芭公主的會面懷著極大的恐懼。他必須請求這位舞蹈教師暫時停止來拜訪：他心中對女孩芭芭拉湧現出強烈的情感，迫使他做出這個決定。可是一想到無法再見到尤麗葉，這個念頭在此刻就已經令他感到痛苦，而她將會爆發的怒氣也令他顫抖。他努力以平靜的方式向她解釋情況有所改變，但是他的聲音在顫抖，笑不出那邪氣的微笑，反而臉色一陣紅一陣白，額頭上滲出大顆汗珠。尤麗葉大發雷霆，對著他吼道她才不會像隨便哪個女人一樣被打發走，說她會把妮可蕾塔小姐的兩隻眼睛都挖出來，都怪這位小姐害她受到這種對待。亨德里克已經準備好馬上就要挨鞭子，請求她克制自己，並且強調尼布爾小姐和這件事沒有半點關係。

「你說過我是你生活的中心，你說過所有那些鬼話，」泰芭公主破口大罵。

亨德里克咬住蒼白的嘴唇，試圖找理由替自己開脫。

「你撒了謊！」這個國王之女尖聲叫喊。「我一直以為你是在欺騙自己。可是，不，你欺騙的是**我**。我一直都還不知道人類有多麼卑鄙！」她惱怒的聲音和她的表情表達出強烈而真實的憤怒和極其痛苦的失望。「但是我不會纏著你，」最後她驕傲地說。「我不是那種會纏著男人不放的女人。如果現在你找到另一個女人有像我一樣的能耐來打你，請便！」

亨德里克很慶幸她不會纏著他。他給了她一筆錢，她嘟囔著接受了。可是等她已經站在門口，她又一次露出得意的笑容。「別以為我們之間就這樣結束了，」她說，並且活潑地向他點點頭。「如果你又需要我了，你知道在哪裡可以找到我！」

特奧菲．馬爾德已經離開此地，在他和奧斯卡．克羅格起了一次嚴重衝突之後。《克諾科》的作者想要強迫這位劇院主管在一份經過公證的文件上承諾這齣戲將會演出至少五十場。克羅格當然予以拒絕，於是馬爾德先是威脅著要找檢察官來，當這一招沒有達到預期的效果，他就連聲咒罵漢堡藝術劇院這位主管，罵他無足輕重、沒有紀律和品格，罵他是個騙人的生意人，是個完全不懂得藝術的門外漢，是這個臭氣衝天、注定要滅亡的時代的典型代表人物。聽到這番連珠砲一般的侮辱，就連平常很好相處的克羅格也無法毫不動怒。他們吵了一個小時。然後馬爾德心情大好地坐上駛往柏林的快車。

亨德里克、妮可蕾塔和芭芭拉每天都見面。有時候，亨德里克和芭芭拉也會在沒有妮可蕾塔的情況下相聚。他們去散步，去阿爾斯特河上划船，在露台上小坐，去參觀畫廊。他們漸漸親近，也聊了很多。芭芭拉從亨德里克口中得知了他想讓她知道的事：他慷慨激昂地向她宣揚他的信念，宣示他對世界革命所懷抱的希望以及「革命劇場」的使命。他以戲劇化加油添醋的形式讓她得知他的童年故事，述說他的家庭情況、他父親科貝斯、母親貝拉和他妹妹約西。

芭芭拉也說起她的童年。亨德里克得知到目前為止她生命中的兩個中心人物：她心愛的父親和妮可蕾塔，她帶著擔憂和溫柔眷戀著的朋友。這個喜歡冒險、個性招搖的女孩已經讓她有了許多操心的理由，但是最令芭芭拉感到不安的是妮可蕾塔最近和馬爾德的關係。芭芭拉厭惡馬爾德，亨德里克一開始就猜到了。此外，從她隨口說出的嘲諷暗示中可以得知，馬爾德在還不認識妮可蕾塔之前，曾經熱烈地追求過芭芭拉。但她始終拒絕了他，到了傷人的程度，馬爾德因此而恨她。在妮可蕾塔身上他就幸運得多。她以精準的措辭向每個願意聆聽的人說明馬爾德乃是歐洲目前唯一徹底健全、真正值得認真看待的重要人物。她幾乎每天都會打電話給他，講上很久，雖然芭芭拉對此事深表不以為然。妮可蕾塔則以晶亮、善意的眼睛觀察著在芭芭拉和亨德里克之間醞釀的關係。她厭倦了芭芭拉那種帶有教育意味的關心，樂於見到芭芭拉自己也捲入感情的冒險。妮可蕾塔竭盡所能地去促成這段關係。晚上她到亨德里克的更衣室去對他說：

「我很高興你和芭芭拉有了進展。你們將來會結婚。這個女孩子反正不知道該如何安頓自己。」

亨德里克抗議這種說法，但卻喜悅得顫抖，問道：「你真的認為芭芭拉這樣想嗎？」妮可蕾塔發出銀鈴般的笑聲。「她當然這樣想。你沒注意到她變了一個人嗎？親愛的，你別誤以為她對你是同情。我很了解她，她對別人的好感中總是摻雜著同情。跟她結婚吧！這對你們兩個來說肯定都是最實際的事。再說，這對你的事業也會有好處；老布魯克納很有影響力。」

這一點亨德里克也已經想到了。儘管仍然陶醉在愛河裡，或者說他想要相信這份陶醉會持久下去，卻不能完全排擠比較冷靜的考慮。樞密顧問布魯克納是個大人物，也不窮；和他的女兒結合除了幸福之外還會帶來好處。妮可蕾塔那番揶揄而又果斷的話說對了嗎？芭芭拉在考慮和亨德里克．何夫根結褵的可能嗎？她對他的興趣有多大？她對他的興趣不只是膚淺的遊戲嗎？她那張帶有頑皮表情的聖母臉龐令人難以看透，她那具有飽滿黃金音色的低沉嗓音也沒有洩露出什麼。可是她那雙探詢的眼睛洩露出了什麼呢？這雙眼睛經常帶著好奇、同情和友情把目光投向亨德里克，或許也帶著柔情。

如果他想知道答案的話，動作就得要快。這一季的演出已經接近尾聲，等到最後幾場《克諾科》演出完畢，芭芭拉和妮可蕾塔就將啟程離去。於是亨德里克下定了決心。妮可蕾塔刻意宣告她打算和羅夫・波內提一起去好好散個步。也就是說芭芭拉落單了。亨德里克去找她。

那成了一番長談，最後亨德里克跪下來哭泣，央求芭芭拉憐憫他。「我需要妳，」他抽噎地說，把額頭擱在她腿上。「沒有妳，我肯定會毀滅。我身上有太多壞的一面。我一個人沒有力量來克服，但是妳卻能使我身上好的那一面更強大！」是絕望迫使他說出如此激昂的話語，而且坦白得令人尷尬。因為芭芭拉不知所措的眼神早已讓他明白，妮可蕾塔那番刻意的鼓勵是個錯誤，或是大膽的詭計：芭芭拉・布魯克納從來沒想過要和演員何夫根結婚。

但此刻他從她腿上緩緩抬起那張涕淚縱橫的臉。他蒼白的嘴在顫抖，眼裡那種寶石般的光芒消失殆盡，目光由於痛苦而空洞茫然。「妳不喜歡我，」他抽噎地說。「我什麼都不是，我將一事無成，妳不喜歡我，我完了……」他無法再說下去，原本還想說的話都因為口齒不清而語焉不詳。

芭芭拉垂下眼簾，看著他的頭髮。他的頭髮已經稀疏，仔細梳理過的髮絡被用來遮掩一小塊禿頂。此時這些髮絡卻變得凌亂不堪。也許是這稀疏可憐的頭髮打動了芭芭拉。

她沒有用手去觸摸他朝她仰起的那張淚濕的臉，也沒有抬起眼簾，她緩緩地說：

「如果你這麼想要的話，亨德里克……我們可以試試看……我們可以試試看……」

聽見這話，亨德里克．何夫根發出一聲沙啞的輕呼，聽起來像是壓低的勝利吼聲。

他們就這樣訂婚了。

第4章
芭芭拉

芭芭拉對這場冒險仍然感到十分驚訝，她的心和思想都尚未做好準備，而後果似乎也無法預見。她陷入了什麼情況？這是怎麼發生的？她允諾了什麼？這個難以捉摸、世故圓滑、極有天分、有時令人感動、有時又幾乎令人厭惡的人——這個喜劇演員亨德里克．何夫根，她對他究竟是否有更深的情感？

芭芭拉幾乎不會受到引誘，再老練的花招她也不為所動。但是同情和帶有教育意味的關心在她心中卻出現得很快。世故狡猾的亨德里克立刻就明白了這一點。打從第一個晚上，當他假裝安靜高雅，和馬爾德喧鬧自誇的態度形成對比，他就聰明而低調地在芭芭拉面前放棄了所有令人目眩的伎倆。他就只和她談論嚴肅和打動人心的事：談他的倫理政治信念，談他少年時代的寂寞，談演員這一行的辛苦和魔力。但最後，在關鍵時刻，他向這個女孩展示出他涕淚縱橫、由於靈魂受苦而盲目的臉，而他原本還想告訴她的話就在口齒不清中不知所云了。

芭芭拉習慣了被她的朋友需要，當他們遇上困難或感到迷惑時，不僅是妮可蕾塔會來向她傾訴，年輕男子在需要有人安慰時也會來找她，就連年長的男子也一樣，例如她父親的朋友。

她對別人的痛苦很有經驗，但是打從年少時代起，她就拒絕去認真看待或訴說自己的痛苦和無助。因此別人認為沒有什麼會擾亂她內心的平衡。芭芭拉被朋友視為沉穩、聰明有活力、多才多藝、成熟、溫柔而可靠。也許在所有與她親近的人當中，只有一個人知道她內心狀態的不穩定，知道她對自身力量的懷疑，知道她對過去的懷念和她對未來的畏怯：老布魯克納了解他心愛的女兒。

因此，在得知她訂婚的消息後，他寫了一封信，信中不僅表達出他對她將要出嫁所感到的悲傷，而也表達了擔憂。她父親想要知道她是否仔細考慮過一切，並且確實做出了決定？而芭芭拉被他這個帶有告誡意味的嚴肅提問給嚇到了。她究竟是否好好考慮過，並且確實做出了決定？她給朋友的每一個建議都經過深思熟慮，是仔細衡量過的結果。而在她自己的生活中，她卻以一種遊戲般的輕率讓一樁樁事件發生在自己身上。有時候她會有點害怕，但是從來沒有怕到會去閃躲或抗拒：好奇心和自尊心都不允許她這麼做。她帶著懷疑，微笑地勇敢等待著將會來到的事，從不指望太多的美好。她微笑地看著這個奇特的亨德里克，他用如此激昂的辭令要求她當他的善良天使。也許這樣做是值得的，也許她在這件事情上有一份義務，也許他身上具有瀕臨危險的高貴本質，而守護這個本質的責任就剛好落在她身上。如果事情理應如此，芭芭拉就不會抗拒。比起她自己令人驚訝的命運，她更擔心為了馬爾德而失去了自我的妮可蕾塔。

再說事情進展得很快。亨德里克催促著，說婚禮應該在夏天就舉行。妮可蕾塔也支持他的願望。「既然你們非結婚不可，親愛的，」她說，表現得一副好像即將發生的是她原本極力想要勸阻的事，但由於現在看來事情已無法避免，她就帶著理性和尊嚴勉強接受，「如果一定要結婚，」她說，小心地加重語氣，「那就寧可快一點。訂婚久了很可笑的。」

婚期訂在七月中旬。芭芭拉先回家去，因為要處理和準備的事情很多。妮可蕾塔和亨德里克則在波羅的海沿岸的幾個濱海度假勝地客座演出一齣只有兩個角色的喜劇。為了讓亨德里克把辦理結婚登記不可或缺的文件寄來，芭芭拉不得不打了無數通昂貴的長途電話給他。婚禮前兩天，妮可蕾塔到了。在布魯克納一家人所住的這座小小的南德大學城，她的出現很引人矚目。一天之後亨德里克抵達，先前他還在漢堡稍事停留，去取他那套新做的燕尾服。在月台上他對芭芭拉說的第一件事是那件燕尾服很漂亮，只可惜還沒付錢。他笑得很多，而且緊張，皮膚曬黑了，穿著一套稍嫌太緊的淺色夏季西裝，配上粉紅襯衫和一頂銀灰色的軟氈帽。他們愈接近布魯克納家的別墅，他的笑聲就變得愈不自然。芭芭拉看出亨德里克對於初次和她父親見面感到害怕。

樞密顧問在家門口的庭園裡等候這對年輕人。他欠身向亨德里克打招呼，這深深的一鞠躬十分鄭重，讓人忍不住猜想其中帶有諷刺的意味。但他沒有微笑，表情仍舊嚴肅。瘦長的頭部高雅、敏感，幾乎有點嚇人。額頭上有皺紋，長鼻子微微鉤起，臉頰像是用泛黃的珍貴象牙雕刻而成。人中很長，被灰白的小鬍子遮住。也許正是上唇和鼻子之間這個長得不合比例的部位使得這張臉被拉長了，有點變形，類似經過特殊處理的鏡子所映照出的影像或是遠古時代畫家所畫出的男性臉孔。下巴也明顯拉得很長，而且也留著鬍子。乍看之下，別人會以為這位樞密顧問留著山羊鬍；事實上那灰白的鬍鬚幾乎不比下巴更長。山羊鬍的效果來自那長得不尋常的下巴。

才智、年紀以及柔和的輪廓賦予這張臉一份高貴的氣質，令人敬畏，同時也令人同情；而那雙眼睛則令人驚訝，是那種深邃柔和的深藍，近乎黑色，是亨德里克在芭芭拉的眼睛裡已經見慣了的。不過，她父親的眼皮沉重，而且經常低垂，從底下露出和善深思的目光，而他的注視也像是隔著一層輕紗，他女兒環顧四周的目光卻是清澈而坦率。

「親愛的何夫根先生，」樞密顧問說，「很高興認識您。希望您這一路的旅途都很愉快。」他的咬字非常清晰，但不會讓人聯想到妮可蕾塔練熟了的那種字正腔圓。這位樞密顧問熱誠仔細地把話說完，彷彿為了公平起見不想忽視任何一個音節，也不想讓任何一個音節吃虧：即使是最不重要、往往被忽略的尾音，也極其仔細、小心翼翼地對待。

亨德里克相當慌亂。在決定擺出一副莊嚴的表情之前，他還又笑了一下，笑得莫名其妙，而且用的是他在漢堡劇院員工餐廳裡向朵拉．瑪汀致意時的那種笑法。芭芭拉不安地看向亨德里克，但樞密顧問似乎並沒有注意到這怪異的舉止。他仍然舉止合宜，無懈可擊，但也和藹可親。他客氣地請這對年輕人進屋。芭芭拉想讓他走在前面，他對她說：「你先走吧，孩子，告訴你的朋友，他可以把他那頂漂亮的帽子擱在哪裡。」

門廳裡涼爽昏暗。亨德里克滿懷敬意地吸進這屋裡的氣味：置放在桌上和壁爐上的鮮花散發出芬芳，混合著莊嚴肅穆的書香。屋中藏書擺滿了所有的牆面，直到天花板。

亨德里克被帶著穿過好幾個房間。他一個勁地說話，以表示這些富麗堂皇的房間一點也沒有打動他。再說，他看到的也不多，只注意到一些零星細節：一條模樣嚇人的大狗，牠低吼著站了起來，芭芭拉撫摸了牠幾下，牠就踩著莊嚴的步伐搖搖擺擺地走開了；芭芭拉已逝母親的一幅肖像，眼神和善，頂著梳得高高的老式髮型；一個上了年紀的女僕或管家，矮小、親切而多話，穿著一件長得出奇、漿得很挺的圍裙；她向年輕女主人的未婚夫行了個屈膝禮，然後真摯地久久握著他的手，隨即和芭芭拉詳細地談起家務事。亨德里克驚訝地發現芭芭拉處理家務十分仔細，對於廚房和庭園裡的東西十分熟悉。此外，這個老僕人雖然稱芭芭拉為「小姐」，交談時用的卻是暱稱，令亨德里克感到納悶。

在這些氣派的房間裡有美麗的地毯、色彩濃重的畫作、青銅器、滴滴答答響的大時鐘和許多絲絨椅套，這就是芭芭拉的家。她在這裡度過她的童年，曾經閱讀過這些書籍，曾經在這座庭園裡接待她的朋友。她的童年受到睿智的父親溫柔而莊嚴的守護，純潔而充滿遊戲，只有她自己知道這些遊戲的祕密規則。她的少女時代就是這樣度過的。除了一種近乎敬畏的感動之外，亨德里克還感覺到羨慕，只是他還不願意對自己承認。他難堪地想到，明天他將得把他母親貝拉和妹妹約西帶到這些房間裡，把她們介紹給這位父親。此刻他就已經為了她們那種市井小民的興高采烈而感到羞恥。幸好他父親科貝斯無法前來……

他們在露台上用餐。亨德里克稱讚那座庭園的美麗，園子裡的花圃、樹叢和小徑的景色賞心悅目。樞密顧問指著一座少年雕像，希臘神話裡的赫耳墨斯，在樺樹有如鬈髮般的枝葉之間展示他優雅結實的身體，他的身體向上方伸展，做出準備好要飛行的姿態。男主人似乎對這件優美的藝術品特別引以為傲。「是啊，是啊，他很俊美，我的赫耳墨斯，」他說，笑容中帶著點得意。「我每天都為了自己擁有他而感到高興，看他以如此迷人的姿態站在我的樺樹之間。」能享用這麼好的葡萄酒和飲料，他肯定也很高興；他享用了每一樣食物，很有節制，但也吃了不少，並且稱讚餐點的品質。「覆盆子，」上甜點時他愉快地說。「這很合適。既是當季的莓果，也散發出宜人的香氣。」他在自己周圍散發出的氣氛奇特地混合了莊嚴與隨和、矜持冷淡與和藹可親。他似乎並不討厭這位女婿，對他表現出一種善意，其中或許並非全無嘲諷之意。他的微笑好像在說：親愛的，這個世界上也必須要有像你這樣的人。觀察這種人也有其趣味，至少和他們在一起時不會無聊。當然，我從來沒有料到，可能也不曾希望，一個像你這樣的人物會成為我的女婿和我同桌而坐。但是我習慣接受事物原本的面貌，我們必須從各種現象中發掘出最好、最有趣的一面，再說，如果我的芭芭拉要嫁給你，想來也有她的道理……

亨德里克感覺到自己有成功的機會，於是變得更加急於取悅。他再也忍不住不讓他的眼睛發出經受得起考驗的光芒。他仰起頭，露出含意曖昧的迷人笑容，發出寶石般的目光，樞密顧問對這種目光的魔力似乎並非無動於衷。當女婿何夫根開始以背熟的演說闡述信念，用最惡毒的話語來批評資產階級那種剝削者的犬儒主義和國家主義者那種罪惡的瘋狂，這位老先生仍舊專心聆聽，並且維持著怡然微笑的表情。老先生任由他如癡如醉地誇誇其談，只有一次舉起美麗修長的手，插嘴說道：「親愛的何夫根先生，您言談中對中產階級如此鄙視，但我也屬於中產階級。當然不是國家主義者，但願也不是個剝削者，」他和善地加了一句。亨德里克的臉在那件粉紅襯衫上方由於熱烈的談話和葡萄酒而漲紅了，他結結巴巴地說也有超越於中產階級之上的人物，懷有共產主義思想的人對於這種人物也還是很尊重的；他又說中產階級革命和自由主義的偉大餘緒仍然活在布爾什維克黨人的熱情中，還說了更多諸如此類打圓場的話。

樞密顧問微笑著示意他打住這番滔滔不絕的話語，隨後開始說起他的蘇聯之行給他留下的主要印象，以他那種字斟句酌、辭藻華麗而拐彎抹角、卻又鞭辟入裡的方式述說，彷彿他還是想讓何夫根相信他在政治上沒有成見。「每一個客觀的觀察者都不得不承認，那裡正在形成人類共同生活的一種新型態，而我們全都應該習慣這個想法。」他緩緩地說，一雙藍眼睛看向遠方，彷彿看見了令人震驚的重大事件在那個國度發生。他又嚴肅地說：「只有傻瓜或騙子才會否認這件事實。」接著他忽然語氣一變，請別人把那碗覆盆子遞給他，稍微歪著臉，臉上帶著近乎頑皮的微笑，一邊取用，一邊說：「親愛的何夫根先生，您別誤會，這個世界對我來說當然陌生，而且恐怕是太過陌生了。但是這難道意味著我感覺不出它具有開創性嗎？」他一邊說，一邊向芭芭拉點點頭，她剛把鮮奶油遞給他。亨德里克很高興得到了再度發言的許可。他對蘇俄生活的細節似乎並不特別感興趣，反倒熱情地談起「革命劇場」，談起那些反動派在漢堡對他的迫害。他愈說愈激動，一會兒稱那些法西斯分子為「畜生」，一會兒稱他們為「魔鬼」和「白癡，」並且用極端憤怒的措辭對那些基於卑鄙的投機心態而支持軍國主義的知識分子大加撻伐。「這些人全都應該被吊死！」亨德里克喊道，甚至還拍了桌子。樞密顧問似乎想要安撫他，說道：「是啊，我也有過一些不愉快的經驗。」他這句話指的是那幾樁眾所皆知的風波：那些信奉國家主義的大學生在他講課時鬧場，還有反動派媒體對他的下流攻擊。

飯後，老先生請演員何夫根表演一下他的才藝。亨德里克對此事完全沒有心理準備，久久不願從命。可是樞密顧問非常想要有點娛樂和消遣：既然他的孩子要嫁給一個穿粉紅襯衫、戴單眼鏡片的演員，那麼身為父親的他希望至少能從中得到一點好處，欣賞一場有趣的表演。亨德里克只好在門廳裡朗誦里爾克的詩句，就連那位老管家和那條大狗都過來聆聽。妮可蕾塔也加入了這一小群觀眾，她先前沒有和他們一起用餐，樞密顧問半帶嘲諷地鄭重歡迎她。亨德里克非常賣力，使出渾身解數，朗誦得非常出色，贏得了熱烈的掌聲。等到他以〈軍旗手〉[1]這首敘事詩中的一段結束朗誦，樞密顧問不無感動地和他握手，本身也字正腔圓的妮可蕾塔則稱讚他「出色的咬字發音」。

隔天必須要接待何夫根家的兩位女士，母親和女兒。亨德里克和芭芭拉在月台上等候，他對她說：「妳看著吧：約西會摟住我的脖子，告訴我她又訂婚了。這很要命，她至少每半年就會訂婚一次，而且對象都是些什麼人！每次婚約解除的時候我們都很高興。上一次差點害我可憐的父親送命。那個未婚夫是個賽車手，用他的車載我爸出遊，結果在路旁翻車了。那個賽車手死了，爸爸只斷了一條腿，謝天謝地。他當然很難過今天不能來這裡和我們相聚……」

事情正如亨德里克所預言：妹妹約西穿著一件繡著紅花的豔黃色夏季洋裝，輕巧地跳下火車——媽媽還在車廂裡忙著拿行李——，撲上來摟住哥哥的脖子，急著要他恭喜她；她這一次訂婚的對象是一位在科隆廣播電台有個好職位的男士。「我可以對著麥克風唱歌喔！」約西歡聲說道。「他認為我很有天分，我們要在秋天結婚，你開心嗎？漢茲？亨德里克？」她迅速糾正，意識到自己喊錯了。「妳也一樣開心嗎？」何夫根把她甩開，彷彿她是隻撲到他身上的煩人小狗。他趕過去幫忙母親，她從車廂車窗喊著要找個行李搬運工人。這時約西親吻了芭芭拉的雙頰。「很高興認識妳，」她說個不停，「我們之間當然得用暱稱，姑嫂之間用敬稱未免太生疏了。我很高興亨德里克總算要結婚了，在這之前就只有我一直在訂婚，亨德里克一定告訴過

1 係指里爾克的散文詩〈軍旗手的愛與死之歌〉（*Die Weise von Liebe und Tod des Cornets Christoph Rilke*），寫於一八九九年。

妳，上一次的收場是多麼尷尬，爸爸的腿一直都還打著石膏，不過康斯坦丁真的在廣播公司有一個很好的職位，我們打算在十月份結婚，妳看起來真漂亮，妳這件洋裝是在哪兒買的，肯定是真正的巴黎款式。」

亨德里克帶著母親走過來，當她伸出雙手和芭芭拉相握，他滿面春風。「我親愛的、親愛的孩子，」何夫根太太說，眼睛略微有點濕潤。亨德里克露出溫柔而自豪的微笑。他愛他母親，芭芭拉明白這一點，並且感到高興。不過，有時候他會為她感到羞恥，覺得她不夠高雅，覺得她的市井小民作風有點丟臉。但是他畢竟是愛她的，從他因為喜悅而活潑起來的眼神和他緊緊挽住她手臂的方式就能看得出來。

這對母子是多麼相像啊！亨德里克從母親貝拉身上遺傳到那又長又直、略嫌多肉的鼻子和靈活的鼻孔，柔軟性感的大嘴，形狀優美的強壯下巴，連同下巴中間顯著的凹痕，分得很開的灰綠色眼睛，彎彎的金色眉毛，從眉毛延伸到太陽穴的敏感線條。只不過比起她兒子，這副容貌在這位壯碩老實的女士身上顯得比較知足，比較謙遜，少了那種悲劇性的邪惡標記。她的眼睛不會像他那樣閃爍，嘴唇不會露出那種邪氣誘人的微笑，也不會露出博取同情的神祕微笑。貝拉女士是個活力充沛、心地善良的婦人，五十出頭，保養得很好，坦率可親的臉上氣色紅潤，胸脯適度隆起，飾有鮮花的草帽下是一頭燙捲的金髮，鼻子兩旁微微有些雀斑。她還沒有理由把自己當成老人家，還沒有理由完全放棄生活的樂趣。「人偶爾總得要找點樂子，」她堅定地說。接著她由於感到尷尬而變得健談，絮絮叨叨地說起一項很熱鬧的慈善活動。為了救助孤兒，科隆社交界的仕女在帳篷底下販售解暑飲料、鮮花和藝術品，共襄盛舉是份光榮，因此何夫根太太毫無顧慮地負責販售香檳的攤位：一杯香檳要價五馬克。那有點貴，但是收錢是為了那些可憐小孩的福祉。可是事後卻傳出了極其難聽的閒話：一些卑鄙小人無恥地聲稱貝拉女士並非基於人道理由而提供香檳，而是以香檳公司職員的身分拿了酬勞才這麼做的，此外還說她讓人親吻她。想像一下：竟然說她讓人親吻她，而且是吻在她的胸脯上。

何夫根的母親由衷憤慨地述說這件事，當他們搭乘敞篷車穿過夏季裡的這座城市。她氣得漲紅了臉，不得不擦拭額頭上的汗水，大聲說道：「這實在是太過份了！我把每一分錢都交出去了，而且我的義賣收入高過所有女士，孤兒院還特別來向我致謝，當一位男士就只是想要親吻我的手，我馬上對他說：你這個蠢人，不要這樣！若他不是立刻就道歉了，我會賞他一巴掌。那些人實在太惡毒了！不管你再有淑女風度，他們還是會在背後說你壞話。可是現在他們說不出這些難聽的話了，現在你堵住了他們的嘴，亨德里克，對吧？」說著貝拉女士就得意地先是看著她兒子，再看著芭芭拉。母親不得體的高昂興致令亨德里克難堪。他紅了臉，咬住嘴唇，最後急中生智，談起他們正經過的美麗街道。

樞密顧問在庭園門口迎接這兩位女士，態度愉快而鄭重，和他前一天迎接亨德里克時一樣。芭芭拉陪著貝拉和約西上樓，讓她們可以趕緊洗個手，補個妝。一個小時後，他們搭乘兩輛汽車前往結婚登記處。布魯克納家的那輛車上坐著那對新人、何夫根的母親和樞密顧問；跟在後面的計程車上則坐著妮可蕾塔、約西、老管家和芭芭拉的一個兒時朋友，他叫塞巴斯提安，他的出席讓亨德里克有點驚訝。

公證儀式很快就完成了。妮可蕾塔和樞密顧問擔任證婚人。大家都相當激動，貝拉女士和矮小的女管家哭了，約西則發出了緊張的笑聲。亨德里克用略帶沙啞的聲音回答登記處辦事員的問題，眼神變得呆滯而且有點斜視；芭芭拉用溫柔探詢的目光注視著站在她身旁的男子，他出人意料地成了她的夫婿。接著是恭賀和擁抱。妮可蕾塔尖聲請求何夫根的母親允許她喊她「貝拉阿姨」，令眾人感到驚訝，得到許可之後，她就一本正經地親吻了她的手。這個氣勢不凡的女孩今天上午格外光鮮亮麗，而且興高采烈。她穿著一件硬挺有如甲冑的白色亞麻洋裝，配上一條豔紅色的漆皮寬腰帶，站得很挺。她對芭芭拉說：「親愛的，我很高興一切都這麼順利。」這句話有點不知所云，卻說得斬釘截鐵。她美麗的貓眼閃爍發亮。她把約西小姐拉到一旁，向她提起一種治療雀斑效果極佳的藥劑，忽然謊稱那是她父親發明的，並且將之引進了整個遠東地區。「您可以用得上，親愛的小姐！」妮可蕾塔說，臉上帶著咄咄逼人的表情。她雖然和貝拉女士用暱稱來稱呼彼此，卻極其任性地不想和約西以暱稱相稱。「您的小鼻子都被雀斑給毀了。」她一邊說一邊嚴厲地看著散布在約西翹鼻子上的那片馬鞍狀淺紅斑點。那片斑點還覆蓋了一部分臉頰和額頭，不過在那裡數量沒那麼多，分布得比較稀疏，就像宇宙中某些螺旋星雲或是銀河系在其邊緣變得比較稀薄、彷彿也比較透明。「是啊，我知道，」約西不好意思地說。「每到夏天這情況在我身上就很嚴重。可是康斯坦丁很喜歡，」她加了一句，已經又感到安慰，然後繼續說起她未婚夫在科隆廣播電台的好職位。

芭芭拉的外婆，那位將軍夫人，直到午餐時才出現。這位老夫人有個原則，就是絕不搭乘汽車；從她那座小莊園到布魯克納家的別墅距離十公里，她是搭乘一輛老式的四輪大馬車來的，而且所有的家庭聚會她一律遲到。她的嗓音優美，音域很廣，能從很低的低音升到很高的高音，她用這個嗓音表示她遺憾自己錯過了在結婚登記處的儀式。「嗯，我剛得到的孫女婿長得是什麼樣子呢？」這位心情愉快的老奶奶說，並且用一副長柄眼鏡仔細打量亨德里克，那副眼鏡用一條綴著淺藍寶石的銀鍊繫著，掛在她胸前。亨德里克臉紅了，不知道該往哪兒看才好。她打量了很久，而打量的結果對他似乎並非不利。當將軍夫人終於放下長柄眼鏡，她發出銀鈴般的笑聲。「挺不賴！」她說，雙手叉腰，愉快地對他點點頭。在她撲了粉的臉上，那雙深邃清澈、美麗靈活的眼睛所運用的語言要比發出嘹亮聲音的那張嘴更懇切、更聰明、更有力。

亨德里克這輩子都不曾遇見過這等令人讚嘆的老夫人。這位將軍夫人給他留下極其深刻的印象。她的外貌就像十八世紀的貴族：那張高傲、聰明、愉快而嚴肅的臉被一頭灰髮框住，鬈髮在耳朵上方捲成了硬挺的小髮捲。別人會猜想在她後頸有一條辮子，等到發現並沒有辮子就會感到驚訝，還會有點失望。這位將軍遺孀穿著一套珠灰色夏裝，頸部和袖口飾有蕾絲荷葉邊，站得像軍人一般挺直。她戴著一個很寬的頸飾，上方緊貼著下巴，下方貼著領口的蕾絲荷葉邊。那是件美麗的古董首飾，用霧面銀和藍寶石打造而成，和繫著長柄眼鏡的銀鍊上鏗鏗作響的寶石相配，戴在她身上看起來就像是個又高又挺、有著彩色刺繡的制服衣領。

凡是這位將軍夫人所到之處，她就是統御者，而她習慣了這個角色。在十九世紀末，她被公認為德國社交界數一數二的美女，直到二十世紀的前二十年都仍以美麗知名。那個時代所有偉大的畫家都替她繪製過肖像。王公貴族、軍事將領以及詩人、作曲家和畫家都聚在她的沙龍裡。多年來，在慕尼黑和柏林，這位將軍夫人的聰明和獨特幾乎和她的美麗一樣為人傳誦。由於她在幾年前去世的丈夫受到層峰人士的器重，此外也很富有，別人就原諒了她那些在其他人身上會被視為古怪乃至令人反感的觀點、信念和舉止。就連皇帝都注意到她的美貌，因此早在一九〇〇年她就能替婦女爭取投票權。她能背誦《查拉圖斯特拉如是說》，有時會朗誦其中一段，令那些出身貴族的賓客感到尷尬訝異，他們認為這有點社會主義作風。她認識作曲家李斯特和華格納，曾和挪威作家易卜生和比昂松通信[2]。她有可能反對死刑。她的雍容華貴結合了大膽的無拘無束和不可侵犯的尊嚴，使人不得不包容她的一切。

這位將軍夫人比那位樞密顧問更令亨德里克肅然起敬。此時他才完全明白，他得以進入的是一個何等高尚的社會階層。他的好母親貝拉說得沒錯，只不過她不該這麼不得體地提起，有了這樣的姻親，科隆那些市井小民就無法再說什麼何夫根家族家道中落的閒話。芭芭拉在亨德里克心中的地位也又提升了，由於他發現她和她光彩奪目的外婆交談的語氣是多麼親密。芭芭拉的學校假期還有幾乎每個週日都是在將軍夫人的莊園裡度過的，此刻亨德里克想起來曾經聽她提起過。這位無與倫比的老夫人曾經朗讀狄更斯或托爾斯泰的作品給孫女聽；將軍夫人熱愛朗讀，而且朗讀得很動聽，或是她們會一起騎馬出去兜風，亨德里克想像她們穿越一片高雅如英國公園的風景，十分浪漫，有森林，有山丘，有銀光閃亮的溪水流過，有許多峽谷和溪谷，景色美妙。亨德里克想著芭芭拉的美好童年，在陶醉中又摻雜著嫉羨。這個無憂無慮的童年不是既享有完美的文化，也享有幾乎完美的自由嗎？在父親家的別墅度過日常生活，假日則在這位富貴老夫人的莊園休養，不斷地規律往返，幾乎也像是日常生活了。當亨德里克把這種童年拿來和自己的童年相比較，他能夠壓抑住辛酸的感覺嗎？

因為在科隆，在他父親科貝斯家裡——摔斷了腿的他此刻正躺在那兒——沒有花園，沒有鋪著地毯、擺滿藏書、掛著油畫的房間；那兒的房間有霉味，貝拉和約西在有客人來訪時會在房間裡開心笑鬧，可是只有家人在時，她們就變得情緒欠佳而且邋遢。父親科貝斯總是負債累累，當債主來討債時，他就抱怨世人的卑鄙。比起他的壞情緒，更令人難堪的是他所謂的「悒

2易卜生（Henrik Ibsen, 1828-1906），影響深遠的挪威劇作家，被譽為寫實主義劇場之父。比昂松（Björnstjerne Björnson, 1832-1910），挪威作家，一九〇三年諾貝爾文學獎得主。

意享受」，有時在重大節日，有時也沒有特殊理由，他會忽然決定要愜意一下。於是家裡會調一缸雞尾酒，而爸爸科貝斯會要求一家人和他合唱一首輪唱曲。可是年少的亨德里克不願意唱；他臉色蒼白，固執地坐在角落裡。他唯一的念頭始終都是：我必須脫離這個環境。我必須把這一切遠遠地拋在身後……

「芭芭拉的人生很輕鬆，」他心想，一邊和將軍夫人交談。「所有的道路都替她鋪平了，她是已經功成名就的大市民階層的典型產物。我懂得生活的艱辛，而她將會對這份艱辛感到驚訝。我將獲得的成就，還有我已經獲得的成就，全都只靠著我自己的力量。」當芭芭拉帶他走到擺著賀電和賀禮的桌旁，他有點氣惱地對他的年輕妻子說：「這些電報當然都是發給妳的。沒有人會拍電報給我。」芭芭拉笑了，他覺得她的笑聲相當嘲諷而且沾沾自喜，她說：「正好相反，亨德里克。有好幾個人只寄了賀電給你，例如馬爾德。」從那一堆疊得高高的信件、卡片和電報裡，她找出了寫給亨德里克的那幾封。除了特奧菲．馬爾德用合乎習俗但含意模糊、可能帶有嘲諷意味的用語所寫的婚禮賀詞之外，向他道賀的還有小安潔莉卡．西伯特、劇院主管施密茲和克羅格、黑妲．馮．賀茲費德，另外還有尤麗葉，這令他震驚。她是怎麼知道這個地址和這個日期的？亨德里克的臉色變得蒼白，把那張紙片揉成一團。為了轉移注意，他以帶有諷刺意味的誇張方式來欣賞芭芭拉收到的禮物：那些瓷器和銀器、水晶、書籍和首飾，這許多實用而雅致的物品都是親友精心挑選的。「我們要如何處理所有這些精美的東西呢？」芭芭拉看著這一大堆賀禮，不知所措地問。亨德里克心想這些高雅的用品放在他漢堡的住處會很漂亮，但是沒有把這話說出口，而是笑了笑，不屑地聳聳肩。

那個被稱為「塞巴斯提安」的年輕人加入了他們，他的在場令亨德里克有點不安。他和芭芭拉聊了起來，速度很快，而且充滿了外人難以理解的隱晦暗示，亨德里克聽得很吃力。何夫根發現自己對這個人絲毫沒有好感，芭芭拉稱他為她年少時期最好的朋友，說他能寫美麗的詩句和漂亮的文章。「他高傲而令人難以忍受！」亨德里克心想，在塞巴斯提安旁邊他格外沒有安全感，雖然此人對他很親切。但正是這種禮貌性的、帶著一絲嘲諷的親切顯得傷人。塞巴斯提安有一頭濃密的灰金色頭髮，厚厚一綹頭髮落在額頭上，臉部輪廓細緻，但略有疲態，鼻子長而突出，灰色的眼睛像是蒙著一層輕紗。「說不定他父親也是個教授之類的人物，」亨德里克忿忿地下結論。「和這種嬌生慣養、心思敏捷的男孩子來往會徹底帶壞芭芭拉。」

飯後大家同坐在門廳裡，因為露台上已經太熱了。貝拉女士認為她有義務要聊聊文學，說她在火車上讀了一本特別精彩的書，簡直是引人入勝，但究竟是誰寫的呢？「喔，是個俄國作家，最偉大的那一個！」這個受窘的婦人尷尬地喊道。「我怎麼會把他的名字給忘了呢！他一直都是我最喜歡的作家呀！」妮可蕾塔問道會不會是托爾斯泰。「沒錯，就是托爾斯泰！」貝拉女士鬆了一口氣地說。「我說過了嘛，是最偉大的那一個，而且是他的一本新作。」可是後來發現，給何夫根的母親帶來許多樂趣的書乃是杜斯妥也夫斯基的一部中篇小說。亨德里克的臉漲得通紅。為了轉換話題，也為了向這群高傲的人證明，他不會任由他母親處於尷尬的處境而撒手不管，他刻意和貝拉女士閒聊起來，開懷大笑地提起一些有趣的往事。是啊，那一次真好笑，當他們母子倆在家裡大肆慶祝狂歡節，把爸爸科貝斯嚇壞了！貝拉女士打扮成土耳其軍官，小亨德里克——當時還叫做漢茲，但是這件事此刻沒被提起——則打扮成印度舞孃。家裡被搞得天翻地覆，爸爸科貝斯回到家時簡直不敢置信。「媽媽是最早看出我應該去演戲的人，」亨德里克說，充滿愛意地看著他母親。「爸爸有很長一段時間都不願意接受。」接著他說起他如何展開演員生涯的。那還是在大戰期間，在一九一七年，當時亨德里克還不滿十八歲，他在報紙上看見了一則廣告，上面寫著比利時占領區的一個前線劇場在徵求年輕演員。「至於我是在什麼地方看到這張決定我命運的舊報紙，」亨德里克說，「這我可不能說。」由於大家都笑了，他就裝出很羞愧的模樣，用雙手遮住了臉，透過指縫說：「對對，恐怕各位已經猜到了……」「在廁所裡！」將軍夫人不害臊地歡聲高喊，而她嘹亮的笑聲以獨特的花腔從最低音躍升到銀鈴般的高音。

當現場的氣氛愈來愈歡樂興奮，亨德里克轉而說起巡迴劇團裡的趣事，當年他在那裡不得不飾演父親角色。他毫不忸怩而且興高采烈地搬出他那些說過很多遍的老笑話，讓它們再一次發揮效果，因為這一群人還沒有聽過這些故事。只有芭芭拉聽過其中一些，因此當她注視著正說得興高采烈的他，她的眼神流露出驚訝，甚至有一絲厭惡。

晚上來了幾個朋友，亨德里克得以展示他那套尚未付款的燕尾服，穿在他身上非常好看。餐桌用鮮花裝飾得很漂亮，肉排上桌之後，樞密顧問敲了敲香檳酒杯，說了一番話。他向在場的賓客致意，尤其是亨德里克的母親和妹妹。他開玩笑地稱呼貝拉女士為「另一位年輕的何夫根小姐」，然後泛泛地談起婚姻會帶來的問題，也特別說起他新科女婿的人品和藝術成就。樞密顧問仁慈而有技巧地謹慎選擇他所說的話，把演員何夫根描述為童話中的一種王子，白天裡不起眼，在晚上卻能神奇地變身。「他就坐在那裡！」布魯克納大聲說，用修長的食指指著亨德里克，他立刻就微微紅了臉。「他坐在那裡，請各位看看他！他看起來是個苗條的年輕人！當然穿著這身剪裁合宜的燕尾服他看起來很體面，但相對而言並不起眼。說他不起眼，是因為我把他拿來和夜晚在舞台的聚光燈底下，他化身成為的各種迷人角色相比較。那時他就開始發出光芒，變得令人無法抗拒！」這位學者說得興起，把演員何夫根比喻成一隻螢火蟲，白天裡明智謙虛地讓自己被忽視，在黑暗中才誘人地翩翩飛舞。雖然他從未見過他登台演出，只聽過他朗誦里爾克的作品。聽到這裡，妮可蕾塔發出刺耳的笑聲，將軍夫人則把繫著長柄眼鏡的鍊子弄得咔噠作響。

最後樞密顧問祝福這對新人。亨德里克親吻了芭芭拉的手。「你的樣子多美啊！」他說，並且由衷地對她微笑。芭芭拉的洋裝是用一塊沉重的茶色絲綢剪裁而成。妮可蕾塔曾批評過這件衣服，說它不夠時髦，怪裡怪氣的，看得出係出自家裡的裁縫之手。但是誰都無法否認穿在芭芭拉身上非常出色。她曬成淡褐色的脖子從鑲著古老蕾絲花邊的寬大衣領伸出來，顯得修長動人，蕾絲花邊是將軍夫人贈送的一件結婚禮物。她以微笑回應亨德里克，笑得有點心不在焉。她藍黑色眼睛溫和審視的目光越過了在她對面的何夫根嗎？這道憂愁又帶點嘲諷的目光投向了誰呢？亨德里克忽然惱怒地轉過身去。他看見了塞巴斯提安，芭芭拉的朋友：他距離這對新人只有幾步之遙，以他特有的姿勢站著，耷拉著肩膀，腦袋向前伸。他面帶愁容，露出費力傾聽的表情，以一種奇怪的方式動著十根手指，彷彿想在空氣中彈奏鋼琴。這意味著什麼？他是在向芭芭拉打手勢嗎？只有她才能夠理解其中的祕密含意？這個討厭的人在豎耳傾聽些什麼呢？而他臉上又為什麼流露出這種悲傷？他愛著芭芭拉嗎？他肯定愛她。有可能他本來想要娶她，說不定在許多年前他們就曾經孩子氣地互許過終身。「現在這一切都被我破壞了！」亨德里克半是得意、半是震驚地感覺到。「他多麼討厭我！」他把目光從塞巴斯提安身上移開，看向其餘的賓客，他們是這個顯赫家族的朋友。而他發現他們全都面帶愁容。男士們有著富有個性的面孔，經過精心修飾，亨德里克在歡迎他們時沒有聽清楚他們的姓名，但想來都是些教授、作家和名醫。幾個年輕人看起來全都和塞巴斯提安十分相似，穿著晚禮服的女孩顯得像在參加化裝舞會，彷彿她們平常都穿著灰色法蘭絨長褲、實驗室白袍或是綠色園藝圍裙。亨德里克覺得他們向他投來的目光似乎都摻雜著嫉羨和嘲諷。難道他們全都愛著芭芭拉嗎？他把她從他們身邊搶走了嗎？莫非他是個闖入者，是個不可靠的可疑人物，別人之所以和他同桌而坐並非出於樂意，只是為了顧及芭芭拉那難以捉摸、可能短暫易逝的情緒？事實上，這些人在談論著各式各樣不具有特別意義的事物：談論一本新書、一場戲劇演出，或是令他們擔憂的政治局勢。亨德里克卻以為他們的心思只放在他身上，以為他們都只在談論他、嘲笑他、諷刺他。

他忽然感到如此丟臉，很想躲起來。樞密顧問那番致詞不也是想要嘲諷他嗎？在短短幾秒鐘之內，他今天所經歷的一切全都變得充滿敵意、令人屈辱。樞密顧問那種寬容、愉快、帶著幽默的善意在不久之前還令他引以為榮，但事實上那不是比任何明白表現出來的高傲更侮辱人嗎？直到此刻亨德里克才開始明白，將軍夫人的豪爽中含有多少傷人的嘲諷。當然，她是個氣宇不凡的人物，是上流社會的貴婦，而且風韻迷人，當她此刻抬頭挺胸地走向這對新人，雍容華貴，而且滿不在乎地讓掛在胸前的長柄眼鏡咔噠作響。她一身白衣，脖子上戴著繞了三圈的珍珠項鍊，一顆顆大大的珍珠發出溫潤的光澤。如果說中午時身穿灰色衣裳的她看起來像是十八世紀的侯爵，那麼此刻身穿白衣的她在寶石的妝點下流露出近似教皇的威嚴。這份威儀和她痛快淋漓的說話方式形成了並不衝突的對比。「我總得要和小螢火蟲還有我的小芭芭拉乾一杯！」她揮動著香檳酒杯，響亮地喊道。

妮可蕾塔從另一邊走來，手裡也端著酒杯。她的眼睛閃亮，鮮豔的嘴嘛出波形線條。「乾杯！」將軍夫人喊道。「乾杯！」妮可蕾塔喊道。亨德里克先和尊貴的外婆碰杯，再和妮可蕾塔碰杯，這個女孩跟他一樣被奇特的命運帶進這個圈子。在這個圈子裡她是個令人驚訝的人物，她受到芭芭拉的深深愛護，受到樞密顧問好奇而寬厚的包容，也被自信開朗的將軍夫人包容。在這一瞬間，亨德里克明確而強烈地對妮可蕾塔感覺到一種手足之情，一種相屬之感。他明白了自己和她是同類。雖然她父親生前是個文人和冒險家，其活力和遊戲人間的才智迷住了世紀之交的文藝圈；而他爸爸科貝斯那種市井小民的放蕩不羈大概不會令任何人著迷，只會激怒他的債主。可是在這裡，在這些學養豐富、身家富有的人當中（其實大多數在場之人根本沒有多少財產，但是亨德里克認為他們全都家財萬貫），在這些自信、聰明、擅長冷嘲熱諷的人當中，芭芭拉如魚得水，而妮可蕾塔和亨德里克兩人則扮演著同樣的角色，是兩個怪誕人物。他們兩個都下定決心，要讓這個他們自覺格格不入的階層把他們往上抬，然後享受勝過他們的滋味為報復。

「乾杯！」亨德里克說。他的酒杯和妮可蕾塔的酒杯輕輕相碰。芭芭拉正圍著桌子走動，一路和賓客說說笑笑，這時走到了她父親身旁。她默默地摟住他的脖子，親吻了他。

妮可蕾塔陪伴這對新人去一趟小小的蜜月旅行，她所推薦的那座美麗旅館座落在上巴伐利亞湖區的一座湖畔。芭芭拉在此地非常開心，她喜歡這片風景，有丘陵起伏的草地、森林和溪流，尚稱平緩，還稱不上壯麗，但是已經含有壯闊和險峻的成分。在有焚風的天氣裡，山嶺顯得相當靠近。鋸齒狀的山峰和雪白的山坡在夕陽中染成了血紅色。但芭芭拉覺得這片山景在即將天黑之際更美，浸浴在一種脫俗的蒼白中，在一片冰冷的平靜中，宛如由一種陌生易碎、無比珍貴、儘管堅硬卻十分敏感的物質構成，看起來不像是玻璃，也不像是金屬或石頭，而是一種極其稀有、完全不為人所知的物質。

亨德里克對這片風景的魅力和宏偉無動於衷。這家高雅旅館的氣氛令他不安而興奮。在服務生面前他表現得多疑易怒，聲稱他們對待他要比對待其他客人來得怠慢，並且責怪芭芭拉已經在鼓勵他去過超出自己能力的生活。但另一方面，這高雅的環境卻令他十分稱心快意。「除了我們，這裡其他的客人幾乎都是英國人！」他滿意地說。

儘管亨德里克神經緊張，他們偶爾也有愉快的時光。上午他們三個躺在木頭棧橋上，棧橋一直延伸到藍色的水面，中午時分會有裝飾得金光閃閃的白色小汽船停靠。妮可蕾塔做體操，鍛鍊身體，她跳繩，用雙手倒立走路，把身體向後彎，直到額頭觸地；芭芭拉則懶洋洋地躺在陽光下。但之後去游泳時，她卻比勤於鍛鍊的妮可蕾塔表現得更好，能夠游得更快，也更持久。亨德里克在運動上就完全不是她倆的對手，腳趾頭才碰到冷水，他就尖叫起來，芭芭拉哄勸了他很久，再用上激將法，才使他嘗試了幾個游泳的動作。亨德里克不敢離開淺水區，擔心地皺起了臉，勉強待在危險的水中。芭芭拉饒有興味地看著他，忽然向他喊道：「你看起來和你母親簡直相像得可笑，在游泳的時候還要更像。天哪，你的臉和她一模一樣！」聽到這話，亨德里克忍不住吃吃笑了，笑得太厲害，沒法再划動手臂，吞了很多水，差點就淹死了。

晚上跳舞時他的表現就格外出色。當他領著妮可蕾塔或是芭芭拉跳起探戈，旅館的所有住客乃至服務生都為之著迷。其他的男士沒有一位懂得像他一樣優雅而威風地擺動身體。那是一場道地的演出，當他跳完時，大家都鼓掌喝采。他微笑著鞠躬，彷彿他是站在舞台上。當他必須身為觀眾，身為眾人之一，他就感到忸怩，往往心煩意亂；只要他能夠與別人保持距離，走進更耀眼的光線中，在那裡發光發亮，他的自信就會回復，並且有勝利的把握。只有在一個高高的位置上，面對一群只為了崇拜他、欣賞他、為他喝采而存在的人，他才真正感到安全。

有一天赫然發現，特奧菲．馬爾德就在妮可蕾塔熱烈推薦其美景的這座湖畔擁有一棟避暑別墅。芭芭拉得知此事之後變得十分沉默，由於深思多慮而有了黑眼圈。起初她拒絕去拜訪這位諷刺作家，但最後還是被妮可蕾塔說服了。他們搭乘那艘金光閃亮的白色汽船越過湖面，之前他們從棧橋上已經見過這艘船許多次。天氣很好，清爽的微風拂過水面，湖水和晴空一樣藍。隨著妮可蕾塔愈來愈快活，她的朋友芭芭拉就顯得愈發沉默。

特奧菲．馬爾德在湖岸等候他的客人。他穿著一件大格紋的運動外套，配上寬鬆的打褶燈籠褲，戴著一頂白色木髓帽，模樣很奇特。他說話時嘴裡始終叼著一支英式短菸斗。當妮可蕾塔問他是從什麼時候開始抽菸斗的，他心不在焉地微笑著說：「新人類有新習慣。我在蛻變。每天早晨我都被自己嚇一跳，因為當我醒來，我不再是昨天晚上入睡時的那個人。我的心智在一夜之間有了巨大的增長，不論是大小還是強度。我總是在睡夢中得到最驚人的體悟。這就是為什麼我睡得這麼多，每天至少睡十四個小時。」這番敘述並不適合用來消除那頂木髓帽所引發的不安，接著他由衷地格格笑了，之後就又表現得彬彬有禮。在亨德里克和妮可蕾塔面前他刻意地表現得和藹可親，對芭芭拉卻似乎視而不見。

他們在鑲著原木色牆板、寬敞明亮又高雅的餐廳用餐，飯後馬爾德摟住何夫根的肩膀，把他拉到一旁。「好吧，我們來說些男人之間的悄悄話，」劇作家眼神閃爍，在那撇小鬍子底下咂著嘴，動著那兩片泛青的嘴唇。「你對你的實驗感到滿意嗎？」亨德里克問：「什麼實驗？」特奧菲發出響亮的笑聲，更加劇烈地蠕動他那張貪婪的嘴。「哎，還會是什麼？我指的當然是你的婚姻！」他沙啞地低語。「你是個不簡單的人物，讓自己捲入這種事！這個樞密顧問的女兒不好惹。我可是嘗試過的！」他承認，眼神變得凶惡。「你在她身上不會得到太多樂趣，老弟。她是個跛腳鴨[3]。相信我，我是本世紀最有資格的專家：她是個跛腳鴨。」

這個說法令亨德里克大為吃驚，使得他的單眼鏡片從眼睛裡掉了出來。馬爾德打趣地戳了戳他的肚子。「別介意！」他喊道，情緒忽然變得特別好。「也許你能夠辦到，這種事誰也說不準。你是個不簡單的人物！」

一整個下午他都在抱怨這個時代完全缺乏紀律，說這是當代最悲哀的特徵。而他不厭其煩

3「跛腳鴨」（lahme Ente）在德語俗話中係指缺乏活力、無趣之至的人。

地一再重複同樣的陳述和感嘆，言詞激烈。他一再言之鑿鑿：「哪裡都沒有像樣的人物！就只有我！不管我再怎麼仔細尋找，我找到的永遠就只有**我自己**！」他把自己拿來和過去的一些偉人相比較，包括詩人賀德林[4]還有亞歷山大大帝；然後讚美起他自己年輕時那段「美好的舊日時光」，說到這裡，他也提起了樞密顧問布魯克納。「這位老先生無趣之至，」馬爾德說。「但畢竟還是規矩正直的老派人物，而不是江湖術士。毫無疑問是相對值得尊重的人物。在他之後的那一代就差多了。如今這個時代就只製造出白癡或罪犯。」然後他把妮可蕾塔、芭芭拉和亨德里克這三個年輕人帶到他數千冊的藏書前，要求他們要「先學點東西」。「你們什麼都不知道！」他忽然對他們咆哮。「普遍的缺乏教養和變得愚蠢實在是人神共憤！徹底墮落的一代。歐洲的災難因此是避免不了的，從更高的角度來看也是理所應當！」可是當他想要考問亨德里克希臘文的不規則動詞時，芭芭拉認為他們該告辭了。

在搭乘汽船返回旅館的途中，妮可蕾塔說她的冒險家父親想必和特奧菲．馬爾德很像。「我沒有爸爸的相片，」她說，若有所思地看著水面，水面上已經沒有陽光，只有那片珠灰色在漸漸深沉的夜色中靜止不動。「沒有照片，只有那個鴉片菸斗。但是我感覺得到他想必和馬爾德有許多共同點，所以我和馬爾德有這麼深刻的連結。」片刻寂靜之後，芭芭拉說：「你父親肯定要比馬爾德和善得多。馬爾德一點也不和善。」妮可蕾塔綠色的貓眼中露出狡詐和好笑的神情，輕聲地格格笑了起來。

現在妮可蕾塔每天都搭汽船到對面的湖岸去，亦即馬爾德的別墅所在之處。她在中午時分出發，通常要到深夜才回來。芭芭拉變得愈來愈安靜而深思，特別是妮可蕾塔還在她身邊的那短短幾個小時。

此外，芭芭拉陷入深思不僅是因為妮可蕾塔不理性地執意要和特奧菲調情。當她夜裡獨自躺在床上——她的確獨自躺在床上——，她聆聽自己的內心，想知道亨德里克有點丟臉的奇特舉止，或許也可以稱之為失敗之舉，是令她鬆了一口氣，還是令她失望。是的，這的確令她鬆了一口氣，但也令她失望……

芭芭拉的房間和亨德里克的房間有一扇相通的門。何夫根習慣在夜深時還到他妻子的房間來，身上裹著他那件華麗但破舊的睡袍。他歪著頭，半垂著眼瞼，底下露出那斜睨的閃爍目光，他急急穿過房間，用吟唱般的聲音向芭芭拉保證他是多麼開心，多麼感激，說她將永遠是他生活的中心。他也會擁抱她，但時間短暫。當他把她擁在懷中，他的臉色變得蒼白，受著折磨，全身顫抖，額上冒出汗珠。羞愧和憤怒使他眼中盈滿淚水。

他對這種失敗毫無心理準備。他原本以為他愛著芭芭拉。是的，他的確愛她。難道他和泰芭公主的友誼使他落到了這個地步嗎？唉，他無法想像芭芭拉那雙美麗的腿穿上綠色長靴的

---

4 賀德林（Friedrich Hölderlin, 1770-1843），德國詩人，德國浪漫主義時期代表人物。

模樣……那些沒有結果的可悲擁抱對他來說成了折磨。他認為在芭芭拉的眼中看見了嘲諷和責備，但她眼中其實就只有略感納悶的無聲疑問。為了掙脫這個可怕的窘境，他喋喋不休起來，想到什麼就說什麼；他活潑起來，神經質地笑得前仰後合，在房間裡走來走去。

「妳也和我一樣有些**討厭的**小小回憶嗎？」他問芭芭拉，她一動也不動地躺在床上，觀察著他。「妳知道嗎，就是那種讓人一想起來就會身上一陣冷、一陣熱的，而且妳忍不住經常想起……」他停下腳步，倚著芭芭拉的床，雙頰泛著不健康的紅暈，並且一再笑得前仰後合，帶著狂熱的急切開始述說。

「我當時大概是十一、二歲，當我在中學裡獲准參加少年合唱團。我非常開心，可能也自以為能夠唱得比其他同學更好。接下來要說到那個要命的小小回憶了。聽好囉，如今述說起來，聽起來根本沒那麼糟。當時為了一場婚禮，我們的少年合唱團要在教堂儀式中負責演唱。那是件大事，大家都很興奮。我卻鬼迷心竅，想要表現得特別突出。當我們的合唱團唱起那首虔誠的歌曲，我突然有了個**要命**的想法，想唱得比其他人高一個八度音。我對自己的女高音音域很自豪，心想當我尖銳的高音響徹教堂的拱頂，將會製造出迷人的效果。我神氣活現地站著，唱得很大聲，這時指揮合唱團的音樂老師看了我一眼，那道眼神中的嫌惡更勝過責備，然後他說：**妳閉嘴**！妳明白嗎？芭芭拉？」亨德里克喊道，用雙手遮住他熱燙燙的臉。「妳明白那有多麼難堪嗎？他就那樣冷冷地小聲對我說：你閉嘴！而我剛剛還覺得自己像個報佳音的天使……」

亨德里克沉默了。停頓良久之後他說：「這種回憶就像是我們偶爾必須墮入的小小地獄……」他帶著懷疑的表情問道：「妳大概沒有像這樣的回憶吧，芭芭拉？」

不，芭芭拉沒有這種回憶。亨德里克忽然惱怒起來，幾近憤怒。「問題就在這裡！」他惡狠狠地喊道，在他的眼中閃著邪惡的光芒。「問題就在這裡：妳這一生中從來不需要真正感到羞愧……我卻經常碰到，當年那就只是第一次。我經常不得不強烈地感到羞愧，羞愧得要下地獄……妳明白我的意思嗎？芭芭拉？妳究竟能不能了解我?!」

第5章
丈夫

八月底，年輕的何夫根夫婦和妮可蕾塔・馮・尼布爾搭車前往漢堡。亨德里克租下了蒙克貝格領事夫人那棟別墅的整個一樓，包含三個房間、一個小廚房和一間浴室。那幾個寬敞舒適的房間裡又添了幾件新家具，這筆相當可觀的費用必須由樞密顧問布魯克納來支付。

妮可蕾塔寧可住在旅館。「我受不了這位蒙克貝格夫人家裡那種市儈氣息，」她驕傲而煩躁地解釋。芭芭拉打圓場地表示這位領事夫人其實非常正派而且有她自己的魅力。「至少我和她相處得很好，」她說。蒙克貝格夫人在她搬進來時送給她兩隻小貓，一黑一白，並且對她表現得殷勤有禮。「孩子啊，我很高興妳住在我屋子裡，」老夫人對這位年輕的新房客說。「畢竟我們是同一個階層的人。」領事夫人的父親曾是大學教授，她年輕時也認識當時在海德堡擔任大學講師的布魯克納博士。她邀請芭芭拉到樓上喝茶，拿自己家人的照片給她看，也把她介紹給她那群朋友。

對於芭芭拉接受這類邀請，妮可蕾塔嗤之以鼻。她自己則在她的旅館房間裡接待夜總會的雜耍藝人、職業舞男和交際女郎。亨德里克一想到人稱「泰芭公主」的尤麗葉有可能經由一個不幸（但絕非不可能）的巧合進入這個獨特的圈子，就不禁打起寒顫。接待這位黑色維納斯會給妮可蕾塔帶來多大的樂趣！因為她偏好和性情古怪、生活放蕩的人來往，並且引以為傲。「凡是我父親認為值得稱為朋友的人，就也不會配不上我，」她經常昂首挺胸地對每個想聽的人這樣保證。

此外也不能否認，妮可蕾塔這段時間的狀態極佳。她身上的一切似乎都繃緊了，一切都閃閃發亮，誘人，像是帶了電一樣地劈啪作響。她挺著那輪廓分明的少年頭顱，連同隆起的前額、大大的鷹鉤鼻和閃出白牙的鮮紅嘴唇，比任何時候都更是一副勝利在握的樣子。漢堡藝術劇院全體演員當中大多數的男性成員都已經迷戀上她；莫姿忍不住又哭又罵，因為彼得森又一次不知節制而且莽撞，無論如何都要邀請妮可蕾塔去「亞特蘭大飯店」吃一頓昂貴的晚餐。拉荷·莫倫薇茲也有理由感到生氣，在英俊的波內提面前，她習慣了代替對他冷淡的小安潔莉卡，如今不得不看著她惡魔般的魅力被妮可蕾塔更辛辣、更真實、更強烈的魅力給比了下去。野心勃勃的拉荷把嘴唇塗成紫黑色，把眉毛刮得一乾二淨，抽著長長的維吉尼亞香菸，儘管抽菸令她不適，但是這些對她又有什麼用呢？妮可蕾塔的一雙貓眼閃亮發光，藉由催眠的力量強迫每個人都認為她有一雙美腿，就像具有心靈暗示力量的印度說書人，能夠讓被蠱惑的觀眾在只有藍色天空之處看見棕櫚樹生長、群猴跳躍。

奧斯卡·克羅格雖然基本上受不了尼布爾小姐，但是在他朋友施密茲的懇切建議下，讓她飾演秋季第一齣新戲的女主角。施密茲聲稱觀眾想看「這種演員」。妮可蕾塔在這齣叫座的法國戲劇中飾演悲慘的妓女，在第三幕末尾當著觀眾的面被她的情人殺害。那個年輕的凶手由波內提飾演，他那高傲的面部表情由於自命不凡和虛榮心而流露出厭惡，非常適合這個角色；那個看似紳士、實則卑鄙的皮條客由何夫根飾演；導演則是負責編譯這齣戲的賀茲費德女士。「妳在這部粗劣劇作中的表現會比在《克諾科》裡的演出更加成功，」賀茲費德女士向妮可蕾塔預言。自從她為了亨德里克而起的嫉妒必須轉移到另一個人身上，她對妮可蕾塔表現出一種母親般的關懷。「我也這麼認為，」妮可蕾塔尖銳而冷淡地回答。「明天晚上我在舞台上的表現將會是漢堡人前所未見。」

「話別說得太早。但是依我看，這齣戲我們至少可以連演個三十場，」施密茲微微一笑，同時迷信地連敲了好幾下木頭。幕落了，劇院裡歡聲雷動。尼布爾小姐一再被叫出來謝幕，觀眾巴不得她立刻再重演一次她死去的那一幕。當羅夫・波內提舉起手槍對著她時，妮可蕾塔的叫喊和手勢的確是震撼人心。槍聲響起，這個悲慘的交際花倒下了，扭動四肢，哀嚎起來，在臨死前說了一番長篇大論，針對她善妒的情人，也針對全體男性發出極其哀怨而具有戲劇效果的指責；她向天祈禱，再一次發出哀嚎，然後死去。

隔天的劇評一片頌讚之聲。所有的報紙似乎都一致認為妮可蕾塔的表現非凡。擁有最多讀者的午報以「妮可蕾塔・馮・尼布爾的偉大生涯正在展開」當作頭版標題。類似的新聞也以電報發送給柏林的媒體。藝術劇院的售票口前面從上午就已經大排長龍，這是多年來不曾有過的盛況。這齣舞台效果十足的妓女劇接下來五場的門票都已經被搶購一空。

可是妮可蕾塔在首演當日中午收到了特奧菲・馬爾德的電報：

「要求妳立刻到我這兒來，不准妳繼續當演員出賣自己，我的男性自尊抗議妳這樣屈辱自己，有紀律的女人必須無條件地屬於有才華的男人，他想要把她提升到自己身邊，明天將在火車站等妳，如果妳在關鍵時刻做不到，以任何藉口延後抵達，身為世界良知的我肯定將遺棄妳，特奧菲。」

妮可蕾塔傲慢地打發了幾個前來恭喜她演出成功的芭蕾舞者和男舞者。她打電話給何夫根，用短短幾句話向他說明，她打算在一小時後搭車前往德國南部。亨德里克問她是否在開玩笑，還是已經瘋了。她不帶感情地說：兩者皆非。其實她是放棄了在此地的演出，並且就此放棄了她的演員生涯。她說這齣法國妓女劇中的角色要找到別人來演一點也不難，拉荷・莫倫薇茲想必已經有所準備。對她而言，這世上就只有一件事是重要的：特奧菲・馬爾德的愛。有紀律的女人必須無條件地屬於想把她提升到自己身邊的天才男子。尼布爾小姐在電話裡這樣聲稱，令何夫根感到錯愕。

亨德里克震驚得幾乎發不出聲音，喃喃地說：「妳病了。我叫輛計程車去找妳。」十分鐘後，他和芭芭拉站在妮可蕾塔的房間裡，她正在收拾行李。

芭芭拉那張高貴而敏感的鵝蛋臉一片慘白，就跟她背倚著的那面牆壁一樣。芭芭拉沉默不語，妮可蕾塔也沉默不語，只有亨德里克在說話。起初他出言嘲笑，接著出聲央求，最後則出言恫嚇並且咆哮起來。「妳是簽了合約的！違約要賠償！」妮可蕾塔回答：「想來克羅格先生不會有興趣為了我的人身所有權而和特奧菲．馬爾德打官司。」她的聲音雖小，卻仍然異常清晰。亨德里克要她考慮：「妳會毀了妳的職業生涯。這世上沒有哪家劇院會再僱用妳了。」妮可蕾塔回答：「我跟你說過了，我千般樂意放棄這個職業生涯。換來的是更珍貴、更重要、更美好的東西，兩者無法相比。」此刻她的聲音不再尖銳，而是由於按捺住歡呼而在吟唱。亨德里克幾乎掩飾不了失望。這個女孩開始令他感到難以捉摸。怎麼會有如此猛烈攫住人心的激情，使人為了它而拋棄剛剛起步、前途看好的職業生涯？亨德里克無法去想像他的心靈無法體會的感受。他允許自己被捲入的熱情通常都不會損及他的職業生涯，他絕對不會允許這些熱情妨礙他的職業生涯，甚至是將之摧毀。「而這一切都是為了那個傲慢自大的預言家，」最後他說。這時妮可蕾塔站得筆直，把鼻子往半空中一抬，咬牙切齒地說：「我不准你這樣說我的未婚夫，他是當代還活著的人當中最偉大的。」亨德里克疲憊地笑了笑，擦去額頭上的汗水。「好吧，」他說，「那我只好把這件事告訴可憐的克羅格了。」

當他打電話給藝術劇院時，芭芭拉第一次出聲，她的聲音宛如蒙著一層悲傷的輕紗。「所以妳打算嫁給他？」芭芭拉問。

「如果他要娶我！」妮可蕾塔回答，帶著令人發毛的喜悅，並且避免看著她的朋友。

芭芭拉說：「他比妳大三十歲，都可以當妳的父親了。」

「沒錯，」妮可蕾塔說，從她美麗的眼睛發出瘋狂的火花。「他就像是我父親。我在他身上找到了我失去的父親，舊日的關係奇妙地有了新連結。」

芭芭拉懇求道：「他有病。」

但這個盲目的女人昂首說道：「他擁有天才那種更高等的健全。」

這時芭芭拉就只能把臉埋進手裡發出呻吟：「天哪，天哪。」

等到劇院主管克羅格、施密茲和賀茲費德女士在十五分鐘後趕到，妮可蕾塔已經把為數甚多的皮箱收拾好了，站在旅館大廳等候汽車來載她去搭火車。

施密茲的聲音忽然一點也不再輕柔，而是咆哮起來，威脅著要叫警察來逮捕她；克羅格像隻老貓一樣嘶吼，妮可蕾塔則像隻猛禽一樣反啄；賀茲費德女士試圖理性勸說，但是面對妮可蕾塔刺耳的譏嘲和冰冷的輕蔑，她沉默了。眾人各說各話：施密茲惋惜已經預售一空的門票，克羅格說她缺乏藝術家應有的責任感和做人應有的禮貌，賀茲費德女士形容妮可蕾塔的行為乃是遲來而令人厭惡的青春期歇斯底里。芭芭拉則已悄悄地離開了旅館。妮可蕾塔啟程離去，沒有和芭芭拉道別。

妮可蕾塔的驟然離去對芭芭拉而言不僅意味著痛苦，也幾乎意味著如釋重負。收到妮可蕾塔和特奧菲．馬爾德「悄悄」完婚的消息時，她的情緒並沒有太大的波動。「可憐的妮可蕾塔」其實是她唯一的念頭。她的心已經開始放棄這份友誼帶來的苦樂，許多年來這份友誼一直占據著她的心，令她心喜也令她心憂。芭芭拉已無法想像和妮可蕾塔共度的未來，但她喜歡回憶她們共同的過去，並且向自己述說這段友誼的故事，這段友誼是在如此奇妙而有意義的情況下產生，並且依照如此奇特的法則發展出來。

妮可蕾塔的父親威利．馮．尼布爾一生浪蕩，但也許並不像他女兒所描述的那樣離奇。他從未特別關心過妮可蕾塔。當他在中國去世，他女兒才十三歲。當時她剛從洛桑的一所女子寄宿學校被退學，引起了軒然大波。知道自己不久於人世的尼布爾從上海寫信給大學時代的朋友布魯克納：「請你照顧這個孩子！」樞密顧問決定讓這個女孩到自己家裡來住幾個星期，直到替她找到一所合適的寄宿學校或是別種安頓她的方式。妮可蕾塔就這樣出現在布魯克納家：一個威風嚴肅、聰明而任性的少女，有著大大的鷹鉤鼻，一雙閃亮的貓眼，瘦削柔軟的身體，驕傲的頭部擺出一副勝利在握的姿態。這個作客少女身上的一切都令樞密顧問心裡發毛：那帶著威脅的誘人目光，那咬字過度清晰尖銳的說話方式，舉止中那種帶著惡意的一本正經。必須把一位有趣友人的奇特女兒收留在身邊，整天觀察著她，他覺得既引人入勝，也有點尷尬。

令他驚訝的是芭芭拉和妮可蕾塔成了朋友，建立起濃烈的友誼，而他並未加以阻止。是什麼吸引了他女兒去接近這個陌生、極端、奇特的少女？這位慈父思索著。他覺得芭芭拉在妮可蕾塔身上尋找和她本身最不相像的人……這個父親覺得這份友誼令人擔憂，於是想方設法讓妮可蕾塔離開他家。她被送到法國蔚藍海岸的一間寄宿公寓，可是沒多久又惹出了風波，妮可蕾塔又回到布魯克納家的別墅。她被送走，又再回來：這幕戲經常重複。她既鄭重又無慮地過著她年輕的生活，享受許多冒險，而她總是在芭芭拉身邊休養生息。芭芭拉總是等候著她，總是在妮可蕾塔來敲門時打開房門；樞密顧問看見這種情況感到納悶，也許也感到憂愁，但是加以容忍。此外他也看出，他美麗聰慧的女兒雖然關心朋友的奇特生活，但一點也沒有忽視自己的生活。她遊戲般而又深思地從事千百種事情；她有好些朋友，對他們的情緒和煩惱表現出有耐性的同情；她無憂無慮而又喜歡沉思，既是個女漢子，也是個溫柔的姊妹；冷靜而善良，十分矜持，一向樂於接受不超出特定界線的溫柔。芭芭拉就這樣生活著，**等候著妮可蕾塔**，每天時時刻刻都在為了迎接妮可蕾塔的意外來到，這件事也許賦予了她的生活一份神祕意義，她的生活需要那個神祕的中心。

之前妮可蕾塔總是會回來。但芭芭拉感覺得到、也知道這一次她不會回來了。這一次發生了某件關鍵性、無法挽回的事。妮可蕾塔認為在特奧菲．馬爾德身上找到了和她父親——或者說是她所塑造出的那個傳奇人物——相似而且不分軒輊的男人。現在她不再需要芭芭拉了。她把自己的生命託付給她新找到的父親，託付給她的新愛人，以她那種戲劇化轟轟烈烈的方式，這是她一切行動的特徵。她臣服於他霸道的意志，她把頭抬得很高，但卻喜歡被命令。芭芭拉還能做什麼呢？她自尊心太強，無法硬要去參與；她也太高傲，連抱怨都做不到，於是她沉默了，甚至維持著讓人看不透的開朗表情。「可憐的妮可蕾塔，」她想，「現在妳得自己處理妳的生活了。那可不會輕鬆，可憐的妮可蕾塔。」

再說，芭芭拉沒有太多時間去思索她的朋友妮可蕾塔；在這座陌生城市裡、在這個陌生男子身旁剛展開的日常生活占據了她的心思。她應該要習慣和亨德里克．何夫根一起生活。她會慢慢學會去愛這個人嗎？之前她半出於好奇、半出於同情而接受他慷慨激昂的求愛。在芭芭拉向自己提出這個問題之前，她必須要嘗試回答另一個問題，她認為那個問題才是關鍵，亦即：亨德里克是否還愛她，或者說他究竟是否曾經愛過她。由於她的聰明和懂得許多人情世故，芭芭拉心存懷疑，如今她懷疑亨德里克在他們初識的那一週對她表現出（或是表演出）的熱情是否曾經真實過。「我受騙了，」如今芭芭拉經常這麼想。「我讓自己被一個喜劇演員給騙了。他覺得和我結婚對他的事業有利，此外他可能也需要有個人在他身邊。但是他從來沒有愛過我。有可能他根本沒有能力去愛……」

同情、自尊心和良好的教養阻止了她說出她的委屈，也阻止了她表現出她的失望。但是亨德里克夠敏感，感覺得出她隱瞞他的事，而她隱瞞他是出於高傲多過於出自善意。她雖然聰明，卻沒有注意到他在受苦。

他為了自己在芭芭拉面前表達出錯誤情感而痛苦不堪，一如他為了自己生理上的失敗而痛苦，這種失敗以丟臉而怪誕的方式一再重演。他為了自己的挫敗而嘆息，因為他澎湃的情感、他心中燃起的愛火是真實的，或者說近乎真實，真實到他所能達到的最高程度。「我將再也不會有比初夏《克諾科》首演之後那些日子裡更強烈、更純淨的感受了，」亨德里克心想。「如果這次我失敗了，我就注定要永遠失敗。那麼就可以確定，我這一輩子都屬於像尤麗葉那種女孩……」

但是自我指責不管再怎麼誠實和苦澀，幾乎在每個人身上都會從某一個時刻開始轉變成自我辯解，因此他很快就開始在內心收集理由，讓他能用來指責芭芭拉並且為自己開脫。如果他想得沒錯，失敗的不是芭芭拉嗎？他的熱情碰上她傲慢的冷淡不就非冷卻不可嗎？芭芭拉不是對太多事情太過自豪嗎？對她高尚的出身，一如對她優秀的智力？在她如今經常投向他的探詢眼神中不是含有嘲諷、高傲和冷冷的自負嗎？亨德里克開始害怕這雙眼睛，不久之前他還認為這是世上最美的眼睛。即使是芭芭拉隨口對他說的最無關痛癢的話，他的惱怒和受傷的自尊都會猜想，那話中有貶低他的弦外之音。芭芭拉的一些小習慣和她維持這些小習慣的泰然自若刺激了他也侮辱了他，而且到了不理性的程度。在他能夠比較冷靜地思考時，他自己也不得不承認這一點。

芭芭拉在早餐前去騎馬，當她在九點左右出現在家中餐廳，她從戶外帶進來清新早晨的芬芳氣息。亨德里克卻雙手托腮坐在那兒，疲倦而情緒欠佳，穿著那件愈來愈破舊的家居服，臉色灰白。在這個時間他還無法勉強自己擺出那邪氣的微笑，也還無法勉強自己的眼珠發出誘人的光芒。亨德里克打了個呵欠。

「我覺得你似乎還沒睡醒呢！」芭芭拉心情愉快地說，一邊把一個半熟的蛋打進一個葡萄酒杯裡，因為她習慣用這種方式來吃早餐的蛋：從酒杯裡吃，加上許多鹽和胡椒、英式辣醬、番茄汁和一點油調味。亨德里克不高興地回答：「我相當清醒，甚至已經做了點事，例如和進口貿易商通了電話，他對我們的高額帳單已經感到不耐煩了。抱歉我在一大清早不是一副神清氣爽的模樣。如果我每天都像妳一樣去騎馬兜風，我看起來可能會更迷人。但只怕就算是妳也已經無法讓我養成這種高雅的習慣了。我太老了，無法再改變自己，而且這麼高尚的運動在我成長的環境裡並不常見。」

芭芭拉不想讓她的好心情被破壞，寧可把他這番話當成是玩笑。「你說得真像一回事，」她笑了，「幾乎會讓人以為你是當真的呢。」亨德里克氣呼呼地不吭聲，為了讓自己看起來更體面一點，他把單眼鏡片夾在眼前。

此外，芭芭拉馬上就又得罪了他，當然並不是故意的。她胃口很好地從酒杯裡舀出那加了調味料的蛋來吃，一邊說：「你也該試試看用這種方式吃蛋。我覺得就只是從蛋殼裡舀出來，不加些辣味醬料，吃起來很無趣……」亨德里克沒有吭聲，一會兒之後他勉強壓抑住惱怒，禮貌地問道：「親愛的，我可以提醒妳注意一件事嗎？」她一邊咀嚼，一邊答道：「當然可以。」

亨德里克用手指敲著桌面，抬高了下巴，緊抿著嘴唇，使他的臉有了老師教訓學生的那種表情。「當別人用不同於妳父親家或妳外婆家慣用的方式做了什麼事時，」他緩緩地說，「妳用那種天真而挑剔的方式感到奇怪或是去揶揄對方，可能會令那些不像我這麼了解妳的人感到吃驚，甚至是反感。」

芭芭拉剛才還愉快明亮的眼睛變得若有所思，露出那種探詢的眼神。短暫沉默之後她小聲地問：「你怎麼會偏偏在現在提起這件事？」他仍然嚴肅地用手指敲著桌面，一邊答道：「要吃半熟的蛋，一般都習慣加了鹽從蛋殼裡舀出來吃。在布魯克納家的別墅裡卻要加上六種不同的調味料，從酒杯裡舀出來吃。這當然很別出心裁。但是我看不出有什麼理由要去取笑不習慣這種獨創吃法的人。」

芭芭拉沉默了，不解地搖搖頭，站了起來。他看著她以她那種散步般隨性、有點拖著腳走的步伐慢慢穿過房間。他忽然不由得想到：「真奇怪，此刻她穿著我特別喜歡的長靴，但是穿在她腿上不合我的願望、我的需要。在她身上，這雙長靴是騎馬服裝應有的一部分。在尤麗葉身上，這雙長靴則意味著別的東西……」

在芭芭拉在場時想起尤麗葉的名字，這給了他一種惡毒的勝利感，彌補了他所受到的一些委屈。「妳儘管去騎馬兜風，」他嘲諷地想，「儘管把半熟的蛋調成一份雞尾酒！妳不知道我今天下午在排演之前要跟誰碰面。」當芭芭拉驕傲而沉默地離開房間，他感受到一種下流的滿足，身為丈夫欺騙了妻子，並且為了沒被妻子發現而感到得意。

回到漢堡的第二個星期，亨德里克就已經和他的黑色維納斯再次相遇。她在他晚上要去劇院時暗中等候著他。當她沙啞而熟悉的聲音從一道陰暗的拱門裡喊他「漢茲！」，他嚇了一跳，由於狂喜和震驚而戰慄。這個他引以為恥、早已拋棄的名字，由那個黑人女子低沉的嗓音說出來，讓他渾身舒暢，就像一番粗暴的愛撫。儘管如此，他還是勉強自己去斥責這個黑女人：「妳竟敢躲在暗中等我出現！」而她把美麗而結實有力的手一揮，阻止了他：「少來了，親愛的！你要是不乖，我就進戲院去大鬧一場。」他咬牙切齒地說：「原來妳想要敲詐我！」但這也無濟於事。她咧嘴笑著說：「當然囉！」露出她閃亮的牙齒和眼珠。她大大的笑容帶著一種卑鄙，令他既感到害怕又覺得難以抗拒。他把尤麗葉逼進門廊，因為他深怕有人經過，會看見他和這麼落魄的人為伍。泰芭公主的確一副墮落潦倒的模樣。那頂遮住大半個額頭的小氈帽和那件破舊的緊身外套都是鮮綠色，和那雙發亮的長靴一樣。她的脖子上繫著一條由羽毛製成的短圍巾，白色的羽毛骯髒凌亂。在這身可悲的裝扮上方是那張寬大的深色臉龐，有著皸裂的外翻嘴唇和扁平的鼻子。「妳要多少錢？」他急忙問她。「目前我自己手頭也很緊……」她近乎調皮地回答：「給錢是不行的，甜心。你得來看我。」「妳打什麼主意？」他嘴唇顫抖，喃喃地說。「我已經結婚了……」但是她厲聲打斷了他：「別說廢話，我的小羊。你需要的東西尊夫人沒法給你。我已經打量過她了，你的芭芭拉。」（她怎麼會知道她的名字？這件無傷大雅的事令亨德里克感到格外驚恐。）「那個女人軟弱得很，」泰芭公主又說，轉動著她狂野的眼睛。亨德里克嚇得額上冒出冷汗，等著這個黑女人把他的芭芭拉，布魯克納的女兒，稱為「跛腳鴨」。但尤麗葉似乎無意繼續這番理論性質的對話。她用威脅的語氣要求他立刻明確答覆：「那麼，你什麼時候來找我？」

在一個閣樓房間裡，那陰森恐怖的舞蹈訓練重新開始，床頭上方一幅拉斐爾聖母像的俗豔複製品並沒有美化這個房間，反而更加凸顯出室內的灰暗和空蕩；而這些訓練從前乃是以蒙克貝格領事夫人別墅裡那個中產階級的房間為背景。在這裡，這個年輕的夫婿再次呼吸到那陌生而又熟悉的氣味，似乎混合了廉價香水和原始森林的芬芳。在這裡，他再度聽從那沙啞的低吼和拍掌聲、他的女主人有節奏的跺腳聲。在這裡，他又朗誦起法文詩句，當他筋疲力盡地呻吟著倒在充當這位公主的床鋪的堅硬木板上。但如今，何夫根每週允許自己享受兩次（和從前一樣）的幽會有了一個從前沒有的醜陋高潮。當一切結束，尤麗葉小姐讓這個得到滿足後疲倦無力的學生休息，亨德里克就會說起他的妻子芭芭拉，就在這個房間裡，當著這個女人的面。

他對他的朋友賀茲費德女士由於嫉妒而起的好奇所隱瞞的事，他對他志同道合的戰友奧圖．烏里希友好的關心所隱瞞的事，他都向他的黑色維納斯坦白，她被允許叫他「漢茲」：他向她坦白了他由於芭芭拉而承受的痛苦。在她面前，也只有在她面前，他強迫自己誠實。他什麼都不隱瞞，就連自己的恥辱也一樣。當馬騰斯小姐得知他生理上的失敗，得知他在婚姻裡的丟臉之事，她沙啞地笑了起來，而且由衷地笑了很久。亨德里克在這陣笑聲下扭動身體，這笑聲似乎比最猛烈的鞭打更令他難受。黑人公主在他上方咧嘴而笑：「嗯，若是如此，親愛的，如果事情是這樣的話，那你大概也不能指望你的美人會特別尊重你了！」

他說起芭芭拉早晨騎馬的事，認為這是不斷在對他挑釁；他抱怨她所有的驕奢，「她用十種辣醬把半熟的蛋做成一杯雞尾酒，還瞧不起我，因為我像個普通人一樣把蛋從蛋殼裡舀出來吃！在我的住處一切都必須盡可能像在她父親或她外婆家裡一模一樣，所以她也不准我讓小波克來家裡當僕人。他是個很乖巧的年輕人，對我忠心耿耿，她沒辦法和他聯手算計我。可是不，她不能容許我們家裡有人站在我這邊。於是她找了藉口，說小波克沒辦法維持家裡的整潔。而她根本就不認識他，他擔任我的戲服管理員這麼多年，而我可以發誓：他根本就是整潔的化身。結果我們沒有僱用他，而僱用了一個不討人喜歡的老女傭，她之前在將軍夫人的莊園裡服務了二十年，這一切就只為了讓這位大小姐的生活不會有任何改變！」

黑色維納斯耐心地傾聽這一切，也不得不聽他說芭芭拉和漢堡的上流階層時有往來。「去那些樞密顧問或是銀行總裁家裡作客！」亨德里克恨恨地說。身為演員的他沒有受邀，或只是以一種輕蔑的方式「一併受邀」，使得他不得不拒絕。芭芭拉會去許多讓他感到陌生或有敵意的場所，演講廳或文藝沙龍。她和許多人頻繁的書信往返也令他生氣。她總是在寫信，也總是收到信件，亨德里克甚至不知道和她如此頻繁聯絡的究竟是些什麼人。為此他忿忿地向黑色維納斯抱怨：難道尤麗葉不也認為，在芭芭拉寫給父親、寫給將軍夫人，或是寫給她那個惹人厭的年少友人塞巴斯提安的書信中，主要是些貶低亨德里克的話語？泰芭公主不能否認這種可能性，也不想否認。「她一定寫了些取笑我的話！」亨德里克激動地大聲說。「假如她沒有良心不安，她肯定會偶爾把她收到的那許多回信拿一封給我看看。可是我從來都看不到。」亨德里克之所以特別覺得這種情況很糟而且異乎尋常，是因為他自己曾經好幾次把他母親貝拉女士的來信拿給芭芭拉看。「可是我再也不會這麼做了，」此刻他堅決地告訴黑人公主。「我為什麼要向她透露知心話，如果她自己總是神祕兮兮的？再說她居然還無禮地嘲笑我母親的來信。」芭芭拉的確由衷感到好笑，當亨德里克把他母親那封信拿給她看，信中提到約西最近又解除了婚約。這位可憐的母親寫道：「我們大家當然都很高興，事情又一次這麼順利地解決了。」讀到這裡，芭芭拉忍不住笑了很久，再說亨德里克也分享了她的愉悅，在那一刻他自己也和芭芭拉一樣覺得信中這一段很好笑。事後他才感到生氣，此刻他怨懟地向他的黑色維納斯表達氣憤。「她的家庭的一切都是神聖的！」他感嘆。「不准別人批評將軍夫人和她的長柄眼鏡。我的母親卻受到嘲笑。」

就在這樣的敘述和訴苦中，他決定要離開尤麗葉那陰暗閣樓的房間。亨德里克把五馬克放在床頭櫃上，在離去之前對這位公主說他愛她遠勝過芭芭拉。「這話根本不是真的，」尤麗葉用她冷靜低沉的聲音回答。「你又在說謊了。」亨德里克露出了痛苦、嘲諷而又深思的曖昧微笑。「我在說謊嗎？」他輕聲地問。然後他驀地把下巴高高抬起，用清亮的聲音說：「嗯，我得去劇院了……」

他更愛芭芭拉還是尤麗葉，這個問題既複雜又多餘，相形之下，新劇《仲夏夜之夢》的排演（亨德里克在劇中飾演精靈王奧伯隆），以及一齣大型歌舞劇的準備工作更為重要，也更令人興奮。「我們這種人沒有權利讓私人事務影響工作，」他向朋友賀茲費德女士表示。「畢竟藝術家是我們的首要身分，」最後他說，臉上露出既驕傲又勝利在握的表情，但也帶著痛苦。

芭芭拉以運動、閱讀、畫畫、寫信或是去大學聽課度過白天的時間，有時她會在傍晚時分出現在劇院，在排演結束後接亨德里克回家。偶爾她也會在演員更衣室或員工餐廳裡待上一個小時，而亨德里克並不樂見。由於他疑心妻子會試圖挑撥他的同事來對付他，他一點也不希望她和劇院演員之間的接觸變得太過密切。芭芭拉努力想爭取替冬季將上演的新戲設計舞台布景。亨德里克一次又一次地答應她會去向管理階層替她爭取，而他一次又一次帶回消息，說劇院主管施密茲和克羅格一點也不反對這個主意，可是一切都由於賀茲費德女士的反對而作罷。

這個說法並非憑空捏造。一談到芭芭拉，黑妲・賀茲費德的確就情緒欠佳而且帶著排斥。痛苦的嫉妒使得這個聰明女子變得憤怒而且不公正。她之所以無法原諒芭芭拉，是因為亨德里克娶了她。當然，賀茲費德女士從未魯莽到會認真對何夫根寄予希望。她曉得她所愛的這個男人的特殊癖好，曉得他和泰芭公主陰暗而尷尬的祕密關係。她必須認命接受的角色是有如姊妹般的女性朋友和知己，而她多年來也認命地接受了。如今芭芭拉從她這兒搶走的正是這個角色。而她的對手似乎並未稱職地扮演這個值得羨慕的角色，這對黑妞．賀茲費德而言是種勝利：雖然亨德里克並未明言，但是這個嫉妒的女人敏銳的直覺猜到了這一點。賀茲費德女士知道原因何在：這個樞密顧問的女兒太挑剔了。要想和亨德里克．何夫根好好相處，就必須要懂得放棄，必須要能夠撇下自我。因為像這樣的男人當然首先想到自己。芭芭拉卻對他有所要求，有所期望。她要求得到幸福。想到這裡，賀茲費德女士不禁嘲諷地笑了。這個高傲的芭芭拉難道不明白嗎？像亨德里克．何夫根這樣的男人能給人的唯一幸福就是他們令人興奮的存在，他們在你身邊時散發出的魔力……

小安潔莉卡．西伯特也有類似的感受。但是比起年華老去的賀茲費德女士，這個嬌柔的女孩對亨德里克卻死心斷念得更為徹底。小安潔莉卡心中受苦，但是她並無恨意。她對何夫根的妻子芭芭拉懷著一份羞澀的尊敬。如果這個她所羨慕的女子掉了一條手帕，安潔莉卡就會趕緊彎下腰去撿起來。於是芭芭拉就會有點驚訝地道謝，小安潔莉卡則會紅了臉，露出不知所措的微笑，膽怯地瞇起那雙患有近視的眼睛。

如果說芭芭拉和賀茲費德女士以及安潔莉卡這兩位單戀者的關係複雜而緊張，那麼她和劇院演員中其餘幾位女士的關係就格外融洽。她和莫姿經常聊起物價、女裁縫師和一般男性的缺點，特別是性格演員彼得森的缺點。芭芭拉懂得聆聽這個脾氣很大的老實女人傾訴心聲，使得莫姿確信這位年輕的何夫根太太是個「了不起的人」，而且也樂於把這個看法大聲說出來。莫倫薇茲也同意這個看法；連妝都不化的芭芭拉無意流露出魔女氣質，因此對放蕩的拉荷．莫倫薇茲來說，芭芭拉絕對不會成為競爭對手。

彼得森和羅夫．波內提都說亨德里克的年輕妻子是個「好人」；韓瑟曼老爹儘管對她板著臉但是懷有好感，因為她在餐廳裡的消費總是準時付款；劇院門房克努爾先生行軍禮向她打招呼，因為他知道她是一位樞密顧問的女兒；劇院的兩位主管施密茲和克羅格喜歡和她聊天。施密茲起初就只像個父執輩跟她開些玩笑，但不久就發現她對劇院的財務問題有著明智務實的見解，於是就拉著她久久談論這個總是迫切、總是令人擔憂的話題。奧斯卡．克羅格則向她透露他對於藝術劇院的演出劇目感到苦惱。這位經營知性舞台的老前輩不得不眼睜睜地看著鬧劇和輕歌劇在他管理的劇院裡逐漸取代了嚴肅的劇作，因此而感到難過。這種遺憾的發展不能只歸咎於施密茲，雖然他必須根據預期的「票房」來評估劇作；劇院文學水準的降低，何夫根也有責任，儘管這看起來很矛盾。他大談「革命劇場」，卻執導搞笑的風尚喜劇。尚未開張的「革命劇場」就只是被拿來當作演出鬧劇的理由。克羅格對於共產主義雖然有原則上的顧慮，但如今卻急切盼望這個籌劃中的劇場能夠開張，希望它不僅能給他的劇院帶來革命精神，也能帶來文學精神。可是亨德里克鼓起如簧之舌，聲稱他絕對有必要先藉由比較輕鬆討喜的演出成為觀眾和媒體的寵兒，然後才敢推出「革命劇場」。既有耐心又充滿熱忱的奧圖・烏里希也許相信他好朋友的這些論點。芭芭拉的心裡則比較懷疑，也比較不安。

她喜歡和烏里希聊天，佩服他所持信念的絕對和單純。她自己仍然傾向於懷疑，況且她常說她對政治一無所知。亨德里克嘲諷地加以證實，對她說：「妳對這些事物真正的嚴重性毫無概念。」同時擺出他那副老師教訓學生的暴君臉孔。「妳總是以遊戲的態度和冷靜的好奇來做所有的事。革命的信念對妳來說是個有趣的心理學現象，對我們來說卻是最神聖的生活目的。」亨德里克這麼說。把一半的時間和收入都奉獻給政治工作的奧圖・烏里希則遠遠沒有那麼嚴厲。他對芭芭拉說話的語氣有點像是父親在教誨子女，但是充滿了同情。「妳將會找到通往我們的道路，芭芭拉，這我知道，」他說，和善而且充滿信心。「妳已經知道真理和未來都在我們這一邊。只是還有一點害怕去承認，害怕去面對所有的後果。」

「也許我真的就只是有一點害怕，」芭芭拉微笑著說。

與此同時，她實在訝異烏里希這麼有耐性、這麼好脾氣地由著何夫根在「革命劇場」這件事上一拖再拖。她自己則去催他，而她這樣做也有她個人自私的小理由：因為她想替「革命劇場」的第一場演出設計舞台背景。「這其實不關我的事，」她幾乎每天都對亨德里克說，「而且把世界革命的信念當成生活目的的人也不是我。但是我為你感到羞恥，亨德里克。如果你不趕緊認真去做這件事，你就會變得可笑。」聽了這話，亨德里克的臉色變得灰白，露出拒人於千里之外的表情。此刻他的眼睛斜睨不是出於賣弄風情，而是由於生氣。他極其傲慢地回答：「這些都是半吊子的說法。妳對革命策略的問題完全沒有概念。」

他的革命策略在於每天想出新的藉口，好讓他不必開始為「革命劇場」排練。可是為了好歹採取一件對世界革命有利的行動，他忽然決定要做一場演講，題目是「當代戲劇及其道德責任」。克羅格對這個主題表現出極大的熱情，騰出一個週日上午的時間把劇院提供給何夫根使用。亨德里克演講所用的辭藻一部分來自他熱情的劇院主管，一部分來自奧圖．烏里希常用的詞彙，把兩者相當有效地湊在一起，成了一番慷慨激昂、沒有明確表態的演講。聽眾席上的年輕人，不管是懷著自由思想的，還是懷著馬克思主義革命思想的，都能在其中發現許多他們愛用的口號。演講結束時大家都鼓掌喝采，幾乎所有的人都對亨德里克誠實的藝術政治理念深信不疑，隔天報紙上的詳盡報導也加以肯定。

亨德里克．何夫根所等待的就是這種肯定。「現在時機成熟了，我們可以行動了，」他表示，並且和烏里希交換了同謀者的眼神。「革命劇場」第一次排演的時間確定了，只不過現在要排練的並非去年所挑選的那齣激進劇作。在最後一刻，亨德里克基於策略因素選擇了一齣戰爭悲劇，這齣陰暗的三幕劇描繪了一九一七年冬天德國一座大城市的悲慘情況，具有一般的和平主義特徵，卻沒有明顯的社會主義色彩。芭芭拉設計了舞台布景：一間陰暗的後室，一條灰色的小巷，婦女為了買麵包而在巷子裡排隊。主角將由奧圖．烏里希和黑妲．馮．賀茲費德飾演。

導演何夫根在第一次排演時就表現出很大的幹勁。當他以有所克制、未加修飾的激情，朗誦出賀茲費德女士所飾演的悲苦母親在第三幕結束時所做的那番偉大控訴，奧圖．烏里希忍不住偷偷拭淚，就連芭芭拉也被打動了。可是第二次排演時，亨德里克由於神經緊張而聲音嘶啞；第三次排演時他一跛一跛地出現，抱怨他的右膝忽然變得僵硬，根本無法彎曲。最後在第四次排演時他擺出一張灰白而凶惡的臉孔，使每個人都對他心生畏懼。事實證明這份畏懼並非毫無來由，因為他的情緒很糟，他罵賀茲費德女士「蠢貨」，並且威脅提詞員埃弗女士說要開除她。「妳在破壞我們的工作，」他對著她吼。「妳以為我不知道原因何在嗎？想來是米克拉斯先生的同黨朋友給你的任務吧！但是我們將會制止你們的。妳、妳的米克拉斯先生、可惡的克努爾先生、還有那該死的一整幫人，妳給我聽好了！」埃弗女士痛哭流涕地一再重申她的無辜，卻無濟於事。

這次排演在所有參與者腦中留下了醜陋的回憶，在這之後何夫根上床躺下，得了黃疸。他有十四天沒有進劇院。烏里希、波內提和漢斯．米克拉斯獲准分擔他擔任的重要角色。他在痊癒之後仍舊顯得相當虛弱憔悴，那雙寶石般的眼睛顯得渾濁泛黃。「革命劇場」的開演被無限期延後，因為醫生明確禁止何夫根先生再去從事額外的工作，除了非做不可和正在進行的工作之外。

藝術劇院全體演員中至少有一個人對於此一發展感到非常高興：漢斯．米克拉斯眉飛色舞而且得意洋洋。他早就知道所謂「革命劇場」這整件事根本就是場騙局，並且在員工餐廳裡大聲說出來，賀茲費德女士責難的目光也無法阻止他多次重複這番話。他那張倔強的臉似乎由於「革命劇場」一敗塗地給他帶來的狂喜而容光煥發；一整天都心情愉快，吹著口哨，哼著歌，臉頰上沒有黑色凹陷，完全沒有咳嗽，甚至還破天荒地請埃弗女士喝了一杯酒。這個善良的女士說：「孩子啊，孩子，你今天真是樂壞了！」

當然，這個美妙的事件只能暫時改善年輕的米克拉斯的心情。隔天他的臉就又顯得凶惡孤僻，顴骨下方又出現了黑色凹陷，而且他的咳嗽聽起來令人擔憂。「他是多麼憎惡我們每一個人！」觀察著他的芭芭拉心想。她並非感受不到這個沒教養的男孩那股陰鬱的魅力。他那頭濃密的亂髮覆蓋在明亮的前額上，倔強的眼睛周圍有著黑眼圈，冷漠地噘起來的嘴唇不健康地發亮，這張臉遠比英俊的波內提那張虛榮過度的臉孔更吸引她。年輕的米克拉斯瘦削而靈活的身體有某種打動芭芭拉的東西，這具身體經過鍛鍊，柔軟而有大志。因此她偶爾會嘗試找這個年輕人談話。起初他對她——他所憎惡的上司的妻子——極其不信任。漸漸地，芭芭拉得以使他對她變得較為友善和信任。有時候她會請他在H.K.餐廳喝杯啤酒，吃塊麵包，而漢斯．米克拉斯非常懂得珍惜這種餽贈。尤其是當芭芭拉在跟亨德里克生氣的時候，和這個憤怒的男孩聊天帶給她愉悅。「我們要不要再來個叛逆之夜啊？」她會向他提議，而他樂於接受。他總是樂意參加叛逆之夜，尤其是還有人請他喝酒吃肉。

當漢斯・米克拉斯談起他的所愛與所恨，芭芭拉感興趣地聆聽，那份興趣中也摻雜了些許恐懼。她還從不曾和一個坦承懷有種狂熱信念與觀點的人同桌而坐。她明白了他所蔑視或厭惡的一切，對她自己、她父親或她朋友來說是珍貴而不可或缺。當他激烈地控訴「該死的自由主義」或是嘲諷「某些猶太人圈子和猶太化圈子」（他深信是這些圈子的人敗壞了德國文化），他指的是什麼呢？「是的，他指的是我曾經愛過、曾經相信過的一切事物，」芭芭拉這樣理解。「當他說起『猶太流氓』，他指的是心靈和自由。」而她深深感到震驚。儘管如此，她的好奇心吸引她繼續和他交談，這番談話的性質在她看來相當奇妙。她覺得自己彷彿從她習慣生活的文明領域被移入一個截然不同、極度陌生而又野蠻的領域……

像漢斯・米克拉斯這般謎樣的人究竟醉心於什麼呢？是哪些想法和理想點燃了他好鬥的熱情？他嚮往一種「不受猶太人污染的德國文化」，而芭芭拉不由得驚訝地搖頭。當這個奇特的談話對象向她分析，說「凡爾賽恥辱條約必須被撕毀」，而德國必須再度「具有戰鬥能力」，他的眼睛閃閃發亮，就連額頭似乎也亮了起來。「我們的元首將會恢復民族的光榮！」他喊道。「我們不能再忍受這個被外國輕視的共和國帶來的恥辱。我們想要奪回我們的光榮，每一個堂堂正正的德國人都這樣要求，而堂堂正正的德國人比比皆是，就連在這裡，在這個布爾什維克劇院裡也一樣。妳該聽聽克努爾先生在不怕有人偷聽的時候是怎麼說話的！他在戰爭中失去了三個兒子，但是他說這並不算糟，更糟的是德國失去了它的榮譽，而這正是我們的元首，也只有我們的元首能替我們找回來！」

芭芭拉心裡卻想：「為什麼他為了德國的榮譽這麼激動？這個不明確的概念在他想像中意味著什麼？德國再度擁有坦克車和潛水艇對他來說真有這麼重要嗎？他明明應該要先設法治好他的嚴重咳嗽，成功演出一個好角色，多掙點錢，好讓他每天都能吃飽。他一定是吃得太少，而鍛鍊得太勤，看起來疲勞過度。」她問他是否還想再吃一塊火腿麵包；他匆匆點點頭，但隨即繼續如癡如醉地說：

「這一天將會來臨！我們的運動**必定**會勝利！」

類似這樣熱情自信的話語，芭芭拉不久之前才從另一個人那裡聽到過：從奧圖．烏里希口中。當時她沒敢反駁他，因為她的理智和情感幾乎完全相信他充滿理性的熾熱信念；但是對漢斯．米克拉斯她則說：「如果德國有一天真的變成你和你的朋友所希望的那個樣子，那麼我就寧可和它再無瓜葛。到時候我就會離開德國，」芭芭拉說，並且向米克拉斯露出微笑，若有所思，但並非不友善。米克拉斯卻神采飛揚地說：「這我相信！各種各樣的人將會離開德國。意思是：如果我們還允許他們離開，而沒有先把他們關起來！然後就輪到**我們**出頭了！到時候德國人終於又可以在德國當家做主了！」

此刻他看起來就像個興奮的十六歲少年，一頭亂髮，兩眼發光。芭芭拉不能否認她喜歡他，儘管他說的每一句話聽在她耳中都陌生而令人厭惡。他的雄辯經常亂了陣腳，但始終懇切，向她說明他為之奮鬥的信念在最深處乃是一種**革命的**信念。「等那一天來臨，等我們的元首掌握了全部的權力，資本主義和官僚經濟就將終結，受利息奴役的制度將被打破，那些榨乾我們國民經濟的大銀行和股票交易所可以關門大吉，沒有人會想念它們！」

芭芭拉想知道米克拉斯為什麼沒有加入共產黨人，既然他和他們一樣反對資本主義。米克拉斯急切地解釋，像個小孩在背誦牢牢記住的課文：「因為共產黨人對祖國沒有感情，而是依賴俄國猶太人的國際主義者。他們也完全不懂得理想主義，所有信奉馬克思主義的人都認為生活中只有金錢是重要的。我們想要我們自己的革命，我們德國人的革命，我們具有理想主義的革命，而不是由共濟會成員和猶太智者所指揮的革命！」

這時芭芭拉提醒這個激動的男孩，他那位想要廢除資本主義的「元首」從重工業和大地主那裡拿到很多錢。聽見這話，米克拉斯生起氣來，尖銳地駁斥這種懷疑乃是「典型的猶太人挑撥」。他們兩個就這樣討論直到深夜：芭芭拉嘲諷、溫柔而好奇地傾聽這個倔強的男孩發言，並且試圖開導他。但是他像個任性的小孩堅持他那嗜血的信念，相信種族救世說，相信要打破受利息奴役的制度，相信抱持理想主義的革命。提詞員埃弗女士嫉妒地從一個角落觀察著這專心談話的一男一女，對劇院門房克努爾先生耳語道：「何夫根太太看上了我的小伙子，這真是雪上加霜。何夫根太太要搶走我的小伙子……」

就在當夜，埃弗女士就和漢斯・米克拉斯吵了一頓，芭芭拉則和亨德里克弄得很不愉快。

亨德里克．何夫根大發雷霆，他強調他發脾氣不是出於「市井小民那種身為丈夫的嫉妒」，而是基於政治原因。「你不能和一個納粹流氓一整晚同桌而坐！」他喊道，氣得發抖。芭芭拉答道，年輕的米克拉斯在她看來不是什麼流氓。聽了這話，亨德里克斬釘截鐵地回答：

「所有的納粹分子都是流氓，和他們打交道就會玷污自己。我很遺憾妳不了解這一點。妳們家那種自由主義的傳統把妳寵壞了。妳沒有信念，就只有一股貪玩的好奇。」他在房間中央站得筆直，用生硬的手勢伴隨那番嚴厲的訓話。

芭芭拉小聲地說：「我承認我有點可憐這個男孩，而且他稍微引起了我的興趣。他生著病，但有進取心，而且他連吃都吃不飽。你們都對他不好。你、你的朋友賀茲費德女士、還有其他人。他在尋找能夠讓他緊緊抓住的東西，能夠鼓勵他的東西。所以他才會有了如今這種瘋狂的想法，他自豪地稱之為他的信念……」

亨德里克對這番話嗤之以鼻。「妳對這個搗蛋鬼倒是很體諒！我們對他不好！這話真好笑！我聽到這種話就有氣！妳能想像假如那幫流氓掌權的話，他和他那幫朋友會怎麼對待**我們**嗎？」亨德里克的上半身向前傾，雙手叉腰，氣呼呼又咄咄逼人地問。

芭芭拉沒有看著他，緩緩地說：「願上帝保佑，讓這群瘋子永遠不會掌權。否則我就不想再住在這個國家了。」她微微顫抖了一下，彷彿已經感覺到將在德國橫行的殘暴與謊言，倘若納粹掌握了權力。「那是黑社會，」她不寒而慄地說，「是黑社會在索求權力……」

「妳卻和黑社會同桌而坐，一起聊天！」亨德里克邁著大步穿過房間，一副勝利的姿態。「這就是那種高貴的包容！對於死敵，或者說對於今天仍被稱為死敵的人，永遠懷著一份高尚的體諒。親愛的，我希望妳會和黑社會相處得不錯，一旦它掌握了權力；即使是法西斯分子的恐怖，你也會有辦法從中看出有趣的一面。你們的自由主義將會學著去容忍納粹獨裁者，只有我們這些鬥志昂揚的革命分子才是其死敵，只有我們將會阻止納粹獨裁者上台！」他像隻公雞趾高氣昂地在房間裡走來走去，自我陶醉地斜睨著，把下巴高高抬起。芭芭拉卻一動也不動地站著。假如亨德里克在這一刻看著她，就會被她臉上莊嚴肅穆的表情嚇一大跳。

「所以你認為我將會容忍，」她幾近無聲地說。「你認為我將會和解。和死敵和解。」

幾天後，亨德里克和米克拉斯起了一場衝突，結局是何夫根堅決要求漢堡藝術劇院的管理階層將那個年輕演員開除，而他也達到了目的。這場災難對何夫根而言是一場勝利，對漢斯・米克拉斯而言則是後果嚴重，而且是毀滅性的，而這場災難的起因起初看起來卻無傷大雅。

那天晚上亨德里克的心情極佳，很愛開玩笑，洋溢著萊茵地區的人快活的天性，一再說些新鮮的趣事和笑話，讓同事喜出望外，他們既敬畏他又被他逗樂。他剛剛想出了一個既有趣又內容豐富的遊戲。由於他看報時只會詳讀戲劇界的新聞，而且其實也只對和戲劇有關的事物感興趣，因此他對德國各地劇場、歌劇院或輕歌劇舞台的所有演員瞭若指掌；他經過訓練的記憶力能夠記住柯尼斯堡歌劇院第二女低音的名字，也能記住薩勒河畔哈勒市劇院飾演沙龍仕女的女演員名字。由於亨德里克讓同事來考他擁有的特殊知識，現場充滿了歡樂和笑聲。如果有人想知問他：「在哈爾伯施塔特劇院飾演年輕花花公子的演員是誰？」他能立刻回答；如果有人想知道：「圖克海姆—葛芙妮茲女士目前在哪個劇院演出？」他也不會答不出來。「她在海德堡飾演滑稽老婦，」何夫根順口說出答案，彷彿連想都不用想。

他之所以和米克拉斯發生不愉快是因為有人問道：「請問，耶拿市立劇院的首席感傷女演員是誰？」亨德里克回答：「是個蠢女人，名叫洛蒂·林登塔。」聽了這話，一直坐在一旁沒有跟著起鬨的米克拉斯插話說：「為什麼偏偏洛蒂·林登塔是個蠢女人？」何夫根冷冷地回答：「我不知道她為什麼是個蠢女人，但她就是個蠢女人。」而米克拉斯用沙啞的聲音小聲說：「我卻可以告訴你，何夫根先生，為什麼你偏偏要侮辱這位女士：因為你很清楚她是我們納粹黨一位領袖人物的女友，他就是我們的戰鬥機飛行員英雄……」

這時何夫根打斷了他，何夫根用手指重重地敲著桌面，由於高傲而顯得面無表情。「我沒有興趣得知林登塔小姐情人的名字和頭銜，」他說，看都沒看米克拉斯一眼。「再說那個名單會很長。林登塔小姐玩樂的對象不是只有飛行員軍官。」

米克拉斯握緊了拳頭，低下頭來，以街頭少年準備戰鬥的姿勢站著，像是馬上就要撲向對手，大打一架。在他生氣垂下的額頭底下，那雙明亮的眼睛似乎被憤怒蒙蔽了。「你小心點，」

他喘著氣說，在場的人全都被他的魯莽大膽嚇了一跳。「我不容許一位女士公然受到侮辱，只因為她是納粹黨員，並且是一位德國英雄的女友。我絕不容許!!」他咬牙切齒地說，並且恫嚇地走了幾步。

「你不容許！」亨德里克複述這句話，並且露出邪惡的微笑。「喲，喲，」他又嘲諷地哼了兩聲。這時米克拉斯真的想要朝他撲過去，但是奧圖．烏里希用力抓住他的肩膀，把他往後拉。「你一定是喝醉了！」烏里希大吼，並且搖撼著他。米克拉斯喊道：「我沒有喝醉，正好相反！但是我也許是這屋裡唯一還有一點榮譽感的人！在這個猶太化的環境裡，似乎沒有人覺得辱罵一位女士有什麼不妥……」

「夠了!!」這聲鏗鏘有力的呼喊來自何夫根，他高高挺立著。大家都看著他。他令人生畏地緩緩說道：「老弟，我相信你沒有喝醉。你無法把喝醉當成情有可原的藉口。你不必在這個猶太化環境裡再忍受太久了。你看著吧！」於是何夫根踩著僵硬的小步子離開了餐廳。

「真讓人不寒而慄，」莫姿在一片敬畏的寂靜中小聲說。而此刻那輕輕的哭泣是從哪個角落傳來的呢？提詞員埃弗女士沉重的上半身頹然倒在桌上，眼淚從她粗粗的手指之間流出來。

克羅格並未在場目睹員工餐廳裡的這場風波，他並不想輕易滿足何夫根的要求而立刻開除那個年輕演員。賀茲費德女士和亨德里克聯合起來鼓起如簧之舌，以打消他在法律上、政治上和人情上的種種顧慮。這位主管搖了搖他那張憂心忡忡的貓臉，皺起了眉頭，緊張地走來走去，喃喃地說：「你們也許是對的，我承認，這個小伙子的行為令人難以忍受……可是不管怎麼說，我實在不願意一下子就讓一個身無分文又生著病的人流落街頭……」亨德里克和黑妲激動起來，說這種猶豫不決、傾向於妥協的態度像極了威瑪共和政府執政黨面對納粹無恥的恐怖行為時那種麻木和懦弱。「我們必須讓這幫殺人兇手知道，他們不可以這樣肆無忌憚。」亨德里克用拳頭往桌子上一敲。

克羅格幾乎就要被他工作上的這兩位左右手給說服，這時出乎眾人意料之外地還有一個人出面替米克拉斯求情：這人是奧圖．烏里希，他忽然請人來通報，請求准許他參加這個會議。「我懇求各位不要這樣！」他急切地喊道。「我覺得如果下一季不再僱用他演出，對這個孩子來說就已經是足夠的懲罰了。這個傻小子昨天晚上胡說八道的那些話並沒有經過深思熟慮！我們每個人都會有失控的時候……」

「我很驚訝，」亨德里克說，隔著單眼鏡片朝他的朋友奧圖投去責怪的一瞥。「我非常驚訝，居然是從你口中聽見這番話。」

烏里希生氣地把手一揮。「好，」他說，「讓我們姑且把人性的考量擱在一邊。我承認，這個可憐小伙子的咳嗽和凹陷的臉頰令我心裡難受。但是我不會為了這種私人理由而替他說話。你應該很了解我，亨德里克，能夠明白這一點。相反的，決定我態度的一直都是政治上的考量。我們不該製造烈士。那樣做會是大錯特錯，尤其是在目前的政治情況下……」

這時亨德里克站了起來。「很抱歉打斷你，」他帶著辛辣的禮貌說。「但我覺得繼續這番理論上的辯論沒有意義，雖然這種辯論本身肯定十分有趣。事情很簡單：你們必須在我和漢斯．米克拉斯先生之間做出選擇。如果他留在這個劇院，我就會離開。」他鄭重簡潔地說出這番話，讓人無法懷疑這話很認真，帶有絕不讓步的意思。他站在桌前，雙手十指叉開擱在桌上，撐著他向前傾的上半身。他垂著目光，彷彿他出於謙遜而想避免用他令人難以抗拒的眼神來影響在場之人的決定。

聽到亨德里克這番嚇人的話，大家都嚇了一大跳。克羅格咬住嘴唇；賀茲費德女士忍不住把手擱在心口上，她的心臟在抽搐；劇院經理施密茲卻變得臉色蒼白，想到藝術劇院已經失去了能吸引觀眾的妮可蕾塔．馮．尼布爾，現在可能還會失去何夫根，這令他感到身體不適。

「別胡說，」這個胖子輕聲說道，擦去額頭上的冷汗。然後他用他那柔和悅耳得出人意料的聲音加了一句：「你可以放心：這個孩子走定了。」

米克拉斯走了。克羅格費盡心力，並且多虧了烏里希的熱心支持，才設法讓這個被解僱的年輕演員拿到兩個月的演出酬勞。沒有人知道米克拉斯去了哪裡，就連可憐的埃弗女士也沒有再見到他，自從發生了那場難堪的風波之後，他就沒有再踏進藝術劇院，他含恨隱退，如今不知去向。

米克拉斯離開了，是他幼稚的倔強和那既熾熱又欠缺深思的信念害了他。亨德里克・何夫根解決了這個不聽話的人，除去了這個叛逆者：他大獲全勝，藝術劇院的全體成員，從莫姿到波克，都比以前更加佩服他。信奉共產主義的舞台工作人員在他們常去的酒館裡稱讚他堅決的態度。劇院門房克努爾擺出一副預示著不祥的陰沉表情，但卻一句話也不敢說，把他的納粹十字徽章比以前更加小心地藏在外套的翻領底下。可是每當何夫根走進劇院，就有可怕的目光從昏暗的門房室投向他，從這些目光中可以讀出：等著瞧吧，你這個該死的布爾什維克文化人，我們將會阻止你繼續胡作非為！我們的元首和救主已經在路上了！他降臨的日子就快到了！亨德里克覺得不寒而慄，讓他的臉僵成一副別人看不透的高傲面具，沒有打招呼就走了過去。

誰都無法質疑他的優越地位：在員工餐廳、在辦公室、在舞台上都由他發號施令。他的演出酬勞被提高到一千五百馬克。要達到加薪的目的，他已經不再需要像一股不安的旋風一樣衝進施密茲的辦公室，先嘻嘻哈哈好一會兒，而是用簡短的話語提出要求。克羅格和賀茲費德女士幾乎被他當成屬下對待，嬌小的西伯特小姐似乎被他完全忽視，而在他和奧圖・烏里希說話時所保持的親暱語氣中，夾雜了一絲以恩人自居的意味，幾乎帶點輕蔑。

在他周圍只剩下一個人是他還需要去說服、去爭取、去引誘的。在米克拉斯那樁風波之後，芭芭拉看著亨德里克時所帶的那份不信任變得更深也更強烈了。但他卻無法容忍身邊長時間有個不欣賞他、不信任他的人。他和芭芭拉之間的隔閡在這年冬天愈來愈深，亨德里克再次努力想要徹底克服問題。就只是他的虛榮心迫使他重新耗費精力來追求她嗎？還是有另一種感覺驅使他再一次向芭芭拉發揮他的誘惑力？他曾經稱她為他的「善良天使」，而他的善良天使成了他不安的良知。芭芭拉無聲的指責在他的勝利上投下陰影。這道陰影必須抹去，好讓他能安心享受他的勝利。亨德里克努力在芭芭拉身上下功夫，幾乎就像他們初識的頭幾週一樣殷勤。在她面前他不再失去自制，而是又願意和她說笑並且進行有意義的交談。

為了讓她在他力量發揮最強烈、影響力最耀眼的時刻看見他，現在他更常邀請她到劇院來看重要的排演。「妳肯定能給我一些寶貴的建議，」他說，聲音流露出謙虛，並且垂下眼瞼，遮住一道閃爍的目光。

當亨德里克指導他所改編的一齣奧芬巴赫輕歌劇進行第一次彩排，芭芭拉悄悄走進了觀眾席，悄悄坐在陰暗的正廳裡最後一排座位上。舞台上站著那些歌舞女郎，一邊踢著腿，一邊高唱一支小曲的副歌。她們無懈可擊地排成一排，而嬌小的西伯特小姐在她們前方蹦蹦跳跳，她被打扮成愛神：赤裸的肩膀上有一對可笑的小翅膀，脖子上掛著一副弓箭，小鼻子化妝成紅色，一張恐懼不安的小臉漂亮而蒼白。「亨德里克替她設計了多麼不討好的扮相！」芭芭拉心想。「一個憂鬱的愛神。」可憐的安潔莉卡在台上跳來跳去，而芭芭拉在陰暗的藏身處對她由衷感到同情。也許就在這一刻，芭芭拉明白了安潔莉卡臉上那種哀怨而恐懼不安的表情乃是由於亨德里克的緣故。

何夫根站在舞台右側，暴君似地昂然張開雙臂，掌控著一切。他隨著管弦樂團奏樂的節奏跺腳，灰白的面容由於表情極度堅決而散發出迷人的魅力。「停！停！停!!」他大吼，當管弦樂團驀地停止奏樂，芭芭拉也嚇了一跳，幾乎就跟那些站在台上不知所措的歌舞女郎一樣，也跟飾演愛神的小安潔莉卡一樣，她的小鼻子凍僵了，正努力不要讓眼淚流下來。

這位導演卻往前一跳，跳到舞台中央。「妳們腿上綁了鉛塊嗎！」他對那些歌舞女郎大吼，她們難過地低頭，就像被一陣寒風吹拂過的花朵。「妳們跳的不是送葬進行曲，而是奧芬巴赫。」他盛氣凌人地朝樂團把手一揮，等到樂團重新奏起音樂，他自己跳起舞來。眾人忘了面前是個幾乎已經禿頭、穿著破舊灰色便服的男士。這是大白天裡最不知羞恥、最令人興奮的蛻變！此刻他陶然甩動四肢的樣子不是活像酒神戴歐尼修斯嗎？芭芭拉看著他，也受到了震撼。亨德里克．何夫根剛才還是個統帥，惱怒、傲慢、無情地站在他的軍隊，那些歌舞女郎面前。此刻他搖身一變，陷入酒神的狂野。他蒼白的臉上出現了扭曲的表情，寶石般的眼睛因狂喜而翻白，從張開的嘴唇發出沙啞的淫聲。此外他的舞跳得很出色，那些歌舞女郎敬佩地看著她們這位以高超舞技翩翩起舞的導演。泰芭公主會很高興見到他這樣跳舞。

「他是從哪兒學來的？」芭芭拉心想。「而他此刻有什麼感覺呢？他此刻有任何感受嗎？他向那些歌舞女郎示範該如何踢腿。這是他的狂喜……」

亨德里克就在這一刻中斷了這狂熱的演練。一個年輕人從辦公室出來，小心翼翼地穿過觀眾席，走上舞台。此刻他輕輕碰了碰這位正陶然忘我的導演的肩膀，輕聲說道：請何夫根先生原諒這番打擾，施密茲經理請他檢視一下替這齣輕歌劇首演場設計的海報，樣稿馬上就得送回印刷廠。亨德里克揮揮手要樂團停止演奏，以沉著的姿勢站著，把單眼鏡片夾在眼前，帶著批判的表情檢視那張紙，誰也看不出來此刻這個男子在兩分鐘前才在酒神般的恍惚中舞動四肢。這時他把那張紙在手裡揉成一團，不滿地大喊：

「這整張海報都得要重新排版！實在太過份了！我的名字又被寫錯了！難道就連在我們自家劇院裡都沒辦法把我的名字寫對嗎？我不叫亨里克！」他氣憤地把那張紙扔到地上。「我叫亨德里克。你們給我好好記住了：亨德里克．何夫根!!」

從辦公室來的年輕人低下頭，咕噥著說是個新來的排字工人弄不清楚狀況而犯下了這個不可原諒的錯誤。從那群歌舞女郎傳來一陣吃吃的笑聲，聲音清脆，就好像有人輕輕搖動了一串銀鈴。亨德里克站直了，用一道嚇人的目光使這輕柔的聲響嘎然而止。

第6章
「這實在無法形容……」

亨德里克．何夫根心裡難受，當他在H. K.餐廳裡閱讀柏林發行的報紙，他的心揪了起來，由於羨慕和嫉妒而做痛。瑪汀女士的演出大獲成功！國家劇院重新搬演《哈姆雷特》，造船工人大街劇院轟動的文學劇作首演……而他待在這個小地方！首都不需要他也能運轉！那些電影公司、那些大劇院都不需要他。柏林人不知道他的名字。如果有哪家柏林報社駐漢堡的記者提到他的名字，那就肯定會寫錯：「飾演邪惡陰謀家的一位亨里克．何夫根先生引人矚目……」一位亨里克．何夫根先生！他垂頭喪氣。成名的慾望——真正響亮的名聲，在首都的名聲——就像身體的疼痛一樣折磨著他。亨德里克撫著自己的臉頰，彷彿牙疼似的。

「在漢堡坐上第一把交椅，這已經很不錯了！」賀茲費德女士關心地詢問他的臉色為什麼這麼難看，此刻試圖用巧妙的恭維來安撫他。他向她抱怨：「當個地方觀眾的寵兒，我敬謝不敏。我寧願在柏林重新開始，也不想一直在這個小城劇院工作。」

賀茲費德女士嚇了一跳。「你不會是真的想要離開這裡吧，亨德里克？」她哀怨地睜大了那雙金棕色的溫柔眼睛，那張撲了粉的柔軟大臉抽搐了一下。

「一切都尚未決定。」亨德里克嚴肅的目光掠過賀茲費德女士，慵慵地聳了聳肩膀。「我會先去維也納客座演出。」他漫不經心地說，彷彿是在提起黑妲．賀茲費德早就知道的一件事實。但她對亨德里克想去維也納客座演出一事毫無所悉，就跟劇院裡的其他人一樣，就跟克羅格、烏里希、乃至芭芭拉一樣。

「是教授邀請我去的，」他說，一邊用絲巾擦拭他的單眼鏡片。「一個很不錯的角色。本來我想要拒絕，因為這不是個好季節，在六月這個時候，誰會在維也納呢？但最後我還是決定接受。妳永遠不知道在教授執導的戲裡做這樣一場客座演出會產生什麼結果……再說，瑪汀女士會和我搭檔演出，」他又說，一邊把單眼鏡片夾回去。

「教授」是那位大名鼎鼎而且享譽國際的導演兼劇院主管，他掌管著柏林和維也納的多家劇院。事實上，是他的祕書處提議讓演員何夫根在一齣維也納傳統鬧劇中扮演一個一般的角色，教授打算和朵拉．瑪汀合作，在夏季那幾個月在他掌管的一家維也納劇院上演這齣戲。然而，這個邀請並非對方主動，也不是出於偶然，而是何夫根託了人替他講話，亦即劇作家特奧菲．馬爾德。馬爾德雖然對教授沒有好氣，一如他對全世界的人都沒有好氣，但這位知名導演對這個諷刺作家保持著一份混合了嘲諷與尊敬的善意，從前他曾經極為成功地把馬爾德的劇作搬上舞台。有時候馬爾德會用惱怒和威脅的口吻向劇院主管推薦一位他看上眼的年輕女士，可是他幾乎從來不曾出面替一位男士說話。因此他對何夫根的推薦之詞的確讓教授留下了印象，儘管那段話中含有對教授本身的侮辱。「你對戲劇的了解幾乎就跟你對文學的了解一樣少，」馬爾德在寫給這位劇場界教父的信裡寫道。「我預言你最後將淪落到阿根廷掌管一個跳蚤馬戲團——當那一天來臨，博士先生，請想想我說的話。然而，我即將和對我百依百順的嬌妻享有童話般的幸福，這使我變得寬大為懷，甚至對你也一樣，你由於卑鄙和愚蠢，多年來不再演出我天才洋溢的劇作。你很清楚，在這個可悲的時代，只有**我**還對真正的藝術品質保有可靠的眼光。由於我的寬宏大量，我願意讓你狀況想必欠佳的蹩腳劇團添加一位稍有獨特之處的人物。演員亨德里克・何夫根在漢堡演出我那齣經典喜劇《克諾科》的成績斐然。毫無疑問，何夫根先生要比你旗下所有喜劇演員都更有價值。不過，要勝過他們也並不難。」

教授笑了，接著沉思了幾分鐘，在腮幫子裡擺弄他的舌頭，最後按了鈴叫喚祕書，要她和何夫根聯絡。「反正試試無妨，」教授用嘶啞的聲音緩緩地說。

亨德里克沒有向任何人坦承，他之所以得到教授這份光榮的邀約乃是多虧了馬爾德，甚至也沒有向芭芭拉坦承。誰也不知道他和妮可蕾塔的丈夫還保持著聯絡。亨德里克以一種自命不凡的漫不經心來處理他去維也納客座演出這件事，雖然這件事明明是他費了很多精神和心機來安排的。「我必須趕緊去維也納一趟，去教授的劇院客座演出，」他順帶一提地解釋，露出那邪氣的微笑，去頂尖裁縫師那兒訂製了一套夏季西裝。反正他已經負債累累，欠了蒙克貝格領事夫人、韓瑟曼老爹、進口貿易商、還有葡萄酒商的錢，就也不差這四百馬克了。

亨德里克的魅力在漢堡市贏得了許多人的心，他的突然離去留下了一些錯愕的臉孔。比西伯特小姐和賀茲費德女士更加錯愕的也許是劇院經理施密茲，因為何夫根找了各種惺惺作態的藉口來拒絕延長他和藝術劇院的合約到下一季。施密茲紅潤的臉色變得泛黃，眼睛底下忽然出現了厚厚的眼袋，由於亨德里克如此殘忍又假惺惺地一再重複：「我**不能**把自己綁住，施密茲老爹……綁住自己令我覺得噁心，我的神經承受不了……也許我還會回來，也可能不會……我自己也還不知道。施密茲老爹……我必須是自由的，**拜託**請了解這一點。」

亨德里克啟程前往維也納，芭芭拉則去她父親家和將軍夫人的莊園。亨德里克懂得該如何把他和年輕妻子的告別演成一幕美麗動人的戲。「我們將在秋天再見，親愛的，」他說，以一種同時表達出驕傲和謙遜的姿勢低著頭站在芭芭拉面前。「我們將會再見，屆時的我也許已經和今日不同。我一定要貫徹我的目標，一定要……而且妳知道，親愛的，我這樣力爭上游是為了誰；妳知道我是想在誰面前證明自己……」他的聲音既帶著勝利在握的語氣，也帶著哀怨，漸漸微弱無聲。亨德里克把他激動的灰白臉孔俯在芭芭拉曬成淺褐色的手上。

這一幕只是一場戲，還是說也含有一些真情？芭芭拉思索著，在早晨騎馬兜風時，還有下午在庭院裡，當手裡那本厚書跌落在她膝蓋上。在這個人身上虛假始於何處？又止於何處？芭芭拉思之再三，也和她父親、將軍夫人，以及她聰明而忠誠的朋友塞巴斯提安談起這件事。「我想我了解他，」塞巴斯提安說。「他總是在說謊，也從不說謊。他的虛假就是他的真實。這聽起來很複雜，其實卻非常簡單。他什麼都相信，也什麼都不信。他是個演員。但是妳和他的關係還沒有結束。他仍然令妳思索，妳一直還對他感到好奇。妳還得留在他身邊，芭芭拉。」

維也納的觀眾被朵拉．瑪汀迷住了，她在這齣知名的鬧劇裡分飾兩角，輪流在台上飾演嬌柔的少女和鞋匠學徒。她用那雙睜得大大的、稚氣而神祕的眼睛和有時嬌滴滴、有時沙啞的嗓音誘惑觀眾。她任性地拖長母音，把頭縮進肩膀之間，舉手投足既輕盈迷人又帶著羞怯：一半像是個瘦削笨拙的十三歲男孩，一半像是個可愛害羞的精靈，在舞台上跳躍、飛舞、滑翔、漫步。她的演出是如此成功，使得任何人在她身邊都黯然失色。報紙上的劇評對她的才華長篇頌讚，只約略提及和她同台演出的演員。亨德里克在劇中飾演一個虛榮古怪的貴族，甚至還得到了負評，被批評為過度誇張和矯揉造作。

「你上當了，親愛的！」瑪汀嬌聲說道，狡黠地向他揮舞著剪報。「這是一場徹底的失敗。而且最糟的是：每一篇報導都把你的名字寫成亨里克，這一定讓你特別生氣。我**真**是遺憾！」她試圖露出難過的表情，但是在她嚴肅皺起的高高額頭下面，她那雙美麗的眼睛在微笑。「我**真**是遺憾，真的。可是你的確把這個角色演得很糟，」她幾近溫柔地說。「你太緊張了，在台上像個小丑一樣扭動。我**真**是太遺憾了。當然，儘管如此我還是注意到你非常有天分。我會跟教授說，告訴他應該讓你在柏林演出。」

第二天何夫根就被教授叫去。這個大人物用那雙靠得很近、沉思而又銳利的眼睛打量著他，在腮幫子裡擺弄舌頭，雙臂在背後交叉，在房間裡邁開大步走來走去，發出幾聲嘶啞的聲音，聽起來像是：「嗯？啊哈！原來你就是那個何夫根……」最後，他低著頭，擺出拿破崙的姿勢，在他的辦公桌前停下腳步。「你有朋友，何夫根先生。幾個懂戲劇的人向我推薦你。例如這個馬爾德……」說著他發出嘶啞的短促笑聲。「是的，這個馬爾德，」他又說了一次，已經又嚴肅起來，然後充滿敬意地揚起眉毛，又加了一句：「你的岳父大人，那位樞密顧問，我最近在文化部長那裡碰到他，他也向我提起過你。而現在連朵拉．瑪汀也……」教授又陷入了沉默，有幾分鐘的時間他就只偶爾用嘶啞的聲音打破這片沉默。何夫根的臉色一陣紅一陣白，臉上的笑容扭曲了。這位矮胖的先生深思而冰冷的目光既朦朧又銳利，令人難以承受。亨德里克忽然明白，為什麼這位如此擅於觀察的教授被崇拜他的人稱為「魔術師」。

最後何夫根打斷了這令人難堪的無聲審視，用吟唱般的諂媚聲音說道：「在日常生活中我並不起眼，教授先生。可是在舞台上……」這時他抬頭挺胸，出人意料地張開雙臂，並且發出鏗鏘有力的嗓音。「在舞台上我可以表現得非常逗趣。」他說這句話時露出了那邪氣的微笑。他鄭重地補充道：「我岳父曾經用非常漂亮的說法來形容我這種變身的能力。」

他提到老布魯克納時，教授充滿敬意地抬高了眉毛。可是等他在好幾秒鐘意味深長的沉默之後開口說話，他的聲音聽起來冷冷的：

「嗯，是可以讓你試試看……」

何夫根喜形於色，教授揮揮手示意他冷靜下來。「你不要抱著太大的期望，」他嚴肅地說，依舊冷冷地審視著何夫根。「我要提供給你的不是什麼了不起的演出機會。你在此地演出的那個角色，你表現得一點也不逗趣，而是相當差勁。」亨德里克嚇了一跳。教授和善地對他微笑。「相當差勁，」他殘忍地重複了一次。「但是這不要緊。我們還是可以試試看。至於演出酬勞……」說到這裡，教授的笑容幾乎變得調皮，他的舌頭在腮幫子裡攞弄得格外起勁。「你在漢堡可能已經習慣了有一份像樣的收入。在我們這兒，你一開始必須滿足於較少的收入。你的要求高嗎？」教授問這句話的口氣像是只在理論上感興趣。亨德里克趕緊保證：「我一點也不在乎錢，真的不在乎，」他信誓旦旦地強調，因為他看見教授露出了懷疑的表情。「我不是個嬌生慣養的人。我就只需要一件乾淨襯衫，床頭櫃上有瓶古龍水，這就夠了。」教授又短促地笑了一聲，然後說：「細節你可以和卡茲談。我會交代他。」

這次召見結束了，教授把手一揮，示意何夫根可以離開了。「請代我向你岳父致意，」教授說，矮壯的他也已經又把雙手交叉在背後，以拿破崙的姿勢在房間裡厚厚的地毯上來回踱步。

卡茲先生是教授的祕書長，處理這位大師所掌管的幾家劇院裡的一切行政事務，說起話來已經像教授一樣嘶啞，也和教授一樣會在腮幫子裡攞弄舌頭。他和演員何夫根的商談就在同一天裡。亨德里克沒有異議地接受了合約，假如是施密茲向他提出這樣一份合約，他就會把合約甩到對方臉上，因為條件太差了。每個月的酬勞是七百馬克，還要扣稅，而且不保證能讓他飾演特定的角色。他必須要忍受這種事嗎？想來他只好忍受，因為他想去柏林，而他在柏林默默無聞。再當一次新人！這不容易，而且必須要撐過去。如果一心要往上爬，就必須付出代價。

亨德里克送了一大束黃玫瑰給朵拉．瑪汀，讓旅館門房替他付錢，在花束裡附上一張紙條，用有稜有角的大寫字體寫上「謝謝」。同時他寫了一封信給漢堡劇院的主管施密茲和克羅格，直截了當地告訴這兩位他欠了很多人情的先生，說他很遺憾不能再和漢堡藝術劇院續約，由於教授提供他一個很好的工作機會。當他把信塞進信封裡，他花了幾秒鐘想像漢堡劇院辦公室裡那幾張錯愕的臉。想到賀茲費德女士含淚的目光，他忍不住吃吃笑了。他懷著十分興奮的心情搭車前往劇院。

亨德里克去朵拉．瑪汀的更衣室求見，但是女僕跟他說她的女主人正在接待訪客，是教授來訪。

「我幫了妳這個奇怪的忙，」教授說，沉思地看著朵拉．瑪汀的肩膀，剪髮用的圍巾遮蓋了她瘦削的肩膀。「這個小伙子被聘用了。這個……他叫什麼名字來著？」

「何夫根，」瑪汀笑了，「亨德里克．何夫根。你會記住這個名字的，親愛的。」

教授高傲地聳聳肩，在腮幫子裡擺弄舌頭，發出咑咑的聲響。「我不喜歡他，」最後他說。

「一個喜劇演員。」

「你從什麼時候開始對喜劇演員有意見了？」瑪汀露齒而笑。

「我只對差勁的喜劇演員有意見。」教授似乎生氣了。「只對小地方來的喜劇演員有意見，」他惱怒地說。

瑪汀忽然嚴肅起來，她的目光在高高的額頭底下變得凝重。「他令我感興趣，」她小聲地說。「他完全沒有良知，」她露出溫柔的微笑，「一個相當壞的人。」她伸了個懶腰，幾乎顯得妖嬈，同時把她稚氣聰明的頭向後仰。「他可能會令我們大吃一驚，」她出神地對著天花板說。

幾秒鐘後她急忙站起來，疾疾揮手，把教授趕到門邊。「時間到了！」她笑著說，「出去！趕快出去！我得要戴上假髮了！」

教授已經被趕到了門口，他還問道：「難道我不能看嗎？不能看妳是怎麼把假髮戴上的嗎？連這也不行嗎？」他問，目光變得貪婪。

「不行！絕對不行！」瑪汀驚慌得發抖。「想都別想！剪髮圍巾可能會從我肩膀上滑落……」說著她用那條五彩的圍巾把身體裹得更緊了。

教授說了聲：「可惜！」聽起來刻意壓低了聲音。一般而言，他周遭的女性都太過急於取悅他，反而令他感到厭煩。這個知名的巫師離開更衣室時，他覺得彷彿他一離開，獨自一人的朵拉．瑪汀就會在他背後化身為一個水妖、一個精靈，或是另一種無以名之的奇特生物。

這個知名女演員奇特的羞澀使得教授陷入沉思，乃至於起初他根本沒有認出那個穿著戲服的傢伙，對方微笑著脫下一頂五彩繽紛的羽毛帽向他行禮。事後他才想起這個畢恭畢敬、裝模作樣地向他打招呼的人就是「那個何夫根」。

這個出人意料的新處境使得亨德里克．何夫根年輕起來。在小地方享有盛名使人變得安逸，這於他已成為過去。他又成了新人，必須再一次證明自己的實力。為了往上爬——這一次要直上青雲——他必須使出全力。他滿意地確認了：他的力量尚未用罄，還能派上用場。他的身體變得結實，肥肉幾乎全消失了；他的動作如同舞蹈一般，而且鬥志昂揚。懂得這樣微笑的人，能夠讓雙眼如此閃爍發光的人，是一定會成功的。他的聲音已經帶有勝利的歡呼；勝利實際上尚未到來，但也不會讓他久等了。

芭芭拉若有所思地觀察著她丈夫的這股新活力，觀察中摻雜著真正的關心和冷靜而陌生的好奇。她半是嘲諷、半是佩服地看著亨德里克，他穿著飛揚的皮大衣和輕便的涼鞋，似乎總是在路上，總是在行動，總是即將做出重大決定。芭芭拉回到了亨德里克身邊，如同她朋友塞巴斯提安所預言的。她不後悔。比起那個已經長出肥肉的地方觀眾寵兒，那個活躍在H. K.餐廳的同事圈裡、在蒙克貝格領事夫人家的舒適住處試圖扮演中產階級丈夫的他，她更喜歡現在這個脫胎換骨、全神貫注的亨德里克。如今她和他住在兩個附家具的廉價房間裡，芭芭拉和亨德里克合用這兩個房間，而她覺得這兩個陰暗的房間也沒有那麼糟。她喜歡晚上在他演出結束後和他在一家光線昏暗的小咖啡館碰面，店裡有一架會自動演奏的鋼琴，琴聲從昏暗中悠悠傳來，店裡的蛋糕看起來像是用膠水和厚紙板做成的，而且那裡沒有熟人。

芭芭拉入迷地傾聽亨德里克顫抖而焦急地報導他事業的進展。在這種時刻她知道他是真實的。在這家瀰漫著可疑氣味的寒酸小店朦朧的光線中，他灰白的臉似乎發出燐光，就像腐朽的木頭在夜裡發出燐光。那張貪婪的嘴上弧度美麗的嘴唇在說說笑笑，強壯有力的下巴連同中間那道醒目的凹痕霸氣地向前伸。單眼鏡片在眼睛前面發出閃光。那雙長著泛紅毛髮的大手興奮地玩弄著桌布、火柴和一切在他手邊的東西，他的手透過一種神祕的意志力而顯得美麗。

亨德里克以急切的熱情說明他的希望、計畫和盤算；芭芭拉也表示關心，不再高傲地對之不理不睬，這增強了他的生活意識，提高了他的企圖心。是的，芭芭拉主動替他的事業做出貢獻。她並非平白長著一張如此狡黠的聖母臉孔。她很精明，穿上她的黑色絲質洋裝去拜訪教授，代她的樞密顧問父親向他問好。這位掌管選帝侯大道上所有劇院的大人物親切地接見了他旗下這位年輕演員的妻子，因為她是樞密顧問的女兒，樞密顧問的名字經常出現在報端，而且教授最近才在文化部長那裡見過他。教授的豪宅可以媲美一位王侯的宮殿，有著巴洛克家具、織花壁毯和古老的大師畫作，擁有這一切的豪宅主人愉快地看著這位女性訪客，看著她曬成淺棕色的手臂和那張機靈中帶著憂鬱的臉。「嗯，所以說妳和……這位何夫根是夫妻，」他嘶啞地說，用這句話結束了他對她的久久打量，在打量她時，他特別仔細地在腮幫子裡擺弄他的舌頭。「那麼他想必有點特別之處……」

這一切當然給亨德里克帶來很大的好處；他和選帝侯大道上那幾家劇院裡另外幾位有權勢的人士，卡茲先生和貝恩哈德女士，本來也就相處融洽。演員何夫根和卡茲先生一起玩紙牌，卡茲先生主管行政事務，早已不像他有時想表現出來的那樣具有拿破崙的架勢。貝恩哈德女士是活力充沛的女祕書，而且極具影響力。她個子矮小結實，一頭褐髮，有著黑人般的嘴唇，戴著一副夾鼻眼鏡。在她面前，何夫根幾乎就像他從前對待施密茲經理一樣愛撒嬌。如果出其不意地打開辦公室的門，不是已經會看見他坐在她腿上了嗎？總之，才加入劇院十四天的亨德里克．何夫根已經用「蘿絲」來稱呼嚴格的貝恩哈德女士了。他可以這樣叫她，他和她的關係已經進展到這個程度了！到目前為止，有多少演員有幸得知貝恩哈德女士的前名是「蘿絲」呢？更別說用前名來稱呼她了。

對於在柏林發展事業來說，這是個好的開始——他的同事竊竊私語。他的漂亮妻子去拜訪過教授，他和卡茲先生玩紙牌，還會在貝恩哈德女士的下巴搔癢。此人會功成名就！

此人將會功成名就：這一刻即將到來。

起初眾人只是注意到他飾演的一個小角色，但大家注意到他了，各家報紙上已經提到那位「有天分的亨里克．何夫根先生」，而他在那齣俄國劇作裡其實就只飾演一個喝醉的年輕農民，在舞台上踉踉蹌蹌，先是口齒不清地胡言亂語，但接著就跳起舞來。可是他的胡言亂語演得多麼精彩，尤其是他的舞跳得多棒！柏林的觀眾為泰芭公主的這位高徒著迷，在他跳完時熱烈鼓掌。這個小伙子是多麼著魔地舞動四肢！大家都對他跳舞時臉上那種如癡如醉的表情讚不絕口。蘿絲．貝恩哈德在餐檯旁把新聞界男士和社交界女士聚在她周圍，表示：「這個人身上有種酒神般的特質。」

被千百種日常煩惱和娛樂分散了注意力的觀察，不久就又忘記了這位狂舞者的名字。但是內行人，在戲劇界有份量的人，記住了亨德里克在柏林的第一場成功演出。而他的第二場成功在首都成了眾人談論的話題。

在一齣轟動的戲碼中，在一場受人矚目的演出裡，演員何夫根成功吸引了大部分觀眾和媒體的注意。大家熱烈談論他的演出，更勝過談論《罪》這部動人劇作的作者。這個作者是個神祕的無名氏，這個謎樣的人物乃是咖啡館和劇院辦公室、文藝沙龍和編輯辦公室裡最熱門的話題。藏在理查．婁瑟這個化名背後的作家是誰？他在這齣悲劇中塑造出為數驚人的罪惡苦難、貧困和誤入歧途。在哪裡能夠找到這個有天賦的作家？他帶領我們穿過一座悲慘污穢又錯綜複雜的迷宮，他識得許多墮落和變質的激情、許多痛苦和不幸，並且將之呈現出來。毫無疑問，這部令人戰慄又引人入勝的劇作的作者一定是個圈外人，是個遠離市場運作的隱者，這部劇作以有效而大膽的方式結合了各種不同的風格元素，有象徵主義，也有自然主義。文人對自己這一行總是充滿了猜疑，他們信誓旦旦：此人絕非文人。他不按常規寫作，他筆下的一切都是天才的原創。在這之前他從未寫過一行作品。幾個特別熟悉內情的人聲稱此人乃是個年輕的神經科醫師，而且住在西班牙。他不回覆信件，要和他協商必須透過好幾個中間人。這一切都被認為有趣之至，在那些重視身分的圈子裡，眾人熱烈談論此事。

一個年輕的神經科醫師，而且住在西班牙：這個說法很有可能是真的，大家相信這個說法，普遍接受這個說法。只有神經科醫師能夠如此熟悉人類靈魂的墮落，這些墮落導致了可怕的罪行。他了解得多麼透徹啊！所有的罪過都在他這部劇作中出現。在劇中行動和受苦的是一群受到詛咒的人，每一個出場的人額頭上似乎都有一個黑暗的標記。來自格魯訥瓦爾德區和選帝侯大道這些高級住宅區的女士為之著迷。

可是在所有這些墮落者當中最墮落的是亨德里克．何夫根，他也因此獲得了最熱烈的掌聲。從他那魔鬼般的灰白臉孔和沙啞無力的聲音，可以看得出來他熟悉所有的惡習，甚至還從中獲得金錢上的好處。他顯然是個勒索大王，帶著邪氣的微笑，肆無忌憚地把年輕人推入不幸，其中一個在舞台上當著觀眾的面演出自殺的一幕。亨德里克把雙手插在褲袋裡，嘴裡叼著香菸，單眼鏡片夾在眼前，踱著方步從屍體旁邊走過。觀眾不寒而慄，感覺到此人乃是邪惡的化身。他邪惡得如此徹底，如此完全，這樣的人世上少有。有時他似乎被自己的絕對邪惡給嚇到了，這時他的臉就變得僵硬、蒼白，魚眼般的寶石眼睛絕望地斜睨著，而敏感的太陽穴上那痛苦的線條變得更深了。

何夫根向柏林西區的富裕觀眾演出了極端的墮落，而他造成了轟動。把邪惡放蕩當成供有錢人享用的珍饈：這就是何夫根的成功之道。而他的成功是多麼精彩！觀眾讚嘆他疲倦而緊繃的臉部表情，尤其讚嘆他那慵懶柔軟、優雅而狡詐的姿態。「他的動作像一隻貓！」貝恩哈德女士陶醉地說，她准許他喊她蘿絲。「一隻邪惡的貓！噢，他真是邪惡得迷人！」他的說話方式已經被一些小劇院的同行模仿，那是一種沙啞的低語，有時會變成動人的吟唱。「我沒說錯吧？他有他獨特之處，」朵拉．瑪汀對教授說，如今他已無法反駁。「這個嘛……」他嘶啞地說，在嘴裡動著舌頭，露出深思的目光。基本上他還是沒有認真看待「這個何夫根」，一如奧斯卡．克羅格當年也沒有認真看待他。「一個喜劇演員，」教授心想，就跟克羅格想的一樣。

一個魅力十足的喜劇演員：劇評家這麼認為，那些貴婦這麼認為，貝恩哈德女士這麼認為，同事也無法再否認這一點。《罪》這齣戲非凡的吸引力有一大部分要歸功於何夫根的表現。這齣戲得以連續演出一百場，教授賺進了大把鈔票。不可思議的事情發生了：他在這一季當中就提高了亨德里克的演出酬勞，雖然按照合約他並沒有義務要這麼做，是貝恩哈德女士和卡茲先生成功說服了他們受人敬重的老闆。

這齣戲本來也許可以演出一百五十場或是兩百場，可是關於作者的流言漸漸傳開，使得眾人清醒過來。忽然有人說，這個作者根本不是個奇特的神經科醫師，不是個只熟悉人類心靈深淵，對「這一行」的庸俗奧祕純真無知的圈外人。他根本就不是高貴的無名氏，而是卡茲先生，每個人都曾經生過他的氣。大家都感到失望。卡茲先生，一個老練的生意人，寫了《罪》

這部劇作！忽然大家都覺得這部戲就只是堆砌了低俗的暴行，既沒有品味，也無足輕重。大家覺得自己受騙了，認為這整件事是卡茲先生的一樁無恥行徑。難道卡茲先生是杜斯妥也夫斯基嗎？從何時開始？在那些左右輿論的圈子裡，大家惱怒地自問。卡茲先生是教授的商業顧問，這職位令人稱羨。沒有人同意他有權冒充住在西班牙的神經科醫師並且下探人性深淵。《罪》這齣戲必須撤掉。

喜怒無常的大眾讓卡茲敗下陣來，何夫根卻成功了，並且靠著他驚人的邪惡徹底征服了眾人的心。等到他在柏林演出的第一季結束時，他感到滿意並且充滿信心：大家普遍稱他為明日之星，讓人寄予厚望。他下一季（一九二九至一九三〇年）的合約和剛到期的那份合約已經大不相同：演出酬勞幾乎翻了三倍，教授不得不嘀嘀咕咕地接受，因為競爭對手也在爭取何夫根。「嗯，現在你買得起許多乾淨襯衫和薰衣草香水了，」教授對他旗下的新星說。後者露出討喜的微笑：「是古龍水，教授先生！我就只用古龍水！」

夏天到了，亨德里克退掉那兩個陰暗的房間，在新西區帝國總理廣場旁邊租下一間明亮的公寓，給自己買了許多件襯衫、黃色皮鞋和色彩柔和的西裝，去上了駕駛課，並且為了購買一輛時髦的敞篷車去和好幾家公司交涉，要求以促銷價格購買。芭芭拉搭車前往將軍夫人的莊園。比起那個還在奮鬥的丈夫，那個由於野心尚未得到滿足而顫抖的丈夫，這個成功的丈夫較引不起她的興趣。賀茲費德女士來柏林拜訪，協助亨德里克布置他的新公寓。她挑選了鋼製家具，選擇了梵谷和畢卡索畫作的複製品來裝飾牆面。房間保留了一份空蕩，顯得高雅、講究。亨德里克享受著賀茲費德女士對他的佩服，接受她的愛，就像接受一份他應得的貢品，她對他的愛似乎又更增長了。如今在他面前，黑妞·賀茲費德卸下了每一副嘲諷的面具。帶著憂傷的渴望和無望的沉迷，她那雙金棕色的溫柔眼睛凝視著她所愛慕的這個殘忍男人。「可憐的西伯特小姐由於思念你而臉色蒼白，」她說，但她沒有說她有一次曾經放任自己和安潔莉卡一起哭泣，傷心地哭了很久，為了她失去的這個人，雖然她從未擁有過他。

何夫根讓賀茲費德女士陪他去電影攝影棚，因為在這個夏天，他第一次拍電影。他在《攔住小偷！》這部犯罪電影中飾演主角，一個高大的無名氏和神祕的罪犯，現身時臉上通常都戴著一副黑色面具。他一身黑衣，就連襯衫也是黑的：從衣服的顏色可以推論出心靈的黑暗。他被稱為「黑色撒旦」，是一幫歹徒的首領，這幫歹徒印製假鈔、走私毒品、偶爾打劫銀行，也已經犯下多起謀殺案。這個黑色撒旦犯下這許多惡行不僅是出於貪婪或喜歡冒險，而是也有著原則上的理由。他曾經和一個少女有過痛苦的過往，這些經歷使他成了人類的敵人。引發損害和災禍是他的心理需求，做惡乃是出於信念。在他被逮捕之前，他向同夥承認了這一點；他們感到訝異和害怕，因為他們自己行竊的理由沒那麼複雜。他們敬畏而震驚，當他們得知身為他們首領的這個黑色撒旦是多麼奇特，得知他並非一直都是罪犯，而曾經是個輕騎兵軍官。在這戲劇化的一幕中，這個壞人摘下了面具：在那頂硬挺的黑帽子和高領黑色襯衫之間，他的臉蒼白得嚇人，儘管墮落卻仍帶有貴族氣質，而且沾有悲劇色彩。

這家大型電影公司的高層對何夫根這張殘酷而痛苦的臉留下深刻印象。何夫根帶來了驚喜，他獨樹一幟，將能帶來好票房，不管是在首都還是在外地。那些高層人士這麼想，而他們向亨德里克開出的條件遠遠超出他的期望。他必須婉拒部分邀約，因為他和教授所簽的合同約束了他。由於很難請到他，電影界的那些重量級人物對他就更加狂熱。他們聯絡卡茲先生及貝恩哈德女士，提供可觀的補償費，如果在劇院的演出季節裡能把何夫根借給他們幾週。電話打了很多通，書信往返頻繁，雙方多番交涉。貝恩哈德和卡茲的要求很高，即使能拿到重金，他們也不想割愛。何夫根炙手可熱，大家都想請到他。他坐在那間擺著鋼製家具、空蕩而精緻的公寓裡，露出邪氣的微笑，對於舞台和電影都在爭奪身價不凡的他，他的反應是嘲諷而自負。

這就是他想要的！遠大的夢想實現了。亨德里克心想：只需要夠切地作夢，就會實現大膽的願望。啊，這個現實比他最大膽的夢想還要更美好！如今他打開每一份報紙，都會看見他的名字，是經驗豐富的貝恩哈德女士讓他有這樣的曝光率，而且他的名字總是拼寫正確，用的字體幾乎和那些成名已久的明星的名字一樣大，在地方劇院的員工餐廳裡他曾經羨慕地關注他們的盛名。一本重要畫刊在封面上刊登了亨德里克的照片。克羅格若是看到了，會有什麼表情？蒙克貝格領事夫人會有什麼表情？樞密顧問布魯克納又會有什麼表情？所有這些曾經對何夫根抱持懷疑而且有點高傲的人，看見他的事業如今以令人暈眩的陡峭曲線青雲直上，都將充滿敬畏地大吃一驚。

一九二九／三〇年的演出季節結束時，亨德里克·何夫根的地位比這一季開始時要高出許多，甚至無法相提並論。他事事順利，做什麼都成功。在教授掌管的那幾家劇院裡，他能做決定的事幾乎比老闆還多。再說教授也很少待在柏林，而是大多待在倫敦、好萊塢或維也納。何夫根控制了卡茲先生和貝恩哈德女士；他早就可以大剌剌地對待他們兩個，就像他從前對待施密茲和賀茲費德女士一樣。何夫根決定採用哪些劇本，拒絕哪些，然後和貝恩哈德女士一起把角色分派給眾演員。希望作品能夠上演的作家奉承他，希望能登台演出的演員奉承他，社交界，或者說是自稱為社交界的那一小撮勢利的有錢人也奉承他：因為他是目前當紅的人物。

一切又都像在漢堡時一樣，只是氣派更大，只是層級不同。每天工作十六個小時，當中偶爾會發生有趣的神經崩潰危機。在高雅的「狂野騎士」夜總會，亨德里克有時會從凌晨一點到三點把仰慕者聚集在身邊。他會手持雞尾酒杯，嘆著氣從吧台的高腳椅上滑下來，只是輕微的暈厥，並不嚴重，但畢竟嚴重到足以讓所有在場的女士驚聲尖叫。拿著芳香嗅鹽的貝恩哈德女士就在旁邊；當演員何夫根出現這種狀況時，總是有一位忠誠的女性在他身旁。如今他又經常允許自己發生這種歇斯底里的小小精神崩潰，從輕微的寒顫或是安靜的昏厥乃至尖叫不止伴隨著痙攣抽搐都有可能，而這些對他有好處：就像洗過具有療效的溫泉一樣，在發作過後他神清氣爽，充滿新的力量來過他那奢華講究、有損健康、充滿享樂的生活。

此外，自從泰芭公主又回到他身邊，他就比較不需要求助於這些能幫助他恢復元氣的精神崩潰。在柏林的第一個冬天，他沒有回覆這個黑人公主寫來的恫嚇信，這些信件以一種奇特的風格寫成，充滿了拼字錯誤。可是現在芭芭拉幾乎完全退出了他的生活：她忍受不了圍繞著她精明的丈夫的那種熱鬧，愈來愈少到柏林來，她在帝國總理廣場旁那間公寓裡的房間大多時候都空著，她寧可住在樞密顧問家裡或是將軍夫人別墅裡那些安靜的房間。於是，亨德里克決定寄旅費去給他的尤麗葉。生活中少了她就缺少調劑，那些穿著長靴、目光憤怒、趾高氣昂地走在陶恩齊恩大街上的女士無法取代她。泰芭公主無須別人三邀四請。她來了。

亨德里克替她在一個偏僻的地方租了一個房間，每星期至少去看她一次。就像在犯罪現場的現行犯，他用圍巾裹住下巴，把帽子壓得很低，偷偷摸摸地去找他的愛人。「假如有人逮到我穿著這身裝束！」他輕聲地說，一邊穿上他那件運動短褲。「那我就完了！一切都完了！」他怕得發抖，泰芭公主覺得這很逗趣，粗聲笑了，笑得很開心。由於她喜歡看見他發抖，也因為她想從他這裡拿到更多的錢，她第一百次向他預告她將會到劇院去，在他踏上舞台時像隻野貓一樣狂叫。「你小心了，寶貝！」她殘忍地逗他。「有一天我真的會去，例如下星期那場盛大的首演。我會穿上我那件五彩的絲質洋裝，坐在第一排。這會造成轟動！」這位黑人小姐興奮地搓著雙手，然後向他索取一百五十馬克，才准許他練習新舞步。隨著他的飛黃騰達，她也變得更講究了。如今她使用昂貴的香水，替自己買了為數可觀的彩色絲巾和叮噹作響的手鐲，還有蜜餞，她喜歡用她粗糙而靈活的手指從大紙袋裡拿出來吃。當她咧嘴笑著咀嚼，偶爾愜意地搔搔後腦勺，她看起來活像一隻大猴子。亨德里克必須付錢，而他也樂意付錢。他樂於被他的黑色維納斯以這種無恥的方式利用。「因為我就像第一天一樣愛妳！」他對她說。「我甚至比第一天還要更愛妳。當妳不在我身邊，我才完全明白妳對我的重要。陶恩齊恩大街上那些嚴肅的女士無趣得令人難以忍受。」「那你太太呢？」這個來自原始森林的女孩粗聲笑著問。「你的芭芭拉？」「喔，她啊……」亨德里克說，既煩惱又輕蔑，把他灰白的臉孔轉向陰暗處。

芭芭拉愈來愈少到柏林來；樞密顧問也幾乎不再在首都露面，從前每到冬天他都會多次到柏林來舉行演講，並且參加那些排場盛大的社交活動。樞密顧問說：「我不再喜歡去柏林了。是的，我開始害怕柏林。有些令我震驚的事情正在那裡醞釀，而最可怕的是，和我有來往的那些人似乎沒有注意到這些危險。大家好像瞎了眼一樣。他們覺得有趣，互相爭論，把自己看得很重要；而天空已經變暗，但是大家沒有看見即將來臨的暴風雨——幾乎已經來了。不，我不再喜歡去柏林。也許我之所以避開柏林，是為了不必鄙視它……」

但他還是又去了一趟柏林，但不再是為了參加社交聚會或是在大學講課，而是為了針對文化政治和當前的政局做一場演講。這場演講的題目是：「野蠻正在逼近」。樞密顧問想要以這場演講再一次，最後一次，向中產階級的知識分子示警，提醒他們即將發生的事，那將意味著黑暗和倒退，卻膽敢無恥地自稱為「覺醒」和「民族革命」。這位老先生講了一個半小時，面對一群鼓譟的聽眾，有些人鼓掌喝采，有些人叫囂反對。

由於他曾訪問蘇聯，右派仇視他，而民主人士也認為他有點可疑。在他最後一次在首都停留期間，這位學者和他的許多朋友會晤交談，包括政治人物、作家和教授。而所有的談話都以激烈的意見分歧收場。這些朋友帶著嘲弄問他：「樞密顧問先生，您的包容精神到哪裡去了？您的民主原則又到哪裡去了？我們根本不認得您了。現在您說起話來像個激進的政客，不再像個有文化修養的優越人士。凡是有文化修養的人都應該同意，對付這些納粹分子只有一種方法：教育的方法。我們必須盡一切努力，藉由民主來馴服這些人。我們必須爭取他們的支持，而不是去對抗他們。我們必須說服這些年輕人認同共和政體。何況，」那些社會民主黨人士或自由派人士會壓低聲音，露出嚴肅的目光補上一句：「何況，親愛的樞密顧問，我們的敵人是左派。」

布魯克納不得不聽他們說什麼在納粹主義中「無論如何都存在著具有建設意願的健康力量」，或是說起年輕人高貴的民族情操，說「我們這些老一輩的人」不能再繼續加以拒絕而不去理解，他們說起「德國人民的政治本能」，說他們的「健全理智」總是能避免最壞的情況發生（「德國不是義大利」）。在那之後，他痛心而且失望地離開柏林，下定決心永遠不再回來。

樞密顧問布魯克納避開了一個社會，亨德里克・何夫根則正在這個社會裡慶祝勝利。

柏林的社交界歡迎每一個有錢人，或是名字經常被通俗媒體提到的人。在蒂爾加滕區和格魯訥瓦爾德區那些豪宅的鑲木地板上，黑市商人和賽車手、拳擊手及知名演員齊聚一堂。大銀行家以能在家裡接待亨德里克·何夫根為榮，雖然他其實更想看見朵拉·瑪汀到他家來，但是朵拉·瑪汀沒來，她婉拒前來，或是頂多露面十分鐘。

當然，何夫根在午夜之前也不會出現。在晚間的演出之後，他還會去一座音樂廳登台，以三百馬克的酬勞演唱一首七分鐘長的小曲。時髦社交圈哼著他唱紅的那首歌曲來歡迎他大駕光臨：

這實在無法形容——
我是否該徹底放縱自己?!
天哪，我究竟是怎麼回事！

亨德里克是多麼英俊優雅，這實在無法形容！他一邊打招呼一邊微笑，在人群中穿梭，卡茲先生和貝恩哈德女士身為他忠實的隨從跟在他身後。這群人包括勢利的猶太銀行家、政治上激進而藝術上無能的文人、從來沒讀過一本書的運動員，他們正因為沒讀過書而受到那些文人的崇拜。「他看起來不是像個爵士嗎？」一珠光寶氣、帶著東方風情的女士輕聲低語。「他的嘴角有一種十分放蕩的表情，還有這雙自命不凡而又美麗的眼睛！他穿的燕尾服是克尼格縫製的，要花一千兩百馬克。」在客廳一角，有人聲稱何夫根和朵拉．瑪汀有染。「才不是呢，他是跟貝恩哈德女士上床！」更熟悉內情的人這樣說。「那他太太呢？」一位有點天真的年輕男士問，他在柏林社交界走動的時間還不長。他只得到了一陣鄙夷的笑聲為回答。自從年老的樞密顧問在政治上以不得體又不理智的方式惹出了許多是非，布魯克納一家人已經不再被認真看待。大家一致認為學者不該插手管他們不懂的事，此外大家也認為不識時務乃是愚蠢的固執。身為現代人，大家對於納粹主義這種前景看好的運動表示理解，此一運動含有許多正面元素，也將會擺脫那些煩人的小缺陷，例如那惹人厭的反猶主義。「自由主義已經過時，不再有前途，這想來是件事實，我們無須再加以討論，」那些文人如是說，而拳擊手和銀行家都沒有反駁他們。

「您能抽出一個小時給我們真是太好了，何夫根先生！」女主人向這位魅力十足的客人甜言蜜語，遞給他一小碟魚子醬。「我們知道您有多忙！我可以向您介紹兩位您最熱情的仰慕者嗎？這一位是繆勒－安德列先生，您肯定讀過他在《趣味畫報》中迷人的隨筆漫談。另外這一位則是我們的朋友，知名的法國作家皮耶．拉魯……」

繆勒－安德列先生是位高雅的灰髮男士，一張紅通通的臉上有一雙凸出得很厲害的水藍色眼睛。人人都知道他是靠著他出身貴族的美麗妻子的良好人脈過日子。他透過她而得知柏林社交界所有的流言蜚語，再據此寫成他在《趣味畫報》上的小文章。在這份聲名狼籍的八卦雜誌上，繆勒－安德列先生每週都在〈這件事您料到了嗎？〉的標題下寫些閒話。而《趣味畫報》之所以受到歡迎正是由於這些逗趣的文章，因為文章中會報導工業鉅子X的夫人和抒情男高音Y一起前往法國濱海城市比亞希茲旅行，還有伯爵夫人Z每天下午都會出現在「阿德隆飯店」的午後舞會上，而且不是因為樂隊出色，而是為了某個舞男……繆勒－安德列先生懂得藉由披露這些消息來吸引讀者、教導讀者。順帶一提，他奢華的生活方式絕非靠著他發表這些文章的收入來支持，而是靠著別人為了要他**不要**發表那些「閒話」而付給他的金錢。某位女士已經匯了重金給繆勒－安德列先生，好讓她的名字不會出現在〈這件事您料到了嗎？〉的專欄裡。繆勒－安德列先生是個卑鄙的勒索者，沒有人否認這一點，就連他自己也不否認；沒有人對此事大驚小怪。

演員何夫根的另一位「熱情仰慕者」皮耶．拉魯先生，是個矮小的男士。他向亨德里克伸出一隻蒼白細瘦的手，用哀怨的女高音嗓音說道：「幸會，親愛的何夫根先生！我可以記下您的地址嗎？」說著就已經熟練地掏出一本厚厚的筆記本。「我希望您改天可以到廣場飯店來和我一起用餐，」他又用他那嗲聲嗲氣、有如海妖般誘人的聲音說。拉魯先生有一張尖瘦的臉，臉上布滿了無數細細的皺紋，那雙眼睛卻出奇銳利而具有穿透力。從這雙眼睛散發出一股強烈的好奇心，近乎癡迷；這雙眼睛由於對人物、姓名和地址的迷戀而閃閃發亮，此一癖好乃是主導他生活的真正動力，也是他生活真正的唯一。假如有一天，拉魯先生無法再結識新交，那麼他就會死去，像一條離水的小魚一樣悲傷以終。不過，這種遺憾的情況不會發生在這個矮小的熟人收集者身上，至少在他還待在柏林的時候不會發生。因為外國人在柏林的沙龍裡如魚得水：一個講德語帶有濃重口音的客人，幾乎就跟一個拳擊手、一位伯爵夫人或是一個電影演員一樣能替社交聚會增光，更別說是個有錢的外國人，會在廣場飯店裡安排有趣的餐會，曾晉見過好幾位國王，甚至認識威爾斯王子。沒有一扇門不對拉魯先生敞開，就連年高德劭的聯邦大總統都接見過他。他和波茨坦那些最守舊、最上流的家族時有往來，另一方面也能看見他和激進左派的年輕人為伍，他用法語稱呼他們為「我年輕的共產主義同志」，喜歡把他們引介給那些銀行總裁。

「昨天我在冬園夜總會欣賞了您的表演，」皮耶・拉魯說，在他記下何夫根的電話號碼之後。然後他開玩笑地重複那段流行的副歌，但是聲調哀怨：「這實在無法形容……」接著他短促地笑了一聲，聽起來就像秋風吹過枯葉的沙沙聲。「哈哈哈，」拉魯先生笑著，在胸前搓著那雙骨瘦如柴的蒼白小手，把他的臉深深縮進那條厚厚的黑色羊毛圍巾裡，儘管室內很溫暖，他仍舊在晚宴服之上用這條圍巾裹住脖子。

這實在無法形容！這個世界還從未見過這種情況，僅此一次，不會再發生！在德國，一切都好得很，好得無以復加，大家可以無憂無慮並且充滿希望。有危機嗎？有失業的人嗎？有政治鬥爭嗎？有一個不但缺少自尊、甚至缺少生存本能、在全世界面前任由自己被最狂妄粗魯的敵人嘲笑的共和政府嗎？這個敵人被富人容忍和包庇，這些富人就只害怕一件事：政府可能會想要從他們那裡拿走一些錢。在柏林有政治集會鬥毆事件和夜間的街頭鬥毆嗎？幾乎每天都有人犧牲的內戰已經發生了嗎？已經有工人被身穿褐色制服的小伙子踩爛了臉、割斷了喉頭嗎？而那個偉大的人民引誘者，「具有建設意志的人民」的元首，重工業鉅子和眾將軍的寵兒，卻無恥地拍了賀電去給那些禽獸般的殺人凶手？號召「長刀之夜」[1]並且公開誓言將會有人頭落地的同一個煽動者發誓「只會循合法途徑」取得權力？他可以專斷獨行嗎？他膽敢每天用他的狂吠向世界吼出這麼多的威脅和卑鄙下流？

這實在無法形容！內閣垮台，又重新組閣，但也不比之前更明智。大家要徹底放縱自己嗎？在可敬的陸軍元帥的豪宅，大地主密謀對付一個戰慄的共和政府。民主人士信誓旦旦，說敵人乃是左派。自稱社會主義者的警察局長下令對工人開槍。但那個狂吠的聲音卻可以每天不受干擾地預言這個「體制」將會受到懲罰，將會在腥風血雨中滅亡。

這個世界還從未見過這種情況！這個高薪的小丑難道沒有看出來嗎？他自己就是這個體制的產物，就是那個無恥的狗吠聲所詛咒的那個體制。演員何夫根沒有注意到嗎？他身為其可疑主角的那些活動基本上具有陰森可怕的性質，而由他引領風潮的那種舞蹈具有恐怖的墮落傾向。

1　「長刀之夜」（Nacht der langen Messer）始於一九三四年六月卅日，是希特勒在納粹黨內進行的一次清肅行動，主要的清肅對象是納粹衝鋒隊（Sturmabteilung，簡稱SA）成員。

亨德里克・何夫根專門飾演優雅的惡棍、穿著燕尾服的凶手、歷史上的陰謀家，他什麼也沒看見，什麼也沒聽見，什麼也沒察覺。他根本沒有真正生活在柏林這座城市，一如他也從未真正生活在漢堡那座城市；他就只認識舞台、攝影棚、更衣間、幾家夜店、幾座禮堂和幾個勢利的沙龍。他察覺到季節的變換嗎？他意識到歲月的流逝嗎？一九三〇、一九三一、一九三二年，這個曾經被寄予厚望、如今卻悲慘垮台的威瑪共和的最後幾年。演員何夫根的生活是一場接一場的首演，一部接一部的電影。他數著「拍片日」和「排演日」，但是他幾乎不知道雪融化了，不知道樹木和灌木長出了花苞或新葉，不知道一陣風帶來了香氣，不知道有鮮花、泥土和流水。他被禁錮在他的野心裡，就像被禁錮在一所監獄裡。他貪得無厭，不知疲倦，永遠都處於高度歇斯底里的緊張狀態。演員何夫根享受也忍受著一種命運，這命運在他看來非比尋常，但其實就只是一個脫離了精神生活、迎向災難的垂死產業邊緣那庸俗耀眼的紋飾。

這實在無法形容，他所做的事實在無法一一列舉，他透過多少各式各樣的想法和驚人之舉來吸引大眾的關注。為了能夠自由掌握所有提供給他的誘人機會，他解除了和教授劇院的合約，令貝恩哈德女士難過得不知所措。如今他有時在這裡登台演出，有時在那裡執導——如果在報酬豐厚的電影工作之餘他還有時間替劇場工作的話。在螢幕上或舞台上，可以看見他身穿合身的阿帕契族服飾，紅領巾配上黑襯衫；頭上戴著金色假髮，深深蓋住額頭，使他的面容顯得更加可疑；也可以看見他身穿洛可可時期王公貴族的刺繡戲服、東方專制君主的華麗長袍、古羅馬人的寬大長袍或是畢德麥雅時期的男士裝束；他飾演普魯士國王或是沒落的英國貴族，身穿高爾夫球裝、睡衣、燕尾服或是輕騎兵制服。在大型輕歌劇中他以巧妙強調的手法演唱愚蠢的歌曲，使得那些愚人以為那些歌曲風趣詼諧；在經典劇作中他的動作如此優雅輕鬆，使得席勒或莎士比亞的作品顯得像是逗趣的談話喜劇；在布達佩斯或巴黎粗製濫造出來的浮華鬧劇中，他藉由巧妙的小效果使人忘了這是些毫無價值的粗劣作品。這個何夫根無所不能！他出色的變身能力，即使在無理的要求下也從不失敗，似乎有著天才的氣質。倘若逐一檢視他的每一項成就，可能會發現他的成就沒有一項是一流的：身為導演，何夫根永遠也比不上「教授」；身為演員，他敵不過他強大的競爭對手朵拉．瑪汀，她始終是天空中最亮的明星，而他則是劃過天際的一顆耀眼彗星。是他的多才多藝造就了他的名聲，並且一再增強了他的名聲。觀眾一致同意：太棒了，他什麼都能辦到！而媒體則以比較講究的措辭表達出同樣的看法。

他是左派中產階級和左派媒體的寵兒，一如他始終都是大型猶太沙龍的寵兒。正因為他不是猶太人，使得這些圈子覺得他格外值得重視；因為猶太裔的柏林菁英「戴著金髮」。激進右派的報紙每天都在憤怒地宣傳要透過回歸真實的民族傳統、回歸「血與土」[2]來更新德國文化，對

2「血與土」（Blut und Boden）是納粹德國的政治意識形態，強調民族的存續依靠血統和土地。此一意識形態也反映在納粹所提倡的「血與土文學運動」中。

演員何夫根表現出懷疑和排斥，視他為「布爾什維克文化人」。文藝副刊的猶太裔編輯對他的看重，還有他對法國劇作的偏好，以及他華麗的奇裝異服，在在都使得他在右派人士眼中顯得可疑。此外，民族主義劇作家處處仇視他，因為他拒絕演出他們的劇作。例如凱薩．馮．穆克，正在崛起之納粹運動的代表作家，他在劇作中用絞死猶太人和射殺法國人來取代對話的高潮。在堅決敵視文化的納粹陣營裡，凱薩．馮．穆克是有關文化問題的最高權威，針對何夫根新近重新改編演出並且造成轟動的一齣華格納歌劇，他撰文批評道：這乃是最糟糕的街頭藝術，一個腐化的實驗，完全受到猶太人的影響，是對德國文化遺產的無恥褻瀆。「何夫根先生的玩世不恭完全不懂分寸，」凱薩．馮．穆克寫道。「為了替柏林的劇院觀眾提供新娛樂，他膽敢去動德國最令人尊敬、最偉大的大師理察．華格納。」對這個「血與土文學運動」三流作家的說法，亨德里克和一些激進的文人由衷感到好笑。

何夫根並沒有放棄他和共產黨圈子或是半共產黨圈子的關係。有時他會在他位於帝國總理廣場旁的公寓招待年輕作家或是黨工，他以一再翻新、效果十足的辭藻向他們保證他和資本主義勢不兩立，保證他對世界革命懷著熱切的希望。他之所以和革命分子來往，不僅是因為他認為這些人有朝一日說不定真的會掌權，屆時他招待他們的這些晚餐就會得到豐厚的回報，而也是為了安撫自己的良知。他對自己要求很高，不想只當個高薪的喜劇演員；他不想把全副心思都放在他聲稱自己其實鄙視的行業上，雖然他分明完全沉迷其中。

亨德里克自鳴得意地認為他的生活具有其他演員無法誇口擁有的內涵和問題。例如朵拉・瑪汀，這個偉大的朵拉・瑪汀的名氣始終比他大上一些：在她的內心能有些什麼呢？她入睡時想著她的演出酬勞，醒來時希望能得到新的電影片約。對朵拉・瑪汀一無所知的亨德里克這樣告訴自己。而在他的內心卻有最獨特的事物。

他和尤麗葉這個殘忍的原始女人的關係不僅僅是性，而是複雜而神祕：亨德里克很重視這耐人尋味的一點。有時候他也相信他和芭芭拉的關係（他稱她為他的善良天使）並沒有結束，尚未走到盡頭，還可能會帶來奇蹟、謎團和驚喜。當他回顧自己內心生活的重要元素，他從不會忘記把芭芭拉算進去，但事實上，他和她已經漸漸失去聯繫。

然而，在他不同凡響的心路歷程的這張清單上，最重要的一項仍舊是他的革命信念。他無論如何不想放棄這份稀有而珍貴的東西，這使他在柏林戲劇界的其他「名人」當中獨樹一幟。因此，他熱切而且有技巧地維持著他和奧圖・烏里希的友誼。烏里希放棄了他在漢堡藝術劇院的職位，而在柏林北區經營一個政治性的小劇場。「現在我們必須把全副精力都投注在政治工作上，」奧圖・烏里希表示。「我們沒有時間可以浪費了。決定性的日子即將來臨。」

在他那個名為「海燕」的小劇場，年輕工人和知名作家及演員一起展現才能，由於節目的犀利和品質，不僅在勞工階層聚居的城區引起了矚目。

亨德里克認為他不妨親自出現在海燕小劇場的舞台上。在烏里希為了歡迎俄國作家來訪而舉行的一場慶祝會上，向觀眾宣布了國家劇院的知名演員何夫根將會登台，成為節目的亮點。但是烏里希還沒說完，亨德里克就靈活地從幕後一躍而出。他穿上了他最樸素的灰色西裝，沒有開自己那輛賓士車，而是搭計程車來的。他用鏗鏘有力的聲音喊道：「別說什麼知名演員，也別說什麼國家劇院！」並且張開雙臂做了個漂亮的手勢。「我是你們的何夫根同志！」觀眾報以歡呼。隔天，嚴格信奉馬克思主義的評論家伊里格博士在《新書業週刊》上宣稱演員何夫根一舉贏得了柏林勞工階層的心。

這種在柏林市外圍勞工聚居的城區裡的感人經驗安撫了他的良知，否則他的良知可能會抗議他在柏林西區只會演出和執導浮華的鬧劇。他畢竟屬於前衛人士：不僅是他的自我意識這樣告訴他，那些應該能夠判斷的文人，例如伊里格，也證實了這一點，而像是凱薩．馮．穆克這種可笑人物對他的攻擊也證實了這一點。他畢竟屬於思想上的先鋒！改編華格納歌劇是大膽的實驗，難怪會惹惱那些永遠落伍的人。他也又談起一個文學「小舞台」，要演出一系列最現代的小型舞台劇。雖然亨德里克並沒有實現這個美好的計畫，一如他在漢堡時沒有把「革命劇場」付諸實現，但是他經常誘人地提起這個計畫，使得許多年輕演員和作家有長達數年的時間由衷期待此舉。他屬於革命菁英，而他也願意為此付出一些代價：透過奧圖．烏里希的引介，何夫根捐了一些錢給共產黨的一些組織，金額雖然不高，但對方還是欣然接受……

誰敢說他是渾渾噩噩地過日子？他積極參與這個時代的偉大目標和問題，這一點是有目共睹的。亨德里克很高興地意識到自己無懈可擊的激進信念，他大有理由鄙視那些猶豫不決的人，例如芭芭拉。芭芭拉在樞密顧問家裡或是在將軍夫人的莊園裡過著閒散自私的生活，專注於她那些知識分子的古怪遊戲和憂慮。

對於芭芭拉的憂慮和遊戲，亨德里克知道些什麼呢？對於人，亨德里克究竟知道些什麼？對於別人的命運，他不是一無所知嗎？一如他對於公眾事務一無所知。對於那些他喜歡稱之為「他生活的中心」的人，他是否曾經更仔細、更親切地去了解？例如現在果真成為他僕人的小波克，或是在「廣場飯店」替他「年輕的共產主義同志」舉辦精緻晚宴的皮耶．拉魯先生。

亨德里克關心他女友尤麗葉的內心生活嗎？他期望她永遠殘忍並且心情愉快。她拿到很多錢，還可以揮動皮鞭，她不是大有理由感到滿足嗎？亨德里克從來沒有思考過，這個黑人少女如今經常向他投來的陰鬱眼神意味著什麼。這個來自異鄉的孩子是否懷念起家鄉的海岸？無常的命運把她從美麗的海岸風景捲入一個可疑的文明。也許在她神祕莫測的心裡，她漸漸愛上了這個臉色灰白、喜歡受虐的男友，還是她開始恨他？亨德里克對此一無所知。對他來說，泰芭公主是那個誘人的野蠻女子，美麗的野蠻人，他藉由在她面前屈辱自己，靠著她那未被削弱的力量來恢復自己的精神。

他不了解尤麗葉，一如他不了解芭芭拉，也不了解他母親貝拉。他可憐母親的來信他只粗略瀏覽，她的丈夫科貝斯和女兒約西是兩個輕率得令人擔憂的活潑人物，給她添了許多煩惱。

他父親科貝斯的生意如今完全垮了。「這場經濟危機！」貝拉女士在信裡哀嘆。「你的好父親是這場危機的眾多受害者之一。」他的所有財產都會被抵押，一家人將會深深蒙羞，如果亨德里克沒有在最後一刻電匯了一筆可觀的金額回家。他妹妹約西老是在訂婚，至少每半年一次，這些婚約總是帶著點不幸，每當婚約再度解除，貝拉女士總是鬆了一口氣。

妮可蕾塔來過柏林一次，但不久就又啟程離去，被她丈夫馬爾德一封威脅和抱怨的電報給召回。「我和他在一起非常幸福，」妮可蕾塔說，並且努力讓她美麗的雙眼像從前那樣閃亮發光。但是後來才知道馬爾德住在一家療養院已經兩年了，妮可蕾塔把她的時間都用來照顧他。當她說起這個天才男子對她懷有孩子般的感謝，她露出溫柔而真摯的笑容。「他現在好多了，」她滿懷希望地說。「我們不久之後就能搬到南方去，他需要陽光……」

愛著丈夫的妮可蕾塔擁有亨德里克所吹噓的「生活重心」。其他人也可以聲稱擁有它；例如烏里希，他鬥志昂揚而且有耐心地等待著「那一天」。「那一天將會到來！」這個充滿信心的人向自己和他那些同樣充滿信心的朋友保證。「那一天將會到來！」年輕的漢斯．米克拉斯喜悅而有信心的心聲也這樣向他預告。他指的是「元首」終於掌權的那個美好日子，而他的敵人將全部被消滅，尤其是最討厭、最可憎的那個敵人何夫根。米克拉斯帶著無力的憤怒從遠方密切注意著他所憎恨之人的事業發展，此人的失勢該是那個「偉大日子」最令人高興的事，那個日子的一部分意義也就在於此。

漢斯．米克拉斯就跟他政治上的敵人奧圖．烏里希一樣，如今只還為了全面性的「偉大事業」而從事演員工作。他早已不在劇院，而只和納粹運動的青年組織合作。他從事的活動是和「元首」的「青年群眾」一起替露天舞台和集會大廳排練節慶劇和宣傳劇：這樣的活動滿足了他無知而熱情的心。那些少年齊聲呼喊，說他們將會擊敗法國人，將永遠忠於他們的元首：他們在年輕的米克拉斯的指導下把這些話背熟了。如今米克拉斯看起來要比他在漢堡的時候健康多了，也更有朝氣，臉頰上的黑色凹陷幾乎消失了。

那一天就快到了：這個令人陶醉的念頭主宰著漢斯．米克拉斯和奧圖．烏里希，使他們感到滿足，鼓舞了他們，一如其他幾百萬個年輕人。而亨德里克．何夫根在等待什麼日子呢？他始終只在等待一個新的角色。

他在一九三二／三三年表演季的重大角色將是梅菲斯特：為了紀念歌德逝世一百週年，國家劇院將把《浮士德》重新搬上舞台，亨德里克將在這齣劇中飾演梅菲斯特。

梅菲斯特費勒斯[3]，「混沌的古怪之子」：演員何夫根的重大角色。他從不曾為了其他角色付出如此多的熱情。他想讓梅菲斯特成為他的代表作。單是這個角色的扮相就已經引起轟動：

---

3 梅菲斯特費勒斯（Mephistopheles）是梅菲斯特（Mephisto）的全名，原是浮士德傳說中的邪靈，在後世許多文學作品中成為魔鬼的代稱。

亨德里克把這個魔鬼演成了一個「滑頭」，這正是天主在祂的無限寬容中對邪惡之人的理解，並且偶爾認為值得和他往來，因為在所有否定上帝的妖魔中，他給祂帶來的負擔最小。亨德里克把他演成悲劇性的小丑、邪惡的丑角。剃光的腦袋跟臉一樣撲上白粉，眉毛被詭異地挑得高高的，血紅色的嘴被拉長成為僵住的微笑。在眼睛和刻意挑高的眉毛之間那一大塊地方閃爍出上百種不同的顏色，行家有機會欣賞化妝藝術的非凡成就。在梅菲斯特的眼皮上和眉毛下方的弧形部位混合了彩虹的所有色調：黑中帶點紅色，紅中帶點橙色、紫色和藍色，銀色小點在其中閃爍，一點金色巧妙地散布其中。在這個撒旦誘人的寶石眼睛上方是一片多麼色彩繽紛的風景！

亨德里克飾演的梅菲斯特穿著黑色絲質緊身戲服，以舞者的優雅在舞台上輕盈地移動，以惑人也誘人的輕鬆精準，從他塗成血紅色的嘴裡吐出狡黠的智慧之言和辯證的笑話，那張嘴永遠在微笑。誰會懷疑這個既優雅又嚇人的小丑能夠變身成為一隻捲毛狗，能夠用桌子的木頭變出葡萄酒，並且只要興致一來就能乘著他展開的斗篷在空中飛行？這個梅菲斯特什麼事都做得出來。所有在場的觀眾都感覺得到：他是強大的，比上帝還要強大，他偶爾樂於去見上帝，並且以一種輕蔑的禮貌對待祂。他不是大有理由稍微瞧不起祂嗎？他風趣得多，知道得也更多，無論如何要比祂更不快樂，或許正因為如此也更強大：因為他不快樂。崇高的天父讓眾天使以「賽歌」頌讚祂自己和祂所創造的萬物，祂的無比樂觀、祂的歡欣善良幾乎顯得天真而且老態龍鍾，相對於由天使變成撒旦的梅菲斯特，這個受到詛咒並且墜入深淵者，在他所有令人存疑的開朗當中有時會突然陷入可怕的憂鬱和冰冷的哀傷。柏林國家劇院的觀眾全都不禁戰慄，當何夫根飾演的梅菲斯特用他血紅的嘴唇道出：

……因為天地間所生之萬物，
都值得毀滅，
因此倒不如不生不滅。

此刻這個靈活之至的丑角不再移動，而是一動也不動地站著。他是由於悲傷而僵住了嗎？在七彩的眼妝底下，他的眼睛此刻露出了絕望的深沉眼神。眾天使儘管圍著上帝的寶座歡呼頌讚，但他們對人類一無所知。魔鬼了解人類，知道人類的醜惡祕密，啊，為了人類而感到的痛苦使他的四肢麻痺，使他的面孔石化成絕望的面具。

《浮士德》的首演在熱烈的掌聲中落幕。演出結束後，演員何夫根把自己關在更衣室裡：他不想見任何人。但是有一位女性訪客是小波克不敢拒絕的。朵拉．瑪汀很少去觀賞她自己沒有參與的演出，她今晚的蒞臨引起了一陣騷動。小波克在她面前深深一鞠躬，打開了通往聖地的門：通往亨德里克．何夫根的更衣室。

兩個人都顯得緊張過度，何夫根和他這位同行兼競爭對手：他是由於剛才演出時的忘我而筋疲力盡，她則是由於他所不知道的擔憂。

「演得很好，」瑪汀就事論事地小聲說。她立刻就在一張椅子上坐下，在他還沒來得及請她坐下之前。她在那張狹窄的扶手椅上蜷起身子，把臉深深縮在棕色的毛皮衣領裡面，額頭很高，稚氣而深思的雙眼分得很開。「演得很好，亨德里克。我就知道你辦得到。梅菲斯特是你的偉大角色。」

何夫根坐在化妝台前，背對著她，對著鏡子向她微笑。「妳說這話並非沒有惡意，朵拉・瑪汀。」

她仍然用就事論事的平靜語氣說：「你錯了，亨德里克。我不會因為任何人的天性而怪他。」

這時亨德里克轉身面向她，他已經擦掉了魔鬼那雙眉毛和眼皮上的彩妝。「謝謝妳今晚的光臨，」他輕輕地說，讓他的眼睛閃閃發光。

但她幾乎輕蔑地把手一揮，彷彿想說：我們就別說這些客套話了吧！他似乎沒有看見她的手勢，柔聲問道：「妳接下來有些什麼計畫，朵拉・瑪汀？」

「我在學英文，」她回答。

他露出驚訝的表情。「英文？為什麼呢？為什麼偏偏要學英文？」

「因為我將要去美國的劇院演出，」朵拉．瑪汀說，並未把冷靜審視的目光從他身上移開。由於他仍舊表現出無法理解，並且想要知道：為什麼？還有：為什麼偏偏是去美國？她有點不耐煩地說：「因為這裡已經沒戲唱了，親愛的。難道你還沒有注意到？」

這時他激動起來。「妳在說什麼呀，朵拉．瑪汀！對妳來說，什麼都不會改變！妳的地位是不會動搖的！妳受人喜愛，真正受到成千上萬的人喜愛！我們當中沒有誰，這妳很清楚：我們當中沒有人像妳一樣受到熱愛！」

這時她的微笑變得悲傷而嘲諷，使得他沉默下來。「成千上萬的人的喜愛！」她由於不屑而幾乎無聲地說，然後聳聳肩膀。沉默片刻之後，她說：「他們會找到其他的寵兒。」這句話不是對著亨德里克說的，而是對著一片空無。

他激動地繼續喋喋不休。「可是劇院的生意很好！不管在德國會發生什麼事，大家永遠都會對戲劇感興趣的。」

「不管在德國會發生什麼事，」朵拉．瑪汀小聲地重複，然後驀地站了起來。「好，那我就祝你一切順利，亨德里克，」她很快地說。「我們將會有很長的時間不會再見。我這幾天就要啟程。」

「這幾天就要走？」他不解地問道。她把深邃的目光投向遠方，答道：「再等下去沒有意義。我不該再待在這裡了。」她停頓了一下，又說：「但是你會過得很好，亨德里克．何夫根，不管在德國會發生什麼事。」

她濃密紅髮底下的那張臉對她瘦小的身體來說略顯太大，當她緩緩朝門走去，離開了亨德里克·何夫根的更衣室，她臉上露出了驕傲而憂傷的表情。

第7章 和魔鬼結盟

哀哉，這個國家上方的天空已經變得陰暗。上帝轉開了臉，不再看著這個國家，血淚的洪流在國內所有城市的街道上湧動。

哀哉，這個國家被玷污了，而且沒有人知道它何時能夠回復純淨，藉由何種懺悔、藉由對人類福祉的何種重大貢獻，才能夠洗清這巨大的恥辱？隨著鮮血和眼淚，國內所有城市的所有街道上濺起污泥。曾經美麗的事物被玷污了，曾經真實的事物被謊言淹沒。

齷齪的謊言在這個國家篡奪了權力。在集會大廳裡吼叫，從麥克風裡、從報紙的字裡行間、從電影銀幕上吼叫。它張開大嘴，從咽喉冒出膿瘡和瘟疫的臭氣：這股臭氣把許多人從這個國家趕走，而他們若是被迫留下，這個國家對他們而言就成了一所監獄，一間發臭的地牢。

哀哉，《啟示錄》裡的末日騎士已經上路，他們在此地駐留，並且建立了一個可怕的政權。他們想要從此地去征服世界，因為這就是他們的意圖。他們想要統治陸地，也想要統治海洋。他們的畸形應該要在各地受到崇敬和膜拜，他們的醜陋應該要被當成新的美麗來欣賞。今天還嘲笑他們的人，明天就該匍匐在他們面前。他們下定決心要用戰爭來襲擊這個世界，為了羞辱它，敗壞它，就像他們如今已經羞辱並敗壞了他們掌控的這個國家：我們的祖國。祖國上方的天空已經變得陰暗，上帝已經生氣地把臉轉開。我們的祖國在黑夜之中。惡主人乘坐大汽車、飛機或火車專車穿過各省各區。他們勤奮地前往四方，在所有的市集廣場上大肆宣傳他們的詭計。凡是他們或他們的嘍囉出現之處，理性之光就會熄滅，變得一片黑暗。

演員亨德里克．何夫根人在西班牙，當那個聲音如狗吠的男子，那個被漢斯．米克拉斯和一大群無知與絕望的人稱為「元首」的人，藉由在聯邦大總統和陸軍元帥官邸中進行的陰謀而當上帝國總理。演員亨德里克．何夫根在一部偵探片中飾演偽裝成體面人物的騙子，正在馬德里附近拍攝外景。辛苦工作了一天之後，他在晚上疲憊地回到飯店，在服務台買了份報紙，隨即被嚇壞了。什麼？這個滿口大話的傢伙，在有見地、思想進步的圈子裡經常被大夥取笑的人，現在居然成了國內最有權勢的人?!「這真是可惡，」演員何夫根心想。「一個可惡的意外！我本來還篤定地認為不需要去認真看待這些納粹分子！真是失算了！」

他穿著漂亮的米色春季西服站在「麗池飯店」的大廳，各國人士在大廳裡談論發生在德國的不祥事件，以及股市對這些事件的反應。可憐的亨德里克身上一陣冷、一陣熱，當他想到自己可能將面臨的情況。許多他一向不曾善待的人現在也許會有機會向他報復，例如凱薩．馮．穆克。唉，假如他之前和這個「血與土文學運動」作家相處得稍微好一點就好了，而不是拒絕了他的所有劇作！如今他才明白自己犯下了多麼不可原諒的錯誤，卻為時已晚。太遲了，納粹分子當中淨是和他勢不兩立的敵人。受到震撼的亨德里克．何夫根甚至不得不想起漢斯．米克拉斯。假如能夠讓當年在漢堡藝術劇院那樁不幸的風波不要發生，此刻他願意付出很大的代價！當年引發那次口角的原因是多麼微不足道，口角的結果卻是那麼令人遺憾。那個名叫洛蒂．林登塔的女演員很有可能也忽然成了能夠掌握生殺大權的人物……

亨德里克膝蓋發軟地走進了電梯。他婉拒了原本要和幾個同事碰面的約會，讓服務人員把晚餐送到他房間來。等他喝掉了半瓶香檳，他又稍微有了點信心。

他必須保持冷靜和沉著，不要驚慌失措。這個所謂的「元首」成了總理，這夠糟了。但他畢竟還不是個獨裁者，而且也很可能永遠不會成為獨裁者。「那些拱他上台的人，那些德國民族主義者，將會確保他不至於騎到他們頭上，」亨德里克心想。接著他又想到了那些仍舊存在的主要反對黨。社會民主黨人和共產黨人將會反抗，有可能是武裝反抗：亨德里克．何夫根在旅館房間裡就著半瓶香檳做出這個結論，又喜又懼。不，距離納粹的獨裁專政還很遙遠！說不定情況會出人意料地迅速扭轉，企圖把德國人民推向法西斯主義可能會引發社會主義革命。這種發展是非常可能的，屆時就會發現，演員何夫根的推測非常聰明而且有遠見。而就算假定納粹黨仍舊執政，何夫根又有什麼好怕他們的？他不屬於哪個政黨，也不是猶太人。他不是猶太人這件事讓亨德里克忽然覺得非常安慰而且意義非凡。這真是個意想不到而又重要的優勢，他從前還根本沒有認真考慮過這一點。他不是猶太人，所以他的一切都可以被原諒，就連他在海燕小劇場被當成「共產黨同志」來頌揚這件事也一樣。他是個出身萊茵地區的金髮男子，他父親科貝斯也曾是個出身萊茵地區的金髮男子，在他的頭髮因為財務煩惱而變得灰白之前，而他的母親貝拉和妹妹約西也都是出身萊茵地區無可挑剔的金髮女子。

「我是個出身萊茵地區的金髮男子，」亨德里克．何夫根哼唱著，飲用香檳酒和他思考的結果使他的心情愉快起來，於是他懷著希望上床睡覺。

然而，隔天早上他的心情又更加忐忑不安。那些從不曾在海燕小劇場登台、從未被作家穆克稱為「布爾什維克文化人」的同事會怎麼對待他？大家一起搭車去拍外景時，他的確覺得他們對他有點冷淡。只有那個猶太裔滑稽演員和他聊得久一點，而這個跡象其實令人擔憂。由於亨德里克自覺被孤立，也已經自覺有點像個烈士，他變得執拗而且衝動。他對那個滑稽演員表達他的看法，說納粹很快就會垮台，並且被人當成笑柄。那個矮小的滑稽演員卻害怕地說：「噢，不，他們一旦上台，就會待上很久。願上帝保佑，希望他們能有一丁點理性，對我們這些人寬大一些。如果我們默不吭聲，大概就不會出什麼事吧。」這個搞笑演員這樣希望，而亨德里克基本上也和他一樣這樣希望，只是他太驕傲了，說不出口。

惡劣的天氣使得這批德國演員好幾天無法在戶外拍片，他們不得不在馬德里一直待到二月底。從家鄉傳來的消息充滿矛盾而且令人激動，毫無疑問的是：柏林正處於熱情擁護納粹總理的狂熱中。

而在德國南部，尤其是慕尼黑，情況就截然不同了，如果那些報紙的報導和來自私人管道的消息可以相信的話。據稱，巴伐利亞預期將會脫離帝國，並且宣布成立維特爾斯巴赫王朝。但這些也許只是空穴來風，或者就只是誇大其詞。無論如何，最好是不要太過相信這些消息，而表態性地強調對新政權的好感。聚集在馬德里拍攝這部偵探片的那一群德國演員就也抱持著這種態度。飾演年輕情人的那個演員，一個英俊男子，有著聽起來像是斯拉夫姓氏的長長名字，忽然誇耀著他成為納粹黨員已經好幾年了，在這之前他一直隱瞞著這件事；和他搭檔演出的女演員有著柔和的深色眼睛和微微彎曲的鼻子，讓人可以合理懷疑她的日耳曼血統是否純正，她表示她和該黨的一名高階黨工幾乎已經論及婚嫁；但是那個猶太裔滑稽演員卻愈來愈鬱鬱寡歡。

何夫根則決定採取最簡單也最有效的策略：他把自己籠罩在一片神祕的沉默之中。誰都不該察覺他隱藏了多少擔憂，因為他從柏林的貝恩哈德女士和其他的忠誠友人那裡得到的消息令人沮喪。蘿絲．貝恩哈德寫信來要他做好最壞的打算，暗示地說起納粹已經蒐集多年的「黑名單」，不管是樞密顧問布魯克納，還是教授或亨德里克．何夫根都名列其上。教授目前人在倫敦，暫時不打算返回柏林。伯恩哈德女士建議亨德里克也暫時先遠離德國首都。讀到這裡，他感覺到背脊一陣冰冷。不久前他還躋身上流人士之列，如今卻忽然成了被放逐之人！他很難在多疑的同事面前保持冷靜的表情，也很難在拍片時表現出別人期待他表現出的輕快和「邪氣」。

當劇組人員準備返回德國，就連那個猶太滑稽演員也帶著憂愁的表情在收拾行李，亨德里克聲稱他必須前往巴黎去商談重要的拍片事宜。他的想法是：我必須爭取時間。此刻出現在柏林想來並不明智。再過幾個星期，也許局勢就會平靜下來……

然而，更精彩的意外還在後頭。當何夫根抵達巴黎，他得知的第一件事就是德國國會失火的消息。亨德里克由於長年飾演惡棍而練就了猜出犯罪關聯的本事，對於黑社會的卑鄙結合也不乏天生的直覺，他立刻明白是誰想出並執行了這樁挑釁的罪行：納粹正是從亨德里克主演的那些電影和戲劇練就了無恥而幼稚的狡猾。何夫根無法對自己隱瞞，他從這次粗暴的縱火伎倆中感受到的戰慄還摻雜了另一種感覺，一種愉快而近乎狂喜的感覺。騙徒卑鄙的想像力決定進行這樁一眼就能看穿的無恥騙局，這樁騙局之所以能夠成功，就只是因為在德國已經沒有人敢出聲反對，也因為其餘各國更關心自身的安寧，勝過關心歐洲生活是否合乎道德，這些國家似乎無意介入這個可疑的帝國令人驚恐的事件。

「邪惡是多麼強大！」演員何夫根心想，敬畏地打了個寒顫。「可以任意胡作非為，而不受到懲罰！這個世界真的就像我經常主演的那些電影和戲劇一樣。」這是他此時此刻敢於去想的最大膽念頭。但是，他不願意向自己承認的是：他第一次依稀感覺到在他的本質和那個聲名狼籍的墮落圈子之間有著神祕的關聯，像這樁縱火案，這種粗暴的無賴行徑就是那個圈子想出來並且執行的。

不過，亨德里克起初並無意花很多時間去思索那些德國惡棍的心理，去思索他和這些黑社會分子之間可能有什麼關聯；他有理由認真去擔憂自己眼下的前途。國會大廈失火後，在柏林有好幾個與他關係密切的人遭到逮捕，包括奧圖．烏里希。蘿絲．貝恩哈德拋下了她在柏林劇院的職位，匆匆前往維也納。她從那裡寫信懇求她的朋友何夫根，要他千萬不要踏上德國的土地。「你的生命會有危險！」蘿絲．貝恩哈德從維也納的「布里斯托飯店」寫信向他示警。

亨德里克認為他可以把這番話視為缺乏事實根據的誇大其詞。儘管如此，他還是感到不安。他把啟程返國的時間一天一天地延後，無所事事而且緊張不安地在巴黎街頭閒蕩。他不認識這座城市，但此刻完全沒有心情去享受它的魅力，甚至沒有心情去察覺其魅力。

那幾個星期很痛苦，也許是他這輩子經歷過最痛苦的幾週。他沒有跟任何人見面。雖然他知道有幾個熟人抵達了巴黎，但是他不敢和他們聯絡。和他們有什麼話可說呢？他們會慷慨激昂地對德國發生的事情表示震驚，使他心煩意亂。事實上，那些事情愈來愈瘋狂，愈來愈令人恐懼。這些人肯定已經切斷了和家鄉的所有聯繫，他們痛恨統治家鄉的暴君，與之勢不兩立。他們已經是流亡人士了。我也是嗎？亨德里克．何夫根不得不恐懼地自問。但是他內心的一切都拒絕承認。

另一方面，當他在飯店房間、在巴黎那些橋樑和街道上、在咖啡館裡度過那許多孤獨的時光，一份隱隱的反抗在他心中滋長——一種好的反抗，是他曾經有過最好的感覺。他會想：我有必要向那些殺人惡棍乞求原諒嗎？難道我需要依靠他們嗎？我的名字不是已經享譽國際了嗎？我在哪裡都能養活自己。也許不會太容易，但應該行得通。那將意味著何等的如釋重負，何等的解脫：自豪而自願地脫離一個臭氣衝天的國家，大聲宣布和那些願意對抗這個血腥政權的人站在同一陣線！假如我能夠做出這樣的決定，我將可以感覺到自己是多麼純潔！我的生命將會獲得全新的意義，全新的尊嚴！

這些情緒十分強烈，讓他享受到苦中作樂的感受，但是從來不持久，隨之而來的是經常出現的一份渴望，想要再見到芭芭拉並且和她長談。他曾經稱她為他的善良天使，而現在他是多麼迫切需要她！但是他已經好幾個月沒有她的消息，根本不知道她人在哪裡。「可能她正坐在將軍夫人的莊園裡，什麼都不關心！」他忿忿地想。「我早就向她預言過，即使是法西斯主義的暴行，她也能看出其有趣的一面。這個結局是注定的：我成了烈士，在這個陌生城市的街道上徘徊；她卻可能正在和這些殺人凶手和暴徒聊天，就像她從前和漢斯．米克拉斯聊天一樣……」

由於他的孤獨漸漸讓他無法忍受，他半真半假地考慮要讓泰芭公主從柏林到巴黎來。再次聽見她含怒的笑聲，再次撫摸她摸起來像樹皮般粗糙的強壯的手，那將多麼令人振奮而元氣大增！棄德國而去，和泰芭公主一起展開狂野的新生活：啊，這會是多麼美好，多麼正確！難道不行嗎？這不是有可能的嗎？只需要拍封電報去柏林，黑色維納斯就會在隔天抵達，行李箱裡裝著她的綠色長靴和那條紅色皮鞭。亨德里克以泰芭公主為中心做著甜蜜而叛逆的夢。他用鮮豔撩人的色彩想像著他將和她一起共度的生活。他們可以搭檔跳舞，在巴黎、倫敦或紐約演出，以此掙錢度日：亨德里克和尤麗葉，世上最優秀的兩名踢踏舞者。不過，他們可能不會就只靠跳舞為生。亨德里克琢磨著更大膽的可能。從舞蹈搭檔可以變成一對招搖撞騙的搭檔，在現實生活中也扮演一下他在電影和戲劇中經常飾演的浮華罪犯，體驗所有的危險和一切後果，那將會多麼有趣！和這個出色的野蠻女子並肩合作，去欺騙、去嘲弄這個社會，這個可恨的社會如今在法西斯主義中露出猙獰的真實面目。這番想像多麼令人陶醉！有好幾天的時間，亨德里克一心只想著這些事。也許他真的會跨出實現這些夢想的第一步而拍電報給黑人公主，若非他接獲了一個使他的處境頓時改觀的消息。

那封意義非凡的信是小安潔莉卡．西伯特寫來的。誰會想到偏偏是她這個一向被亨德里克殘忍而傲慢忽視的人，會在他生命中發揮關鍵作用！何夫根有多久不曾想起嬌小的西伯特小姐了，當他此刻試圖想起她的臉，這張可愛而膽怯的小臉，像個十三歲男孩，有著一雙由於近視而瞇起來的明亮眼睛，他覺得那張臉看起來總是布滿淚痕。小安潔莉卡不是幾乎總是在哭嗎？而別人不是經常給了她哭泣的理由嗎？亨德里克清楚記得他通常是多麼惡劣地對待她……但儘管如此，她那顆溫柔而固執的心仍舊對他忠心耿耿。這令亨德里克感到訝異。當他推己及人，他大有理由預期別人自私自利的卑鄙行徑。這個善意之舉，這個勇敢而溫柔的行為使他不知所措。在他那淒涼的旅館房間裡，他對那幾面牆壁和那些家具已經熟悉到開始憎恨它們，害怕它們，當他讀了安潔莉卡寫來的信，他忍不住哭了。不僅是神經緊張和過度受到刺激使得他啜泣，真心的感動也使他濕了眼睛。假如小安潔莉卡能夠看見這一幕，這對她來說會是何等的幸福，會是對她所受的痛苦的何等補償。她曾經為了他而流下無數的眼淚，現在換成是他在哭，而且最終是她的愛，使得他那雙危險而冷酷的美麗眼睛盈滿了鹹鹹的淚滴。

安潔莉卡在信中說她目前人在柏林，得以拍一點電影，說她的日子過得還可以。一位成功的年輕導演打定了主意要娶她，「但是我當然沒這個打算，」她寫道。亨德里克讀到這裡時不禁露出微笑：是啊，她就是這樣，對別人的追求和提議表現得冷淡和拒絕，不管再怎麼誘人，卻固執地追求她得不到的東西，總是把她的感情浪費在被忽視和蔑視之處。她在拍攝一部畢德麥雅時期的大型喜劇時，認識了女演員林登塔，就是耶拿市立劇院那個首席感傷女演員，也是一位納粹飛行員軍官的女友。亨德里克一直懷著憎恨和渴望在報上密切關注德國發生的事件，因此他知道這個飛行員軍官屬於新帝國最有權勢的一群人，而洛蒂．林登塔就也成了一個具有影響力的人物。安潔莉卡．西伯特成功地向她替亨德里克求情。

這封信以陶醉的語氣描述林登塔的過人魅力、聰明、溫柔和體面。依照安潔莉卡的看法，可以確定這位心地善良的可愛女士將會在各方面以最好的方式影響她有權有勢的男友。她現在就已經這麼做了，尤其是在所有和劇院有關的事情上。這個大人物對於戲劇、輕歌劇和歌劇有一份熱愛。他的情婦，或者說是特別受到他愛慕的那些女士，通常都是些體態豐滿而且多愁善感的舞台藝人。他樂意替她們效勞，只要不涉及什麼嚴肅的大事，而只涉及輕鬆愉快的小事，例如一個演員的事業。洛蒂·林登塔從西伯特小姐口中得知亨德里克·何夫根坐困巴黎，不敢回德國。聽聞此事，那個大人物的情婦不禁好脾氣地笑了。她露出天真的眼神，想知道這個人在怕些什麼呢？何夫根又不是猶太人，而是個金髮的萊茵地區人，而且他從來沒有加入過任何政黨。何況他是個重要的藝術家，林登塔小姐曾經看過他飾演梅菲斯特。「我們根本不能缺少像他這樣的人，」這個貴婦人說，並且答應當天就和她有權有勢的男友談一談這件事。「我那口子是非常寬宏大量的，」耶拿劇院的首席感傷女演員這樣保證，這件事她想必很清楚，而所有在場之人都感覺到一陣敬畏的戰慄，因為她用如此親暱的方式談起那個眾人畏懼的巨人。「他也一點都不記仇。就算這個何夫根以前做過什麼放肆的事和一些小小的蠢事，我那口子會諒解的，如果對方是個優秀的藝術家。畢竟最重要的是好的本質。」洛蒂有點不知所云地說，但是由衷地強調。而她說到做到。當那個大人物晚上來看她，她乞求道：「老公，拜託啦！」她說她已經打定了主意：她在柏林國家劇院首次登台要演出的那齣喜劇一定要亨德里克·何夫根和她搭檔演出。「沒有人比他更適合飾演這個角色，」這個感傷女演員喋喋不休地說。「畢竟我第一次在柏林民眾面前登台演出時能有個好搭檔，對你來說也很重要！」那位將軍詢問何夫根是不是猶太人。當他得知他不但不是猶太人，而且保證是個金髮的萊茵地區人，他就答應「這個小伙子」

不會有事，不管他以前都幹了些什麼。

和她那口子商量的過程相當順利，林登塔立刻把這件事告訴了她的同事，嬌小的西伯特小姐，而西伯特也迫不及待地把事情的美好轉折通知了亨德里克。

在巴黎抑鬱的受苦時光就此結束！不再孤單地散步，沿著聖米歇爾大道，走在塞納河畔，或是穿過香榭大道，他對那條大道的美麗根本視若無睹。亨德里克．何夫根曾經在一個淒涼的旅館房間裡沉浸於大膽而反叛的夢想嗎？他曾經苦中作樂地感受到淨化自己、解放自己、展開狂野新生活的強烈渴望嗎？他已經不記得了，在他收拾行李時就已經將之遺忘。他愉快地哼著歌，很想突然跳躍起來，急忙趕到馬德萊娜教堂附近的「托瑪斯．庫克父子旅行社」，訂了一張前往柏林的火車臥鋪車票。

在走回位於蒙帕納斯大道附近的旅館途中，亨德里克經過了「多摩咖啡館」。天氣和煦，許多人坐在戶外，在輕巧的帆布遮蓬底下，桌椅一路擺放到人行道上。亨德里克走路覺得熱了，有興致在這裡坐上十五分鐘，喝杯柳橙汁。他停下腳步；可是當他以高傲的目光掃視了一下正在嘰嘰喳喳閒聊的那群人，他改變了主意。他想：「誰曉得我會在這裡碰到些什麼人。也許會有些我寧可避開的舊識。這家多摩咖啡館不是流亡人士的聚會地點嗎？不，不，我最好還是繼續往前走。」他正要轉身走開時，他的目光停留在一組人身上，他們沉默地坐在其中一張小圓桌旁。亨德里克大吃一驚，他受到的驚嚇是如此之大，乃至於他感覺到胃部一陣刺痛，有好幾秒鐘的時間動彈不得。

他首先認出了賀茲費德女士，然後才發現芭芭拉坐在她旁邊。芭芭拉在巴黎，這段時間裡她一直都在他附近，他曾經渴望見到她，比任何時候都更需要她，而她就在同一座城市，和他住在同一個城區，也許就只隔著幾棟屋子！芭芭拉離開了德國，此刻就坐在「多摩咖啡館」的露天座位上，坐在黑妲．馮．賀茲費德的旁邊。在漢堡的時候她們兩個並不是朋友，但如今，特殊的艱困情況使她們聚在一起……她們坐在一張桌子旁，兩人都沉默著，兩人都有著同樣憂鬱沉思而深邃的目光，彷彿掠過周圍的東西而凝視著遠方。

「芭芭拉的臉色是多麼蒼白啊！」亨德里克心想，他覺得對面這些人彷彿根本不是實際上坐在這裡，而是他激動大腦的產物，只存在於他的想像中，是他的幻覺。如果她們是活生生的人，為什麼她們一動也不動？為什麼她們一言不發，紋風不動地坐著，眼神如此悲傷？

芭芭拉用手托著她瘦削蒼白的臉。在她皺起的深色眉毛之間露出了一種神情，是亨德里克從前不曾在她臉上注意到的：這神情可能來自於費力的苦苦思索，使她的臉有了一種苦思冥想、近乎憤怒的表情。她穿著一件灰色風衣，一條鮮紅的圍巾從高高豎起的衣領之間露出來。由於這身裝扮，也由於那沉痛而緊繃的面容，使得她看起來帶點野性，幾乎有點嚇人。

賀茲費德女士也臉色蒼白，但是在那張柔軟的大臉上少了那股咄咄逼人的神情，而只露出了溫柔的悲傷。除了芭芭拉和黑妲之外，同坐在桌旁的還有一個亨德里克從未見過的女孩，另外還有兩個年輕男子，其中之一是塞巴斯提安：何夫根從他把頭向前傾的姿勢、他那雙朦朧柔和而深思的眼睛，以及落在低垂的額頭上的幾綹灰金色頭髮認出了他。

亨德里克想要喊些什麼，想要跟他們打招呼，他本能地渴望去擁抱芭芭拉，和她談一談，談談一切，如同他在那些孤獨的日子裡經常渴望和想像的那樣。但是種種考量從他腦中掠過。「他們會怎麼接待我？他們將會有問題要問我，我要怎麼回答？在我前胸口袋裡有返回柏林的臥鋪車票，透過兩位友善的金髮女士的調解，我跟驅逐了這群人的政權幾乎算是和解了，而在芭芭拉面前，我曾經多次信誓旦旦和這個政權勢不兩立。這個塞巴斯提安將會對我露出輕蔑的微笑！而我要如何承受芭芭拉的目光，她那深邃、嘲諷、無情的目光？……我必須逃走。他們當中似乎還沒有人注意到我，他們全都如此奇特地看進空無。我得離開此地，這番相逢不是我的力量所能承受……

坐在桌旁的那些人仍舊一動也不動，目光似乎穿過了亨德里克．何夫根，就像穿過了空氣。他們一動也不動地坐著，彷彿一種極大的痛苦使他們化為石頭。亨德里克急忙走開，踩著僵硬的小碎步，就像一個人因為恐懼遭遇危險而走開，卻想隱藏他在逃跑的事實。

第一次排演結束後，洛蒂．林登塔對何夫根說：「很遺憾，將軍目前忙得不可開交。假如他抽得出時間的話，肯定會來看我們排演，看一下我們工作的情形。您無法想像，他有時候會給我們這些演員提供非常好的建議。我認為他對戲劇的了解就跟他對飛機的了解一樣多。這可是意義非凡！」

亨德里克能夠想像，並且恭敬地點點頭，然後問林登塔小姐是否允許他用他的車送她回家。她露出和藹的微笑答應了。當他伸出手臂讓她挽著，他小聲地說：「我非常高興能和您一起演出。過去這些年我太常得要忍受和我搭檔演出的女演員的矯揉造作。朵拉．瑪汀用她那種太過賣力的風格做了個壞榜樣，把德國的女演員都教壞了。那不再是戲劇表演，而是歇斯底里的口齒不清。現在我從您那裡再次聽見一種清晰、單純、充滿感情而且溫暖的聲調！」

她用那雙紫羅蘭色、有點微凸的愚蠢眼睛感激地看著他。「我真高興您告訴我這些，」她輕聲低語，同時把他的手臂稍微挽緊了一些。「因為我知道您不是在奉承我。像您這樣把自己的職業看得很神聖的人，是不會在和藝術有關的事情上奉承別人的。」想到自己剛才可能是在奉承，這個念頭令亨德里克感到震驚。「當然不會！」他把手擱在心口。「我不會奉承！我的朋友經常指責我，說我太喜歡把不愉快的真相當面告訴別人。」林登塔小姐很高興聽見這番話。「我喜歡正直的人，」她簡單明瞭地說。「可惜我們已經到了，」亨德里克說，他讓車子停在蒂爾加滕大街一棟安靜典雅的屋子前面，因為洛蒂．林登塔就住在這裡。他俯身親吻她的手，把她那隻灰色皮手套稍微拉下來一點，好讓他能用嘴唇碰觸到她乳白的皮膚。她似乎忽視了這個小小的冒昧舉動，至少是並沒有不以為然，她的笑容仍舊燦爛。「千百次感謝您允許我送您回家！」

他俯身在她手上說。當她朝著家門走去，他心想：「如果她再一次轉過身來，那麼一切都將會順利。如果她甚至還揮了揮手，那麼這就是一場勝利，而我將大有可為。」她以抬頭挺胸的姿勢過了馬路。當她走到房門口，她轉過頭來，露出喜孜孜的表情，同時——多麼令人快樂啊——舉起手來揮了揮。亨德里克感覺到一陣幸福的戰慄，因為洛蒂．林登塔調皮地喊道：「掰掰！」這超出了他最大膽的期望。他如釋重負地大大嘆了一口氣，靠坐在他那輛賓士汽車的真皮靠墊上。

亨德里克在抵達柏林之前就已經知道：少了林登塔的保護，他就完了。去車站接他的小安潔莉卡沒必要再特別向他指出這一點，他對於這個情況反正很清楚。他有一些可怕的敵人，包括很有影響力的人，像是被宣傳部長任命為國家劇院總監的作家凱薩．馮．穆克。這位劇作家的作品以前一再被何夫根拒絕，如今以冰冷的態度接見他。他鋼藍色的眼睛和緊抿的嘴使他的臉流露出難以接近的嚴肅和莊重，他說：「我不知道你是否能夠再度融入我們，何夫根先生。如今這裡盛行的風氣不同於你從前在這座劇院所習慣的風氣。文化布爾什維克主義已經結束了。」說到這裡，《坦能堡》一劇的作者威嚇地站直了。「你不會再有機會演出你朋友馬爾德的劇作，也不會再有機會演出你熱愛的法國鬧劇。如今這裡不再表演猶太藝術或是法國藝術，而只表演德國藝術。何夫根先生，你將得要證明你有能力在這項崇高的工作上協助我們。坦白說，在我看來，並沒有什麼特殊的理由要把你從巴黎叫回來。」說到「巴黎」這個字眼，凱薩．馮．穆克讓他的眼睛發出嚇人的光芒。「但是林登塔小姐希望你和她搭檔演出那齣小型喜劇，這將是她在這裡首次登台。」穆克有點不屑地說。「我不想怠慢這位女士，」他假裝正直地繼續說，最後高傲地說：「再說，我相信要飾演這個高雅的情人和引誘者，對你來說不會有任何困難。」他用一個軍事化的短促手勢結束了這番談話。

這個開始令人擔憂，如果考慮到這個喜歡報復、如今位高權重的詩人有宣傳部長為後台，事情就更加令人擔憂了。這位宣傳部長在文化事務上幾乎是大權獨攬，要不是那個晉升為普魯士總理的飛將軍打定了主意要在國家劇院的事情上也參一腳，那麼宣傳部長就會是完全大權獨攬。單是因為洛蒂的緣故，那個胖子對國家劇院就很感興趣。於是這兩個大人物，在宣傳大人和飛機大人之間出現了職權之爭。亨德里克尚未親眼見過這兩位被神化的大人物，但是他知道唯有當他有把握得到一方的保護，他才能夠暫時承受另一方的敵意。要接近總理必須透過那位女演員。亨德里克必須要贏得洛蒂．林登塔的好感。

在他重回到柏林的頭幾個星期裡，他腦中沒有別的想法，就只有一個念頭：洛蒂．林登塔必須愛上我。一向沒有人能夠抗拒得了他那雙寶石眼睛和邪氣微笑，而她畢竟也只是個人。這一次不是全贏就是全輸，我必須使出渾身解數，洛蒂必須像一座堡壘一樣被征服。就算她挺著大胸脯，長著一雙牛眼，就算她的雙下巴和燙捲的金髮看起來土氣平庸：對我來說，她比一個女神更值得追求。

於是亨德里克努力奮鬥。他對周圍發生的一切視而不見，聽而不聞，他的意志和才智全都集中在一個目標上：擄獲金髮洛蒂的芳心。他眼裡就只有她，忽視了所有其他人。小安潔莉卡如果曾經以為何夫根如今會出於感激而給予她一些關注，那她就大錯特錯了。他只在剛回到柏林的那幾個小時裡對她友善，可是她才把他介紹給林登塔小姐，安潔莉卡對他來說似乎就不存在了。她忍不住去向她那位電影導演哭訴，亨德里克卻朝他的目標邁進，這個目標名叫洛蒂。

他是否注意到柏林的街道有了改變？他是否看見了那些褐衫軍和黑衫軍、納粹十字旗幟、行進中的少年隊？他是否聽見了從街道上、收音機裡、電影螢幕上傳來的戰爭歌曲？他是否注意到元首充滿恫嚇和自誇的演說？他是否讀了那些擅長美化、隱瞞和撒謊，卻仍然透露出夠多令人震驚之事的報紙？以前被他稱為朋友的那些人，他關心過他們的命運嗎？他甚至不知道他們身在何處。也許他們坐在布拉格、蘇黎世或巴黎某家咖啡館的桌旁，也許他們在一座集中營裡被折磨，也許他們躲藏在柏林的一間閣樓或地下室。亨德里克不屑得知這些陰森可怕的細節。「我又幫不了他們」：這就是他的口頭禪，用來拒絕想起那些受苦之人。「我自己也還沒有完全脫離險境，誰曉得凱薩・馮・穆克明天是否就會設法讓我被逮捕。只有當我確定獲救，才可能幫得上其他人的忙！」

當別人告訴他關於奧圖・烏里希的命運的傳言，亨德里克不情願也不專心地聆聽。那個信奉共產主義的演員和鼓吹革命者在國會失火之後立刻遭到逮捕，忍受了多次被稱為「審訊」的殘酷過程，事實上那是無情的嚴刑拷打。「這是在哥倫比亞監獄[1]被關在烏里希隔壁牢房裡的人告訴我的。」戲劇評論家伊里格憂心忡忡地壓低了嗓音述說這件事。在一九三三年一月三十日之前，此人屬於激進左派，積極倡議一種嚴格信奉馬克思主義、只為階級鬥爭效力的文學。現在他打算和新政權和解。曾經，在伊里格博士面前，所有被懷疑抱持著資產階級自由主義信念，甚至是懷著國家主義信念的作家是多麼戰戰兢兢！他是正統馬克思主義最警醒也最不留情的傳道士，把那些作家革出教門，譴責他們，毀掉他們，指稱他們為資本主義的唯美主義傭兵。這位赤色文學教皇不願意做細膩的區分，他的看法是：凡是不贊成我的人就是反對我，凡是不按照我認為合適的方法來寫作的人就是走狗、無產階級的敵人、法西斯分子。而此人若是還不知道，那麼他就會從我這個《新書業週刊》的藝文主編口中得知。伊里格博士的無上判決被所有自認為屬於左派先鋒的人奉為圭臬，雖然他的判決乃是發表在一份重度資本主義的報紙上。因為在那段時間，《新書業週刊》戲謔地經營一份馬克思主義的文藝副刊，這讓報紙有了一點辛辣的特色，而又不至於嚴重妨礙任何人。生活的嚴肅存在於商業版中。在商業新聞底下的欄位可以容許一個赤色教皇為所欲為，反正沒有哪個嚴肅的生意人會去看。

1 哥倫比亞監獄（Columbiahaus）位於柏林近郊的滕珀爾霍夫（Tempelhof），原是一座軍事監獄，納粹奪權後先是供祕密警察拘留人犯，後來成為一座集中營伊里格博士為所欲為了許多年，在涉及馬克思主義藝術觀的所有事物上成了關鍵性的權威人士。納粹掌權之後，《新書業週刊》的猶太裔主編辭職了。伊里格博士卻得以留任，因為他能夠證明他的所有祖先，父系一如母系，都是「雅利安人」，也能夠證明他從來不屬於任何一個社會主義政黨。他沒有猶豫多久，就承諾從現在起要以同樣嚴格的民族精神來編輯《新書業週刊》的文藝副刊，這種精神如今洋溢在政治版的專欄裡，直到「世界各國綜合新聞」的版面都還感覺得到。「反正我一向都反對資產階級和民主人士，」伊里格博士狡猾地說。的確，他可以像之前一樣繼續抨擊「反動的自由主義」，只是他反自由主義的信念換了個旗幟。

「發生在奧圖身上的事真是太糟了，」能幹的伊里格博士說，看起來憂心忡忡。他在許多篇文章裡把革命小劇場「海燕」稱為首都唯一還有前途、唯一值得關注的戲劇活動。烏里希之前和這個知名評論家過從甚密。「太糟，太糟了，」這位博士喃喃地說，緊張地摘下他的牛角鏡框眼鏡來擦拭鏡片。

何夫根也認為這件事很糟。除此之外，這兩位男士就沒有太多話可說。他們相處在一起的感覺並不自在。他們挑選了一家僻靜的咖啡館為碰面地點。由於他們的過去，兩個人的名聲都不太好，也許一直還被懷疑持有反對當局的信念，假如有人看見他們兩個在一起，很有可能看起來像是在密謀什麼。

他們沉默不語，沉思地凝視著虛空，一個是透過牛角鏡框眼鏡，另一個則是透過單眼鏡片。「目前我當然根本沒法替這個可憐的傢伙做些什麼，」何夫根終於開口了。本來也想這麼說的伊里格點點頭。接著他們又沉默無語。何夫根把玩著他的菸嘴。伊里格清了清嗓子。也許他們在彼此面前感到羞愧，兩個人都知道對方在想什麼。何夫根對伊里格的想法就跟伊里格對何夫根的想法一樣：「是的，老兄，你就跟我一樣是個大無賴。」他們從彼此的眼睛裡猜到了這個想法，因此感到羞愧。

由於那片沉默變得令人難以忍受，何夫根站了起來。「我們得要有耐心，」他小聲地說，向那個鼓吹革命的評論家擺出他那張像是老師在教訓學生的灰白臉孔。「這不容易，但是我們必須要有耐心。保重，我的朋友。」

亨德里克大有理由感到心滿意足：洛蒂．林登塔的笑容愈來愈甜，愈來愈給人希望。當他們一起排演一幕親密戲，而《心》這齣喜劇幾乎就只由洛蒂所飾演的富商妻子和亨德里克所飾演的風流情人之間的親密戲構成，這時她就可能會把胸脯貼在她的搭檔身上，發出嘆息，並且用水汪汪的眼睛看著他。何夫根則保持著克制，這份克制帶有憂傷地恪守分際的性質，背後似乎藏著熱切的渴望。他以一種微妙的含蓄來對待林登塔小姐，大多數時候都用「夫人」來稱呼她，在少數時刻稱她為「洛蒂女士」，只有在工作時，在一起排演的熱情中，他曾有一次不由自主地用同事間的親暱口吻直呼其名。但他的眼睛似乎總是想說：唉，假如我能夠隨心所欲，那就好了！我將擁妳入懷，甜姊兒！我將把妳緊緊摟住，美人兒！因為妳屬於一位德國英雄，出於對他的忠誠，我不得不痛苦地克制自己……演員何夫根的美麗雙眼洩露出這種既熱情又壓抑的念頭。事實上他心裡卻只想著：「**為什麼**——看在老天的份上，為什麼總理偏偏選擇了她?!他明明想要什麼女人都可以啊！她也許是個老實人，也是個優秀的家庭主婦，但她實在胖得要命，而且矯揉做作得可笑。何況她也是個差勁的演員……」

在排演時，他有時很想對林登塔小姐大吼。換作是別的女演員，他就會當面對她說：小姐，妳的表演是差勁透頂的鄉下劇場水準。飾演一位高雅的女士，不表示妳就得用提高的假嗓音說話，也不表示妳就得用這種詭異的方式老是把小指頭翹起來。高雅的女士早就已經沒有這種習慣了。還有，哪裡寫著一個富商的妻子在跟情人調情時，必須張開手肘，讓手肘遠離自己的身體，彷彿她的上衣被發臭的液體弄髒了，使得她擔心自己的衣袖會接觸到上衣？拜託妳停止這些愚蠢的行為！

當然，亨德里克小心翼翼地避免對洛蒂說出這種話。但是，儘管她沒有聽到這番她活該聽到的難聽話語，她似乎也感覺得出她在排演時出醜了。「我還是感覺很沒有自信，」她抱怨道，擺出她那副天真小女孩的表情。「是柏林這個環境把我弄得暈頭轉向。唉，我肯定會表現得一塌糊塗，得到慘不忍睹的負評！」她表現得像是某個初次登台的小演員，必須認真擔心柏林的劇評家。「噢，拜託，亨德里克，請告訴我！」她像個嬰兒似地拍著一雙舉起的小手，「他們會很殘忍地對待我嗎？他們會把我批評得一文不值嗎？」亨德里克發自肺腑地表示，他認為這絕不可能。

何夫根和林登塔還在排演《心》這齣戲時，有消息傳出，說《浮士德》將再度被排進國家劇院的演出劇目。亨德里克震驚地得知，凱薩．馮．穆克決定要把梅菲斯特這個角色交給一個許多年來都是納粹黨員的演員來飾演，這個演員已在幾個星期前從外地被召到柏林來，而此舉肯定是得到宣傳部長的同意。這是《坦能堡》的作者對何夫根從前拒絕演出其作品的報復。亨德里克覺得：如果穆克得以貫徹他這個可惡的計畫，那我就完了。梅菲斯特是我的代表作。如果我不被允許飾演他，那就證明我失寵了。那就表示林登塔並沒有替我善用她對總理的影響力，或是表示她的影響力根本沒有別人所以為的那麼大。那麼，我沒有別的路可走，只好收拾行李回巴黎去。也許我根本就應該留在巴黎，因為這裡的情況其實很糟。我的地位很可悲，尤其是和我以前擁有的地位相比。大家都用不信任的眼光看著我。他們知道劇院總監和宣傳部長討厭我，而他們還沒有絲毫證據可以證明我真正受到那位飛將軍的厚愛。我落入一個棘手的處境！梅菲斯特這個角色可以拯救一切，現在一切全靠他了……

在一次排演之前，何夫根踩著堅定的步伐走向洛蒂．林登塔。當他說：「洛蒂女士，我要請您幫一個大忙。」他聲音裡的顫抖破例地絕非假裝出來的。她露出有點慌張的微笑：「我一向樂於幫助我的同事和朋友，就我能力所及。」於是他用催眠的目光深深看進她眼裡，說：

「我一定要飾演梅菲斯特。洛蒂，您了解嗎？」

他急切的嚴肅嚇著了她，此外他朝她逼近的身體令她感到興奮，她對他的身體早已無法漠不關心。她微微紅了臉，垂下眼瞼，就像一個剛被求婚的少女答應要去和父母商量，輕聲說道：「我會盡力而為。我今天就和**他**談。」

亨德里克深深鬆了一口氣。

隔天上午，國家劇院管理部門的祕書處打電話給他，請他在下午參加新劇《浮士德》的走位演練。這就是勝利。總理替他說話了。「我得救了，」亨德里克．何夫根心想。他請人給洛蒂．林登塔送去一大束黃玫瑰，在美麗的鮮花裡附上一張紙條，用有稜有角的大寫字母寫著「謝謝」。

劇院總監凱薩．馮．穆克在排演開始之前請他先去他辦公室一趟，這在他看來幾乎是理所當然的。那位民族詩人表現出最單純的親切。比起亨德里克表現出的微妙矜持，那是更加非凡的表演成就。

「我期待看到你飾演梅菲斯特，」這位劇作家說，讓他鋼藍色的眼睛發出溫暖的光芒，同時以男性的真摯握住他原本想要毀掉的這個人的手。「我像個孩子一樣期待看你飾演這個永恆、深具德國精神的角色。」很顯然：自從總理出面替這個演員說話之後，劇院總監決定徹底改變他對何夫根的態度。當然，凱薩．馮．穆克仍然一如從前堅持不想讓這個討厭的傢伙坐大，只要可能，就想盡快把他從國家劇院趕走。但是他覺得從現在起，他最好是以更祕密、更狡猾的方式來對付這個宿敵。馮．穆克先生完全無意為了何夫根而和位高權重的總理或林登塔小姐鬧翻。身為普魯士國家劇院的總監，他大有理由和總理以及宣傳部長都維持良好的關係……

「私底下說，」劇院總監帶著友好的親暱表情繼續說，「你能夠再度飾演梅菲斯特是多虧了我。」在他的言談中，他的薩克森地區口音今天特別明顯，也許他是想藉此強調他的敦厚老實。「原本是有一些疑慮，」他壓低了聲音，做出遺憾的表情，「在部長那個圈子裡有些疑慮，文你明白的，親愛的何夫根……有人擔心你可能會把前一次把《浮士德》搬上舞台時那種氣息，文化布爾什維克主義的氣息，用他們的話來說，帶進我們這齣新劇。不過，我得以駁斥並且推翻這種擔憂！」劇院總監愉快地總結，用力拍了拍這個演員的肩膀。

在這個本來很成功的日子裡，何夫根還得忍受一次不愉快的驚嚇。當他踏上排演的舞台，他撞見了一個年輕人，那是漢斯．米克拉斯，亨德里克已經好幾個星期沒有想到他了。當然，米克拉斯還活著，甚至就在國家劇院擔任演員，而他將在新的《浮士德》中飾演學生。亨德里克沒有準備好和他相遇；由於他得要忍受的所有激動，他還沒有去注意劇中那些比較小的角色是由誰來飾演。此刻他快如閃電地思索：我該採取什麼態度？這個倔強的小伙子還在恨我。這不是想當然耳？他剛才投向我的那道凶惡眼神就向我洩露出來了。他恨我，他什麼也沒有忘記，而且可以對我造成傷害，如果他想的話。有什麼能夠阻止他去告訴洛蒂．林登塔，當年在漢堡劇院的員工餐廳裡我們為什麼吵了起來。如果他想到要去告訴她，那我就完了。但是他不敢，他大概不會走到這一步。亨德里克決定：我將對他幾乎視而不見，用我的傲慢來嚇住他。那麼他就會以為我已經又高高在上，手裡握有全部的王牌，別人對付不了我。於是他把單眼鏡片夾在眼前，擺出嘲諷的表情，用鼻音說：「米克拉斯先生，瞧啊，你也還在呢！」他說這話時打量著自己的指甲，露出邪氣的微笑，輕輕咳了咳，就繼續踱著步子走開了。

漢斯．米克拉斯咬緊牙關，一言不發。他的臉一直面無表情，可是等到亨德里克無法再觀察他，他的臉就由於憎恨和痛苦而扭曲。沒有人在乎這個男孩，他倔強而孤單地倚著一個布景。沒有人看見他握緊了拳頭，也沒有人看見他明亮的眼睛盈滿了淚水。漢斯．米克拉斯瘦削的身體顫抖著，那具身體既讓人想到一個營養不良的街童，也讓人想到一個鍛鍊過度的雜技演員。這個漢斯．米克拉斯為什麼顫抖？又為什麼哭泣？

他是否開始看出他被騙了？在一種可怕、巨大、再也無法彌補的程度上被騙了？唉，他還沒有走到能理解這一點的那一步。然而，他也許已經有了初步的預感。這些預感就已經使他的雙手痙攣，使他熱淚盈眶。

在納粹及「元首」奪得政權之後的頭幾個星期，這個年輕人感覺自己宛如置身天堂。那個美好而偉大的日子，夢想實現的那個日子，他懷著那麼多的渴望等待了那麼久的日子終於來到了！多麼令人歡欣鼓舞！年輕的米克拉斯喜極而泣，手舞足蹈。當時他由於真心感動而容光煥發：他的額頭有光澤，眼中有光芒。當人們持火炬遊行來慶祝那位帝國總理、元首和救主，他在街上歡呼吼叫，著魔似地甩動四肢，陷入了狂熱，這場狂熱席捲了一座有百萬居民的城市和一整個民族。現在，所有的承諾都將付諸實現。毫無疑問：一個黃金年代即將來臨。德國恢復了榮譽，不久之後德國社會就會脫胎換骨，奇妙地蛻變成真正的民族共同體，因為元首這樣承諾過上百次，而納粹運動的烈士以他們的鮮血替他的承諾做出了保證。

長達十四年的恥辱成為過去。之前的一切都只是奮鬥和準備，生活現在才要展開。現在他終於可以工作了，為了重建一個統一強大的祖國而貢獻。漢斯．米克拉斯在國家劇院得到一份待遇很差的演出工作，是一個中階黨工替他爭取到的。何夫根坐困巴黎，何夫根是個流亡人士，而米克拉斯則在普魯士國家劇院任職：這個情況具有巨大的魔力，使這個年輕人忽視了一些本來可能會令他感到失望的事。

他現在置身的真的是一個更新、更好的世界嗎？這個世界不是仍然有著他所憎恨的舊世界的許多缺陷嗎？還加上了在這之前不為人所知的毛病？漢斯．米克拉斯還不敢向自己承認這些。但有時候他那年輕、憔悴、蒼白的面容，連同那雙太紅的嘴唇和那雙明眸周圍的黑眼圈，又有了他從前所特有的那種孤僻痛苦的執拗表情。

這個桀驁不馴的男孩高傲而憤怒地轉過頭去，當他不得不目睹眾人如今對劇院總監凱薩．馮．穆克的巴結，比以前眾人巴結「教授」的方式還要無恥得多。而每當宣傳部長走進劇院時，凱薩．馮．穆克又是如何打躬作揖，彷彿想要融化在恭順的諂媚中！那實在是令人不忍卒睹。也就是說，納粹宣傳者過去喜歡稱為「官僚經濟」的情況並未終止，只是變本加厲。在演員當中也仍舊還有看不起那些小演員的「名人」，他們搭乘豪華禮車來到舞台入口，穿著昂貴的毛皮大衣。如今當紅的名伶不再是朵拉．瑪汀，而是洛蒂．林登塔；當紅的名伶不再是個好演員，而是個差勁的演員，但卻是一個位高權重之人的寵兒。為了她的名譽，米克拉斯曾經有一次差點跟別人打了起來。那是多久以前的事了？而且他因此而丟了工作。但是她不知情，而他太驕傲了，不願意提起。他倔強地噘起嘴唇，擺出他那副拒人於千里之外的表情，讓這位重要的女士忽視他。

德國恢復了榮譽，由於和平主義者和共產黨人被關進了集中營，一部分人也已經遭到殺害，而世界開始恐懼這個擁有這麼一個令人憂心的「元首」的民族。但社會生活的革新還需要等待：尚且察覺不出社會主義的跡象。「不可能一下子辦到所有的事，」像漢斯．米克拉斯這樣的年輕人心想，他的信念太過真摯，不可能現在就決定要感到失望。「就連我的元首也辦不到。我們應該要有耐心。德國必須先從長年的恥辱中恢復過來。」

這個男孩仍舊滿懷信任。可是當他在排演名單上看見亨德里克．何夫根將要飾演梅菲斯特，他受到了沉重的打擊。這個宿敵，這個手段高明、毫無良知的人。他又出現了，這個玩世不恭的人到哪裡都吃得開，讓人人都喜歡他：何夫根，這個永遠的對手！那個女人親自把他請到這兒來，因為她需要他和她搭檔演出那齣浮華的喜劇，而米克拉斯當年曾經為了她的緣故，差點和何夫根打了起來。如今她還又替他爭取到這個經典角色以及隨之而來的成功機會……難道米克拉斯不能去告訴洛蒂・林登塔，當年何夫根在員工餐廳裡怎麼說她嗎?!有誰阻止他這麼做嗎？可是值得費這個力氣嗎？她會相信他嗎？他不會反而讓自己出醜嗎？而且當年何夫根說這個林登塔是個蠢女人難道說錯了嗎？她不就是個蠢女人嗎？

米克拉斯沉默不語，握緊拳頭，把頭轉向陰暗處，免得有人看見他眼中的淚水。

一個小時之後他必須和何夫根飾演的梅菲斯特排演一幕戲。他必須以恭謹的態度走近那個其實是魔鬼假扮的學者，然後說出：

我剛到此地不久，
恭恭敬敬前來拜望，
眾人提起先生的大名，
無不肅然起敬。

這個學生的聲音沙啞，幾乎成了呻吟，當他聽了假扮學者的撒旦那些令人迷惑的智慧之言、那些似是而非的嘲弄話語，而得要回答：

這些話聽得我都傻了，

好像腦子裡轉著一個磨輪。

總理兼飛將軍在女友洛蒂．林登塔的陪同下，觀賞了《浮士德》的演出。演出延遲了十五分鐘開始，因為這位大人物遲到了，從他的豪宅打了電話來，說他由於和國防部長會談而被耽擱了。眾演員在更衣室裡卻嘲弄地交頭接耳，說他就只是又一次無法及時整裝完畢。「他每次換衣服都得花上一個小時，」飾演格蕾琴的女演員格格笑著說，她的一頭金髮如此耀眼，乃至於她可以放任自己稍微出言不遜。此外，這對位高權重的男女進場時刻意低調。大廳裡還亮著燈光時，總理就隱身在他包廂的後方。只有坐在一樓前幾排的觀眾注意到他，敬畏地看著他裝飾華美的制服，有著紫色衣領和寬邊銀色袖口，也看著他那個大胸脯金髮女友閃亮的鑽石頭飾。直到布幕升起，這位高官才坐下來，同時發出一聲輕輕的呻吟，因為要把他肥胖的身軀塞進相對狹窄的椅子上很費力氣。在演出〈天堂序曲〉時，這個顯赫的觀眾善盡本分地擺出一副感動的表情。這齣悲劇接下來的幾場戲，在梅菲斯特化身捲毛狗溜進浮士德書齋之前的過程，似乎令他感到無聊；在浮士德說著第一段長篇獨白時，可以看見他打了好幾次呵欠，〈復活節出外散步〉那一幕也沒有讓他解悶：他低聲向林登塔說了些可能不太友善的話。

相反地，何夫根飾演的梅菲斯特一出場，這個大權在握之人就有了精神。當浮士德博士喊道：「原來這就是捲毛狗的本色！一個遊方學者？這件事令我發笑。」這時這位高官也笑了，而且笑得很大聲，很開懷，誰都不可能聽不見。這個胖子笑著傾身向前，把一雙手臂撐在裹著紅絲絨的包廂護欄上，從這時起就饒有興味地關注劇情的發展。更確切地說，是關注著亨德里克・何夫根那靈活善舞、狡猾優雅、邪惡迷人的演出。

洛蒂・林登塔很了解她那口子，立刻就明白了：這就是一見鍾情。何夫根迷住了我的胖子，這我太能夠理解了。因為這個小伙子的確魅力十足，而穿著這身黑色戲服，以這副邪惡的丑角扮相，他比任何時候都更令人難以抗拒。是的，他既滑稽又出色，他像個舞者做出最迷人的跳躍動作，但有時也露出咄咄逼人、灼熱嚇人的深邃眼神，例如當他說出：

因此，你們稱為罪孽、破壞的一切，
簡言之，就是所謂的惡，
正是我的原質和本性。

演到這裡時，總理意味深長地點點頭。之後，在學生出場那一幕——順帶一提，漢斯・米克拉斯在這幕戲裡表現得異常生硬和拘束——這個大人物似乎很享受，就像在觀賞最滑稽的鬧劇。在〈萊比錫奧爾巴赫地窖酒館〉的搞笑橋段，當何夫根以惡意的傲慢演唱那首〈國王與跳蚤〉之歌，最後從桌子上鑽出托卡伊甜葡萄酒和冒泡的香檳酒給那些醉醺醺的酒鬼喝，總理的心情似乎更好了。而當何夫根在女巫丹房的陰暗中讓魔鬼鏗鏘尖銳的聲音響起，這個胖子更是樂不可支：

你可認識我，你這皮包骨！你這怪物！
你可認識你的主子和師傅？
凡是妨礙我的，我就痛打，
把你和你的貓精打得稀哩嘩啦！
看你還敢不尊重這件紅色上衣？
你難道不認得這公雞羽毛？
我的臉難道給遮住了？
還需要我向你報上姓名？

這番話是對那個醜陋的女巫說的，而她也震驚地縮成一團。那個飛將軍卻樂得往大腿上一拍：惡魔的神氣活現和撒旦對自己駭人地位的自豪逗得他大樂。他那有如胖豬打呼嚕的笑聲還得到林登塔銀鈴般的笑聲伴奏。在〈女巫丹房〉那一幕之後是中場休息時間。總理請演員何夫根到他的包廂來。

當小波克向他通報了這個重要消息，亨德里克的臉色變得煞白，不得不閉上眼睛好幾秒鐘。這個重大時刻來臨了。他將和這個像神一般被崇拜的人物面對面……和他同在更衣室的安潔莉卡替他端來一杯水。等他急急喝掉了那杯水，他又能夠勉強露出那邪氣的微笑。他甚至能說：「一切都如願按照計畫進行！」彷彿在取笑這個關鍵性的事件，但是在他嘲弄地說出這句話時，他的嘴唇發白。

當亨德里克走進這兩位上等人物的包廂，那個胖子坐在前面的護欄上，肉墩墩的手指在護欄的紅色絲絨上動個不停。亨德里克在門邊停下來。「我的心跳得多麼厲害，這真是可笑！」他心想，有幾秒鐘的時間靜靜地一動也不動。然後洛蒂・林登塔注意到他。她嗲聲說道：「親愛的，請讓我把我傑出的同事亨德里克・何夫根介紹給你。」於是那個巨人轉過身來。亨德里克聽見他那相當高亢、肥厚而且刺耳的聲音：「啊哈，我們的梅菲斯特……」在這句話之後是一陣笑聲。

亨德里克這輩子都不曾如此感到困惑，他對自己的激動感到羞愧，而這也許更加深了他的激動。在他模糊的目光中，同事林登塔也起了奇妙的變化。莫非就只是那閃亮的珠寶讓她有了那副懾人的貴族模樣，還是因為她和她那位魁梧的護花使者如此親密地一起出現？總之，亨德里克忽然覺得她像個仙女，雖然是個豐滿可愛的仙女，但絕非並不危險。平常他覺得她的笑容就只是和善而且有點蠢，此刻在他看來那笑容也含著謎樣的陰險。

至於那個身穿彩色制服的肥胖巨人，那個衣著華麗、像神一般受到崇拜的人，亨德里克在恐懼和緊張顫抖中幾乎什麼也沒看見。那龐大的身軀前面似乎懸著一層輕紗。自古以來，強人、掌握生殺大權者和神祇的形象就一向隱藏在這層神祕的薄霧中，讓凡人憂懼的目光無法看清。只有一個星形勳章的光亮穿透了這層薄霧，一個嚇人的肥厚後頸顯露出輪廓，然後那個既刺耳又肥厚的聲音又發號施令地傳了出來：

「走近一點，何夫根先生。」

留在一樓前排座位上聊天的觀眾開始注意到總理包廂裡的這三個人。眾人竊竊私語，轉動脖子。這個壯漢的一舉一動都被這群擠在一排排座椅之間的圍觀者看在眼裡。他們注意到這位飛將軍的表情愈來愈和善，愈來愈快活。此刻他笑了，一樓的觀眾感動而敬畏地注意到，這個大人物大聲笑了，笑得開懷，而且張大了嘴巴。洛蒂・林登塔也發出了花腔女高音的清脆笑聲，而演員何夫根裝飾效果十足地裹在黑色斗篷裡，也露出了一抹微笑，在他化妝成梅菲斯特的臉上顯得像是一種勝利而痛苦的獰笑。

這個位高權重之人和這個喜劇演員之間的交談愈來愈熱烈了。毫無疑問：總理談得很愉快。何夫根說了什麼樣絕妙的逸聞趣事，使得這個飛將軍心情大好，簡直像是陶醉其中？一樓的所有觀眾都試圖從亨德里克那雙被化妝術拉長了的血紅嘴唇中聽出隻字片語。但是梅菲斯特說得很小聲，只有那個位高權重之人聽得見他那些精彩的笑話。

何夫根以美妙的姿勢在斗蓬底下張開雙臂，看起來就像他長出了黑色的翅膀。那個位高權重之人拍拍他的肩膀：一樓的觀眾全都看見了，充滿敬意的竊竊私語大聲起來。然而，一如在馬戲團演出最危險的節目之前會停止演奏音樂，這片竊竊私語也嘎然而止，由於此刻發生了非比尋常的事。

總理站了起來：他站在那裡，完全顯露出他的高大和壯碩，而他向那個喜劇演員伸出了手。他是在恭賀他的精彩演出嗎？看起來就像這個權貴要和這個喜劇演員結盟似的。

一樓的觀眾目瞪口呆。他們貪婪地注視著樓上包廂裡那三個人的手勢和表情，當成是最吸引人的默劇，劇名是：演員引誘權力。亨德里克從不曾如此強烈地被人羡慕。他該是多麼幸福啊！

在這些好奇之人當中可有人猜到，當亨德里克深深俯身在那個權貴肉墩墩、毛茸茸的手上，在他心裡究竟有什麼感受？讓他戰慄的僅僅是幸福和自豪嗎？還是說他也感覺到了一點別的東西，出乎他自己意料之外？而這一點別的東西是什麼呢？是恐懼嗎？那幾乎是噁心……「現在我玷污了自己，」是亨德里克驚惶失措的感受。「現在我手上有了一個污點，我永遠也洗不掉了……現在我出賣了自己……現在我身上有了標記了！」

第8章
踩著屍體行走

隔天早上，整座城市都知道了：總理在他的包廂接見了演員何夫根，並且和他聊了二十五分鐘。中場休息之後的演出延遲了不少時間才開始，觀眾必須等待，而他們也樂於等待。在總理包廂裡那一幕要比《浮士德》更引人入勝。

曾經在「海燕」小劇場以「共產黨同志」身分登台的亨德里克·何夫根，原本幾乎已經被眾人放棄，被視為這個國家的渣滓，亦即屬於那些流亡人士；而他就在眾目睽睽之下和那個位高權重的胖子並肩而坐，胖子似乎興致極佳。梅菲斯特和這個權貴眉來眼去，大開玩笑，對方好幾次拍拍他的肩膀，道別時幾乎捨不得鬆開他的手。這一幕使得國家劇院的觀眾激動得竊竊私語。當夜，這個轟動的事件就在咖啡館、沙龍和編輯部門熱烈地談起和評論。過去這幾個月裡，眾人提到何夫根的名字時總是帶有些疑慮；說話者會露出幸災樂禍的冷笑，或是遺憾地聳聳肩，如今大家重新帶著敬畏說出他的名字。權力的巨大光環在他身上灑下了一絲微光。

因為剛剛晉升為將軍的那個魁梧飛行員軍官屬於這個專制集權國家的最高層。就只有「元首」還在他之上，而「元首」幾乎無法再被視為凡人。一如上帝被大天使圍繞，這個獨裁者也被他的左右護法圍繞。在他右邊站著那個貌似猛禽的靈活矮子，那個身材畸形的預言家，那個歌功頌德的人，那個教唆者和鼓吹者，他的舌頭像蛇一樣分叉，每分鐘都想出一個新的謊言。而在這個統治者的左邊則站著那個了不起的胖子：他叉開雙腿站在那裡，威風凜凜，拄著他的斬首刀，掛著閃亮的勳章、綬帶和飾鍊，每天都換一套華麗的裝扮。當王座右邊的那個矮子編造新的謊言，這個胖子則每天想出新的驚喜來娛樂自己也娛樂大眾：不管是慶典、處決或是華麗的裝束。他收集星形徽章、稀奇古怪的服裝和稀奇古怪的頭銜。當然，他也收集錢財。當他得知民眾針對他的奢華成性而說出的許多大膽笑話，他笑得有如豬打呼嚕般心滿意足。偶爾，當他心情欠佳，他會下令把某個說話太大膽的人關起來鞭打，但大多數時候他都仁慈地咧嘴笑著。在他看來，成為公眾笑談的對象表示他受到喜愛，而這正是他想要的。由於他不像他的競爭對手，那個宣傳部的魔頭那樣懂得用言語來吸引人，他必須藉由耗費鉅資的鋪張奢華來贏得聲望。他享受著他的生活和名聲，裝飾他臃腫的身體，騎馬打獵，大吃大喝。他派人從博物館裡竊取畫作，然後掛在自己的豪宅裡。他和有錢人及上流人士來往，邀請王公貴族和名媛仕女同桌共餐。不久之前他還窮困潦倒，因此他更加享受如今能夠盡情擁有金錢和美好的東西。「我的人生不就像是一個童話故事嗎？」他經常這麼想。他生性浪漫，因此熱愛戲劇，他貪婪地嗅著幕後的空氣，帶著愉悅的心情坐在有絲絨座椅的包廂裡，在那裡受到觀眾欽羨，在他自己得以欣賞好戲之前。

他覺得他如今的生活很舒適，但是唯有當戰爭再度爆發，生活才會完全符合他喜歡冒險和走極端的口味。這個胖子覺得戰爭是比他此刻的所有享受更加刺激的娛樂。他期待戰爭就像孩童期待聖誕節一樣，而且他認為他最根本的職責就是謹慎而狡黠地備戰。就算宣傳部長那個矮子善盡職責，成打成打地買下國外的報社，花費數百萬元賄賂，建立遍布全球五大洲的間諜網和密探組織，讓無恥的威脅和更無恥的和平宣言滿天飛：他這個胖子負責的是飛機。因為擁有飛機是德國的首要之務。畢竟用卑鄙行徑來毒害大眾就只是暖身遊戲。有朝一日（這個胖子由衷希望這一天不會太遠了）歐洲各城市的空氣將不再只是在譬喻的意義上被下毒：這位飛將軍想要確保這件事的發生，他可並沒有把全部的時間都用來坐在劇院裡或是更換服裝。

他站在那裡，靠那雙有如柱子的腿撐著，挺著大大的肚子，容光煥發。他和那個忙碌的宣傳部長幾乎就跟他們中間的「元首」一樣受人矚目。而元首則似乎什麼也看不見，他的眼睛呆滯無神，就像盲人的眼睛。他是看向他的內心嗎？他是在聆聽自己的心聲嗎？而他聽到了什麼呢？他內心的聲音是否就只是一再吟唱著宣傳部長和受他指揮的所有報紙不厭其煩地向他保證的那番話：說他是上帝的使者，只要追隨他這顆星辰，德國和全世界就能在他的領導下得到幸福？他真的聽到了這些嗎？他的確相信嗎？從他的臉，那張浮腫的市井小民臉孔，有著自鳴得意的狂喜表情，可以讓人推測他真的聽到了這些，也真的相信。但是就讓我們把他留給他的喜悅或懷疑吧。這張臉沒有藏著任何能夠長久誘惑或吸引我們的祕密。他沒有心靈的尊嚴，也沒有經由受苦而變得高貴。讓我們轉身不再理會他。

讓我們撇下這個大人物，任由他站在他那極其可疑的奧林匹斯山。在那裡簇擁著他的都是些什麼？是一群迷人的眾神！怪誕而危險的那種類型，在他們面前，一個被上帝遺棄的民族在崇拜的狂熱中蠢蠢欲動！這個受愛戴的元首交叉著雙臂，在陰險內縮的額頭底下，他盲目而殘忍的目光掠過在他腳下喃喃祈禱的群眾。宣傳部長大聲叫囂，飛機部長咧嘴獰笑。是什麼讓他特別愉快？是什麼讓他如此開心？他是想到了處決嗎？是他被激發的想像力讓他想出了新的、聞所未聞的滅絕方法？看哪，他慢慢舉起了那粗胖的手臂！這個強人的目光落在了人群當中的一個人身上。這個不幸的人就要馬上被帶走，被拷打，被殺害嗎？正好相反：他得到了賞識，將會受到提拔。此人是誰呢？一個演員？大家都知道，大人物對喜劇演員有好感。他踩著謙遜但堅定的步伐走向前。承認吧：他和這群人頗為相稱，他有他們的虛假尊嚴，有他們歇斯底里的幹勁、他們虛榮的犬儒主義和廉價的魔力。這個演員抬起下巴，讓寶石般的眼睛閃爍發光。現在這個胖子幾乎憐愛地朝他張開雙臂。這個演員已經很接近這群神祇了，已經可以浸浴在他們的光輝之中。他以宮廷騎士的完美風度向這個肥胖的巨人俯首屈膝。

在亨德里克位於帝國總理廣場旁邊的公寓裡，電話響個不停。小波克拿著記事本坐在電話機旁邊，記下所有來電者的姓名。這些人包括劇院和電影公司的主管、演員、評論家、裁縫師、汽車公司和收集簽名的人。何夫根不接電話。他躺在床上，幸福得歇斯底里。總理邀請他去總理宅邸共進私人晚餐，說：「就只邀了幾個朋友。」就只邀了幾個朋友！所以說，亨德里克已經屬於親密友人了！他在絲質枕頭和被褥之間輾轉反側，發出歡呼，往自己身上噴灑香水，砸爛了一個小花瓶，把一隻拖鞋甩到牆壁上。他歡呼著：「這實在無法形容！現在我將成為大人物了!!那個胖子讓我成為非比尋常的大人物！」

忽然，他露出擔憂的表情，把波克叫過來。「小波克……聽我說！」他拖長了音調說，投以不信任的目光。「我其實是個大壞蛋嗎？」

波克水藍色的眼睛露出不解的神情。「怎麼說……壞蛋？」他問。「為什麼說是壞蛋呢？何夫根先生？您就只是成功了。」

「我就只是成功了，」亨德里克重複著這句話，用發亮的眼睛看著天花板。他志得意滿地伸個懶腰。「就只是成功了……我將會善加利用。我將會做好事。小波克，你相信我嗎？」

而小波克相信他。

這是亨德里克．何夫根的第三次爬升。他的第一次爬升最為紮實，也最當之無愧，因為亨德里克在漢堡劇院的表現良好，觀眾必須感謝他給他們帶來了一些美好的夜晚。他的第二次飛黃騰達，在共和體制時期的柏林，已經有了焦躁誇張的速度，有了許多倉促而不健康的徵兆。

而這第三次的飛黃騰達卻有著被拔擢的性質，它來得突然，就像納粹政權所採取的所有行動。不久之前亨德里克·何夫根還是個流亡人士；昨天他還是個有點可疑的人物，別人不願意在公開場合和他一起露面，而一夕之間他就平步青雲成了大人物：那個肥胖的部長使個眼色就促成了這件事。

國家劇院的總監立刻向他提出一份優渥的合約，此舉也許不完全是自動自發，甚至也許並不樂意，而是奉上級的命令行事；總之，他逆來順受地擺出最老實的表情，向這名新聘用的藝術家伸出雙手，出於誠摯而在說話時帶著薩克森地方口音。「太好了，現在你完全屬於我們這個圈子了，親愛的何夫根。我想告訴你，我多麼佩服你的發展。你從一個有點輕率的人發展成了一個嚴肅而健全的人。」

凱薩·馮·穆克很清楚，為什麼他剛才以如此委婉的方式做出充滿諒解和善意的評斷。他自己也有過類似的發展曲線，只不過他的「輕率」過往——意思是：在政治上有可議之處——已經是更久以前的事了，相較於何夫根所犯的錯誤。在凱薩·馮·穆克晉升成為元首的朋友和納粹主義的文學明星之前，他曾以創作充滿和平主義革命情懷的劇作聞名。

這個劇作家從這種應受譴責的信念轉而信奉一種英雄主義的世界觀，並且當上了劇院總監，當他此刻說他格外佩服亨德里克的發展，他也許想到了自己在熱情的青春年代在文學上所犯下的錯誤。他露出溫暖的眼神補充道：

「另外，今天晚上我將會有機會把你介紹給宣傳部長先生。他已經宣布了他將會到劇院來。」

亨德里克結識了這些像神一般被崇拜的人物，結果發現他和他們一樣可以相處得很好，就跟和奧斯卡．克羅格之類的人物相處一樣，而且甚至比那位令人敬畏的「教授」更好相處。「他們根本沒有那麼糟，」亨德里克心想，由衷地感到鬆了一口氣。

所以說，這位矮小、靈活的先生就是操作第三帝國龐大宣傳機器的大師，他喜歡在勞工面前自稱「你們的老博士」，憑藉著他的精力、他的演說天賦、他那群武裝幫凶，替納粹主義征服了柏林，畢竟這座抱持著懷疑態度而且精明的城市不是那麼容易被騙倒。所以說，這就是替該黨運籌帷幄的狡猾首腦：什麼時候該舉辦火炬遊行，什麼時候該咒罵猶太人，什麼時候該咒罵天主教徒。劇院總監說話帶有薩克森口音，宣傳部長則帶著萊茵地區口音，讓亨德里克立刻感到親切。此外，這個靈活的矮子連同那張由於喋喋不休而幾乎說破了的嘴，似乎充滿了新穎有趣的想法：他說起「革命動力」，說起「種族的神祕生存法則」，然後簡單地談起要請何夫根發表演說的那場媒體酒會。

這個盛大的活動是亨德里克第一次得以在這個如神一般受到崇拜的圈子裡公開露面。他的光榮任務是陪同林登塔小姐進場，由於總理又一次遲到。洛蒂穿著一件由紫線和銀線織成的華美長袍，亨德里克則由於優雅和莊重幾乎顯得愁眉苦臉。當晚，他不僅被拍到和那位飛將軍在一起，也被拍到在和宣傳部長交談：是後者自己向攝影師示意拍照。部長露出了他著名的、令人難以抗拒的迷人笑容，他也把這個笑容贈送給那些幾個月後將被犧牲的人。不過，他無法完全壓抑住眼中惡意的光芒。因為他討厭何夫根，因為此人乃是他的競爭對手一手提拔的人物。可是宣傳部長不是那種會屈服於自身感覺的人，不會讓感覺來左右他的行動。他能夠保持足夠的冷靜和精打細算，心想：既然這個演員要成為第三帝國文化圈的大人物，那麼，把發掘他的榮耀讓那個胖子獨享，就會是個策略上的錯誤。他咬緊牙關，站在此人旁邊對著鏡頭咧嘴而笑。

一切都這麼順利！一切都配合得恰到好處：亨德里克覺得他是個幸運兒。「所有這些厚愛，」他心想，「得來全不費功夫。我應該要拒絕這麼多的光彩嗎？和我易地而處，沒有人會拒絕。誰要是聲稱自己會拒絕，我就會稱他為騙子和偽君子。在巴黎當個流亡人士不適合我，那就是不適合我！」他以倔強的自負做出結論。面對他如今再度置身的這一切喧囂擾攘，他短暫地想起他在巴黎那些廣場和林蔭道上淒涼漫步的寂寞，回想時卻懷著強烈的厭惡。感謝老天！如今他又被人群擁簇了！

那個藍眼睛向前凸出、正在和他熱烈交談的高雅灰髮男子叫什麼名字來著？對了：他叫繆勒—安德列，《趣味畫報》的知名長舌男。他還靠著〈這件事您料到了嗎？〉那一系列揭人隱私的文章賺進大把鈔票嗎？非也，《趣味畫報》已經停刊了。但繆勒—安德列先生還活得好好的，甚至還高升了，有間漂亮房子，快活得很。早在一九三一年他就出版了一本書，書名是《元首的信徒》，不過當時他用的是假名。但如今他已承認這本書是他寫的，使最高當局注意到他。繆勒－安德列先生毫髮未傷，他不需要哀悼《趣味畫報》的停刊，因為宣傳部給他的酬勞更高，這個風趣的老先生如今就在宣傳部任職。他親切地和演員何夫根握手：我們又見面了，是啊，時代改變了，但是我們兩個很幸運。繆勒－安德列先生一直都是演員何夫根的仰慕者。

而這邊這個矮子則是皮耶．拉魯先生，他把他的小筆記本像一面旗子一樣揮動；如今他身邊不再有「年輕的共產主義同志」，而只有穿著納粹黨衛軍制服的小伙子，他們俊秀挺拔，那身制服既誘人又令人生畏。拉魯先生發現納粹高官舉辦的慶祝會和接待會要比從前那些猶太裔銀行家舉辦的活動更有趣。他如魚得水，如今他得以認識這麼多有趣的人：挺和善的殺人凶手，如今在祕密警察部門擔任重要職務；一位高級教師，最近才從瘋人院裡被放出來，現在已經當上文化部長；認為法律乃是自由主義偏見的法學家，認為醫學乃是猶太騙局的醫生，認為「種族」乃是唯一客觀真理的哲學家：拉魯先生邀請所有這些優秀人士去「廣場飯店」共進晚餐。是的，納粹黨人懂得欣賞他的好客和溫和天性。他甚至被允許在各大使館替他們搞點小陰謀，而他得到的獎勵是受邀在柏林體育宮演講。當這個蒼白的皮包骨走上講台，用尖細的嗓音開始說起「真正的法國對第三帝國」的深刻理解，眾人起初哄堂大笑；但他們隨即嚴肅起來，因為他們的「老博士」，亦即宣傳部長本人，生氣地要求肅靜。接著皮耶．拉魯充滿愛意地歌頌起霍斯特．威塞爾[1]，這個不幸喪命的皮條客和新德國的烈士，拉魯稱他為德國和法國之間永恆和平的保證人。

拉魯先生差點就想摟住演員何夫根的脖子，他是這麼高興再見到他。「噢，親愛的朋友，再見到你真是太好了！」接著是握手和開懷的笑聲。生活在現在這個德國不是一種喜悅嗎？我的新寵穿著合身的納粹黨衛軍制服，看起來不是比以前那些髒兮兮的共產黨青年帥氣得多嗎？你好，親愛的，我實在太高興了，元首萬歲，今天晚上我就會向巴黎報導，柏林人是多麼歡樂而且愛好和平，沒有人在打什麼壞主意，林登塔小姐看起來是多麼迷人，伊里格博士也來了，乾杯！

眾人重新握手，因為伊里格博士加入了他們。他看起來也心情甚好，而他也大有理由心情好：他和納粹政權的關係起初雖然很緊張，如今卻一天好似一天。你好啊，伊里格，近來可好，老傢伙！何夫根和伊里格相視而笑，像兩個老實人。現在他們又可以坦然在公眾場合一起露面了，他們不會再讓彼此感到不光彩，也不再在彼此面前感到羞恥：成功是種微妙而且無法駁斥的證明，使得任何卑鄙行徑都有了正當性，使得這兩個人忘記了所有的羞恥。

這四個人，拉魯先生和伊里格、繆勒－安德列與何夫根，全都神采飛揚地微笑鞠躬，當總理和洛蒂・林登塔踩著華爾滋舞步從他們身旁經過，並且向他們揮手致意。

亨德里克和洛蒂・林登塔之間的關係漸漸有了人情的溫暖。《心》那齣喜劇讓他們兩個都大獲成功。洛蒂原本擔心柏林的媒體會對她太過嚴苛，而事實證明這份擔憂是沒有根據的。正好相反，所有的劇評都對她讚譽有加，稱讚她的「女性嫵媚」，她的青澀樸素，以及她演戲時那份道地的德國式真摯。沒有人向她提出那個尷尬的問題：為什麼她總是以那麼滑稽的方式翹著她的小指頭。另一方面，伊里格博士在他的長篇評論中表示，洛蒂・林登塔乃是「新德國最具代表性的女演員」。「你瞧，亨德里克，這件事我主要得要感謝你，」這個好脾氣的金髮女子說。「要不是你這麼有活力、這麼友好地和我合作，我就不會獲得這番美好的成就。」亨德里克心想，她的美好成就更應該歸功於那個肥胖的飛將軍，而非歸功於他，但是沒有把這話說出來。

他也在好幾個大城市和洛蒂一起演出《心》這齣喜劇，在漢堡、科隆、法蘭克福和慕尼黑：在全國各地以「新德國最具代表性的女演員」的搭檔身分登台演出。在搭乘長程火車的途中，這位貴婦讓他對她的內心生活有更深刻的了解，而在一般情況下她認為這樣做是沒有什麼益處的。她不僅談到她的幸福，也談到她的憂愁。她的胖子是那麼暴躁。「你都不知道我有時候得忍受什麼，」洛蒂說；但是他根本上是個好人，她這樣保證。「不管他的敵人怎麼說他，他根本就

1霍斯特・威塞爾（Horst Wessel, 1907-1930）係納粹褐衫軍成員，後遭共產黨人刺殺身亡，被納粹塑造成烈士，納粹黨歌〈霍斯特・威塞爾之歌〉的歌詞就是由他所寫。據說他的任務之一是替納粹黨人介紹妓女，所以此處稱他為皮條客。

是善良的化身！而且是那麼浪漫！」洛蒂的眼中含有淚水，當她說起她的總理有時會在午夜時分披著熊皮、戴著亮晃晃的佩劍，在他亡妻的肖像前禱告。「她本是瑞典人，」林登塔說，彷彿這就解釋了一切。「一個北歐女子，而且她開車載著他穿過整個義大利，當他在慕尼黑政變[2]時受了傷。我當然能夠了解他忘不了她，因為他本來就是個浪漫多情的人。可是現在他畢竟有了我啊！」她又加了一句，這時終究還是有一點委屈。

演員何夫根得以參與這些神級人物的私人生活。晚上，在演出結束後，當他和洛蒂同坐在她位於蒂爾加滕公園旁的美麗家中，和她一起下棋或玩牌，有時總理會未經通報就踩著重重的步伐大聲走進來。這時他看起來不是脾氣很好嗎？看得出來他剛做過什麼可怕的事，而明天又計畫要做哪些可怕的事嗎？他和洛蒂開開玩笑，喝一杯紅酒，伸伸他那雙粗壯的腿，和何夫根談些嚴肅的事，最喜歡談梅菲斯特。

「由於你，我才真正了解了這個角色，老弟，」這位將軍說。「他是個很棒的傢伙！而且我們不是都有一點像他嗎？我的意思是：在每個道地的德國人身上不都有一點梅菲斯特的影子嗎？不都有一點狡猾、有一點壞嗎？假如我們就只有浮士德式的靈魂，我們將去到何處？那可能會讓我們的許多敵人稱心如意！不，不，梅菲斯特也是個德國民族英雄。只是我們不能這樣對人們說。」這位航空部長得出這個結論，並且發出滿意的呼嚕聲。

亨德里克把晚上在林登塔家裡的愜意時光用來說服他的恩人，這個藝術之友和轟炸機大隊之友，讓他去做他想做的各種事情。例如，他打定主意要在國家劇院的舞台上飾演普魯士的腓特烈大帝，這是他一時突發奇想。「我不想一直飾演花花公子和罪犯，」他嘟著嘴向那個胖子解釋。「觀眾已經開始把我和這些角色畫上等號了，如果我一演再演。現在我需要演出一個偉大的愛國角色。我們的朋友穆克剛接受的那齣有關這位老國王的劇作對我來說來得正是時候。那會是適合我的角色！」將軍雖然提出反對的理由，認為何夫根和那位霍亨索倫王朝的顯赫君主長得一點也不像，亨德里克卻堅持他的愛國情懷，另外也得到了洛蒂．林登塔的支持。「但是我可以化妝啊！」他喊道。「我這輩子辦到的事情不勝枚舉，讓自己看起來稍微有點像那位老國王何難之有！」胖子對他一手提拔的何夫根的化妝術充滿信心，下令讓何夫根飾演那位老國王。凱薩．馮．穆克原本已經安排了由別人來飾演，接到命令後先是咬緊了嘴唇，然後握住何夫根的雙手，親切地用薩克森口音說話。亨德里克得到了他想飾演的普魯士國王這個角色，替自己黏上一個假鼻子，拄著枴杖走路，並且用沙啞的聲音說話。伊里格博士寫道：他愈來愈發展成這個新帝國的代表性演員。皮耶．拉魯向巴黎的一份法西斯雜誌報導，說柏林劇院如今達到了在十四年的恥辱與和解政治中從未擁有的完美。

2 亦稱「啤酒館政變」，發生於一九二三年十一月九日，由納粹黨人在慕尼黑的一間啤酒館發動，試圖推翻威瑪共和。希特勒在此次政變失敗後被捕入獄，其黨羽有些被捕，有些則逃至國外。

在這個有力的提攜者身上，亨德里克還達成了和這種無關痛癢的小事截然不同的事。在一個特別愜意的晚上，洛蒂調製了一缽水果酒，而胖子說起戰爭期間的往事，亨德里克決定完全坦白，說起他不堪的過去。那是一番深深的懺悔，而那個強人寬容地接受了。「我是個藝術家！」亨德里克兩眼發光地喊道，像一陣不安的狂風在房間裡衝過來衝過去。「而就像每一個藝術家，我也做過一些傻事。」他停下腳步，仰起頭，稍微張開雙臂，慷慨激昂地宣稱：「您可以毀掉我，總理先生。現在我坦承一切。」

他坦承自己並非沒有受到腐化的布爾什維克潮流影響，說他曾經和「左派」有過來往。「那是藝術家的一時興起！」他用痛苦的自豪宣稱。「或是藝術家的愚蠢。您想這麼說也可以！」

這些事胖子當然早就知道了，而且他知道的比這些更多，但是他從來沒有因此而生氣。鐵的紀律必須在全國實施，儘可能處決掉許多人，但是在他自己的親密圈子裡，這個強人卻很開明。「嗯，」他只說，「每個人都可能會做些傻事。那剛好是個糟糕、混亂的時代。」

可是亨德里克卻還沒有說完。接著他轉而向將軍指出，還有其他貢獻良多的藝術家也做了像他一樣的傻事。「我的罪過被寬大地原諒了，可是他們卻還在為了同樣的罪過贖罪。您瞧，總理先生，這件事折磨著我。我要替其中一位求情，替我的一個伙伴求情。我可以保證他已經洗心革面了。總理先生，我要替奧圖．烏里希求情。有人說他已經死了，可是他還活著。而且他理應活在自由中。」說著，他以令人無法抗拒的優美姿勢伸出一雙手，舉到大約鼻子的高度。

讓人誤以為那雙手是纖細修長的。

洛蒂．林登塔嚇了一跳。總理低聲嘀咕：「奧圖．烏里希……這人是誰？」然後他想起來此人是共產黨海燕小劇場的負責人。「可是這個人卻的確是個壞傢伙，」他繃著臉說。

噢，不，絕不是個壞傢伙！亨德里克懇請將軍不要相信這種說法。他的朋友奧圖．烏里希是有一點輕率，這一點他願意承認，有一點欠考慮，但絕對不是個壞傢伙。再說他也已經改變了。「他已經成了一個全新的人，」亨德里克聲稱，雖然他和烏里希已經好幾個月沒有任何聯絡了。

由於洛蒂．林登塔就連在這件棘手的事情上也支持亨德里克，最後終於在胖子那裡達成了這件不可思議的事：烏里希被釋放了，甚至還在國家劇院得到了演出一個小角色的機會。亨德里克和洛蒂聯手促成了這件極端不可能的事。但是烏里希說：「我不知道我能不能接受。接受這些殺人凶手的恩惠，扮演懺悔的罪人，這令我作嘔。我根本就感到作嘔。」

亨德里克必須向他的老朋友發表一篇關於革命策略的演說嗎？「可是奧圖，」他大喊，「你的理智似乎受損了！如今如果不用詭計和偽裝，你要怎麼撐過去？你就學學我吧！」

「我知道，」烏里希和氣而憂傷地說。「你比較聰明。可是這些事對我來說實在難得要命……」

亨德里克強調：「你得要強迫自己。我也強迫了自己。」然後他勸導這個朋友，說像他現在這樣不得不隨波逐流，他付出了多少自我克制的代價。「但是我們必須潛入獅子的巢穴，」他解釋。「如果我們留在外面，就只能咒罵，但什麼也做不到。我就在獅子的巢穴裡面，就能做一點事。」這是在暗示亨德里克讓烏里希得以獲釋。「如果你在國家劇院演出，你就能恢復舊日的人際聯繫，以完全不同的方式從事政治工作，比起從哪個可疑的藏身處。」這個論點使烏里希茅塞頓開。他點點頭。「再說，」亨德里克還要他考慮，「如果沒有演出機會，你要靠什麼為生呢？難道你想讓海燕小劇場重新開張嗎？」他嘲諷地問。「還是你想要餓死？」

他們置身何夫根位在帝國總理廣場旁的公寓裡。亨德里克替這個幾天前才重獲自由的朋友在那附近租了個小房間。「如果讓你住在我這兒，就太大意了，」他說。「這對我們兩個可能都有害處。」烏里希同意一切安排。「我相信你會用最正確的方式來處理這一切。」

烏里希的眼神悲傷而且渙散，他的臉瘦了很多，此外他也常常喊痛。「是我的腎。畢竟他們把我整得很慘。」可是當亨德里克懷著貪婪的好奇，想知道更多細節時，奧圖就把手一揮，沉默以對。他不喜歡談起他在集中營裡的遭遇。如果他提到某個細節，他似乎立刻就感到羞愧，並且後悔自己說了出來。當他和亨德里克去古納森林散步，他指著一棵樹說：「我曾經被迫爬上像這樣的一棵樹。要爬上去相當困難。等我坐在樹上，他們就用石頭扔我。一塊石頭擊中了我的額頭，如今疤痕還在。我被迫從樹上大喊一百次：我是隻骯髒的共產黨豬玀。等我終於獲准從樹上爬下來，他們已經拿著皮鞭在等我了……」

奧圖・烏里希接受了國家劇院的聘用，不管是由於疲憊和喪氣，還是因為被亨德里克的論點給說服了。何夫根很滿意。「我救了一個人，」他自豪地想。「這是一件善舉。」他用這類想法來安撫自己的良知，儘管他曾昧著良心做過那麼多事，他的良知仍未完全泯滅。此外，令他難安的不僅是他的良知，而是還有另一種感覺：恐懼。此刻他勤於參與的活動會永遠持續下去嗎？發生大變革和大報復的日子會不會來臨？考慮到這種情況，替自己預留後路是有好處的，甚至是必要的。在烏里希身上所行的善舉意味著一條特別寶貴的退路。亨德里克為此感到高興。

一切都好得很，亨德里克有理由感到滿意。只可惜有一件事令他擔憂：他不知道該如何擺脫尤麗葉。

其實他根本不想擺脫她，若是依他所願，他就會永遠保有她，因為他仍舊愛她。也許他還從不曾像現在這樣強烈渴望著她。他明白將不會有其他女人能夠完全取代她，但是他不敢再去拜訪她。因為風險太大了。他必須考慮到馮・穆克先生和宣傳部長可能會派間諜來監視他。這種事是很有可能的，雖然那位總監通常都親切地用薩克森方言和他交談，而部長還和他合照。要是他們發現他和那個黑人女子有關係，甚至還讓她鞭打他，那他就完了。一個黑人女子就跟猶太女子一樣糟。這正是現在普遍被稱為「種族褻瀆」[3]而且被嚴厲譴責的行為。德國男人應該和金髮女人生兒育女，因為元首需要士兵。他絕對不能在泰芭公主那兒上舞蹈課，那其實是種恐怖的娛樂。凡是自尊自重的同胞都不會這麼做。亨德里克也不能再這麼做了。

有一段時間他懷著愚蠢的希望，希望尤麗葉不會發現他人在柏林。但是她當然在他抵達柏林的那一天就知道了。她耐心地等待他去找她。由於他不聲不響，她就轉而採取攻勢，打電話找他。亨德里克要波克轉告她，說他不在家。尤麗葉大怒，又再打來，並且威脅著要來找他。看在老天的份上，亨德里克該怎麼做？寫封信給她在他看來並不明智：她可能會利用那封信來勒索他。最後他決定叫她到那家僻靜的咖啡館去，就是他之前和評論家伊里格暗中會晤的地方。

當尤麗葉在約定的時間出現，她沒有穿綠色靴子和短外套，而是穿著一件很簡單的灰色洋裝。她的眼睛又紅又腫。她哭過了。泰芭公主，剛果國王之女，為了她不忠實的白人男友而落淚。她低矮的額頭凸出成兩塊隆起，額頭上罩著一份咄咄逼人的嚴肅。「她氣得哭了，」亨德里克心想，因為他幾乎不相信尤麗葉除了生氣、貪財、貪吃或是肉慾之外還會有其他感受。

「所以你要把我送走，」這個黑人女孩說，垂下眼瞼，遮住她那雙聰明靈活的眼睛。

亨德里克試圖以謹慎但懇切的方式向她說明情況。他對她的前途表現出父親般的關心，並且柔聲勸她盡快搭車前往巴黎。說她將會在那裡找到舞者的工作。此外他也承諾會每個月寄點錢給她。他露出誘人的微笑，把一張大鈔放在她面前的桌上。

「可是我不想去巴黎，」泰芭公主固執地說。「我父親是德國人。我覺得自己完全是德國人。我也有金色的頭髮。真的，不是染的。何況我一句法語也不懂，我在巴黎要做什麼？」

她的愛國情操讓亨德里克忍不住發笑，這使她大怒。現在她睜大了她狂野的眼睛，並且轉動眼珠。「你將會笑不出來的，」她對著他吼。她舉起黝黑而粗糙的雙手，朝他伸出去，彷彿想讓他看見淺色的掌心。亨德里克震驚地用目光去搜尋那個女服務生，因為尤麗葉用哭訴、近乎哀嚎的聲音大聲說出指責和控訴。「你從來沒有認真看待過任何事，」她在痛苦的憤怒中聲稱。「除了你那齷齪的事業，你不曾認真看待過世上任何事情！你不曾認真看待我，也不曾認真看待你老是對我說的政治！如果你真的站在共產黨人那一邊，現在你能和那些把所有共產黨員都送去槍斃的人相處得這麼好嗎？」

亨德里克的臉色變得像那塊桌布一樣慘白。他站起來。「夠了！」他小聲地說。她卻發出響徹整間咖啡館的譏笑聲，亨德里克運氣很好，店裡沒有別人。「夠了！」她齜牙咧嘴地模仿他說話。「夠了！是啊，這會正合你的意：夠了！這麼多年來我都必須扮演那個狂野的女人，雖然我根本沒興趣，而現在你忽然想當個強悍的男人！夠了！夠了！是啊，現在你不再需要我了，也許是因為如今在全國各地到處都有人挨揍？所以沒有我，你也能得到滿足?!……啊，你是個無賴！一個卑鄙的無賴！」她把臉埋進手裡，身體由於啜泣而顫抖。「我能夠理解為什麼你太太，那個芭芭拉，受不了待在你身邊，」她從淚濕的指縫間說道。「我仔細看過她。你配不上

3「種族褻瀆」（Rassenschande）係納粹掌權期間（一九三三至一九四五年）的政治宣傳用語，指的是德國人和猶太人之間發生的性關係。

她……」

亨德里克走到了門邊。那張大鈔還躺在桌上，在尤麗葉面前。

噢，不，泰芭公主不會讓自己這麼容易被送走，她不會自願讓步。她很明白，如果這一次她屈服了，那麼她就將徹底失去他，她的亨德里克，她的白人奴隸，她的主人，她的漢茲，而他是她唯一擁有的人。當年，當他娶了那個芭芭拉，那個規規矩矩的女孩，那時候尤麗葉仍舊信心滿滿而且無所畏懼：她知道他將會回到她身邊，回到他的黑色維納斯身邊。但現在情況不同了。現在事情涉及他的事業，於是他要把她送到巴黎去。可是她有著德國姓氏馬騰斯，而且她父親若不是在剛果染患了瘧疾，如今將會是個很受尊敬的納粹黨員……

尤麗葉不想讓步。但是亨德里克比她強大。他和權力結了盟。

這個可憐的女孩還用信件和電話騷擾了他一段時間，令他感到不安。然後她潛伏在劇院前面等他。當他在演出結束後離開劇院，湊巧他是獨自一人，她就站在那裡，穿著綠色長靴和短裙，挺著胸脯，齜著閃亮嚇人的牙齒。亨德里克驚慌地揮動手臂，彷彿要趕走一個鬼魂。他大步跳到他的賓士車旁。尤麗葉在他身後發出刺耳的笑聲。「我會再來！」她喊道，當他已經坐進車裡。「從現在起我每天晚上都會來，」她以恐怖的歡愉向他保證。也許她是發瘋了，因為對他的背叛感到痛苦和失望，也許她就只是喝醉了。她帶著那條紅色皮鞭，那是她和亨德里克·何夫根盟約的信物。

這種可怕的場面絕對不能再發生。亨德里克沒有別的辦法：在這件難堪的事情上他也必須去向他的胖恩人總理傾訴。就只有他能幫忙。當然，這是個冒險之舉：那個強人有可能會失去耐性，收回他的所有恩惠。可是某件手段激烈的事必須發生，否則這樁醜聞就無法避免被公諸於世。

亨德里克請求接見，然後再一次做了全盤的懺悔。順帶一提，對於給他的寵兒帶來這般苦惱的情色冒險，將軍出人意料地表現出很大的理解，幾乎感到有趣。「我們都不是無辜的天使，」胖子說，這一次亨德里克是真心被他的仁慈感動。「一個黑女人在國家劇院門口揮舞著皮鞭！」總理由衷地笑了。「這真是個有趣的故事！嗯，我們該怎麼做呢？必須把這個女孩弄走，這一點是確定的……」

亨德里克卻也不希望泰芭公主被殺害，他小聲地請求：「可是別讓她受到傷害！」聽了這話，那個當政者調皮起來。「哦，」他舉起手指警告地說，「看來你還是有點捨不得這位美麗的女士！交給我來處理吧！」他加了一句，像個父親一樣要他放心。

就在當天，兩位行動低調但是不講情面的男士出現在這位不幸的公主家中，告知她被逮捕了。泰芭公主尖聲叫喊：「為什麼?!」但是那兩位男士異口同聲地說：「跟我們走！」聲音雖小，但語氣強硬，不容許任何異議。這時她就只還啜泣著說：「我又沒有做什麼壞事……」

屋子前面停著一輛密閉的車子，兩位男士以令人發毛的禮貌要求尤麗葉上車。那趟車程相當長，她一路啜泣，喃喃地說個不停；她提出問題，要求知道她將被帶往何處。由於沒有人回答，她開始尖叫。可是當她感覺到其中一人用驚人的力道抓住她的手臂，她就不再吭聲。她明白了：再說什麼，再抱怨什麼，都沒有意義，而尖叫可能會危及性命。還是說她反正已經沒命了？亨德里克召喚了權力來對付她。亨德里克利用了無情的權力來除掉她這個無人保護的女孩……她由於震驚而睜大的眼睛似乎什麼也看不見了，她就這樣呆望著前方。

接下來是漫長的沉默時光。是十天？十四天？還是只有六天？她被帶到一間陰暗的囚室，她不知道這間囚室位在哪棟屋子裡。沒有人告訴她她身在何處，沒有人告訴她為什麼，也沒有告訴她得在這裡待多久。每天三次，有個繫著藍色圍裙的啞婦替她送點食物來。有時候尤麗葉會哭泣，但多數時候她都一動也不動地坐著，呆望著牆壁。她等待著那扇門被打開，將會有人出現，帶她走上最後一段路，走向她無法理解、痛苦而又帶來解脫的死亡。

一天夜裡，當她從沉重無夢的睡眠中被喚醒，她立刻感覺：時候到了，而且幾乎如釋重負。但是站在她面前的並不是身穿制服、奉命來殺她的人，而是亨德里克。他的臉色很蒼白，太陽穴旁邊有著緊繃的痛苦表情。尤麗葉看著他，彷彿他是個幽靈。

「見到我，妳高興嗎？」他小聲地問。

泰芭公主沒有回答。她看著他。

「妳不說話，」他憂愁地說。然後他用寶石般迷人的目光看著她，用他那哀鳴般的聲音又加了一句：「我，親愛的，我一直期待著這一刻。妳自由了，」他說，並且揮動手臂，做了一個漂亮的手勢。

泰芭公主一動也不動地躺著，只是看著他，他向她說明她可以即刻啟程前往巴黎……一切都安排好了：她的護照上已經有了法國簽證，她的行李已經在車站等她，到了巴黎，她可以在每個月初去一個特定的地址領取一筆錢。「這個大恩惠只有一個附帶條件，」替她帶來自由的何夫根說，而他甜蜜的眼神忽然嚴肅起來。「妳必須保持沉默！如果妳不能閉上嘴巴，」他說，這時他的語氣變得相當粗暴，「那妳就完了。即使在巴黎，妳也躲不掉妳的命運。親愛的，妳答應妳會保持沉默嗎？」這時他的聲音變得帶有懇求的意味，而他溫柔地朝她俯下身子。尤麗葉沒有反駁。待在這個陰暗囚室裡這段漫長的時光，她的執拗已經瓦解。她點點頭，沒有吭聲。「妳變得講理了，」亨德里克說，露出微笑，鬆了一口氣。他心想：「我的強硬手段讓她聽話了。我不必再怕她了。可是不得不失去她是多麼遺憾哪，多麼無盡地遺憾……」

泰芭公主離開了，亨德里克得以鬆一口氣，陰霾從他幸福的天空裡散去。不再有嚇人的電話把他從睡夢中驚醒。可是他所感覺到的就只是解脫嗎？

尤麗葉從他的生活裡消失了。芭芭拉也從他的生活裡消失了。而他曾經向她們兩個發誓會永遠愛她們。他不是曾經把芭芭拉稱作他的善良天使嗎？「你配不上她，」這是泰芭公主說的話。「這個粗野的黑人女孩哪裡了解我和我複雜的心路歷程？」亨德里克試著這麼想，但他的心並不是一直允許自己去找這麼彆腳的藉口。有時候他感到羞愧，也許是在自己面前感到羞愧，也許是在尤麗葉面前感到羞愧。在那間陰暗的囚室裡，她的目光曾經那麼哀傷、那麼怨懟、那麼咄咄逼人地盯著他。如今，由於他已經失去了她，送走了她，背叛了她，在某些時刻亨德里克不得不好好想想他的黑色維納斯。他把她當成沒有靈魂的邪惡力量來享受，靠著她來振奮自己的精神，恢復自己的精力。他把她塑造成偶像，如癡如醉地對她說：「噢，美啊，妳是來自碧空，還是來自九泉？」而且他在自私的狂喜中向她喊道：「在妳嘲弄的死者身上前行……」但是也許她根本不是個惡魔。說到底，踩著屍體行走根本就不是她的本性。如今她啟程前往一座陌生的城市，隻身一人而且傷心哭泣，這究竟是為什麼呢？是因為另一個人能夠踩著屍體行走，不顧別人死活……？

「那人不顧別人死活，」年輕的漢斯．米克拉斯常用這種不屑的口氣說起他那個名氣響亮的同事，國家劇院演員亨德里克．何夫根。這個倔強的男孩絲毫不在乎他昔日的死敵如今受到總理和大牌女演員林登塔的特別眷顧。米克拉斯以十分輕率的方式口無遮攔：他不只罵他的同事何夫根，也罵那些地位更高的人。難道他不知道這些欠考慮的大膽言論會給自己帶來危險嗎？還是說他雖然知道，卻不在乎？難道他決定要孤注一擲嗎？難道他什麼都不在乎了？

從他的表情可以看出他的確可能有這種感受，的確在內心做出了這種決定。他從不曾像現在這樣如此憤怒而又如此倔強，就連在漢堡那段時間也不曾。在漢堡的時候，他心中還懷有希望和偉大的信念，現在他什麼都沒有了。他到處說：「一切都是狗屎。」「我們被騙了，」他說，「元首想要的就只是權力而已。自從他掌權之後，德國有哪些地方改善了？有錢人只是變得更壞。現在他們會一邊高喊愛國的口號，一邊做他們的生意，這就是唯一的區別。那些狡猾的人還是居於高位。」米克拉斯想到何夫根。「一個正派的德國人可以悲慘地死去，而沒有人在乎，」他在無比的悲憤中這樣聲稱。「而那些官僚卻過得比以前更好。你們看看那個胖子就知道了，看他穿著那身金色制服、坐著豪華禮車到處跑！而元首本人也沒好到哪裡去。這一點我們現在知道了！否則他會容忍這一切嗎？他會容忍這麼多可怕的不公平嗎?!我們這些人在這個運動還根本不成氣候的時候就為之奮鬥，而現在他們想把我們擺在一邊。而一個從前的布爾什維克文化人，像這個何夫根，卻又成了大人物……」

年輕的米克拉斯發表著如此放肆而又可議的言論，每個人都聽得到。難怪國家劇院的成員開始迴避他。劇院總監有一次把他叫去警告他。「我知道，你入黨已經很多年了，」凱薩・馮・穆克說。「正因為如此，你應該學到了紀律，而我們對你的政治理性必須有更高的要求。」米克拉斯擺出他那副倔強的表情。他垂下固執的額頭，噘起太過鮮紅閃亮、顯得不健康的嘴唇，用沙啞的聲音小聲說：「我將會退黨。」他打算走到最極端的這一步嗎？

當穆克在盛怒之下轉過身去不再理會這個年輕演員，米克拉斯忽然咳了起來。這陣咳嗽撼動了他瘦削的身體，這些年來他對這具身體太過苛刻。他一邊咳嗽，一邊離開了總監辦公室。他的臉色灰白，顴骨下方有黑色凹陷。那雙眼睛在灰黑色的暗影之間閃著明亮而凶惡的光芒。總監生氣地目送著這個年輕人離去，帶著些許驚訝，也不乏同情。「他沒救了！」凱薩・馮・穆克心想。

你沒救了，年輕而可憐的漢斯・米克拉斯！在付出了這麼多努力之後，在浪費了這麼多信心之後，如今你還剩下什麼？就只剩下憎恨，就只剩下悲傷，還有想要加速自我毀滅的瘋狂慾望。啊，無須加速，你的毀滅就會來得夠快，至少你可以確定自己將會毀滅，你無須再憎恨多久了，也無須再悲傷多久了。你膽敢反抗權勢，膽敢反抗你一直渴望他們能夠掌權的那些人。但你是弱小的，年輕的米克拉斯，而且沒有人保護你。

你曾經愛過的政權是殘忍的。它不容許任何批評，誰要是反抗，就會被蹂躪。你將會被蹂躪，孩子，被你曾經衷心膜拜的那些神祇。你將會倒下，一點鮮血從一個小傷口裡流出來滲進草地，而你的嘴唇就跟你發亮的額頭一樣蒼白。

難道沒有人會為了你的倒下而哭泣嗎？一份這麼大、這麼熱切的希望最後苦澀地落空了，難道沒有人會為了這份希望最後的結局而哭泣？誰該哭泣呢？你幾乎總是獨來獨往。你已經許多年沒有寫信給你母親，她嫁給了一個陌生男子，因為你的父親已經死了，他在世界大戰中陣亡。誰該哭泣呢？誰來為了你虛擲了的青春掩面哭泣，為了你可悲之至的死亡掩面哭泣？於是我們讓你閉上眼睛，讓它們不再睜著，不再帶著無聲的控訴、帶著無法言說的指責凝視著天空。可憐的孩子，艱苦的生活讓你無法寬容，此刻在死亡中你是否變得寬容一些？那麼你或許將能夠原諒我們，原諒身為你敵人的我們是唯一在你屍體上俯身致敬的人。

因為你的命運實現了，事情發生得很快。是你挑起了結局，召喚了結局。否則你會把其他男孩，比你自己當年更無知、更年輕的男孩聚集在身邊，並且和他們玩起密謀的遊戲嗎？你們想要誰的命？是你們的「元首」本人呢？還是他的一個寵臣？你們認為，一切都必須「徹底改觀」，這一向就是你們的偉大願望。你們認為民族革命現在該發生了，而且早該發生了，真正的、道地的、毫不妥協的革命，別人曾經可恥地騙取了你們想要的革命。你們不是甚至寫了一封信去給一個流亡人士嗎？他曾經是你們元首的朋友，後來發現自己對他感到失望，就像你們一樣？

一切都被出賣了，一切當然都被出賣了，然後有一天早上，穿著制服的小伙子出現在你房間，你以前就曾經和他們打過交道，他們是你的舊識，而他們要你坐上等在樓下的一部車。你也沒有多做抗拒。他們把你載到城外幾公里處的一座小樹林裡。早晨清涼，你覺得冷，但是這些昔日的伙伴沒有一個人給你一條毯子或是一件大衣。車子停下來，他們命令你走個幾步。你走了幾步，再一次聞到了青草的氣味，一陣晨風撫摸著你的額頭。你站得很挺。也許車上那些人會被你臉上難以形容的高傲給震懾住，但是他們看不見你的臉，只看得見你的背部。然後槍聲響起。

好幾個星期以來你就不曾再踏進的國家劇院接獲通知，說你在一場車禍中喪生。大家冷靜地接受了這個消息，絲毫無意去探究這個消息是否屬實。林登塔小姐說：「太可怕了，他還這麼年輕！不過，我對他從來都沒有什麼好感。他的樣子說不上來哪裡令人不安。亨德里克，你不也這麼認為嗎？他的眼神那麼凶惡……」

這一次，亨德里克沒有回答他這個深具影響力的朋友。他害怕去想像年輕的漢斯．米克拉斯的臉。但不管他願不願意，那張臉仍舊浮現在他眼前，在走道的昏暗中十分清晰。那雙眼睛閉著，額頭發亮，而那雙倔強地噘起的嘴唇在動。它們在說些什麼呢？亨德里克轉身逃走，逃進當日的工作裡，避免去聽那個訊息，那張被死亡神奇美化了的嚴肅面孔所要傳達給他的訊息。

第9章
在許多城市

幾個月過去了，一九三三這一年結束了：這是偉大的一年，如果那些記者說的話可以相信，而他們的看法和信念都受到宣傳部的操縱；這是目標得以實現的一年，是凱旋的一年，勝利的一年；這是德意志民族覺醒的一年，光榮地找到了自己，也找到了元首。

對演員何夫根來說，這是輝煌而可喜的一年，這一點無庸置疑。這一年始於憂患，但結束得卻很圓滿。多才多藝的亨德里克可以滿懷信心、情緒大好地展開一九三四這一年。他確知自己受到當權者的寵信，可以仰賴總理的恩澤，這個強人伸出保護的大手庇蔭著他。總理把飾演梅菲斯特的何夫根視為一種宮廷小丑，視為一種逗趣的玩物。這個演員的可疑過去早已被當成藝術家的一時愚蠢而獲得原諒。那個帶著皮鞭的黑女人也已經被他擺脫。何夫根得以飾演又多又好的角色，得以拍電影並且賺進大把鈔票。總理經常接見他。如今這個喜劇演員走進將軍的辦公廳或私人宅邸，幾乎就像從前走進施密茲經理或是貝恩哈德女士的辦公室一樣自在。

為了給你排遣煩憂，

我打扮成高貴的紳士來到這裡。

亨德里克俏皮地引用《浮士德》裡的台詞來和這個強人打招呼。在忙完了所有那些血腥而輝煌的事務之後，這個位高權重之人覺得和這個插科打諢的小丑談笑乃是莫大的娛樂。林登塔小姐幾乎有理由感到嫉妒。但是她脾氣好，再說她自己對亨德里克·何夫根也有一份偏愛。他和這個眾人畏懼的胖子之間的友誼乃是眾所周知，到處被人談論，這份友誼在廣大的圈子裡給他帶來了何等的聲望、何等的光環！

受到孩童和猴子佩服，
如果這和你的口味相符……

亨德里克不由得想到這兩句話，有鑑於同事、文人、新「社交圈」的仕女，乃至政治人物如今對他的阿諛奉承。頌揚德國國家主義的皮耶·拉魯先生那些甜言蜜語真的符合他的口味嗎？伊里格博士那些強調文學性的讚美、繆勒—安德列先生那些世故的客套話真的令他感到高興嗎？在老朋友奧圖·烏里希面前，他不屑地談起「這一幫討厭鬼」。但是，所有這些諂媚巴結、殷勤周到不是讓他覺得滋味甜美嗎？皮耶·拉魯在「廣場飯店」設宴席間的香檳不是香醇可口嗎？在俊秀養眼的納粹黨衛軍青年的圍繞下啜飲？

亨德里克有很多朋友，其中不乏逗趣的人物。例如詩人佩爾茨，他寫的詩極其講究、難以理解、隱晦迷人，如今大多過著流亡生活的年輕人曾經為之心醉。班雅明．佩爾茨是個身材矮壯的男子，有著溫和冷靜的藍眼睛，臉頰鬆垮，厚厚的嘴流露出殘忍的慾望。他在私底下聊天時說他喜歡納粹主義，因為它將徹底摧毀這個文明，這個文明的機械化秩序已經到了令人無法忍受的地步。因為納粹主義導向深淵，帶著死亡的氣息，將會向這一部分的世界傾洩出無法估量的痛苦，這一部分的世界正在墮落，一半將變質成為組織得無懈可擊的工廠，另一半將變質成為弱者的療養院。「在民主國家的生活變得不危險了，」詩人佩爾茨用譴責的口吻說。「我們的存在愈來愈失去了英雄的激情。我們今日得以目睹的這一幕是一種新人類的誕生，或者應該說：是一種非常古老、具有神力的遠古好戰人類的重生。這一幕美得令人屏息！過程多麼令人興奮！親愛的何夫根，你能夠積極參與其中，應該感到自豪！」他一邊說，一邊用他溫和而冰冷的眼睛親切地看著何夫根。「生活再次有了節奏和魅力，從麻木中甦醒，不久之後，生活就將再度具有舞蹈的激烈節奏，一如在已經逝去的美好時代。對那些不懂得觀看、也不懂得聆聽的人來說，這種新的節奏有可能顯得像是訓練出來的行軍速度。這些愚人被好戰的遠古生活方式表面上的緊繃給欺騙了。這是多麼嚴重的錯誤！事實上，現在不是在行軍，而是輕盈飛舞。我們親愛的元首把我們拽進了黑暗和虛無之中。我們這些和黑暗與深淵有著特殊關係的詩人怎麼能夠不佩服他呢？稱我們的元首為神祇實在並不誇張。他是冥界之神，在所有通靈的民族眼中都是最神聖的神祇。我對他佩服得無以復加，因為我極度痛恨『理性』那種沉悶的專制，也痛恨小市民對『進步』這個觀念的迷信。所有配得上詩人稱號的詩人天生就誓與『進步』這個觀念為敵。作詩本身就是回復到人類神聖的早期、在有文明之前的狀態。作詩和殺戮，鮮血和詩歌，殺人和頌歌：這些都很相配。凡是超乎文明之外，下探到深淵，直到那充滿危險的祕密底層的都很相配。是的，我喜歡災難，」佩爾茨說，把那張雙頰憂鬱下垂的臉向前傾，並且露出微笑，彷彿他那雙厚厚的嘴唇嚐到了甜食或香吻的滋味。「我渴望那致命的冒險，渴望深淵，渴望體驗把人類置於文明束縛之外的極端情況，在那裡不再有保險公司，不再有警察，不再有舒適的戰地醫院，能保護人類不受大自然和猛獸般的敵人無情的對付。我們將會體驗這一切，你看著吧，我們將會享受可怕的事物，再可怕我都還嫌不夠。人們還是太過軟弱。我們偉大的元首可能還無法完全為所欲為。公開的嚴刑拷打在哪裡？對滿口人道主義的人和信奉理性主義的庸人施加的火刑在哪裡？」佩爾茨說到這裡，不耐煩地用小茶匙敲著咖啡杯，彷彿在叫喚讓他等待一場火刑等得太久的服務生。「為什麼一直還有這種不合時宜的低調，這種虛假的羞恥，把拷打折磨這種美麗的慶典藏在集中營的高牆後面？」他嚴厲地問。「而且據我所知，到目前為止只有書籍遭到焚燒，這實在不算什麼。但是我們的元首將還會給我們帶來別的，我對他有堅定的信心。火光在地平線竄起，所有的道路上血流成河，倖存之人、那些尚且倖免於難的人，圍著那些屍體跳起著魔的舞蹈！」談到即將到來的恐怖，這位詩人充滿了愉快的信心。他以虔誠的姿勢把雙手交疊在胸前，彬彬有禮地向亨德里克保證：「而您，親愛的何夫根先生，您將屬於那些以最優美的姿勢從屍體上躍過的人。您有這種面孔，我看得出來。您是非常優雅的冥界之子，總理先生特別表彰您不是出於巧合。您具有激進天才那種真正的、具有生產力的玩世不恭。我非常看重您，親愛的何夫根先生。」

亨德里克聽著這類奇特而可疑的讚美，露出邪氣的微笑，眼睛閃爍著謎樣的光芒。對於新近發現自己對納粹主義的熱愛，不是每個人都像詩人佩爾茨一樣有這麼深刻巧妙的理由。另一些人則乾脆地說：「不管是誰在我的祖國執政，我始終都是個德國藝術家，也是個愛國的德國人。我喜歡柏林勝過這世上任何其他地方，而我絲毫無意離開。再說，我在哪裡都沒法像在這裡賺到這麼多錢。」

晚上在啤酒屋這樣說話的是肥胖的性格演員約阿辛。碰到他，別人至少很清楚自己是在跟什麼樣的人打交道。假如好萊塢曾向他提出優渥的條件，那麼他就會移民，並且成為一個熱情的反法西斯人士。只可惜他並沒有得到這樣的邀約：約阿辛曾經是德國鼎鼎有名的演員，如今已開始走下坡。因此，如今他擺出老實人的表情在同事圈裡聲稱：「哪裡還會有像我們老德國酒窖裡這麼好的啤酒？有誰能夠告訴我嗎？」他挑釁地環顧四周，而且帶點陰險。他那張表情豐富的大臉有著浮腫的臉頰和多疑的小眼睛，像熊一樣貌似和善，熊的模樣笨拙滑稽，在所有猛獸當中卻是最為凶殘。奉承者向這個性格演員保證，說他和總理先生頗有相似之處。於是這個演員就會滿意地微笑。反之，如果讓他聽見有人聲稱他是半個猶太人，他就會大為光火。「叫那個無賴過來！」約阿辛吼道，一張臉漲成了豬肝紫。「我倒想要知道，他敢不敢當著我的面把這種無恥的謊話再說一遍！太卑鄙了！折損一個德國男子的榮譽！」

有關這個性格演員的可怕流言並未平息。一再有傳言說他的祖母或是外祖母血統不純正。這個德國男子找了偵探查出這些卑鄙的誹謗者是誰。有好幾個人進了集中營，因為他們懷疑這個悲劇演員的祖母。「這種卑鄙行徑不能再在此處橫行而不受到懲罰，」約阿辛滿意地表示。

他去拜訪深具影響力的朋友和同事，以便再次當面向對方保證，他可以擔保他祖先的血統無可挑剔。他在一個週日上午鄭重地去拜訪何夫根，對他說：「我可以發誓，我這個人是絕對沒問題的。一切都合乎規定，我沒有半點可以指責之處。」他用狗一般忠實的眼神由下向上看，當他飾演粗獷但善良的父親角色時經常這麼做，劇中這些父親先是和兒子爭吵，然後又淚流滿面地和解。「誰要是顛倒是非，我就只好讓他們被關起來，」這個德國男子用一種油滑的語氣作結。「因為我們生活在一個法治國家。」亨德里克．何夫根對這個看法再同意不過。他用雪茄和香醇的陳年白蘭地款待這位熱情可嘉地為了自身名譽而戰的同事。上午的時光在這兩位藝術家之間變得愉快而親暱。道別時，約阿辛擁抱了同事何夫根，用的是熊以摟抱來悶死敵人的那種笨拙動作，並且請求何夫根代他向林登塔小姐致上最親切的問候。

這就是何夫根現在的朋友。有些是像佩爾茨這樣的有趣人物，有些是像約阿辛這樣心地善良的人。可是從前他曾稱為朋友的那些人如今生活在何方呢？他們現在怎麼樣了？

芭芭拉從巴黎寫信給他，希望和他離婚。在夫妻雙方都不在場的情況下，法律手續迅速而輕易地辦完了。離婚並不需要特別的理由：法官能夠理解，以何夫根的地位和立場——普魯士國家劇院的顯赫成員，也和總理先生有私交，絕對無法和這樣一位女士繼續維持婚姻關係。她是生活在國外的流亡人士，毫不掩飾她對這個國家抱著敵意，此外，最近才發現她的血統並不純正。即使是納粹媒體的職業說謊家也不敢在背後說她在政治上名聲掃地的父親，那位樞密顧問，有著猶太血統。但是別人能夠指控他的事也許更糟、更不可原諒：他犯了「種族褻瀆」罪，他的夫人，那位將軍之女，並非血統無可挑剔的「雅利安人」。這不是沒有原因的，芭芭拉的外祖父一向都有可疑的自由主義傾向，忽然之間誰也不想再提及這位將領的軍功。而將軍夫人在才智上的活躍遠遠超出軍官圈子裡所允許的尋常標準，這一點如今也以最簡單、但也最令人難堪的方式得到解釋。那位將軍不是德意志民族同胞，而是個下等人，是閃族人：德皇威廉二世寬大地不予計較，但是紐倫堡的一份反猶報紙將之揭露。而將軍夫人也是半個猶太人：那份進行種族迫害的報紙能夠證明這一點。她偉大輝煌的過去、她的雍容華貴和她的全副威嚴如今對她有什麼用處呢？一個油滑的三流作家，一個齷齪的傢伙，一輩子沒寫出過一個正確的德文句子，卻得以確認她不屬於這個國家。

也就是說，芭芭拉本身有超過百分之三十的不良血統：對德國法院來說，單是這一點就足以構成離婚的理由。出身萊茵地區的金髮男子有權擁有一個血統純正的妻子。不過，即使芭芭拉是個如假包換的「雅利安人，」亨德里克也不必容忍像她這樣的妻子。她的所作所為是種恥辱，也是件公開的醜聞！

她從一九三三年二月抵達巴黎之後就不曾再離開。每個從前認識她的人想必都看得出她改變了。她不再有半點作夢般的神情，而且對於感傷或歡樂的遊戲似乎都不再感興趣。她的臉有了一種堅毅的神情：這股神情深深刻在眉宇之間。就連她一向閒散的步伐如今也流露出一股新的活力。以這種方式行走的人懷有目標，而且在達成目標之前不會罷休。

從前的芭芭拉藉由畫些素描、讀一些艱深書籍、關心朋友、做些輕鬆的遊戲和苦思冥想來打發時間，如今她變得積極活躍。她在一個委員會工作，幫助逃離德國的政治難民。另外她也和她的朋友塞巴斯提安與賀茲費德女士共同發行一份雜誌，揭露德國法西斯政權為戰爭所做的準備、在文化與司法上的暴行、齷齪與危險。塞巴斯提安和賀茲費德女士負責編輯工作，芭芭拉則負責處理業務。她很驚訝地發現她並不缺少處理財務的天分和技巧。這份小型刊物並沒有得到任何金援，必須自給自足。刊物每週出刊，每一期都以德文和法文雙語發行。起初只被寄給一個小圈子裡的少數訂戶，而且不是用活字印刷，而是用膠版印刷。半年之後，這份薄薄的刊物變成了一本雜誌，在德國以外的所有歐洲城市都擁有忠實讀者。「我們在斯德哥爾摩有五十個讀者，在馬德里有三十五個，在臺拉維夫有一百一十個，」芭芭拉指出。「我對荷蘭和捷克的訂閱情況相當滿意，而瑞士的訂閱情況還得要更好一些才行。假如我們在美國有個能幹的代表就好了！這一切都還太少了。成千上萬的人都應該得知我們要報導的消息。我們的經費太拮据了，」她說，他們在她小小的旅館房間裡舉行「編輯會議」。「我們的敵人花費數百萬元來散播謊言，而我們幾乎連郵資都付不出來。」她淺褐色的修長雙手握成了拳頭，雙眼露出咄咄逼人的神情。每次她想到憎恨的敵人時就會露出這種眼神。

塞巴斯提安也變了。從前他只在意最複雜、最困難的事物，如今他致力於以簡單的方式思考和寫作。「戰鬥的法則和藝術這種高等遊戲的法則不同，」他說。「戰鬥的法則要求我們放棄所有微妙的細節，而只專注於一件事。如今我的任務不在於認知或是形塑美的東西，而在於發揮功能，就我能力所及。這是我做出的犧牲，最沉重的犧牲。」有時候他心力交瘁。這時他就會說：「我感到作嘔。這根本就沒有意義。那些人比我們強大得多，所有的機會都在他們那邊。扮演唐吉訶德是這麼苦澀，而且扮演久了是這麼可笑。我渴望那座遙遠的島嶼，我們用來折磨自己的一切在島上都將化為烏有，不再是現實……」

「這座島嶼不存在！」芭芭拉對著他喊道。「這座島嶼不存在，也根本不該存在，塞巴斯提安！再說，我們的敵人根本沒有那麼強大。他們甚至有點怕我們。我們說出的每一句對他們不利的話，每一個不利於他們的真相，都會對他們造成一點傷害，並且使他們的滅亡早一點，早那麼一點點來到，塞巴斯提安！他們遲早會滅亡的。」她是如此有信心，或者說她可以表現得這麼有信心，在她的朋友塞巴斯提安心力交瘁的時候。「你想想，」她對他說，「我們在阿根廷有了兩個新訂戶，這是件好事啊，他們甚至已經把錢寄來了。」芭芭拉每天要花半天的時間寫信去位在索非亞或哥本哈根、東京或布達佩斯的書店和發行中心催款，為了對方欠她的小額款項。

芭芭拉和黑妲・賀茲費德之間發展出的關係雖然還稱不上友誼，卻超出了兩個在一起工作的人之間那種業務上的關係。芭芭拉對賀茲費德女士感到敬重，因為她展現出活力和勇敢。她很孤單，擁有的就只有她的工作。她依戀她和塞巴斯提安共同編輯的小刊物，就像母親依戀著孩子一樣。當這本刊物第一次用活字印刷，以較佳的版面設計呈現出來，黑妲差點喜極而泣。她擁抱了芭芭拉，並且說為了這一切她是多麼感激她，她輕聲低語，雖然房間裡沒有別人。芭芭拉久久端詳著賀茲費德女士那張柔軟、有細細絨毛、撲了粉的大臉，發現這張臉有了更清晰、更深刻的線條。由此可以想見在她們一起熬過的這一年裡，黑妲內心所經歷的掙扎和激烈而苦澀的心路歷程。在流亡國外的頭幾個星期裡，她曾經見到多年前曾是她丈夫的那個男人。也許她對這次相逢抱著希望，但後來發現這個男人在莫斯科和一個女孩同居。這其實是再自然不過的事情，黑妲夠理性，能夠看清這一點。儘管如此，這個消息對她仍是個打擊，就像一件出人意料的事，並且使她的希望破滅了，她幾乎沒有對自己承認她懷著希望。

她偶爾還會想起亨德里克嗎？有一次，就只有一次，她在芭芭拉面前提起了他的名字。「不知道他過得好不好？」她小聲地問，那時已是深夜，她們一起工作了很久。「不知道他是否忙得愉快？不知道他對自己現在的盛名是否感到滿意？」「妳在說誰啊？」芭芭拉頭也不抬地問。賀茲費德女士稍微紅了臉，試圖露出嘲諷的微笑：「喔，還會是誰呢？就是妳的前夫……」芭芭拉不帶感情地說：「那人還活著嗎？我根本不知道還有他這個人存在。對我來說他早就死了。我不愛往日的鬼魂，尤其不愛這種可疑的鬼魂。」在那之後她們就再也沒有談起他。

芭芭拉偶爾會去看望她父親，他獨自住在法國南部地中海濱的一座小城。他在國會大廈失火之後就立刻離開了德國，令一幫信奉納粹主義的大學生又憤怒又失望，當他們朝他的住宅前進，打算讓這個「赤色樞密顧問」瞧瞧「真正的德國青年」對他有什麼看法，卻發現已經人去樓空。這幫真正的德國青年原本打定主意要把這位舉世知名的老先生痛揍一頓，然後塞進一輛汽車，送到附近的集中營去。這幫人氣得發狂，因為他們在那間別墅裡只找到了一個發抖的女管家。為了替國家做點事，也為了讓這趟夜遊有點意義，他們動手教訓了這個可憐的老婦人，然後把她關在地下室裡，自己去樓上的圖書室找樂子。這群真正的德國青年把歌德和康德、伏爾泰和叔本華、莎士比亞和尼采的作品踩在腳下。這些全都是馬克思主義，這群穿著制服的年輕人厭惡地指出。當列寧和佛洛伊德的著作被扔進壁爐的火中，他們跳起了歡樂的舞蹈。在回程中，這幫年輕人可以說他們這天晚上畢竟還是在樞密顧問的家裡度過了相當愉快的時光。「假如那個老豬玀自己也在場的話，」那些快活的小伙子喊道，「那才真是好玩了！」

樞密顧問得以在行李中攜帶了最重要的文件和他特別心愛的部分藏書。他在瑞士和捷克旅行了幾個星期，之後在法國南部住了下來。他租了一間小屋，院子裡有幾株棕櫚和美麗的花叢，而且可以看見大海。

這位老先生很少出門，而且大多數時間都是獨自一人。他會在小庭院裡來來回回走上幾個鐘頭，或是坐在屋前，對大海那變化無窮的色彩百看不厭。「這對我來說是莫大的安慰，」他對女兒芭芭拉說，「面前有這片美麗的海水令我心情舒暢。不在此地的那些時間裡，我完全忘記了地中海是多麼藍……凡是配稱為德國人的德國人都嚮往著地中海，而且他們都尊崇這片海洋，視之為我們文明的神聖搖籃。如今這片海洋在我們的國家卻突然被憎恨。德國人想要強行掙脫它溫柔的力量和偉大的恩賜，認為自己可以不需要它的美麗清澈；他們大喊大叫，說他們厭倦了這份美麗清澈，但是他們聲稱厭倦了的是他們自己的文明啊。難道他們想要否認自己贈予這個世界的所有偉大事物嗎？看起來幾乎像是這樣……唉，這些德國人！他們將還得要承受多少痛苦，而且他們還會使其他人遭受多少痛苦！」

納粹政權沒收了樞密顧問的房子和財產，宣布他失去了公民身分。布魯克納從法國媒體的一則簡短訊息中得知他被「註銷了國籍」，從此不再是德國人。讀到這則消息幾天之後，他又開始寫作。「這將會是一本厚書，」他寫信給芭芭拉說，「而且書名將會叫做《德國人》。在書中我將會總結我對他們的了解，我為他們感到的擔憂，我替他們所抱的希望。而我對他們了解很多，為他們擔憂很多，也始終替他們抱著很多希望。」

在痛苦和沉思中，他在他心愛的一處陌生海岸度日。有時候幾個星期都沒有說一句話，除了和替他打理房子的女傭說幾句簡短的法語。他收到許多信。以前曾是他學生、如今流亡國外或是絕望地困在德國的那些人向他尋求鼓勵和思想上的建議。「對我們來說，您的名字仍然代表著一個不同的德國、一個更好的德國，」有人大膽地從巴伐利亞的一座小城寫信給他，當然是變造了筆跡，也沒有洩露寄信人的住址。樞密顧問半是感動、半是苦澀地讀著這些告白和忠誠誓言。「所有這些懷有這種感受、寫出這些話的人都曾經容忍我們的國家變成如今這個樣子，對此他們都負有一份責任，」他不禁這麼想。他把這些信件擱在一邊，重新翻開他的手稿，他的手稿慢慢變厚，充滿了愛與認知、悲傷和倔強，充滿了深深的懷疑，但即便有千百種保留也仍然充滿了強烈的信心。

布魯克納知道，特奧菲．馬爾德和妮可蕾塔就住在距離他住處不到五十公里的一個法國小鎮。這兩位男士曾經在散步時相遇並且打過招呼，但是他們沒有相約，也沒有再次見面。馬爾德就跟布魯克納一樣沒有心情交談和聚會。這個諷刺作家已經失去了那種快活、好鬥的傲慢。發生在德國的這場災難令他震驚無語。一如布魯克納，他會在有棕櫚和花叢的小庭院裡坐上幾個鐘頭，凝望著大海。但是馬爾德的眼睛沒有那種平靜沉思的目光，而是不安地閃動，無助而絕望地在波光粼粼的遼闊海面上逡巡。他泛青的嘴唇保持著以前吸吮和咂嘴的動作，只是如今不再形成話語，只有無聲的哀訴。

一向抬頭挺胸的特奧菲如今癱坐著。鉛灰色的雙手擱在瘦削的膝蓋上，看起來是那麼疲倦，彷彿他將再也無法移動他的手。他蜷縮著，一動也不動，只有他的目光在逡巡，他的嘴唇在說著那憂傷的無聲語言。有時候他會全身一顫，彷彿被一張太過可怕的臉給嚇到了。這時他就會吃力地坐直了，大喊起來，他的聲音不再嘎嘎作響，而像老人般沙啞。「妮可蕾塔！過來，我拜託妳馬上過來！」特奧菲這樣要求，同時帶著哀求和威脅。於是妮可蕾塔就從屋子裡出來。

她的臉上如今帶有一絲疲憊和憂鬱的忍耐，和她的鷹鉤鼻、輪廓鮮明的嘴、隆起的額頭並不相稱。她的臉頰變寬了一些，也柔軟一些，分得很開的美麗眼睛不再有從前那種既吸引人又令人不安的挑釁光芒。妮可蕾塔看起來不再是那個任性傲慢的女孩，而是個付出了很多愛、也受了很多苦的女人。她犧牲了她的青春：執著於一種結合了歇斯底里和真摯熱情的感受，那份真摯的熱情是珍貴的心之悸動，她把自己的青春獻給了這個男人，此刻他在她面前委靡不振地癱坐在椅子上。

「你需要什麼，特奧菲？」她問。她保留了她字正腔圓的發音，不管她在這些年裡都失去了些什麼。「親愛的，我可以替你做些什麼？」

他卻呻吟著，像是從惡夢中醒來。「妮可蕾塔，妮可蕾塔，我的孩子……這太可怕了……

實在太可怕了……我聽見在德國受到嚴刑拷打的人的慘叫……我聽得非常清楚，風帶著這些聲音越過海洋……那些劊子手在那恐怖的刑求中播放留聲機，卑鄙的伎倆，他們用枕頭塞住被害者的嘴巴，讓那些慘叫聲傳不出來……但我還是聽見了……我不得不聽見一切。上帝給了我凡人當中最敏感的耳朵，用這種方式懲罰了我……我是世界的良知，而我聽見了一切。妮可蕾塔，我的孩子！」他緊緊抱著她。他受苦的眼睛在南國的景色上逡巡，可怕的人物在他眼前浮現，打破了這片寧靜。妮可蕾塔把手擱在他濕熱的額頭上。「我知道，特奧菲，」她用最柔和的清晰咬字說。「你聽見了一切，也看穿了一切。你必須向世人說明你所知道的事：這對你，對這個世界來說都會有很大的好處。你應該要寫作，特奧菲！你必須寫作！」

這一年來她都在央求他動筆寫作。他的麻木令她痛苦，她受不了他這樣絕望地苦思冥想，無所事事。她欽佩他，認為他在所有活著的人當中是最偉大的，她不想看見他置身於事件的邊緣，而想看見他處於事件的中心：發揮作用，插手干預，喚醒世人，敲響警鐘。但是他回答她：

「妳還要我寫些什麼呢？我已經把話說盡了。我預見了這一切，揭穿了這個騙局，聞到了腐爛的氣味。我的孩子，妳不知道，什麼都讓我說中了是多麼令人難受。我的著作已經被人遺忘，彷彿從來不曾寫出來過。我的全部作品都被焚燬，我那些驚人的預言似乎已經隨風消散。然而，如今發生的一切，這難以言喻的全部苦難，都只不過是個微不足道的尾聲，是附加在我那些預言作品後面的鬧劇。一切都已經寫在我的作品中，一切都已經預先被說中，包括那些尚未發生的事，最糟的事，最終的災難：我已經承受過了，我已經使它有了形狀。現在我還能寫些什麼呢？我背負著世界的苦難，現在和未來的所有崩潰都發生在我心裡。我、我、我……」說著這三個字，他就陷入了沉默，他半昏亂的心智被這個「我」字絆住，就像落入一個陷阱。可怕的苦難美化了他的頭部，此刻他頭部的形狀顯得比以前更細緻、更柔和也更嚴謹。他的頭向前垂下。特奧菲忽然睡著了。

妮可蕾塔走回屋裡。她在陰涼的玄關停下腳步，緩緩舉起雙臂，用雙手掩住了臉。她想要啜泣，但是流不出眼淚，她已經哭得太多了。妮可蕾塔對著她的掌心低語：

「我撐不下去了。我撐不下去了。我必須離開這裡。我再也受不了了。」

曾經被亨德里克稱為朋友的人如今分散在各國，住在許多不同的城市。其中有些人過得很好，例如「教授」就沒什麼可抱怨的，他那樣享譽國際的名聲不會受損，他大概可以指望餘生都將住在擁有巴洛克家具和織花壁毯的城堡中，或是住在國際大飯店的豪華套房裡。因為他是猶太人，所以那些人不想再讓他在柏林執導戲劇？好吧，或者應該說：這是柏林人的損失。教授在腮幫子裡威嚴地動著他的舌頭，生氣地嘟囔了幾天，最後認為他手邊可做的事反正很多，就讓那些柏林人自己去搞他們的劇場吧，就讓「這個何夫根」去替他的「元首」演出喜劇。教授這一季還要在巴黎執導一齣大型輕歌劇，在羅馬和威尼斯執導兩齣莎士比亞的喜劇，在倫敦執導一齣類似宗教歌舞劇的演出。此外，他還要在荷蘭和北歐巡迴演出《陰謀與愛情》和《蝙蝠》[1]，到了春天他還得到好萊塢去，因為他簽下了一份大型電影合約。

他在維也納的兩家劇院由貝恩哈德女士和卡茲先生管理，別人也無須為這兩位擔心。有時候卡茲先生會惆悵地緬懷那段有趣的時光，當他假裝自己是位西班牙神經科醫師，用他那部深不可測的劇作《罪》騙倒了那些柏林人。「那畢竟還是有格調的玩笑！」他說，並且在嘴裡擺動他的舌頭，幾乎就跟他那位大師級的老闆一樣威嚴。如今，杜斯妥也夫斯基式的心靈派不上用場了，而卡茲先生被徹底放逐到層次較低的商業領域。貝恩哈德女士也感到惆悵，當她想起柏林選帝侯大道的劇院，尤其是當她想起何夫根的時候。「他那雙邪惡的眼睛多美！」她作夢般地回憶。「我的亨德里克，我最不樂意讓納粹得到的就是他，他們根本不配擁有這麼美的東西。」此外，如今她讓一位年輕風流的維也納男士叫她「蘿絲」，讓他搔她的下巴。

朵拉．瑪汀在倫敦和紐約經歷了她事業的第二次高峰，一次新的勝利，超越了她在柏林時的所有成功，使之相形失色。她勤奮地學習英語，像一個上進的學童，也像一個想要征服一個陌生國家的冒險家。如今她能夠用這種新語言表現出從前令柏林人著迷和驚喜的那些獨特誇張

1《蝙蝠》（*Fledermaus*）是由小約翰．史特勞斯（Johann Baptist Strauss, 1825-1899）譜曲的一齣輕歌劇。

的演出風格。她拖長母音，嬌聲細語，喃喃抱怨，格格輕笑，歡呼，歌唱。她像個十三歲少年一樣羞怯笨拙，像一個精靈一樣輕盈如羽毛。她似乎漫不經心而任性地即興演出，但事實上，她極為聰明地計算出那些經過仔細分配的小效果的每一個細微之處，她用這些小效果讓入迷的觀眾或哭或笑。她很聰明，知道盎格魯撒克遜人喜歡什麼。她刻意讓自己比在德國的時候多了幾分多愁善感，更有女人味，也更溫柔一些。現在她比較少用粗糙沙啞的聲調說話，卻更常用那純真、稚氣、無助、睜得大大的眼睛來打動觀眾。「我把我的角色類型稍微改變了一點點，」她說，同時嬌媚地把頭縮進肩膀之間。「就只做一點點必要的改變，好讓我能取悅英國人和美國人。」她在倫敦和紐約之間來來去去，在這兩座城市都把同一齣戲連演幾百場。白天她拍電影。她的體力驚人。她那孩子般瘦削的身體似乎永不疲倦，彷彿被惡魔的力量附身。美國和英國的報紙稱讚她是世上最偉大的舞台女演員。當她在演出結束後在「薩伏伊飯店」現身個十五分鐘，樂隊會奏起出場樂，所有在場之人都會起立向她致敬。這個被逐出柏林的猶太裔女演員在盎格魯撒克遜人這兩個首都的社交界受到尊崇。她被英國王后接見，威爾斯親王派人送了玫瑰到她的更衣室，年輕的美國詩人為她撰寫劇本。有時候會有記者從維也納或布達佩斯前來訪問她，問她是否有興趣再度用德語演出。她回答：「不，我沒有興趣。我不再是德國演員了。」但有時候她的確會想：柏林人對我新獲得的成功會怎麼說？他們是否會得知我的成功？他們當然會得知。我希望他們會有點惱火，因為那裡不會有人為了我的勝利而感到高興。曾經表現得好像熱烈愛著我的那幾十萬人：現在他們至少應該因為我而惱火，好讓他們不會完全忘了我。

一部由她主演的英國大片在柏林上映，但是只上映了幾天就起了騷動。宣傳部長下令要求表現出「自動自發的憤怒」。納粹警衛隊的人換上便服，被派去戲院。當朵拉．瑪汀的臉以特寫鏡頭出現在銀幕上，這些分散在戲院各處的小伙子就開始發出噓聲，大聲叫囂，並且投擲臭彈。「我們不想在德國戲院裡再看到該死的猶太女人，」那些假扮成觀眾的惹事者大吼。戲院不得不亮起燈光，中斷放映。那些前來觀賞這場可疑演出的好奇之人和大膽之徒驚慌失措地逃離了戲院。這些逃走的人當中長得像猶太人的——有相當多的猶太人為了一睹朵拉．瑪汀而來——就被攔下，並且遭到毆打。宣傳部在倫敦散播消息，說思想開明的德國政府允許這部電影上映，但是柏林的觀眾卻無法再容忍這種電影。消息說大眾的憤怒直接而且激烈，此外也很容易理解。從此以後，凡是朵拉．瑪汀演出的電影都必須禁止上映。當她得知有猶太人因為她的緣故，或者至少是因為她在銀幕上的影像而受到虐待，朵拉．瑪汀厭惡地縮起身子，彷彿由於吃了有毒的食物而作嘔。「這些惡棍，」她喃喃地說，從她的眼睛發出震怒的黑色火焰。「這些卑鄙無恥的惡棍！」當她揮舞著拳頭，泛紅的髮絡拂著她的臉，就像她族人中那些呼籲復仇的英勇女性。

他們生活在許多城市，在許多國家尋求避難所：例如，奧斯卡．克羅格就暫時在布拉格棲身。他不是猶太人，也不是共產黨員，但他是文學的一位老先鋒：他相信劇院是一個道德機構，也相信正義和自由這些永恆的理想，儘管一再失望，他仍然不願意放棄他充滿信心的天真熱情，但是在這個新德國不再有他容身之處。他決心重新銜接他在法蘭克福那段美好時光的高尚傳統，一到布拉格就立刻去尋找那些能夠理解他這片熱忱、並且能夠出資幾千克朗的人，因為他想在郊區一間地下室裡開設一個文學劇場。他找到了出資者，雖然他們能給的錢不多；他找到了一間地下室和幾名年輕演員，也找到了一齣劇作，劇中大談「人性」和「一個更好的時代的曙光」。他和這批年輕演員一起排練，推出了這齣戲。施密茲一直忠於他這個朋友。當克羅格這個固執的理想主義者任性地醉心於追求至善至美，想要不受打擾地待在純粹的藝術領域，施密茲必須處理劇場的財務問題。唉，施密茲並非總能讓克羅格待在那個崇高的地方。他們捉襟見肘，克羅格這個出身中產階級的老文化人過去也許曾在財務上有過困難，但是從不曾識得真正的貧窮，他以前絕對不會相信能用少得可笑的這麼一點小錢來維持一座劇場，哪怕是最簡陋的劇場。但他們辦到了。暫時還行，雖然在經濟困難之外還又加上了政治上的困難，因為駐布拉格的德國使館在當地政府機關搞詭計，對付這個從漢堡流亡到此地的劇場主管，他們厭惡他這種信奉和平主義的怪癖。克羅格和施密茲設法反抗，他們立場堅定，不屈不撓。他們兩個都因此消瘦而變得蒼老。施密茲的臉色不再紅潤，克羅格愁眉不展的額頭上和嘴巴周圍的皺紋愈來愈深。

在許多城市和許多國家……

人稱泰芭公主的尤麗葉．馬騰斯，剛果國王之女，在巴黎蒙馬特區的一間小夜總會找到了一份工作：在午夜到凌晨三點之間，她得以向那些美國人——自從美元貶值之後，待在巴黎的美國人就愈來愈少——、少數來自法國其他地區的微醺酒客和幾個皮條客展露她美麗的胴體和她的舞蹈藝術。她登台時幾乎全裸，只穿著一件用綠色玻璃珠串成的小胸罩，一件緊身綠色綢緞三角泳褲，後面綴著很多綠色的鴕鳥羽毛。暗指這絢麗的羽毛，她聲稱自己是一隻小鳥，飛越了海洋，為了在蒙馬特此地築巢。事實上，她和一隻小鳥幾乎沒有相似之處。她在殉道者之路[2]上的小房間也一點都不像個窩巢。那房間很陰暗，窗外是個狹窄骯髒的後院。光禿禿的牆壁上污漬斑斑，牆上唯一的裝飾是演員亨德里克．何夫根的一張照片。有一次尤麗葉在憤怒和痛苦中把它撕碎，但是後來又細心地把那些碎片給黏起來。如今亨德里克的嘴巴有點歪斜，使他的臉帶有一種幸災樂禍的表情，一道膠水的痕跡橫越過額頭，像一道疤痕，但除此之外，他的英俊被相當完美地修復了。

每個月初，尤麗葉去一棟屋子的門房那裡領取亨德里克寄給她的一小筆錢，她並不認識那棟房子的屋主。在蒙馬特那間夜總會演出的酬勞，再加上來自柏林的津貼，剛好足夠讓尤麗葉不必上街拉客就能生活。她很少見人，也沒有情人。她沒有和任何人談起她在柏林的奇遇，部

---

2 殉道者之路（rue des Martyres）是巴黎的一條街道，名稱源自西元三世紀時殉道的法國主教。

分原因是擔心自己會送命，或者至少是擔心會失去每個月的那一小筆津貼；部分原因則是不想給亨德里克帶來麻煩。因為她仍然心繫著他。

她什麼也沒有忘記，什麼也沒有原諒。每天至少一次，她會又恨又懼地回想起那間昏暗的囚室，她在那裡受了那麼多苦。她想著要復仇，但那應該要是一種盛大而甜蜜的復仇，不是那種小家子氣的復仇。在白天漫長的時光裡，泰芭公主躺在她髒兮兮的床上作著白日夢。夢想著她將會回到非洲，把所有的黑人聚集在她身邊，成為全體黑人的女王和好戰的領袖，帶領她的族人盛大起義，對歐洲進行一場大戰。白人大陸毀滅的時機已經成熟：自從柏林的祕密警察去尤麗葉的住處造訪過，她就十分確切地知道這一點。白人大陸必須滅亡，泰芭公主打算帶著她的黑人弟兄勝利地穿越歐洲各國首都，讓一場史無前例的血腥屠殺洗去白色大陸加諸於自己身上的恥辱。那些無恥的男人必須成為奴隸。這個作著白日夢的公主看見亨德里克匍匐在她腳邊，是她最心愛的奴隸。啊，看她要怎麼折磨他！啊，看她會如何寵愛他！她想替他光禿的額頭戴上花環，但是他必須跪著戴上。被羞辱，也被裝飾，當作是最珍貴的戰利品，讓這個卑鄙的男人，她的愛人，成為她的隨從走在她後面。

黑色維納斯就這樣作著白日夢，而她粗糙有力的手指玩弄著那條用皮革編成的紅色鞭子。

有一次，當她晚上出去散步，尤麗葉在從馬德萊娜教堂往協和廣場移動的人潮中看見芭芭拉從她身旁走過。曾有很長一段時間，亨德里克的妻子是尤麗葉嫉妒或同情的對象，這時她匆匆走過，而且沉浸在思緒中。尤麗葉用指尖輕輕碰了一下她的衣袖，用低沉粗啞的聲音說：「夫人，晚安。」同時微微頷首。當芭芭拉訝異地抬起頭來，那個黑人女子已經走過去了。芭芭拉就只還看見她寬闊的背部，而她的背部也很快就被其他人的背部和身體給遮蓋了。

在許多城市和許多國家……有些人生活在丹麥，有些人在荷蘭，有些人在倫敦或是巴塞隆納還是佛羅倫斯。另一些人則流落到阿根廷或是中國。

但是妮可蕾塔．馮．尼布爾，亦即妮可蕾塔．馬爾德，有一天又回到了柏林。帶著她那些已經相當殘破的紅色帽盒，出現在亨德里克．何夫根位在帝國總理廣場旁的公寓裡。「我來了，」她說，努力使她的眼睛盡可能閃閃發亮。「我再也受不了了，在那南方。特奧菲很棒，他是個天才，我比以前還更愛他。但是他把自己置於這個時代及其現實情況之外，他成了一個作夢的人，一個帕西法爾[3]，這讓我受不了。你能了解這讓我受不了嗎，亨德里克？」

亨德里克能夠理解。他完全反對作夢的人，而他自己和這個時代及其現實情況完全保持著必要的接觸。「流亡國外是懦夫做的事，」他嚴厲地說。「待在法國南部濱海度假勝地的那些人自以為是烈士，其實卻只是逃兵。我們在這裡是在前線，國外那些人是躲到後方。」

「我一定要再演戲，」離開了丈夫的妮可蕾塔說。

---

3 帕西法爾（Parsifal）係德國作曲家華格納同名歌劇作品中的男主角。

亨德里克表示要安排這件事不會有太大的困難。「在國家劇院，我想做的事幾乎沒有做不到的。凱薩．馮．穆克，嗯，他的確還是總監。但是總理不喜歡他，而宣傳部長還護著他就只是為了維持威信。大家都說我們這位凱薩是個差勁的劇院主管，他安排的劇目很無趣，巴不得就只把他自己的劇作搬上舞台。他對演員也毫不了解，唯一做得到的就是製造鉅額赤字。」

重返德國的妮可蕾塔可以指望在國家劇院得到演出的機會。但是亨德里克想要先和她在漢堡客座演出，而且是演出只有兩個角色的那齣戲，亦即他們兩個曾經在波羅的海沿岸的度假勝地巡迴演出過的那一齣，在何夫根和芭芭拉．布魯克納的婚禮前夕。漢堡藝術劇院很榮幸能夠把如今赫赫有名、又是當權者朋友的昔日成員當成客人來接待。劇院的新任主管，克羅格的繼任者，是一位名叫巴杜爾．馮．托騰巴赫的先生，他在火車站迎接何夫根和同行的女伴。馮．托騰巴赫先生曾經是一位現役軍官，臉上有許多傷疤，和馮．穆克先生一樣有著鋼藍色的眼睛，也一樣操著薩克森方言的口音。他喊道：「歡迎，何夫根同志！」彷彿亨德里克也擁有身為軍官的光榮過去，而不是有著布爾什維克文化人的可疑過去。「歡迎！」和馮．托騰巴赫先生一起趕到火車站來迎接老同事何夫根的其他人也喊道。莫姿女士也在其中，她擁抱了亨德里克，眼中有著真心感動的淚水。「多少時間過去了！」這個老實的女人喊道，讓她的金牙在嘴裡閃爍。「我們經歷了多少事情！」她自己有了一個孩子，妮可蕾塔和亨德里克不久就得知了這件事：那是個小女孩，是她和飾演父親角色的演員彼得森長年關係遲來的結晶，其實有點令人意外。「她是個德國小女孩，」她說，「我們叫她沃爾普佳。」

彼得森一點都沒變。由於少了那把落腮鬍，他的臉仍舊顯得有點光禿。從他那好動的天性可以看出，他並沒有戒除揮霍血汗錢和追求年輕女孩的習慣。很可能莫姿愛他仍舊勝過他愛她。英俊的波內提穿著納粹黨衛軍的黑色制服，看起來英姿煥發，可想而知，如今他收到來自觀眾的情書比以前更多。莫倫薇茲已經不在劇院了。「她有猶太血統，」莫姿掩住嘴巴小聲地說，接著笑得花枝亂顫，彷彿她說了什麼傷風敗俗的話。羅夫・波內提擺出了十分厭惡的表情，也許是因為他想起了他曾經和拉荷・莫倫薇茲犯下了「種族褻瀆罪」。亨德里克還得知了專門飾演邪惡年輕女孩的莫倫薇茲曾經試圖自殺，當眾人得知她的血統不純正，最後她嫁給了一個捷克製鞋工廠的老闆。「就物質上而言，她應該過得挺不錯，在那邊，在國外……」莫姿用不屑的口氣這樣推測，用拇指越過肩膀指向後方，彷彿「國外」就在那裡，在某個可恨的遠方。

劇院演員中的新成員被介紹給大名鼎鼎的何夫根，對他極盡阿諛奉承，那是些有點粗魯的金髮少年和少女，結合了粗鄙的快活和嚴格的軍事紀律。何夫根是童話中那個被施了魔法的英俊王子，他收下欣羨和仰慕，當作是他應得的貢品。是的，他下到凡間，暫時回到他當年離開的卑微場所。此外，他表現得和藹可親，刻意伸出手臂摟住莫姿的肩膀。「啊，你還是老樣子，」她陶醉地說，捏了捏他的手。彼得森說：「亨德里克一直都是位出色的同志。」馮・托騰巴赫先生則面帶嚴肅地總結：「在這個新德國就只有同志，不管他們是在什麼位置上。」

亨德里克表示他想要向克努爾先生打個招呼，就是當年就把納粹十字徽章藏在外套翻領底下的那個劇院門房，當年還是「布爾什維克文化人」的何夫根經過門房室時是那麼不自在、那麼良心不安。如今這個納粹老黨員若是得以和總理的朋友兼寵兒握手，他豈不是會受寵若驚嗎？出乎何夫根意料之外，克努爾先生對他相當冷淡。門房室裡看不見元首的照片，雖然如今懸掛元首照片是被允許的，甚至是符合期望的。當亨德里克問起克努爾先生的身體健康，此人就只從牙縫中咕噥了幾句，聽起來不甚友善，而他投向何夫根的目光似乎充滿怒火。顯然，克努爾先生對他的元首救主和這整個崇高的民族運動深深感到失望，他所有的希望都苦澀地落空了，一如許許多多的人。因此，對那位飛將軍的朋友何夫根來說，從門房室旁邊走過就跟以前一樣難堪：他和克努爾先生的關係沒有改善。

當亨德里克確認了那些信奉共產主義的舞台工人都已經不在劇院了，他覺得鬆了一口氣。從前他碰到這些工人時喜歡以「紅色陣線」[4]成員彼此間打招呼的方式振臂握拳，喊出「紅色陣線」。他不敢去打聽這些人的下落。他們也許被打死了，也許被囚禁了，也許流亡國外……

晚上劇院座無虛席，漢堡人向他們從前的寵兒歡呼，他在柏林取得了如此巨大的成就：先是在教授旗下，然後是在胖總理手下。至於妮可蕾塔，觀眾普遍對她感到失望，覺得她生硬、不自然、甚至有點令人害怕。她真的忘了該怎麼演戲。她的姿勢變得僵硬，她的聲音有了一種異樣空洞的哀怨聲調。彷彿在她身上有什麼東西既凍結了也破碎了。此外，觀眾現在也覺得她的大鼻子很礙眼。她是否還是帶有一點猶太血統呢？觀眾席上的人竊竊私語。不會的，另一些人說，否則何夫根就不會公開和她一起露面！

隔天早上，亨德里克突發奇想，想去拜訪蒙克貝格領事夫人。她也該看見他的風光。在許多年裡，她曾用她高尚的貴族舉止令他感到屈辱。身為樞密顧問之女的芭芭拉立刻就被她邀請到二樓去喝茶，但她對他卻只會露出高雅和嘲諷的微笑。現在他打算坐著賓士車去拜訪這位老夫人。

他在那棟別墅裡從一個陌生的管理員口中得知蒙克貝格領事夫人已經去世了，令他大失所望。這就像是她會做的事！她就這樣避免了一次對她而言會很尷尬的相遇。這些老派作風的高尚市民階層，這些沒有錢、但有著高貴過往和脫俗面孔的貴族：難道他們就始終遙不可及，永遠遇不到嗎？這個成了梅菲斯特的小市民，這個和血腥政權同流合污的小市民，難道就永遠沒有機會享受凌駕於他們之上的勝利嗎？

亨德里克感到氣惱。他原以為會給他帶來很多樂趣的計畫沒有成功。除此之外，他對他的漢堡之行相當滿意。馮・托騰巴赫先生在道別時說：「我和全體演員對您的來訪都深感榮幸，何

4「紅色陣線」是「紅色陣線戰士同盟」（Rotfrontkämpferbund）的簡稱，係德國共產黨在威瑪共和時期成立的準軍事組織，成立於一九二四年。

夫根同志！」而莫姿女士把她年幼的女兒沃爾普佳遞給他，懇請他為這個哭喊的小女孩祝福。「祝福她，亨德里克！」莫姿央求。「那麼她就會成為一個像樣的人！祝福我的沃爾普佳！」彼得森也非常贊成此舉。

當亨德里克從這趟旅行回來，洛蒂．林登塔告訴他，最高層人士正針對他進行激烈的辯論。總理——洛蒂現在已經稱他為「我的未婚夫」——對凱薩．馮．穆克不滿意，這件事人盡皆知。而尚未廣為人知的是，這位飛將軍想要挑選誰來繼任普魯士國家劇院的總監：是亨德里克．何夫根。宣傳部長對此大為反對，所有那些具有「激進信念」、「百分之百納粹黨魂」、尤其是在文化事務上堅決反對任何妥協的高官顯貴也跟著一起反對。宣傳部長說：「讓一個不是黨員、又曾經是個可惡的布爾什維克文化人的人來擔當這麼顯赫的職位，這讓人無法接受。」「我不在乎一個藝術家是不是黨員。最重要的是他要有能耐，」總理回答，以他的位高權重，他經常容許自己的念頭開明得驚人。「在何夫根的管理下，普魯士國家劇院將能賺錢。馮．穆克總監對我們的納稅人來說是件奢侈品。」當事情牽涉到他寵信之人的前途，將軍就突然想到了納稅人，這種情況平常很少發生。

宣傳部長反駁，說凱薩．馮．穆克是元首的朋友，是個經過考驗的戰友，就這樣把他攆走是不可能的。飛將軍興致勃勃地提議讓《坦能堡》這齣劇作的作者擔任作家協會的主席，「在那裡他不會妨礙任何人」，並且先讓他去做一趟愉快的旅行。

宣傳部長打電話去給正在巴伐利亞山區休養的元首，要求他做出裁決，阻止一個像何夫根這樣雖然有才華、有經驗，但是在道德上卻有嚴重缺失的喜劇演員升任為帝國戲劇界地位最高的人。總理則在兩天前就派了一位信差去巴伐利亞山區。不喜歡做決定的元首回答：他對這件事不感興趣，他有更大、更重要的事情要考慮，請各位同志最好自行解決這個問題。

這兩個神一般的人物爭吵起來。整件事成了宣傳部長和總理之間的權力與威信之爭，亦即跛子和胖子之間的權力與威信之爭。亨德里克等待著，而且他幾乎不知道自己希望這場雙雄之爭的結果會是什麼。一方面，成為國家劇院總監強烈吸引著他的虛榮心和他對權勢的渴望；另一方面他卻有所顧慮。如果他在這個國家擔任高階公職，他就徹底而永遠地認同了這個政權：不論是好是壞，他都將把自己的命運和這些手上沾了鮮血的冒險分子的命運結合在一起。這是他想要的嗎？這是他的意圖嗎？在他心中難道沒有聲音在警告他不要踏出這一步嗎？他不安的良心的聲音，還有擔憂的聲音？……

那兩個神一般的人物互不相讓，最後勝負分曉：胖子贏了。他把何夫根召來，鄭重其事地把國家劇院總監這個職位交給他。由於這個演員顯得困惑勝過高興，表現得幾乎是驚慌失措而非欣喜若狂，總理生氣了。

「我用上了我所有的影響力替你出頭！現在你可不要推三阻四，小子！再說，就連元首也很贊成讓你擔任總監，」這位將軍謊稱。

亨德里克還在猶豫，一方面是由於他內心的聲音不願意沉默，另一方面則是因為他享受著讓這個沾著鮮血的政權來求他。「他們需要我，」他在心裡歡呼。「我差點就成了流亡人士，而如今這個位高權重之人在求我來挽救他的劇院免於破產！」

他請求給他二十四個小時來考慮。胖子發著牢騷讓他走了。

夜裡亨德里克和妮可蕾塔商量。

「我不知道，」他抱怨著，從半垂的眼瞼底下朝著空無處拋媚眼。「我該接受嗎？還是不該……？這一切都難得要命……」他仰起頭，把那張高貴、過度傷神的臉對著天花板。

「你當然應該接受！」妮可蕾塔用高亢、清晰而甜美的聲音說。「你明明知道你應該接受，必須接受。這就是勝利，親愛的，」她嬌聲說道，不僅扭動著嘴唇，也扭動著整個身體。「這就是成功！我一直都知道你將會成功。」

他仍舊把冷冷的目光對著天花板，問她：「妳會協助我嗎？妮可蕾塔？」

她在他面前蜷著身體，在床上的枕頭之間。她用那雙分得很開的美麗貓眼笑看著他，吐出每一個音節就像吐出一件寶物，答道：「我會以你為榮。」

隔天是個陽光燦爛的好天氣，亨德里克決定從公寓步行前往總理的豪宅。這趟長長的散步並不尋常，用來強調這個值得慶祝的日子。亨德里克．何夫根把他的才華、他的名字、他這個人徹底提供給這個血腥政權使用的這一天，難道不是個喜慶的日子嗎？

妮可蕾塔陪著她的朋友一起走。那是一趟愉快的散步。這兩個悠然閒步之人的心情既振奮又快活，只可惜亨德里克和妮可蕾塔在途中遇見了一個人，稍微破壞了這份心情。

在蒂爾加滕公園附近有位年長的女士在散步，她挺直的身姿和美麗白皙的高傲臉孔引人注意。她穿著一套珠灰色的衣裳，剪裁有點老式，但是典雅大方，另外戴著一頂三角形的帽子，係以發亮的黑色材質製成。帽子下面，在鬢角處露出了捲得硬挺的白色鬈髮。這位年長女士的頭部就像十八世紀的貴族。她走得很慢，步伐雖小，但是很穩。她衰老柔弱的身形由飽滿的精神挺挺地撐著，流露出已經逝去的時代憂傷的尊嚴。那些時代的人要求自己的姿態要美麗端莊，也這樣要求別人，這在我們這個時代是罕見的，這個時代忙碌不安，卻相當空洞隨便，令人擔心會徹底失去尊嚴。

「是將軍夫人，」妮可蕾塔敬畏地小聲說，同時停下了腳步。她微微紅了臉。亨德里克也臉紅了，當他脫下他的灰色便帽深深一鞠躬。

將軍夫人舉起了用一條藍色半寶石長鍊掛在胸前的長柄眼鏡，隔著鏡片仔細而冷靜地打量這對年輕男女，他們距離她只有幾步之遙。這個美麗老婦臉上的表情沒有改變，沒有回應演員何夫根及其女伴向她打的招呼。莫非她知道他們兩個要去哪裡？知道曾經和芭芭拉結過婚的亨德里克在一個小時之後將會簽下什麼合約？也許她猜到了，或是猜到了類似的事。她知道她對亨德里克和妮可蕾塔該有什麼看法。她一直注意著他們的發展，而她下定決心不要再和他們倆有任何瓜葛。

將軍夫人鬆手讓長柄眼鏡落下，發出輕輕的啪噠聲。這位年長女士轉身背對著亨德里克和妮可蕾塔，踩著有點吃力的小步子，離他們遠去，她的活力和傲骨使她的步伐有一份堅定，甚至是一股氣勢。

第10章 恫嚇

總監是個禿頭。他把大自然留給他的最後幾綹如絲般柔軟的頭髮給剃掉了。他無須為他形狀高貴的頭顱感到羞恥，帶著尊嚴和自信頂著這個讓總理先生愛上的梅菲斯特腦袋。在那蒼白而略微浮腫的臉上，那雙冷冷的寶石眼睛閃爍出令人無法抗拒的光芒，一如既往。太陽穴上敏感的痛苦線條使人產生帶有敬意的同情。臉頰已經開始有點鬆弛，但是有個顯眼凹痕的下巴仍舊維持著霸氣的美。尤其是當總監按照他的習慣把下巴高高抬起的時候，他的下巴就顯得既威嚴又迷人；如果他垂著臉，脖子上就會出現皺紋，而且會讓人發現他其實有著雙下巴。

總監是英俊的。只有目光銳利的人，就像老將軍夫人透過她的長柄眼鏡去看，才會認為他的英俊不完全是真的，不完全合理，與其說是大自然的贈禮，不如說是意志力的成就。「他的臉就跟他的手一樣，」這些懷著惡意而且太過挑剔的人宣稱，「他的手又粗又醜，但是他懂得把他的手呈現得像是纖細修長。」

總監很有威嚴。他把單眼鏡片換成了牛角寬邊眼鏡。他的姿勢挺直收斂，幾近僵硬。他的個人魅力使人忽略了他身上的肥肉，事實上他身上多了不少肥肉。大多數時候他用吟唱般的沙啞聲音小聲說話，謹慎地交替使用命令式、撒嬌哭訴和性感求愛的語氣，偶爾在喜慶的場合還會發出響亮得令人驚訝的鏗鏘聲調。

不過，總監也可以很活潑。在他用來引誘別人的各種手段中，萊茵地區典型的詼諧逗趣占有重要地位，但這份詼諧逗趣在他身上有著狂放的個人風格。總監多麼懂得開玩笑啊！當他需要讓情緒欠佳的舞台工人、不聽話的演員、或是難應付的權貴人士聽他的話。他給嚴肅的集會大廳帶來了陽光，他用與生俱來、並且藉由長年演練變得完美的調皮逗趣照亮了上午陰鬱的排練時光。

這位總監很受歡迎。幾乎所有的人都喜歡他，稱讚他的親和力，並且認為他是個好傢伙。就連反對納粹的人士對他似乎也寬大為懷，他們只敢在仔細鎖好的房間裡表達自己的觀點。那些不贊同這個政權的人認為，由一個表明不是納粹黨員的人來擔任何夫根目前占有的這個重要職位乃是一件幸運的事。在這些暗中謀反的圈子裡，大家認為這個國家劇院的主管在面對政府部會時膽敢擅自作主做些事情。他讓奧圖．烏里希站上了普魯士國家劇院的舞台，此舉既冒險也值得稱讚。最近他甚至僱用了一位猶太裔或至少是半個猶太人的私人祕書：這個年輕人名叫約翰尼斯．雷曼，有一雙溫柔而有點油滑的金棕色眼睛，對這位劇院總監忠心耿耿，像一條忠實的狗。雷曼已經改信基督教，並且非常虔誠。除了德語文學和戲劇史之外，他在大學裡還修過神學。他對政治不感興趣。「亨德里克．何夫根是個偉大的人，」他常說，並且在猶太人圈子裡和反對當政者的宗教圈子裡積極表達這個看法，他和前者有來往是由於他的家庭背景，和後者有來往則是由於他的虔誠信仰。

亨德里克從自己的口袋裡掏錢支付薪水給忠誠的約翰尼斯：他付出一些代價來僱用一個屬於賤民種族的員工，以這種方式使反對這個政權的人士感到佩服。假如他的私人祕書是個「雅利安人」，國家劇院就會支付這份薪水，但是劇院總監不好讓國庫來負擔一個「非雅利安人」的薪資。假使他任性地這麼做了，總理說不定也會原諒他。但是亨德里克很重視他在財務上做出的犧牲。他每個月必須支付的兩百馬克在他看來是值得的，再說這筆錢在他的預算中只占了極小的部分，幾乎不痛不癢。因為正是這筆開銷讓他的善舉有了特別的份量，並且增強了其效果。約翰尼斯．雷曼這個年輕人是何夫根「退路保險」資產負債表中的重要資產，何夫根無須冒太大的風險就能負擔得起。他需要這份保險，否則他就幾乎無法忍受他的處境，否則他的幸福就會被不安的良心給摧毀。說也奇怪，他的良知從來不肯完全沉默，而他的幸福也會被對未來的恐懼給摧毀，這份恐懼纏著這個大人物不放，有時甚至會進入他夢裡。

至於在劇院裡，亦即他以高級官員的身分處理事務之處，太過恣意行動在他看來絕非上策：宣傳部長和他所控制的媒體都監視著他的一舉一動。身為總監，如果他能夠阻止藝術上極其丟臉的事情發生，能夠阻止完全不入流的劇作上演，能夠阻止毫無天分、除了擁有一頭金髮別無優點的演員登台演出，他就該額手稱慶了。

想當然耳，劇院裡上上下下都保證沒有猶太人，從舞台工人、舞台監督、門房乃至明星演員。想當然耳，如果無法證明一部劇作的作者上溯到第四代、第五代的祖先都具有純正的血統，劇院就不會考慮接受這部劇作。劇作中若是含有當權者可能認為有失體統的思想，當然也就不予考慮。在這種情況下，要排出一份演出劇目不太容易，因為即使是經典劇作也不全然可靠。《唐・卡洛斯》[1]在漢堡上演時，當劇中的波薩侯爵向菲利普國王要求「思想自由」，觀眾示威性地鼓掌喝采，幾乎像在暴動；在慕尼黑，新編的《強盜》場場滿座，直到政府下令禁演：席勒年輕時的劇作造成了以古諷今的革命效果，風靡了觀眾。因此，何夫根總監既不敢在劇院上演《唐・卡洛斯》，也不敢上演《強盜》，雖然他自己很樂意飾演波薩侯爵或是法蘭茲・莫爾。在一九三三年一月之前會被有水準的德國劇場列入演出劇目的現代劇作，像是傑哈特・豪普特曼[2]充滿力量的早期作品，魏德金、史特林堡、格奧爾格・凱澤、史登海姆等人的作品，都由於具有腐化的布爾什維克文化精神而遭到嚴峻的拒絕：何夫根總監不敢提議要演出他們的作品。較年輕一代有才華的劇作家幾乎無一例外都流亡在國外，或是雖然在德國，卻過著無異於被放逐的生活。何夫根總監該讓他那些美麗的劇院上演些什麼呢？那些信奉納粹主義的作家，那些身穿黑色或褐色制服、行動果決的小伙子寫的東西，但凡對戲劇有點了解的人都會避之唯恐不及。何夫根總監從那些好戰青年當中選出幾個他認為最可能具有一絲才華的，委託他們撰寫劇本，在他們尚未動筆之前，他就預先支付了幾千馬克的酬勞給其中五位，只為了終於能得到一個劇本。可是結果卻乏善可陳。那些人交出來的作品是些愛國主義悲劇，看起來像是出自歐斯底里的中學生之手。「要在當今的德國演出勉強還算過得去的戲劇，實在不是件簡單的事，」亨德里克在親密的朋友圈裡表示，用雙手托著他那張顏色灰白、過度緊繃、帶點厭惡表情的臉。

情況很困難，但是何夫根總監很能幹。由於沒有現代喜劇，他發掘出古老的鬧劇，並且大獲成功；他把一部塵封已久的法國喜劇搬上舞台，上演了好幾個月，場場賣座，那是曾經逗樂過我們祖父那一輩的作品。他自己飾演主角，穿著一套有著美麗刺繡的洛可可時期服裝出現在觀眾面前，臉上化了精緻的妝容，下巴上貼著一顆美人痣，顯得那麼逗趣，使得觀眾席上的所有女性都樂得格格輕笑，彷彿有人在搔她們的癢。他的手勢有一種輕盈，他的對話有一種活力，使得這齣大膽編寫的祖父級喜劇看起來像是最為耀眼的現代流行劇。由於總是在呼籲自由的席勒名聲欠佳，這位總監偏好莎士比亞的作品，主導輿論的媒體稱莎士比亞為偉大的日耳曼人，是出身民間的卓越天才。洛蒂．林登塔身為強人的女友和新德國最具代表性的女演員，

1《唐．卡洛斯》（*Don Carlos*）是德國文豪席勒的經典劇作，主要探討政治社會衝突，於一七八七年首演。

2傑哈特．豪普特曼（Gerhart Hauptmann, 1862-1946），德國作家，被視為德國自然主義代表人物，一九一二年諾貝爾文學獎得主。

膽敢飾演明娜・馮・巴爾赫姆這個角色，雖然這齣喜劇的作者以對猶太人友善和熱愛理性而知名，前者使他在當今不受歡迎，後者在當代則是完全不合時宜。由於林登塔是那位飛將軍的愛人，大家就原諒了萊辛曾寫過《智者納坦》[3]。《明娜・馮・巴爾赫姆》的演出也很賣座。在作家凱薩・馮・穆克掌管劇院時，國家劇院的收入很差，如今則漸入佳境，多虧了新任總監的精明能幹。

凱薩・馮・穆克接受元首的特別委任，前往歐洲各地進行演講和宣傳。他其實有理由對他繼任者的成功感到生氣，而他也的確感到生氣，但是卻沒有表現出來，而是從巴勒摩或哥本哈根寄出風景明信片給「他的朋友亨德里克」。在這些明信片上他不厭其煩地強調，能夠自由自在地在各國漫遊是多麼美好。「我們這些詩人其實都是流浪者，」他從斯德哥爾摩的大飯店寫道。他在出發前拿到了大筆外匯。在他筆下那些半是抒情、半帶著好戰情緒的小品文章裡，經常提到豪華餐廳、預訂的劇院包廂和使館的接待，所有的報紙都必須在顯眼的版面刊登他的這些文章。《坦能堡》這齣悲劇的作者發現他喜好這個廣大的世界。另一方面，他把這趟遊樂理解成崇高的道德使命。德國獨裁者派到國外的這個衣著光鮮、具有詩情的代理人，喜歡把他的可疑任務描述為「傳道」，並且強調他不想用金錢賄賂來替第三帝國宣傳，如同他的上司，那個跛子的做法，而想用溫柔的小情歌。他在各地都有迷人又重要的冒險。例如，在奧斯陸，有人從歐洲最北邊的電話亭打電話給他。一個憂心忡忡的聲音從北極區問他：「德國的情況如何？」這時這個像傳道人的環球旅人試圖以全副的虔誠造出幾個句子，這些句子應該要像一捧雪片蓮、雪花蓮和初開的紫羅蘭一樣在彼處的黑暗中綻放。在每個地方都很愉快，唯獨在巴黎，這個歌頌過「馬祖爾沼澤戰役」[4]的作家覺得不太自在。因為在巴黎有一種軍國主義的好戰精神令他不安，這種精神讓他感到陌生，是他所不喜歡的。「巴黎很危險，」這位詩人向家鄉回報，並且真心感動地想起籠罩著柏林波茨坦的莊嚴和平。

在這趟旅行替他帶來的所有強烈體驗之間，馮．穆克先生只順帶用書信和電話稍微在背後算計一下他的朋友亨德里克．何夫根。透過某些間諜，德國祕密警察的情報員或是德國使館的工作人員，這個德國詩人在巴黎發現當地有個黑人女子曾經和何夫根有過不被容許的醜陋關係，而且至今仍然受到他的贍養。凱薩．馮．穆克壓抑住他生來對法國式傷風敗俗行為的厭惡，前往蒙馬特區那間不甚正當的娛樂場所，就是泰芭公主在那裡扮演一隻小鳥的地方。他替自己和那位黑人女士點了香檳酒；可是當她得知他來自柏林，並且希望得知亨德里克．何夫根過去的風流韻事，她說了幾句輕蔑而粗俗的話，站起來，把她飄垂著綠色羽毛的美麗臀部湊向

3《智者納坦》（*Nathan der Weise*）是萊辛在一七七九年所發表的劇作，主旨在於呼籲宗教寬容。

4「馬祖爾沼澤戰役」（Schlacht von den Masurischen Sümpfen）是一次大戰初期發生在德軍和俄軍之間的一場戰役，德軍大勝。

他，在做這個動作時還一邊噘起嘴唇發出聲音，勢必會引發最不堪的聯想。整間夜店裡的人都笑看著這一幕。這個德國詩人可笑地碰了個釘子，而且出盡洋相。他用鋼鐵般的眼睛發出威脅的目光，用拳頭往桌上一敲，用薩克森方言口音說了好幾句震怒的話，然後離開了那家夜店。

當天夜裡他就打電話告知宣傳部長，說這位新任總監的愛情生活肯定有點不對勁。毫無疑問：這裡有個見不得人的祕密，總理的寵兒有了可被攻擊的弱點。宣傳部長大為感謝他的詩人朋友提供了這個有趣的消息。

可是，這個帝國戲劇界的老大、權貴和觀眾的寵兒，如今要想動他一根汗毛多麼困難！亨德里克普遍受到讚賞，牢牢坐穩了總監的位子。他的個人生活也給人極佳的印象。這位年輕總監先生的家居生活有點神經質和任性獨特，竟贏得了點大家長的模樣。

亨德里克讓他的父母和妹妹從科隆到柏林來，和他一起住在格魯訥瓦爾德區一棟城堡般的大別墅裡。位在帝國總理廣場旁的那間公寓，租約還有幾個月才到期，就讓妮可蕾塔暫住。那棟別墅擁有公園、網球場、美麗的露台和寬敞的車庫，給了這位年輕總監他所需要也想要的華麗背景和地位象徵。他曾經穿著輕便的扣帶鞋，皮大衣隨風飄動，單眼鏡片夾在眼前，在街道上匆匆行走，是個引人注目而且幾近滑稽的人物，那是多久以前的事了？就連住在帝國總理廣場旁邊的時候，即使生活奢華，他也還是個放蕩不羈的藝術家。但是在格魯訥瓦爾德，他卻成了派頭十足的莊園主人。錢不是問題：只要是涉及它的寵兒，地獄不會吝嗇，黑社會會付錢，演員何夫根曾經只需要一件乾淨襯衫和床頭櫃上一瓶古龍水就能過日子，如今他養得起賽馬，雇得起大批僕人，還擁有停滿一整個公園的汽車。沒有人對他的闊氣排場不滿，或者說幾乎沒有人。在所有的畫報裡都能看見這位年輕的總監先生在辛苦工作後休憩的美麗環境，「亨德里克·何夫根在他莊園的庭院裡餵食著名的純種狗霍皮金」，「亨德里克·何夫根在他別墅的文藝復興風格餐廳裡和母親共進早餐」，而且大多數人認為，一個替祖國立下如此功勞的人賺進很多錢是合情合理的。再說，和他位高權重的主子兼朋友相比，和那位飛將軍在民眾面前囂張炫耀地享受的大肆揮霍相比，這位總監的闊氣排場乃是小巫見大巫……

格魯訥瓦爾德區的這棟別墅是這位年輕總監的財產，他稱之為「亨德里克廳」，是用相對低廉的價格從一位移居倫敦的猶太裔銀行家手中買來的。「亨德里克廳」裡的一切都非常精緻，而且肯定就跟那位「教授」豪宅裡的東西一樣輝煌。僕人穿著鑲銀邊的黑色制服，只有小波克被允許穿得邋遢一點。通常他都穿著一件髒兮兮的藍白條紋外套，偶爾會穿褐色的納粹黨衛軍制服。有著一雙淚汪汪的眼睛，一頭硬髮仍舊像刷子一樣豎在頭上，這個傻小子在「亨德里克廳」擁有受到主人偏愛的特殊地位。這座豪宅的主人留著他，就像留著一件有趣的小紀念品，紀念已經逝去的時光。基本上，小波克是專門被僱用來不斷對他主人的奇妙蛻變感到驚奇和欣喜。而他也這麼做了，每天至少會說一次：「噢，咱們變得多麼光鮮，多麼富有！這實在無法形容！當我想起咱們曾經得要借個七塊半馬克才能去吃晚餐！」小波克充滿敬畏地格格輕笑，被這段回憶所感動。

「一個老實人，」何夫根這樣說他。「即使在日子過得不好的時候，他也仍舊對我忠心耿耿。」

何夫根提及小波克時那份刻意強調的友好似乎隱含一份倔強。這份倔強是因誰而起，是針對誰呢？難道不是當年不願讓他僱用波克這個聽話僕人的芭芭拉嗎？在漢堡的住處，就只容得下一個曾在將軍夫人莊園裡服務了十年的女僕，好讓這位少奶奶，這個樞密顧問之女的生活不會有任何改變。儘管享有一切的榮耀，亨德里克還是始終無法忘卻昔日最小的失敗。「現在**我**是一家之主了！」他說。

現在他是一家之主，幾乎只有那些用欽佩和敬畏的目光仰望他的人才會上門來。他讓家人分享他喜氣洋洋的生活，但是他們也感受到他的喜怒無常。有時候亨德里克會在壁爐旁和家人共渡和樂融融的夜晚，或是在花園裡共度愉快的週日上午。但是更多時候他會擺出那張有如家庭女教師受了氣的灰白臉孔，把自己關在臥室裡，用指責的語氣聲稱他有嚴重的偏頭痛，「因為我必須這麼辛苦工作來替你們掙錢，你們這些遊手好閒的人！」這些話他沒有說出口，但卻透過痛苦和煩躁的舉止強烈地暗示出來。「你們不要管我！」他對家人喊道，可是如果他們真的好幾個小時都沒有來看他，他又會久久不高興。

他的母親貝拉最懂得該如何與他相處。她對待這個「大男孩」十分溫柔，但是溫柔中帶有堅定。在她面前，他很少敢太過放肆。再說，他也真的依戀她，並且為他出色的母親感到自豪。她變了很多，而且是往好的方向改變，顯示出她完全能夠適應這個奢華的新處境。她懂得以得體而有威嚴的方式和世故的審慎來管理這個有名兒子的龐大家務。誰能從這位高雅女主人的身上看出她曾經是難聽八卦流言所講的對象？當她基於慈善理由而擺設香檳酒攤位？那是很久以前的事了，不再有人知道那些愚蠢的舊事。貝拉女士成了柏林社交圈一個謹慎矜持、但卻不可忽視的人物。她被介紹給總理先生，和地位最高的家庭來往。在她燙捲的俐落灰髮底下，那張聰明開朗的臉仍舊有著好氣色，那張臉和她知名的兒子十分相像。貝拉女士的衣著簡單，但很用心。在冬季偏好深灰色的絲綢，在溫暖的季節則偏好珠灰色絲綢。多年前，貝拉女士媳婦的美麗外婆就穿著珠灰色衣裳，令她讚賞。何夫根的母親衷心遺憾那位將軍夫人不到格魯訥瓦爾德區的這棟別墅來。「我很樂意在家裡接待這位老夫人，」她表示，「雖然有人說她有一點猶太血統。這件事我們應該可以不予理會。你不也這麼覺得嗎？亨德里克？但是她甚至不覺得有必要費功夫來遞張名片。難道她還是覺得我們不夠高尚嗎？看來她似乎也沒有什麼錢了，」貝拉女士總結地說，並且半是同情、半是氣惱地搖頭。「她應該感到高興，如果有個體面的人家還願意接納她。」

只可惜他父親科貝斯不像貝拉女士一樣懂得過闊氣的生活。他變成了一個怪人，日復一日穿著一件法蘭絨居家舊外套走來走去，主要對火車時刻表感興趣，會花幾個小時翻閱，另外還對他收集的幾棵仙人掌感興趣，他把它們養在窗台上。他很少刮鬍子，有客人來的時候，他就躲起來。他完全失去了萊茵地區人特有的風趣。大多時候都沉默不語，有點癡傻地凝視著前方。他想念科隆，雖然那兒的法院執行人員再也沒離開過他的住處，而他所有的生意都失敗以終。從前他為了生存而必須帶著魯莽和韌性奮鬥，要比在他功成名就的兒子家裡無所事事更適合他。這個老人對亨德里克的名氣和榮耀一直感到驚訝，幾乎感到悲傷。「不，這種事怎麼可能會發生！」他喃喃自語，彷彿發生了一件不幸的事。每天早上他都驚愕地打量那一疊信件，是寄來給他那個有權有勢又受人喜愛的兒子的。如果約翰尼斯．雷曼覺得工作負擔太重，有時他會拜託科貝斯老爹替他分擔一些小事。因此，這個老人有時候就把上午的時間用來在他兒子的照片上簽名，因為他比那位祕書更擅於模仿亨德里克的筆跡。當總監心情特別平和的時候，可能會問問他父親：「爸爸，你都好嗎？你常常看起來這麼垂頭喪氣。你沒有哪裡不舒服吧？你在我家不會覺得無聊吧？」

「不會，不會，」父親科貝斯咕噥著，在他的鬍渣底下微微紅了臉。「我的仙人掌和那些狗給我帶來很多樂趣。」

只有他可以餵那些狗，他不讓僕人接近牠們。每天他都帶著那些漂亮的獵犬去做一趟長長的散步，亨德里克則只會和牠們一起合影。那些狗都喜歡科貝斯老爹，在亨德里克面前則有點羞怯，因為他基本上是怕狗的。「牠們會咬人，」他這麼宣稱；不管父親科貝斯再怎麼反駁，亨德里克還是堅持己見：「霍皮尤其會咬人。牠有一天肯定會突然對我做出什麼可惡的事。」

妹妹約西在這棟別墅樓上有一間布置得很花俏的套房。但是她經常旅行，這間套房經常無人居住。自從她哥哥成了權貴，何夫根小姐就受邀到各地的電台唱歌。她帶來用萊茵地區方言演唱的輕快歌曲，她可愛的臉孔出現在所有的電台雜誌上，而且她經常有機會訂婚。但是如今當然不是隨便哪個人都能向她求婚，只有門當戶對的對象才會被考慮，身穿納粹黨衛軍制服的年輕男士受到偏愛，他們帥氣的身形使得「亨德里克廳」熱鬧起來。「我真的會嫁給唐納斯貝格伯爵，」約西預告。她哥哥表示懷疑，約西忍不住哭了。「你總是嘲笑我，」她說。貝拉女士安慰她，亨德里克也不喜歡看她流淚，大家都向她保證她變得如此漂亮。的確，比起當年芭芭拉在南德那座大學城的火車月台上認識她時，她現在的模樣要迷人得多。原因或許也在於她現在買得起昂貴的衣服。一次大費周章的美容醫療，幾乎完全除去了她俏皮小鼻子兩側的那片雀斑。「如果不弄掉那片雀斑的話，達戈貝特威脅著要解除婚約，」她說。

年輕的達戈貝特．馮．唐納斯貝格也會耍脾氣，不是只有亨德里克可以耍脾氣。何夫根在喜歡和貴族來往的林登塔小姐家裡認識了這位伯爵。達戈貝特英俊但沒錢，既愚蠢又嬌生慣養，立刻被邀請到「亨德里克廳」。約西小姐向他提議和她一起騎馬兜風。亨德里克太少騎他那些漂亮馬匹，因為他的時間寶貴，再說騎馬對他而言也不是什麼享受。他為了拍電影才好不容易學會了騎馬，而他知道自己騎術欠佳。之所以養這些馬，只是因為牠們在那些畫報的照片上很好看；而他也從未向自己承認過，或許這些馬也跟小波克一樣，是一種對芭芭拉的祕密報復，一種遲來的、愚蠢之至的報復，當年他經常為了她每天早晨出去騎馬而生氣。但芭芭拉在很遠的地方，對這些馬一無所知，她在巴黎關心政治難民，並且經營一份鬥志昂揚的小刊物，為之爭取在巴爾幹半島、南美洲、北歐和遠東地區的訂戶……

約西小姐和她的達戈貝特騎馬出遊。這位年輕伯爵有一點愛上了這個開朗的女孩，甚至和她訂了婚，因為她很在乎這件事。但是他當然沒有停止去物色那些願意為了他的貴族頭銜付更多錢的女士。不過，他暫時也不急著拋棄何夫根小姐，同時他也認為冷落一個和總理有私交的家庭並不明智。再說，達戈貝特覺得「亨德里克廳」是個很好玩的地方。

這位總監試圖讓家裡有英國風格。貝拉女士直接從倫敦訂購威士忌和果醬。他們吃很多吐司麵包，喜歡坐在壁爐爐火旁，在庭院裡打網球或槌球，而在週日，如果男主人不必演出，客人在午餐時間就已經抵達，一直待到深夜。晚餐後，大家會在門廳裡跳舞。亨德里克穿上黑色小禮服，並且聲稱晚上穿這件衣服感覺最為舒適。約西和妮可蕾塔也把自己打扮得漂亮可愛。有時候，這一小群人忽然興致大發，在傍晚時分還搭乘三輛汽車前往漢堡，以便在聖保利區閒逛。「這裡反正不缺汽車，」唐納斯貝格伯爵說，語氣裡帶有一絲尖刻：有時候他會覺得生氣，氣這個喜劇演員這麼有錢，而他這個貴族卻沒有錢。這位總監擁有三輛大車和好幾輛小車。最漂亮的一部是一輛有著銀色閃亮車身的特大號賓士汽車，是總理先生送的禮物：亨德里克搬進新家的時候，他的胖恩人很周到地派人把這輛豪華汽車送到格魯訥瓦爾德區來。

這位總監不喜歡舉辦大型宴會，也很少舉辦，但是他喜歡無拘無束地把客人聚集在「亨德里克廳」。妮可蕾塔完全算是這個家庭的一分子。她沒有事先通知就會在吃飯時間出現，在工作事宜上給亨德里克出主意，週末則會帶著一個手提箱前來。那是件相當大的行李，其實是太大了，如果只要裝一件晚禮服、一件睡衣和一個粉撲。約西好奇難耐，偷偷去瞧瞧裡面還裝著什麼。她驚訝地發現裡面有一雙長靴，由鮮紅色的柔軟漆皮製成。

妮可蕾塔正準備和特奧菲・馬爾德離婚。「我又成了女演員，」她寫信給他說。「我永遠愛你，我會一輩子景仰你，但是能夠再度工作讓我感到幸福。在我們的新德國一片欣欣向榮，充滿了熱情的工作意願，這是你在孤單中完全無法想像的。」

何夫根總監上任後處理的頭幾件公務當中，有一件就是僱用妮可蕾塔在國家劇院演出。她仍舊尚未成功，可以和她當年在漢堡的勝利相媲美，但是她漸漸擺脫了那份生硬，她的聲音和動作開始放鬆下來，變得生動。「看哪，妳將再度學會演戲！」亨德里克向她預告。「其實本來不該再讓妳登上舞台了，妳這個傻瓜！當年妳在漢堡所做的事實在太罪過了。我的意思是：不是對可憐的克羅格而言，而是對妳自己而言。」

順帶一提，不管妮可蕾塔身為女演員表現得多麼笨拙，都還是會受到同事和媒體最大的尊重，因為她被視為總監的女友。大家都知道她對這個大人物具有影響力。在盛大的交際場合，她出現在他身邊。她穿著有如甲冑的金屬製晚禮服，走起路來叮噹作響，陪著他出席記者舞會。好一雙璧人：亨德里克和妮可蕾塔，兩人都具有一種恐怖的魅力，冥界的兩個神祇，既危險又恐怖迷人。是詩人班雅明．佩爾茨靈光一動，把他們稱為「奧布朗和提泰妮婭」[5]。「領舞吧，你們這兩位陰間的王族！」這個詩人陶醉地說，對他而言，這個種族主義法西斯獨裁政權意味著一種血腥夢幻的仲夏夜之夢。「你們用微笑和奇妙的眼神令我們著迷。啊，我們多麼樂意把自己託付給你們！你們帶領我們進入地下，進入最深的一層，進入那神奇的洞穴，在那裡鮮血從牆壁上湧出，戰士交媾，愛人互相殘殺，愛情、死亡和鮮血在放蕩的聖餐儀式中交融……」這是新德國舞會上形式最文雅、最講究的耳語。詩人班雅明．佩爾茨掌握了這種風格。他曾經有點不諳世故，如今卻變得愈來愈懂得社交，也愈來愈圓滑。他很快就適應了這個大世界，他極具現代感地對地層的深處、神奇的洞穴、腐爛的甜香具有偏好，使他得以進入這個大世界的上流社交圈。身為作家協會的副主席，他掌管該協會的業務，由於協會主席凱薩．馮．穆克目前正在國外從事傳道工作。班雅明在「亨德里克廳」是個受歡迎的客人，他和繆勒－安德列、伊里格博士和皮耶．拉魯這幾位先生都是格魯訥瓦爾德區這棟別墅的常客。

這些殷勤的男士親吻尊貴的貝拉女士的手，並且向約西小姐保證她看起來多麼迷人，這讓他們感到榮幸和愉快。皮耶．拉魯會稍微和小波克打情罵俏，此舉受到善意的包容。特別歡樂的時光是當性格演員約阿辛帶著他風趣的妻子開車前來，叫人送來很多啤酒，在他肉墩墩的臉上擠出表情豐富的皺紋，並且不厭其煩地強調：「各位，隨便你們怎麼說！這世上再也沒有比格魯訥瓦爾德區更美的地方。」有時候約阿辛會把某人拉到角落裡，向他保證，說他自己「憑良心說，沒有半點問題！」這個性格演員說：「幾天前，我才又不得不把一個說我有問題的人送進牢裡。」他眯起眼睛，露出陰險的目光。

有時候安潔莉卡．西伯特也會出現，現在她有了另一個姓氏，因為她嫁給了追求她的那位電影導演。這位年輕夫婿相貌英俊，有一頭濃密的栗色頭髮和一雙嚴肅的深藍色大眼睛。在這群有點墮落的人當中，他是唯一看起來像是一顆單純的心所能想像出的德意志英雄和正直無畏的青年騎士。但偏偏是他出人意料地表現出反對當權者的傾向。他那天真而喜歡沉思的性情早已無法完全認同在德國所發生的一切。他原本對納粹黨人充滿熱情，因此他如今的失望也就更大。他對何夫根的才華和藝術能力由衷感到欽佩，向何夫根提出了嚴肅而懇切的問題。「您對最高當局具有影響力，」這個年輕人說，「難道您不能阻止一些太過可怕的事情嗎？您有義務向總理先生指出那些集中營裡的情況……」這個正直無畏的年輕騎士明朗正派的臉在他說話時由於熱切而發紅。

亨德里克卻煩躁地搖頭。「年輕朋友，你想怎麼樣呢？」他不耐煩地說。「你要我怎麼做

5奧布朗（Oberon）和提泰妮雅（Titania）是莎士比亞劇作《仲夏夜之夢》裡的精靈國王和王后。

呢？難道要我用一把雨傘去阻擋尼加拉大瀑布嗎？你認為這樣做會有成功的希望嗎？這就對啦！」他輕佻地下結論，口氣就像是他已經徹底反駁了對方，並且贏得了對方的支持。「這就對啦！」他一邊說一邊露出邪氣的微笑。

偶爾，這位總監喜歡徹底改變策略。帶著一份玩世不恭的狂妄，他會忽然捨棄一切的文飾和藉口，笑得前仰後合，快步穿過房間，臉上泛著緊張的淡淡紅暈，但並非羞紅，半是抱怨、半是得意地一再喊道：「我不就是個無賴嗎？我不就是個完全難以想像的無賴嗎？」那群朋友被逗樂了，約西甚至樂得拍起手來。只有那個正直無畏的年輕騎士露出了嚴肅、排斥的表情；約翰尼斯．雷曼的眼睛泛著油光，露出憂傷的微笑；安潔莉卡則難過而錯愕地看著她的朋友，為了他，她曾經流過那麼多的眼淚。

當然，如果有和當權者關係親密、或是本身就屬於當權派的客人在場，亨德里克就不會說起尼加拉大瀑布的勢不可擋，也不會說起自己是個難以想像的無賴。即使是在唐納斯貝格伯爵面前，這位總監就已經會避免出言不慎。而若是洛蒂．林登塔大駕光臨，他就懂得用最迷人的爽朗來結合最高度的謹慎。

這位一頭金髮、慈母般的婦人出現在「亨德里克廳」的頻率並不算少，她會來和男主人打一場桌球或是跳一支舞。她的光臨每次都是一場盛事！母親貝拉會讓僕人把儲藏室裡最高級的食物都端出來，妮可蕾塔會以清晰的咬字迭聲讚美這位貴婦紫羅蘭色的眼睛，皮耶．拉魯不再關注小波克，就連父親科貝斯都會從門縫裡偷偷瞄一眼這位大胸脯的女士，她像少女一樣縱情歡樂，銀鈴般的笑聲在屋裡各處迴盪。

而此刻從那輛特大號豪華禮車裡出來的人是誰呢？那輛車子以飛機般的嚇人聲響停在「亨德里克廳」的大門口。房門在誰面前忽然打開？是誰的佩劍在前廳叮噹作響？是誰挺著在一雙粗腿上方晃動的大肚腩、挺著威風凜凜掛滿閃亮勳章的胸膛，走進了這群由於敬畏而呆若木雞的人？是那個持劍護衛神聖寶座的胖子。他是來接他的洛蒂回家，順便來向他的梅菲斯特道聲晚安。

林登塔飛奔過去摟住他的脖子。貝拉女士由於自豪和激動幾乎感到不適，用聽起來像是呻吟的聲音說道：「閣下、總理先生，我可以讓僕人給您送點什麼來嗎？一杯冷飲？也許來杯香檳……？」

許多人在「亨德里克廳」相聚，吸引他們的是男主人的名氣和親切、美食佳餚、酒窖、網球場、精心挑選的留聲機唱片和整個環境的氣派奢華。有些人在此度過了極其愜意的中午、下午和晚間時光：演員和將軍，詩人和高官，記者和異國使節，貴婦人和喜劇女演員。但是有幾個過去曾和亨德里克．何夫根關係密切的人卻沒有參加這種熱鬧的快活享樂。將軍夫人不曾出現在「亨德里克廳」，貝拉女士徒勞地等待她來遞送名片。這位老夫人不得不賣掉她的莊園，如今住在距離蒂爾加滕公園不遠處的一間小公寓裡。她和柏林社交圈漸行漸遠，雖然她曾經是這個圈子裡的耀眼人物。「我沒有興趣出入那些會讓我碰到殺人凶手、傷風敗俗之人或是瘋子的屋宅，」她傲然地說，並且鬆手讓她的長柄眼鏡啪噠一聲落下，先前她用這眼鏡打量她的談話對象。也許她認為在「亨德里克廳」也有遇見罪犯或病態人物的危險。這個懷疑不僅沒有根據，甚至還很放肆，因為這是一棟政府官員經常出入的房子。

另外一個和這位總監的宅邸保持距離的人是奧圖·烏里希。他沒有受到邀請，而就算他受到邀請，他大概也不會接受。他很忙碌，而且是以一種強烈耗費身心力量的方式在忙碌。此外，烏里希漸漸開始修正他的戰友亨德里克在他心中的形象，那是多年以前亨德里克給他的印象，從那以後他就忠誠而有耐心地一直保留在心中。儘管有著滿腔的革命熱情，烏里希原本是個脾氣很好、甚至是心腸很軟的人。他曾經對何夫根懷有無可動搖的深深信賴。「亨德里克是我們的一分子！」他曾經用他具有說服力的溫暖聲音這樣回答每一個人，當對方懷疑他這個朋友在道德上和政治上是否可靠。亨德里克是我們的一分子！如今奧圖·烏里希還這樣相信嗎？他已經拋棄了許多幻想，也包括對亨德里克·何夫根所抱的幻想。他不再是個好脾氣的人，也絲毫不再是個心腸軟的人。他的眼神有了一種咄咄逼人、幾乎是蓄勢待發的嚴肅，是他從前沒有的。他的眼睛失去了從前那種給人好感的坦率，現在所具有的是一種精準拿捏、具有穿透力、冷靜而且集中的力量。

奧圖・烏里希的臉上現在有了那種緊繃、傾聽動靜的表情，是一個必須時時保持警覺的人那種既小心又大膽、隨時準備好跳起來逃走的神情。而在他艱難而危險的日子裡，他的確必須時時刻刻保持警覺。因為奧圖・烏里希在玩一個大膽的遊戲。

他仍舊是國家劇院的成員，但就只是為了聽從亨德里克之前給他的建議，有可能亨德里克自己這樣建議的時候並沒有很認真：他利用他在公家機構的職位做掩護，保護他免於受到納粹祕密警察過於嚴密的監控。至少這是他的希望和盤算。也許他弄錯了。也許他從一開始就被監視了，而他們只是暫時不去干涉他，以便之後能更有把握地逮住他，並且在他那裡找到盡可能更多對他不利的資料。烏里希不認為他已經被盯上了。起初對他心存疑慮而避開他的劇團成員如今碰到他時會表現出同事的親切。他陽剛直爽、大方快活的天性，成功地贏得，他們的好感，因為他學會了偽裝的藝術。他的意志狂熱地對準一個目標，甘心做出任何犧牲，這份意志使他變得狡猾。他甚至能夠和林登塔小姐開開玩笑。他向性格演員約阿辛保證自己對他血統的純正沒有絲毫懷疑。他刻意用規定的口號跟那些舞台工人打招呼：「元首萬歲！」後面再加上他所痛恨的那個獨裁者的名字。當總理坐在包廂裡看戲，烏里希聲稱他一顆心興奮地怦怦跳，由於他得以在這個大人物面前表演。他的心的確怦怦跳，但卻是由於一份摻雜著勝利和恐懼的戰慄。因為和他站在同一陣線的拉幕工人在他演完一幕戲之後下台時對他耳語了幾句，關於一場非法的集會。幾乎就在那個可怕的胖子的眼皮底下，就在那個位高權重、掛滿動章的劊子手的眼皮底下，這個見識過恐怖的刑訊室和集中營的小演員膽敢繼續從事暗中破壞、分化、煽動的工作，來對抗這個政權。

他遭遇過的恐怖只在一段短時間裡癱瘓了他的力量。在他剛從煉獄中獲釋的頭幾個星期裡，他曾經處於麻木的狀態。他的雙眼曾經見過凡人眼睛若是見到就會由於悲痛過度而失明的景象：赤裸裸的下流勾當，完全不受約束，以一種可怕的一板一眼組織起來；以絕對而全然的卑鄙無恥去折磨無力抵抗的人，還自鳴得意，自以為了不起，美其名為愛國行為，將之美化成對「背棄民族的破壞分子」的道德教化，是對覺醒的祖國在道義上必要而且正當的效勞。

「一旦曾經在這種狀態下認識過人類，你就恨不得對他們再也不聞不問，」烏里希說。但是他愛人類，而他的思想建立在撼動不了的信仰之上，相信人類有朝一日還是可能恢復理性。他克服了自己悲戚的麻木。「一旦曾經目睹過最糟的情況，」他說，「那麼你就只有兩種選擇：自殺，或是比以前更加熱情地繼續工作。」他是個單純而勇敢的人。他的神經很堅強，從震驚中恢復過來。他繼續工作。

要和不合法的反對人士圈子建立起關係，對他來說毫無困難。他在工人和知識分子中有許多朋友，他們痛恨法西斯主義，這種痛恨是這般經過深思熟慮，這般強烈，即使在當時這個極度危險、看似無望的環境下也經得起考驗。這個普魯士國家劇院的成員參與了反抗政權的地下行動。不論是祕密集會，製作並散發被禁止的傳單、報紙和小冊子，在工廠裡、獨裁政權的公開慶祝會上、在電台廣播和電影放映中進行破壞行動：演員奧圖．烏里希都屬於那批在準備工作中具有重要影響力並且在行動中冒著生命危險的人。

他非常認真地看待這些反法西斯的示威行動，也高度重視這些行動對於被嚇壞了、由於恐懼而麻木的大眾可能產生的心理效果。「我們使執政者坐立難安，也向始終反對獨裁政權、但如今幾乎不敢承認自身信念的數百萬民眾展示，重獲自由的意志並未熄滅，儘管在大批密探的監視下仍然可以運作。」演員烏里希這樣想，這樣說，也這樣寫道。而他從未忘記，這些小型行動不是最重要的，其實只是達到目的的手段。而目的、目標和偉大的希望始終是：團結分散的反抗力量，結合在社會階層和思想上如此多元的反對人士相互矛盾的利益，建立起反抗陣線，並且加以擴大和啟動：反抗獨裁統治的人民陣線。「只有這個才是最重要的，」演員烏里希看清了這一點。

因此他不僅和親近的黨內友人及同志密謀。他更在意和反對當政者的天主教徒、從前的社會民主黨人或是擁護共和政體的無黨籍人士建立起聯繫。這個共產黨員起初無法得到中產階級自由派人士的信任，但他懇切而真誠的口才通常能夠成功地克服對方的疑慮。「可是你們就跟納粹一樣不支持自由！」那些民主人士指責他。他回答：「非也！我們贊成解放。至於在那之後該建立何種秩序，我們將會取得共識。」「你們不愛祖國，」愛國的共和派人士對他說。「你們只識得階級，而階級是國際性的。」「假如我們不愛我們的祖國，」奧圖．烏里希回答，「那我們會這麼痛恨那些侮辱祖國、敗壞祖國的人嗎？我們會每天冒著生命危險來解救我們的祖國嗎？」

在他從事非法行動的頭幾個星期裡，烏里希曾有一次試圖向亨德里克．何夫根透露。但是這位總監害怕起來，變得緊張煩躁。「我不想知道這些事，」他急急地說。「我不可以知道這些事，你了解嗎？我把兩隻眼睛都閉上，假裝沒看見你在做什麼。我絕對不能知道內情。」

在確信自己沒有被竊聽之後，亨德里克還又壓低了嗓音，向他的朋友保證：對他來說，必須這樣不斷地假裝到底有多麼困難和痛苦。「但我已經決定了採用這個策略，因為我認為這是最正確也最有效的策略，」亨德里克低聲說，並且再次試圖露出同謀者心照不宣的眼神，但是這個眼神沒有再得到烏里希的回應。「這不是個容易的策略，但是我必須要堅持下去。我置身在敵人的陣營當中，從內部暗中破壞其勢力……」

奧圖．烏里希幾乎沒再聽進去。也許就在這一刻，他不再抱有幻想，而認出了亨德里克．何夫根的真面目。

這位總監偽裝得多麼巧妙啊！這項成就的確配得上一個偉大的演員。別人真的可能以為亨德里克．何夫根在乎的就只是金錢、權力和名聲，而不是想暗中破壞納粹政權。

在總理的庇蔭之下，他感到如此安全而有保障，乃至於他認為自己可以玩弄危險，可以俏皮地召喚恐怖的災難。當他和維也納的一位劇院主管通電話，想向對方借用一名演員，他故作憂傷地把母音拉得很長，用吟唱般訴苦的聲音說：「唉，老兄——再過幾個星期，也許我就會去維也納找你……我不知道我在這裡是否還撐得了兩週。我的健康——你了解我的意思吧？——我的健康受到了**嚴重**損害……」

事實上，要讓他垮台只有兩種可能：當那位飛將軍不再寵信他，或是那位飛將軍自己失去了權力。然而，這個胖子對他的梅菲斯特非常忠誠，這種忠誠在納粹圈子裡並不常見，因此令人訝異。而這個肥胖巨人本身的權勢也還在蒸蒸日上：這個喜歡處決別人、也喜歡善感金髮女人的胖子擁有愈來愈多的頭銜、愈來愈多的財寶，對於國家的領導具有愈來愈大的影響力。

只要胖子的光芒還照耀著他，何夫根就無須在意那個跛子的陰險攻擊。宣傳部長不敢公然對付這位總監。相反的，他很注重在適當的場合和何夫根一起露面。此外，他和演員何夫根也不乏知性上的交流。如果說何夫根懂得用他魔鬼般的光鮮外貌、玩世不恭的逗趣笑話來使那個飛將軍著迷並且贏得支持，那他也能夠和這個宣傳部長，這位「老博士」相談甚歡，由於他們兩個不僅說的是同一種萊茵地區方言，這使得他們的交談多了幾分親切，也使用並濫用相同的激進辭彙。如果有必要，演員何夫根也能夠大談「革命的動力」、「英雄的生命感」和「血氣飽滿的非理性主義」。就這樣，他和他的死對頭共度過一些熱烈交談的時光，但這當然沒能阻止對方繼續無情地暗中對付他。

凱薩・馮・穆克從他享樂的國外旅行回來之後，竭盡所能地散播有關某個黑人女子的流言，據說亨德里克和她有某種徹底病態的性愛關係，而她靠著他的資助在巴黎過著有傷風化的光鮮生活。流言傳開，說亨德里克和這位女士祕密幽會：不僅是為了和她繼續犯下「種族褻瀆罪」，也因為他利用她當作聯絡人，來和那些最陰暗、最危險的流亡人士圈子保持聯繫。流言又說，和亨德里克只是形式上離了婚的前妻——芭芭拉．布魯克納——就在那些圈子裡扮演著領導者的角色。

在國家劇院，大家就只談論著總監的黑膚情人；在各大報紙編輯部和那些左右輿論的圈子裡，大家也對這位在巴黎過著窮奢極侈生活的黑人女士知之甚詳，據說「她養著三隻猴子、一頭小獅子、兩隻成年黑豹和十幾個中國苦力」，而且和法國參謀總部、克里姆林宮、共濟會成員、猶太裔金融鉅子一起策劃陰謀對付納粹德國。情況對何夫根來說漸漸變得尷尬。他決定和妮可蕾塔結婚，以減少這些擾人的流言帶來的殺傷力。總理對他聰明愛將的此一決定十分滿意。他讓那些膽敢繼續懷疑總監的人收到嚴厲的警告。「凡是跟我朋友做對的人，就是跟我做對，」胖子語帶威脅地強調。誰要是再提到某個黑人女子，就得準備好面對飛將軍這個可怕人物和他麾下的祕密警察。在劇院裡，就在舞台入口處的黑板上張貼了一張布告，上面寫著：凡是散播總監先生私生活之任何流言者，甚至就只是聽取流言的人，就是在危害國家。此外，面對何夫根的私人眼線組織，人人都戰戰兢兢。凡是跟這個狡猾危險的人有關的事，或是他感興趣的事，都不可能瞞得住他：透過他養的那一小群線民，他得知一切。到處都有他的人馬，就連蓋世太保都會對這個組織完美的系統感到嫉妒。

就連凱薩．馮．穆克都感到不安。《坦能堡》這齣悲劇的作者甚至覺得最好是前往「亨德里克廳」拜訪，用最親切不過的薩克森方言和男主人聊上一個鐘頭。妮可蕾塔加入了這兩位男士，貝拉女士親自替他們端上了一份美味的點心，然後妮可蕾塔忽然用高亢、奸詐的嗓音說起了黑人。當這位離了婚的馬爾德太太向他保證亨德里克和她自己對黑人都感到厭惡，馮．穆克先生不動聲色。「亨德里克只要遠遠地看見這個醜陋種族的人就會覺得噁心，」她說，並且用那雙閃亮、愉快的眼睛毫不留情地盯著凱薩。「單是這種人的氣味就令人難以忍受，」她挑釁地說。「是啊，是啊，」馮．穆克先生附和著。「的確如此：黑人很臭。」他們三個人忽然全都放聲大笑，笑得很開懷，而且笑了很久：那位總監、那位詩人和那個耀眼的女孩。

不，要對付這個何夫根是不成的：馮．穆克先生明白這一點，宣傳部長也明白這一點，於是他們兩個決定和他保持最友好的關係，直到終有一天，扳倒他、解決他的機會來臨。目前傷不了他。

胖子替他爭取到獨裁者的接見，因為有關泰芭公主的流言甚至傳到了這個最顯赫的人物耳中。這個神的使者對這件事表達出相當的厭惡，他蔑視黑人的程度幾乎就跟他蔑視猶太人一樣。「一個和劣等種族來往的人能夠具有總監職位所要求具備的道德成熟嗎？」元首懷疑地詢問他周圍的人。現在，亨德里克得要用他寶石般的目光、吟唱般的嗓音和高貴的得體舉止，來贏得這個有史以來最偉大的德國人的好感，並且使對方相信他在道德上是合格的。

這位總監得以私下晉見這位所有日耳曼人救主的那半個小時，對他來說顯得吃力，甚至是痛苦。交談一直有點生硬：元首對戲劇不是太感興趣，他偏好華格納歌劇和納粹宣傳影片。但是何夫根不敢提起他在腐化的共和時期所執導並且造成轟動的那些歌劇，因為他擔心元首可能會想起凱薩・馮・穆克當年針對這些敗壞風氣、受到猶太人影響的實驗作品所做的毀滅性批評。亨德里克根本不知道該說些什麼。這個有血有肉的權力化身令他迷惑和恐懼。坐在他對面這個人的莫大名氣，嚇住了這個渴望名氣的人。

這個權力的化身有著不起眼、向後傾斜的額頭，傳聞中的油膩髮綹垂在額頭上，下面是呆滯無神、有如盲人的目光。這個權力化身的面色灰白，臉部浮腫，質地鬆散多孔。這個權力化身有個很普通的鼻子，「一個粗俗的鼻子，」亨德里克大膽地想，他對此人的欽佩中夾雜了抗拒，甚至是嘲諷。演員注意到這個權力化身根本沒有後腦勺。軟軟的肚腩從那件褐色襯衫底下凸出來。權力化身輕聲細語，為了愛惜他由於經常嘶吼而沙啞的嗓音。權力化身使用艱深的詞彙，為了向這個演員證明自己的「教養」。「我們北方文化的重要性需要一個精力充沛、具有種族自覺、目標明確之人的無條件投入，」權力化身這樣訓誡，試圖盡量壓抑他的南德口音，說出純正的標準德語，這番話從他嘴裡說出來，就像是一個勤奮的小學生把背熟的東西單調地朗誦出來。

當亨德里克在二十五分鐘後獲准離開那棟豪宅，他滿身大汗。他覺得自己的表現很糟，覺得自己搞砸了一切。可是當天晚上他就從飛將軍口中得知，他給權力化身留下的印象並不差。相反的，正是總監的羞澀令獨裁者感到驚喜。元首不喜歡別人試圖在他面前表現得無拘無束乃至光芒四射，這是種不被允許的輕佻。一個人在面對權力時應該要肅然沉默。假如亨德里克光芒四射，可能會惹惱這個所有日耳曼人的救主。由於他表現得迷惑而恐懼，握有至高權力的人做出了寬大的判決。「這位何夫根先生是個相當規矩的人，」權力化身如是說。

這位總理替自己收集頭銜，就像其他人收集郵票或蝴蝶一樣，因此他認為這種表彰也最能夠令他的朋友開心。他讓何夫根成為「國務顧問」，晉升他為「參議員」。於是劇院總監在第三帝國的所有文化機構都占有重要位置。他和凱薩．馮．穆克以及幾位穿制服的先生都是「文化委員會」的理事。這個組織的第一個「同志聯誼晚會」就在「亨德里克廳」舉行。宣傳部長也在場，並且滿臉笑容，當約西小姐賣力演唱一首民謠風流行歌曲，凱薩．馮．穆克親自彈鋼琴替這位年輕女歌手伴奏。餐飲招待刻意簡單。亨德里克請母親貝拉只讓人端出啤酒和普通的麵包夾香腸。那幾位穿制服的男士感到失望，因為他們聽說過總監別墅裡奢華排場的許多傳言。如果高雅體面的僕人就只會端來他們自己家裡也有的麵包夾香腸，那麼這些僕人又有什麼用處？要不是宣傳部長快活地帶動了愉快的氣氛，整個「文化委員會」就會陷入惱怒的氛圍。而且大家不太知道究竟該談些什麼。對大多數委員來說，文化太過遙遠。那幾位穿制服的男士對自己從少年時代起就不曾再讀過一本書感到自豪，而且也大可以此自誇，因為那位受到眾人景仰、如今已去世、下葬時元首也在場的陸軍元帥兼聯邦大總統也是自從少年時代起就不曾再讀過一本書……在場有一位年長的小說家，他的作品由於極其乏味而無人問津，但是卻受到官方高度推崇，當他提議，說他想從他的小說三部曲《一個民族啟程出發》中朗誦一章，大家都有點慌了手腳。好幾個穿制服的男士一躍而起，不假思索而且氣勢洶洶地伸手握住手槍槍套，宣傳部長臉上的笑容扭曲了，班雅明・佩爾茨發出呻吟，彷彿胸膛上挨了一記重拳，貝拉女士逃進了廚房，妮可蕾塔發出一陣緊張的刺耳笑聲。眼看這個場面就要變成一場災難，要不是何夫根用他吟唱般的諂媚嗓音挽救了這個局面。他說能夠聆聽小說三部曲《一個民族啟程出發》中相當長的一章，會是件美好可喜的事。亨德里克這樣保證時，他的臉由於那邪氣的微笑而煥發出神采，可是時間已經有點晚了，而且還有那麼多迫切而即時的事情要討論，如果要欣賞偉大的文學作品，大家的精神不夠集中；因此他，何夫根，想冒昧地建議為這場朗誦會另外單獨安排一個晚上，屆時大家都能好整以暇地專心出席。全體委員都鬆了一口氣。那位年老的小說家失望得差點落淚。繆勒—安德列先生轉變話題，說起從前那個時代的腥羶軼事，他真心憤慨地稱之為「腐敗的時代」。那些軼事是當年曾經非常有名的專欄〈這件事您料到了嗎？〉中的一些珠玉。在那天晚上接下來的時間裡，大家發現了性格演員約阿辛不但能夠模仿狗吠，也能模仿母雞咯咯叫，十分逗趣。洛蒂・林登塔笑得差點從椅子上摔下來，因為約阿辛模仿起一隻鸚鵡。巴杜爾．馮．托騰巴赫也是委員之一，專程從漢堡到柏林來參加這場文化活動，他在散會前提議大家應該起立合唱〈霍斯特．威塞爾之歌〉，並且第一百次向元首宣誓效忠。大多數人覺得這樣做有點尷尬，但是當然不得不照辦。

媒體詳盡地報導了「文化委員會」眾理事在這位總監家裡舉行的這場既親切又富有精神成果的「同志聯誼晚會」。各家報社根本就不願意錯過任何機會來向讀者報導亨德里克．何夫根的藝術事業和愛國事蹟。他被視為「德國文化意志」最高尚、最積極的代表人物，被拍照的次數幾乎和部長一樣多。當首都的各界名流為了「冬令救濟」而在街頭和餐廳酒館裡募款，這位總監募到的捐款幾乎就跟那些政府官員一樣多。當政府官員被全副武裝的便衣警探和蓋世太保團團圍住，使得民眾幾乎無法靠近他們，亨德里克卻可以大膽地在沒有任何保護的情況下走動。當然，在他所挑選的募款地點，他無須擔心會接觸到危險的下層百姓：總監在豪華「阿德龍飯店」的大廳募款。他也堅持要去地下室的工作間，每一個廚工都不得不扔個銅板到募捐箱裡，洛蒂．林登塔不久前才用纖纖玉手塞了一張百元大鈔進去。總監挽著粗壯主廚的手臂讓人拍照，這張照片登上了《柏林畫報》的封面。

當這位總監舉行婚禮時，何夫根的照片簡直在媒體上氾濫。他把妮可蕾塔娶回家，繆勒—安德列和班雅明．佩爾茨是證婚人，總理送了一對黑天鵝到「亨德里克廳」庭園裡的一座小池塘為結婚禮物。一對黑天鵝！記者瘋狂報導這份別出心裁的禮物，只有少數十分年長的人，例如那位將軍夫人還記得，從前曾有一位熱愛藝術的顯貴送給他的寵兒同樣的贈禮：亦即由巴伐利亞國王路德維希二世贈送給作曲家理察．華格納。

獨裁者本人拍了電報來向這對年輕夫妻致賀，宣傳部長送來滿滿一籃蘭花，看起來充滿毒性，彷彿要讓收到賀禮的人因為吸進花香而亡。皮耶．拉魯寫了一首法文長詩，特奧菲．馬爾德拍電報送來詛咒，剛生下一個小孩的小安潔莉卡又再哭了一次，最後一次為了她失去的愛而哭泣。在所有報章雜誌的編輯部門，大家都把何夫根和泰芭公主的素材藏進最底下、最祕密的抽屜裡。伊里格博士向他的祕書口述了一篇文章，稱頌妮可蕾塔和亨德里克為一對「德意志夫妻」，在「德意志」這個字眼「最美好、最深刻的意義上」，稱頌他們為「兩個具有青春活力而又成熟的人，用盡全力為這個新社會效勞，種族血統純正，而且天性高貴」。只有一家報紙，據說這家報紙和宣傳部長有著特別密切的關係，膽敢暗示妮可蕾塔不光彩的過去：該報祝賀這位年輕女士離開了「身兼流亡人士、猶太後裔和布爾什維克文化人的特奧菲．馬爾德」，如今再度積極參與這個國家的文化生活。這是一顆苦藥丸，即使巧妙地裹著糖衣。在眾多恭賀文章的美好協奏中，特奧菲的名字就像一個突兀的不諧和音。

妮可蕾塔帶著大皮箱和帽盒從帝國總理廣場旁的公寓搬到格魯訥瓦爾德。幫忙她打開行李的女僕看見那雙紅色長靴時微微嚇了一跳；但是年輕的夫人斬釘截鐵地向她解釋，說她飾演亞馬遜女戰士的戲服需要這雙靴子。「我將穿著它們飾演彭忒西勒亞[6]！」妮可蕾塔用得意洋洋的聲音喊道。女僕被這個具有異國情調的名字和女主人閃亮的貓眼給震懾住了，不敢再多問什麼。

晚上在「亨德里克廳」舉行了盛大的招待會。和這場隆重的慶典相比，亨德里克第一次結婚時在樞密顧問家裡的那場小型慶祝會是多麼樸素！奧布朗和提泰妮婭煥發出危險的魅力，穿過成群的賓客。他們的姿態挺拔：他把下巴抬得很高，她用高傲的姿態挽著她那件金屬色晚禮服的裙裾，肩上和髮上都戴著模樣奇特的大朵玻璃花。妮可蕾塔的面容閃爍著生硬不自然的色彩，亨德里克的臉則像是在泛青的蒼白中發出燐光。很顯然，要露出微笑對他們兩個來說都很吃力，甚至是痛苦。他們的表情就像戴著面具，僵直的目光似乎穿過了那些在他們昂首踱步時向他們祝賀的人，就像穿過空氣。可是在所有這些燕尾服、掛滿勳章的制服和昂貴的晚禮服後面，他們看見了什麼呢？他們的眼睛看見了什麼？使得他們的眼睛在半垂的眼瞼底下變得如此呆滯？是什麼樣的陰影浮現，具有如此悲傷的力量，使得亨德里克和妮可蕾塔的微笑在唇邊凍結，扭曲成痛苦的怪相？

也許他們的眼睛遇到了芭芭拉審視的目光，她曾是他們的朋友，如今在遙遠的異國——啊，她和這兩個人之間隔著再也無法跨越的鴻溝——履行她嚴肅而艱難的職責。也許在他們面前浮現的是特奧菲·馬爾德那張怪誕的殉道者臉孔，他的意識在昏亂和清醒之間，臉上顯露出

6 彭忒西勒亞（Penthesilea）是希臘神話中的亞馬遜女王，曾參與特洛伊戰爭。

千百種痛苦，用這些痛苦來替他傲慢自大和愚蠢自戀的狂妄所犯下的所有罪過贖罪。他可憐而憤怒地看著妮可蕾塔，她拋棄了他，從而拋棄了她曾固執地自己選擇的命運。但也可能他們根本沒有看見某個特定之人的臉孔，而是在一種模糊而巨大的總結中，看見了自己青春的影像，看見了他們原本可能成為、但在罪惡的野心中沒有能夠成為的一切。他們的背叛是一個可恥的長篇故事，不僅是背叛了別人，也背叛了自己：背叛了他們本性中比較高貴、比較善良、比較純潔的那一部分。他們丟臉而陰暗的墮落史、沉淪史，他們的沉淪在一個愚蠢的世界裡看起來像是攀升。他們的攀升——這個愚蠢的世界這麼認為——把他們共同帶到了這個勝利的婚禮時刻，而其實正是這個時刻注定了他們共同的失敗。現在他們永遠彼此相屬，這兩個光彩奪目、面露微笑的人，就像兩個叛徒、兩個罪犯永遠彼此相屬一樣。把一個有罪之人和另一個有罪之人連結在一起的紐帶將不會是愛，而是恨。

當「文化委員會」在舉辦親切的同志聯誼之夜；當這個國家的大人物在飯店大廳替貧困的同胞募集慈善捐款，而這些錢被用來資助第三帝國的海外宣傳；當婚禮被慶祝，歌曲被唱起，無數的演講被發表，這個專制、好戰、高度資本主義的獨裁政權繼續走著它令人戰慄的道路，而屍體在路邊堆積如山。

那些在柏林待上一週、在首都以外的地方待過幾天的外國人，像是英國貴族、匈牙利記者或是義大利部長，對他們在這個受辱的國家裡注意到的整潔和秩序稱讚有加。他們覺得所有人民都面露愉快表情，並且指出：元首受到全體人民的愛戴，反對人士不存在。事實上，甚至在黨的核心都有反對派，而且變得強大而構成威脅，乃至於這可怕的三巨頭——元首、胖子和瘸子——必須「猛然」出手干預。一個人在半夜被元首親自從床上拽下來，而在幾個鐘頭後被槍決；獨裁者的私人軍隊由此人建立，宣傳部長前天還曾經對他露出迷人的笑容，而國家元首昨天還稱他為「最忠誠的同志」。在槍聲響起之前，在這個所有日耳曼人的救主和他最忠誠的同志之間出現了罕見的一幕。最忠誠的同志對著救主大喊：「你是壞蛋！是叛徒：就是你！」現在他有勇氣直言不諱，因為他察覺自己已經死到臨頭。幾百個變得過於叛逆的老黨員也必須和他一起死。幾百個共產黨員也同時被殺，而既然已經在大規模地殺人，胖子、瘸子和元首就也順便除掉了他們個人有所不滿的人、或是將來恐怕會對他們不利的人：將軍、作家、已經卸任的老總理——一視同仁，有時候就連他們的妻子也一併遭到槍決。元首從以前就一直說：人頭必須落地，而現在是時候了。事後他們宣稱這是一場小小的「清肅行動」。那些英國貴族和外國記者認為元首的幹勁很奇妙：他是個非常溫和的人，喜歡動物，不碰肉食，但是他可以看著最忠誠的同志慘死，連眼皮都不眨一下。在這場腥風血雨過後，人民似乎比以前更加熱烈愛戴這位神的使者，國內那些感到厭惡和震驚的人則孤單地分散各地，「我卻得經歷，」浮士德博士曾經哀嘆，「我卻得經歷——世人反把無恥的凶手稱讚。」

貴族少女的人頭落地，別人聲稱她們洩漏了這個專制國家想要保密的事。人頭落地，這一次是兩個嬌柔的女士頭顱。一些男子的人頭落地，他們沒有別的過錯，就只是不願意棄絕他們的社會主義信念，可是下令處決他們的那位救世主也自稱為社會主義者。這位救世主宣稱他愛好和平，卻讓和平主義者在集中營裡備受折磨。他們遭到殺害，家屬收到密封在骨灰罈裡的骨灰，連同一份通知，說這個和平主義豬玀乃是上吊自殺，或是在逃跑時遭到射殺。德國青少年學到「和平主義者」是句罵人的話；德國青少年不再需要閱讀歌德或是柏拉圖，他們學習射擊和投擲炸彈，把夜間的野外演習當成娛樂；當元首空談著和平，他們明白他只是在開玩笑。這群在軍事上有組織、有紀律、受過訓練的青少年只認得一個目標，只抱著一個遠景：那場復仇戰爭，那場征服戰爭。他們認為亞爾薩斯—洛林是德國的，瑞士是德國的，荷蘭是德國的，丹麥是德國的，捷克是德國的，烏克蘭是德國的，奧地利尤其是德國的，其實根本不在話下，德國必須拿回他的殖民地。整個國家變成了一座軍營，軍火工業興盛繁榮，這是持續性的全面動員，而外國著了魔地看著這場氣勢驚人、令人恐懼的表演，就像兔子看著即將一口吞下牠的那條蛇。

人民在獨裁政權底下一樣尋歡作樂，「藉由歡樂得到力量」是口號，政府籌畫了全民節日，薩爾地區是德國的：一個全民節日。胖子終於娶了林登塔小姐，接受了價值數百萬的結婚禮物：一個全民節日。德國退出了國際聯盟，德國再度擁有了「國防主權」：全都是全民節日。每一次違反條約協定，不管是《凡爾賽條約》還是《羅加諾公約》，以及隨之而來的強制性「全民公投」，都成了全民節日。長期持續的全民節慶是對猶太人的迫害，以及公開批判那些和猶太人犯下「種族褻瀆罪」的女孩；還有對天主教徒的迫害，大家現在才知道，天主教徒從來就沒比猶太人好多少，政府對天主教徒提起可笑的「外匯訴訟」，而國家領導人卻把鉅額財富移轉到國外；對「反動分子」的迫害，至於何謂「反動」，大家並沒有確切的概念。馬克思主義已經被根除，但仍舊是種危險，也是進行大規模審判的理由；德國文化「清除了猶太人的影響」，但卻變得如此乏味，不再有人對它感興趣；奶油短缺了，但是槍砲更重要；五月一日從前曾是無產階級的節日，如今在這一天，一個酒鬼博士，一具喝了太多香檳而浮腫的活屍說了一些關於生命喜悅的話。人民難道不會厭倦數量這麼多、這麼可疑的慶祝活動嗎？也許人民已經厭倦了，也許人民已經在呻吟了，但是從擴音器和麥克風裡傳出的噪音掩蓋了人民叫苦的聲音。

這個政權繼續走著令人戰慄的道路。屍體在道旁堆積如山。

起而反抗的人知道自己所冒的風險。說真話的人必須要考慮到說謊者的報復。試圖散播真理並且為之奮鬥的人，就會受到威脅，包括死亡，以及在第三帝國牢獄中死前通常會受到的各種可怕折磨。

奧圖．烏里希冒著很大的風險行事。他在政治上的朋友把最困難、最危險的任務分派給他。他們認為，或者說是希望，希望他在國家劇院的職位在某種程度上保護了他。無論如何，他的處境都比那些用化名躲躲藏藏的同志有利，他們總是在躲避蓋世太保，像罪犯一樣受到警方追捕：在這個已經落入殺人凶手和竊賊之手的國家，他們像小偷或殺人犯一樣在全國各地被追捕。奧圖．烏里希能夠大膽去做一些事，這些事若是由他那些朋友去做就必死無疑。他大膽過頭了。一天早上他遭到了逮捕。

當時國家劇院正在排演《哈姆雷特》，由總監本人飾演主角。奧圖．烏里希被安排飾演朝臣吉登斯坦。他在排演時沒有出現，也沒有請假，何夫根吃了一驚，立刻知道發生了什麼事，或者至少是有預感。他提前離開，讓劇團自行繼續排練。當這位總監從奧圖的房東太太口中得知烏里希在當天清晨被三位穿著便服的男士帶走，他就打電話去總理的豪宅。胖子果真親自來接電話，可是當亨德里克問他是否知道奧圖．烏里希被捕的事，他變得相當不客氣而且心不在焉。飛將軍說明他並不知情。「這事也根本不歸我管，」他有點心神不寧地說。「如果我們的人把這個傢伙抓起來，那麼他肯定是幹了什麼壞事。我從一開始就不信任這個傢伙。而當年那個海燕小劇場想必是樁該死的勾當。」當亨德里克大膽地再問，是否完全無法做些什麼來緩解烏里希的處境，胖子不高興了。「不，不，老弟，你最好不要插手管這件事！」他用肥厚而尖銳的聲音說。「你還是把自己的事情管好比較明智。」這話聽起來帶有恫嚇之意。而胖子先前提到海燕小劇場的語氣也不是很愉快，當年何夫根自己也曾以「同志」的身分在那裡登台。亨德里克明白，如果此刻他繼續為老朋友的命運擔憂，就可能會失去最高層的寵信。「我等個幾天，」他決定，「等到胖子心情比較好的時候，我再小心翼翼地試著重提此事。我一定會把奧圖再救出來的，不管是從哥倫比亞監獄，還是從集中營裡。但是事情到此為止！這傢伙必須躲到國外去。他這種愚蠢的魯莽，這種過時而且幼稚的英雄概念，將來還會給我帶來最壞的麻煩……」

亨德里克在兩天後仍然無法打聽到有關烏里希的任何消息，他變得不安。他不敢再次打電話去打擾總理。考慮良久之後，他決定打電話給洛蒂。這位大人物心地善良的妻子首先說她很高興能再次聽到亨德里克親切的聲音。他有點急促地向她保證他也很高興聽見她的聲音，但他這次打電話來還有另一個特別的原因。「我替奧圖．烏里希感到擔心，」何夫根說。

「為什麼擔心呢？」這個金髮婦人從她洛可可風格的香閨裡大聲回話：「他死都死了。」她很驚訝亨德里克還不知道此事，彷彿幾乎覺得好笑。

「他死了……」亨德里克小聲地重複她說的話，沒有跟她說再見就掛斷了電話，令這位將軍夫人感到驚訝。

亨德里克立刻乘車去見總理。那個大人物在書房接見他，穿著一件奇特的家居長袍，袖口和領口都鑲著銀鼬皮，一隻碩大的大丹狗躺在他腳邊。在書桌上方，襯著黑色帷幔，一把刀刃上有缺口的寬劍閃閃發光。元首的半身雕像豎立在一個大理石基座上，一雙盲眼凝視著兩張照片：一張是洛蒂．林登塔飾演明娜．馮．巴恩赫姆的劇照，另一張則是那位北歐女士的肖像，她曾經開車載著這個受傷的冒險家穿越義大利，如今在她的骨灰罈上矗立著巨大的拱形墓碑，由大理石和鍍金石頭建成的閃亮圓頂。這個鰥夫以為他是藉此來表達對她的感激，事實上只是替自己的狂妄自大豎立了紀念碑。

「奧圖．烏里希死了，」亨德里克說，他站在門邊，沒有進去。

「沒錯，」胖子從書桌那邊回答。由於他看見亨德里克的臉上閃過一陣蒼白，就像一道白色火焰的反光，他又加了一句：「看來是自殺。」總理說這句話時臉都不紅。

亨德里克踉蹌了一秒鐘。他忍不住伸手扶住自己的額頭，過於明顯地流露出他的驚恐。這也許是總理在演員何夫根身上看見的第一個完全真誠、毫不造作的手勢。大人物對他這個圓滑世故的寵兒如此沉不住氣感到失望。他站起來，站直了身體，顯出他嚇人的身高。那隻可怕的大丹狗也站起來狺狺吠叫。

「我已經給過你一次忠告，」這個飛將軍威嚇地說，「現在我再重複一次，雖然我並不習慣把同一句話說兩次：你不要插手管這件事！」這話說得夠清楚了。亨德里克不寒而慄，感覺到深淵就在旁邊，他一直在深淵的邊緣移動，而只要這個肥胖的巨人想要，就隨時可以把他推下去。總理低著頭站著，肥厚的後頸上出現了三條隆起的寬大皺紋。他的一雙小眼睛閃閃發光，眼瞼發炎了，眼球的白色部分也泛紅，彷彿一股血液衝上這個發怒暴君的腦門，此刻模糊了他的視線。「這件事不乾淨，」他又說，「這個烏里希捲入了一些骯髒的事，他完全有理由自殺。

掌管國家劇院的總監不該太過關心一個惡名昭彰的謀反者。」

將軍說出「謀反者」這幾個字時是用吼的。亨德里克感到暈眩，此刻他看見那個深淵近在眼前。為了不要跌下去，他緊緊抓住了一張沉重的文藝復興風格椅子的椅背。他請求總理允許他告退，總理不高興地點點頭，讓他走了。

劇院裡沒有人敢提起同事烏里希的「自殺」。儘管如此，以某種神祕而又無法控制的方式，大家還是都知道他是怎麼死的。他不是被處決，而是被折磨至死。那些人用無情的嚴刑拷打試圖從他口中逼問出他同夥和朋友的名字。但是他堅定不屈。蓋世太保極其憤怒和失望，因為他們在烏里希的住處也沒有找到任何資料，沒有任何寫下來的東西，沒有筆記，也沒有寫著地址的紙條。他們幾乎已經不抱希望能從他口中問出什麼，其實只是為了懲罰他的頑固而加重了對他的酷刑。逼供的人也許根本沒有收到要殺死他的明確命令，受害者在第三次「審訊」時死在他們手下。那時他的身體就只是血肉模糊的一團，他住在鄉下的母親得知他自殺時悲痛欲絕。假如他的母親見到他的屍體，她不會認出那張腫脹、碎裂、沾滿膿血和污泥的臉乃是曾屬於她兒子的人臉。

「你傷心嗎？」妮可蕾塔帶著一份異樣冷漠、幾乎像是嘲諷的好奇問她丈夫。「這件事困擾你嗎？」

亨德里克不敢回應她的目光。「我認識奧圖這麼久了……」他小聲地說，彷彿他必須為了某件事請求原諒。「他知道自己冒著什麼樣的風險，」妮可蕾塔說。「如果要賭博，就得有失去賭注的準備。」

這番對話令亨德里克感到難堪，為了說些什麼來回答，他就只還喃喃地說：「可憐的奧圖！」

她尖刻地回答：「為什麼說可憐？」接著又說：「他是為了他認為正確的事而死。他也許值得羨慕。」她頓了頓，然後夢囈般地說：「我要寫信給馬爾德，把奧圖的死訊告訴他。馬爾德佩服那些執著於一個信念而甘冒生命危險的人。他喜歡那些固執的人。他自己也可能會出於固執而犧牲自己的生命。也許他會覺得烏里希是個人物，而且擁有紀律。」

亨德里克不耐煩地把手一揮。「奧圖根本不是什麼特別的人物，」他說。「他是個普通人，一個獻身偉大事業的普通士兵……」說到這裡他沉默了，一抹紅暈從他灰白的臉上掠過。他為自己說的話感到羞愧。他感到羞愧，因為透過奧圖之死，他比以前任何時候都更加意識到他這番話語的嚴肅性。由於他了解這些話語的份量和尊嚴，此刻，在這短短一瞬間了解了，他感覺到讓這些話語從他口中吐出是一種褻瀆，聽起來就像是嘲諷。

誰都不准參加演員奧圖．烏里希的葬禮，他「由於害怕人民法院的公正懲罰」而「自願」結束自己的生命。國家本來會把這具面目全非的屍體像一條死狗一樣草草掩埋，但是死者的母親，一位虔誠的天主教徒，寄了錢來購買棺木和一塊小小的墓碑。在一封沾滿油污和淚痕而幾乎無法辨識的信裡，她請求讓她的孩子以教會儀式下葬。教會不得不拒絕：神父不能走在自殺者的棺木後面。這個老婦人在她寒傖的房間裡替她失去的兒子祈禱。「親愛的上帝，他不相信祢，也犯了很多罪過。但是他並不壞。他走上錯誤的道路不是出於冥頑不靈，而是因為他認為那是正確的道路。凡是出於善意而走上的道路，最後都一定會通往祢那兒，親愛的上帝。祢將會寬恕他，赦免他，不讓他永遠墮入地獄。因為祢看進人心，永恆的天父，而我那迷途的兒子有一顆純潔的心。」

順帶一提，這個老婦人本來不可能籌到錢來購買棺木和墓碑，因為她一無所有，一文不名，也已經沒有東西可以典當。她靠著縫補破爛的衣物為生，經常得要挨餓；現在，由於奧圖沒法再寄錢給她，她的處境將會變得更慘。是死者的一個朋友從柏林給她寄來了喪葬費，沒有透露自己的姓名，並且附上明確的指示，告訴她該把這筆錢轉寄到何處。「請原諒我沒有透露我的名字，」這個陌生人寫道。「迫使我必須謹慎行事的原因，您肯定明白，並且也會同意。」

老婦人什麼也不明白。她哭了一會兒，感到納悶，搖搖頭，做了禱告，然後把她剛從柏林收到的這筆錢再寄回柏林去。「城市裡的人好像全都變得瘋瘋顛顛的，」她心想。「為什麼這筆錢得要先繞過半個德國呢？既然這筆錢是從柏林來的，而且要在柏林花掉？但是為了我的奧圖做這件事的人肯定是個好人，肯定是個善良而虔誠的人。」於是她把這個陌生的捐贈者也納入她的祈禱中。

因此，被殺害的革命人士的墓碑和棺木乃是由總監先生從納粹政府所支領的高薪支付的。這是亨德里克．何夫根還能替他朋友奧圖．烏里希所做的最後一件事，也是唯一一件事：這是他對他的最後一次侮辱。但是，在這筆錢送去給烏里希的母親之後，亨德里克覺得輕鬆多了。現在他的良心平安了一些，而他在他心裡記載「退路保險」的那一頁上，又有了一個正數的條目。過去這幾個難熬的日子裡他所處的緊繃有所緩解，減輕了他身上那股壓力。他得以把全副精力集中在哈姆雷特這個角色上。

這個角色對他來說出乎意料地難。想當年在漢堡，他是多麼輕率地即興演出丹麥王子！善良的克羅格大發雷霆，在彩排的時候還想取消演出。「在我主持的劇院裡不容許這種胡鬧！」這位文學劇場的老前輩這樣咆哮。回想起這件事，亨德里克不禁露出微笑。

如今再也沒有人敢在他面前以及在與他有關的事情上說「胡鬧」。但是當他獨自一人，沒有人能聽見他說話時，亨德里克會發出呻吟：「我辦不到！」飾演梅菲斯特時，他從第一刻起對每一個聲調和每一個手勢都很有把握。可是這個丹麥王子卻難以接近，拒絕讓他接近。亨德里克為了他而拚搏。「我不會放開你！」這個演員喊道。哈姆雷特卻別過頭去，悲傷、嘲諷、無盡高傲地回答他：「你和你理解的那個鬼魂相似，但不像我！」

喜劇演員對王子吼道：「我**必須**能夠飾演你！如果我在你面前失敗，那我就徹底失敗了。你是我想要通過的考驗。我的一生還有我所犯的一切罪過，我的巨大背叛和我所有的恥辱都只有靠我的藝術才華來平反。可是只有當我能夠飾演哈姆雷特，我才是個藝術家。」

「你不是哈姆雷特，」王子回答他。「你不具備唯有透過受苦和體悟才能獲得的那份高尚。你受的苦不夠多，而你的體悟對你來說不比一個漂亮的頭銜和豐厚的酬勞更有價值。你不高尚，因為你是掌權者的猴子，是娛樂殺人凶手的小丑。再說，你看起來也根本不像哈姆雷特。看看你的手吧！這是由於受苦和體悟而變得高貴的人的手嗎？你的手又粗又大，不管你假裝它們是多麼纖細修長。再說，你也太胖了。我很抱歉得向你指出這一點，可是一個有這種肥臀的哈姆雷特！唉，天哪。」說到這裡，王子放聲大笑，聲音空洞而嘲諷，從他永恆盛名的神祕遠方。

「你知道我在舞台上還是可以顯得很苗條！」喜劇演員惱怒地說，覺得受到了侮辱。「我請人設計了一套戲服，穿上它，即使是我的死對頭也看不出我有個肥臀。我本來就已經這麼緊張了，你還要提醒我這件事，實在是太刻薄了。你為什麼這麼想要讓我難受？你就這麼恨我嗎？」

「我一點也不恨你。」王子輕蔑地聳聳肩。「我和你根本沒有關係。你和我不是同類的人。你曾經有過選擇，老兄：在高尚和事業之間。現在你已經做出了選擇。祝你幸福，但是別來煩我！」這時那個瘦削的身影已經開始消散。

「我不會放你走!!」喜劇演員又一次喘著氣說，並且伸出對方鄙夷評論過的那雙手去抓王子，但是撲了個空。

「你不是哈姆雷特！」那個陌生、高傲的聲音重申，此刻來自遙遙的遠方。

他不是哈姆雷特，但是他飾演他，他的老練演技不會令他失望。「會很精彩的！」導演和同事對他說，不管是由於缺乏直覺，還是為了奉承這位總監。「自從凱恩茨[7]的時代以來，在德國舞台上就沒見過這種成就了！」他自己卻知道，他沒有能夠表達出那些詩句真正的內涵和祕密。他的表演停留在修辭的層面。由於他覺得沒有把握，對於哈姆雷特這個角色也沒有真正的概念，他就做了些實驗性的嘗試。他以緊張的激動加入缺乏內在關聯的細微差異和小小的驚奇效果。他決定強調這個丹麥王子身上具有陽剛之氣、充滿活力的那一面。「哈姆雷特不是個軟弱的人，」他向同事和導演解釋，面對記者時也說了類似的話。「他一點也不陰柔，幾個世代的演員都誤把他理解成陰柔的典型。他的憂鬱並非空洞的怪癖，而有著具體的原因。這個王子最主要的身分是個替父親報仇的人。他是個文藝復興人，是個徹底的貴族，而且帶點憤世嫉俗。我主要是想拿掉傳統詮釋加諸在他身上的那種多愁善感。」

導演、同事和記者覺得這種說法十分新穎、大膽而且有趣。班雅明．佩爾茨和何夫根針對哈姆雷特聊了很久，他對亨德里克的想法感到興奮。「唯有在你的天才對他的感受和理解中，當今的我們——我們乃是憤世嫉俗的行動派——才能夠忍受這個丹麥王子，」佩爾茨說。

亨德里克．何夫根所塑造出的哈姆雷特是個具有神經衰弱特徵的普魯士少尉。他想用強調的語氣來遮掩他表演的空洞，所有這些強調都缺少節制而且刺耳。前一刻他還站得筆直，下一刻就在巨大的聲響中昏倒。他沒有哀訴，而是大喊大叫，大吵大鬧。他的笑聲尖銳，他的動作抽搐。他飾演梅菲斯特時帶有的那份深刻而神祕的憂鬱——他並非刻意表現出這份憂鬱，也沒有去演出這份憂鬱，而是遵循他自己並不自覺的神祕法則，在他所飾演的哈姆雷特身上付之闕如。他巧妙地唸出了那些重要的獨白，但他就只是「唸了出來」而已。當他發出哀嘆：

啊，但願這個太堅實的肉體
會融解消散，化為露水

這番哀嘆缺少了音樂性和嚴肅，也缺少了美感和絕望。別人感覺不出他吐出這番話之前曾有過什麼樣的深思熟慮，承受過什麼樣的折磨。不管是感覺還是體悟都沒有使這番話變得高貴：就只是裝模作樣的訴苦，噘著嘴的小小哀嘆，意在討好觀眾。

儘管如此，《哈姆雷特》的首演仍舊大獲成功。柏林這批新觀眾評斷演員的標準不是其藝術成就的純度和強度，而是他們和掌權者的關係。此外，整場演出都是為了使觀眾席上的高階軍官和嗜血教授以及他們同樣具有英雄主義思想的女伴為之讚嘆。導演粗糙而刻意地強調了這

7 凱恩茨（Josef Kainz, 1858-1910），奧匈帝國時期的奧地利演員，曾被視為德語戲劇舞台上最偉大的演員。

齣莎士比亞悲劇的北國性格。故事情節在笨重的舞台布景前面進行，如果用來做為《尼伯龍根之歌》[8]中那些勇士的背景也會很合適。舞台籠罩在陰暗的暮色中，台上一直有著刀劍碰撞的聲音和許多粗聲呼喝。在那些粗野的傢伙當中，亨德里克帶著矯揉造作的悲傷走動。有一次他開了個玩笑，好幾分鐘一動也不動地坐在一張桌子旁邊，只向震驚的觀眾展示他的一雙手。他的臉仍隱在黑暗中，塗成石灰白的雙手擱在黑色的桌面上，被聚光燈刺眼地照亮。這位總監把他不美麗的雙手像珍貴物品般展示出來：他這樣做一半是出於狂妄，想看看他能做到多過分的程度；另一半則是為了折磨自己，因為這樣展示他粗大平凡的手指令他很不好受。

「《哈姆雷特》是代表性的**日耳曼**戲劇，」伊里格博士在他受到宣傳部鼓勵的劇評中宣稱。「這位丹麥王子是德國人的偉大象徵。我們發現我們最深刻的一部分本質在他身上表現出來。關於我們，詩人賀德林曾經呼喊：

> 『因為你們德國人，你們也是
> 富於思想而窮於行動。』

因此，哈姆雷特也代表了一種德國人的**危險**。我們身上全都有他，而我們必須克服他。因為這個時刻需要我們採取行動，而不只是思考和反省。天意把元首送來給我們，我們有義務為了全體民族的利益而行動，而哈姆雷特這個典型的知識分子卻陷於苦思冥想，脫離並遠離了民族群體。」

眾人普遍認為何夫根在演出的哈姆雷特身上體現出這種行動力和思想深度之間的悲劇性衝突，此一衝突以耐人尋味的方式把德國人和所有其他生物區分開來。因為他把這位王子演成一個神經錯亂的莽漢，而他的觀眾完全能夠理解魯莽和神經衰弱的誘惑。

總監的戲服的確製作得十分精巧，穿在他身上使他顯得像有年輕人一樣的窄臀。他必須一再出來謝幕。他的年輕妻子，妮可蕾塔・何夫根，在他身旁一起向觀眾鞠躬，她在劇中飾演的歐菲莉亞有點古怪和僵硬，但是在她發瘋的那幾幕戲裡令人印象深刻。

總理穿著紫色、金色和銀色的閃亮服裝，他的妻子洛蒂穿著發出柔和光芒的天藍色禮服，兩人並肩站在包廂裡，鼓掌表示支持。這是這個強人和他的宮廷小丑之間的和解：有如梅菲斯特的亨德里克感激地接受了。穿著哈姆雷特的戲服，他英俊而蒼白，向這對高官伉儷深深一鞠躬。「洛蒂又愛上我了，」他想，同時用一個流露出疲憊但仍有美麗曲線的手勢把右手伸向心口。他那張精心補妝成深紅色的大嘴露出感動的微笑，雙眼在圓弧狀的黑色眉毛底下散發出誘

8《尼伯龍根之歌》（*Nibelungenlied*）是中古時期的德語英雄史詩，在十九世紀和二十世紀上半葉被尊為德意志民族史詩，屠龍英雄齊格菲（Siegfried）被視為德意志民族英雄。

人、甜蜜而冷酷的光芒；太陽穴旁那道勞累過度、痛苦緊繃的線條使他的面容顯得高貴，也讓他邪惡的魅力顯得動人。這時那位飛將軍夫人向他揮動和她的天藍色禮服同色的小絲巾。將軍咧開嘴笑了。「我又被接納了，」飾演哈姆雷特的他心想，鬆了一口氣。

他以疲倦為由婉拒了所有的邀請，讓司機載他回家。當他獨自置身於書房，他察覺要睡覺幾乎是不可能。他情緒低落，激動不安。熱烈的掌聲並沒有讓他忘記他失敗了。重新贏得胖子的恩寵，這是件好事，也很重要，他原本不得不害怕自己已經失去了恩寵。但是就連今晚這項意義重大的成功也沒能安慰他對自己設下的更高標準，沒能安慰他的雄心壯志所受到的挫敗。「我不是哈姆雷特，」他難過地想。「各家報紙將會向我保證我完全演活了這個丹麥王子，但是他們是在說謊。我演得不像，我很差勁，至少我還有這點自我批評的能力，能夠知道這一點。當我想起我朗聲唸出『生存還是毀滅』那段獨白時的空洞語氣，我的五臟六腑都要糾結在一起……」

他在敞開的窗前一張有扶手的高背椅上坐下，煩躁地把先前拿起的書又再擱下：那本書是《惡之華》，使他想起了尤麗葉。

透過窗戶可以看見陰暗的庭園，香氣和濕氣從園中升起。亨德里克打了個寒顫，把那件絲質睡袍在胸前合攏。現在是幾月？是四月？還是已經五月初？他忽然感到十分悲哀，這麼久以來，他忽視了春天的來臨以及由春入夏的美麗轉變。「這座該死的劇院，」他既痛苦又憤怒地想，「它吞噬了我。由於它，我錯過了生活。」

他閉上眼睛坐著，這時一個粗啞的聲音對著他喊：「嗨！總監先生！」

亨德里克嚇得跳了起來。

有個傢伙從庭園裡爬到了他的窗前：這是媲美雜技演員的身手，因為那裡沒有棚架。他的上半身出現在窗框裡。亨德里克嚇壞了。他思索了一秒鐘，想著這是否是個幻覺，是他神經受到過度刺激的產物。但是，不，這個小伙子看起來不像是個幻覺。毫無疑問：他是個活生生的人。他戴著一頂有帽檐的灰色帽子，穿著一件髒兮兮的藍色上衣，臉的上半部隱沒在深深的陰影中，下半部被淡紅色的鬍渣覆蓋。

「你想幹什麼?!」何夫根喊道，一邊在身後摸索著擺在書桌上的叫人鈴。

「別這樣大喊！」那個人說，聲音中不乏幾分粗魯的善良。「我不會對你怎麼樣。」

「你想幹什麼？」亨德里克又說了一次，這次聲量比較小了。

「我只是來向你問好，」窗前那個人說。「替奧圖向你問好。」

亨德里克的臉變得跟他圍在脖子上的絲巾一樣白。「我根本不知道你說的是哪個奧圖。」他幾乎無聲地說。

做為回答，從窗前傳來一陣短促的笑聲，聽起來相當恐怖。「嗯，我們要打賭嗎？賭你最後還是會想起來？」來者以戲弄的口吻問道，語氣中帶著威脅。但是等他繼續往下說，他變得十分嚴肅：「在我從奧圖那裡收到的最後一張紙條上，清清楚楚地寫著要我們向你問好。你別以為我到這裡來是為了好玩。但是我們尊重奧圖的願望。」

亨德里克只能低聲說：「如果你不馬上離開，我只好叫警察來了！」

聽見這話，那人的笑聲幾乎發自肺腑。「這種事你是做得出來，同志！」他愉快地喊道。亨德里克盡可能不引人注意地打開書桌的一個抽屜，把一把手槍輕輕塞進口袋。他希望窗前的訪客不會注意到，但是對方已經喊了起來，同時以一種極其輕蔑的手勢把帽子推到額頭上方：「你大可以把那玩意兒留在抽屜裡，總監先生。開槍根本沒有意義，那只會給你惹來麻煩。你到底在怕什麼呢？我明明跟你說過了，這一次我不會對你怎麼樣。」

由於帽子的陰影不再落在他的額頭上，可以看出此人要比亨德里克原先所以為的年輕許多。他有一張英俊、狂野的臉，有著斯拉夫人的寬顴骨和異常明亮的深綠色眼睛。眉毛和睫毛是淡紅色，和又粗又硬的鬍渣同色。此外，他臉上的皮膚也呈現一種發亮的磚紅色，是那種整天在戶外工作或是成天躺著曬太陽的人會有的膚色。

「這人也許瘋了，」亨德里克心想，儘管想法揭露出情況非常糟糕，對他來說卻有點心安，幾乎令他感到安慰。「我認為他很可能是瘋了。如果他頭腦清楚，就不會來我這兒做這趟瘋狂造訪，這可能會害他送命，而且對任何人都沒有好處。凡是有理性的人都不會冒這麼大的風險，只為了來嚇唬我一下。很難想像真的是奧圖交代他的。奧圖從來都不喜歡古怪的行徑。他知道我們需要把力量用在更嚴肅的事情上……」

亨德里克走到離窗戶比較近的地方。現在他對那人說話，像是對一個病人說話，但他認為還是繼續握住擱在睡袍口袋裡的手槍比較明智。「老兄，你快走吧！我好心這樣勸你！可能會有僕人從下面看見你。我太太隨時可能會走進房間，我母親也可能會來。你白白讓自己陷入極度危險中，一點用處也沒有！你還不快走！」亨德里克焦躁地喊道，因為窗框裡的那個身影一動也不動。

那人並未聽從何夫根善意的建議，而忽然用一種深沉得多、而且十分平靜的聲音回答：「告訴你在政府裡的那些朋友，奧圖在他死前一個小時請別人轉告我：『我比這一生任何時候都更加確信我們將會勝利。』那時他已經被打得遍體鱗傷，幾乎無法說話，因為他的嘴裡都是血。」

「你怎麼知道的？」亨德里克問，他的呼吸此刻非常急促，而且有點喘。

「我怎麼知道的？」來者又發出那種愉快得恐怖的短促笑聲。「從一個納粹黨衛軍口中，他一直到最後都在奧圖身邊，而他其實是我們的人。他記住了奧圖臨終前所說的每一句話。『我們將會獲得勝利！』他一再地說。『到了像我現在這個地步，就不會再弄錯，』他這麼說。『我們將會贏得勝利！』」來者把一雙手臂撐在窗台上，把上半身向前傾，用那雙閃亮的綠色眼睛咄咄逼人地打量著男主人，那也許是個瘋子的眼睛。

亨德里克猛地向後退，這道目光就像一道火焰一樣擊中了他。他喘著氣說：「你為什麼要告訴我這些?!」

「好讓你那些高官朋友得知這件事！」那人喊道，粗啞的聲音裡帶著惡意的歡呼。「好讓那些大壞蛋知道！好讓總理先生知道！」

亨德里克漸漸失去了鎮靜。他做出異樣抽搐的手勢，把雙手驀地舉到臉上，然後又再放下，他的嘴唇也在抽搐，而他美麗的眼睛翻起白眼。「這究竟是什麼意思?!」他發出聲音，嘴的前面有一點白沫。「你開這個誇張的玩笑究竟有什麼用意?!你是想要勒索我嗎？你是想要我的錢嗎？請吧，這裡有一些錢！」他無意識地把手伸進那件絲質睡袍的口袋裡，裡面只有那把手槍，並沒有錢。「還是你只是打算嚇唬我？你嚇唬不了我的！你大概以為我會害怕你們得到統治權的那一刻，因為有朝一日你們當然會掌權！」這位總監說話時嘴唇蒼白抽搐，同時在房間裡走來走去，步伐飄忽，幾乎已經像是跳躍。「可是正好相反！」他尖聲喊道，在房間中央停下腳步。「到那時候我才會真正大受歡迎！也許你以為我沒有替這種情況做好準備?!嘿嘿！」總監歇斯底里而得意洋洋地說。「我和你們的圈子關係好得很！共產黨對我很尊重，他們有義務感謝我！」

這時對方發出一陣嘲諷的笑聲回答。「你想得倒好，」那個可怕的人從窗口喊道。「和我們的圈子關係好得很！這麼輕鬆，老兄！我們不會讓你們這麼輕鬆的！我們學會了不寬恕，總監先生，我專程爬上來告訴你這件事：我們學會了不寬恕。我們的記性很好，我們的記性好得很，老兄！我們誰都不會忘記！我們知道，第一批該被吊死的人是誰！」

這時亨德里克只還能尖聲叫喊：「你給我滾!!如果你在五秒鐘之內不離開，我就要叫警察了，到時候倒要看看我們兩個當中是誰會先被吊死！」

在震怒中他想隨便拿起什麼東西朝那個惡人扔過去，卻找不到合適的東西可扔，於是從鼻子上扯下那副牛角眼鏡。隨著一聲嘶吼，他把牛角眼鏡往窗戶的方向扔過去。但是這蹩腳的一擊沒有擊中對方，而擊中牆壁，發出一聲輕響，碎裂了。

可怕的訪客不見了。亨德里克急忙跑到窗前，想再對他喊幾句話。「我根本就是不可或缺！」總監對著陰暗的庭園喊道。「劇院需要我，而每個政權都需要劇院！任何一個政權都不能少了我！」

他沒有得到回答，那個攀牆上來的紅鬍子已經不見蹤影，似乎被夜裡的庭園給吞沒了。夜間的庭園裡，黑黝黝的樹木和陰暗的灌木叢沙沙作響，灌木叢開著白花，隱隱發出微光。庭園散發出香氣和清涼的氣息。亨德里克擦拭汗濕的額頭。他彎身拾起那副眼鏡，懊惱地發現它已經摔壞了。他步伐有點不穩地緩緩穿過房間，摸索著，像盲人一樣扶著家具，因為他的視線由於受到震驚而仍舊模糊，再加上少了戴慣的眼鏡。

他在一張矮而寬的安樂椅上頹然坐下，感覺到自己是多麼疲倦。「這是個什麼樣的夜晚！」

他心想，深深感到自憐，當他想到他所熬過的一切。「這種事會擊倒最堅強的人。」他一邊想，一邊把汗涔涔的臉擱在手上。「而我不是最堅強的人。」現在如果哭一下，也許會舒服一點，但是他不想流下無人看見的眼淚。在受到這麼多驚嚇之後，他認為理應有個親愛的人在身旁安慰他。

「我失去了所有親愛的人，」他哀嘆。「失去了芭芭拉，我的善良天使；失去了泰芭公主，我力量的黑暗泉源；失去了賀茲費德女士，我忠誠的朋友；甚至也失去了小安潔莉卡。我把她們全都失去了。」在深深的憂傷中，他覺得死去的奧圖·烏里希值得羨慕。此人無須再忍受痛苦，從這苦澀人生的孤單中得到解脫，而他臨終前想到的是他的信念以及自豪的信心。米克拉斯不也值得羨慕嗎？漢斯·米克拉斯，這個執拗的小敵人？凡是有信仰的人都值得羨慕，而那些醉心於信仰而獻出生命的人加倍值得羨慕……

他要如何熬過這一夜？要如何擺脫這個充滿無助、充滿恐懼、充滿渴望的時刻？這份渴望沒有寄託的對象，近似絕望。亨德里克認為，這份孤單他連幾分鐘也無法忍受。

他知道：他的妻子妮可蕾塔在樓上的香閨裡等他。很可能她在輕薄的絲袍底下穿著那雙用閃亮紅色皮革製成的柔軟長靴。擺在梳妝台上的那條鞭子是綠色的，就在那些瓶瓶罐罐旁邊。而尤麗葉用的是紅色皮鞭，靴子卻是綠色的……

亨德里克可以上樓去找妮可蕾塔。她會蠕動她輪廓鮮明的嘴巴向他打招呼，盡可能讓她那雙貓眼發出光芒，字正腔圓地說些戲謔的話語。不，這不是亨德里克此刻想要的，不是他此刻所迫切需要的。

他讓雙手從臉上滑落。他模糊的視線試圖在昏暗的房間裡找到方向。他吃力地辨識出那些藏書、那些裝在大相框裡的照片、那些地毯、青銅器、花瓶和畫作。是的，這裡看起來精緻典雅。沒有人能夠否認他獲得了很大的成就。這位劇院總監、國務顧問兼參議員，剛剛才以哈姆雷特的角色受到讚美，此刻在他氣派宅邸的舒適書房裡休憩……

亨德里克又發出呻吟。這時門開了，走進來的是貝拉女士，他的母親。

「我彷彿聽見這裡有人在說話，」她說。「你剛才還有訪客嗎？孩子？」

他把灰白的臉孔緩緩轉向她。「沒有，」他小聲地說。「剛才沒有人在這裡。」

她微笑著說：「那是我聽錯了！」然後她朝他走近。這時他才注意到她一邊走一邊在編織一件毛線衣物，可能是一條圍巾或是一件毛衣。「非常抱歉我今天晚上沒能到劇院去，」她說，眼睛盯著她在編織的東西。「可是你知道的：我的偏頭痛又犯了，那時候我覺得很不舒服。演出的情況如何？想必是大獲成功？跟我說說吧！」

他凝視著她，他的目光似乎從她身旁掠過，卻又彷彿以一種心神渙散的異樣貪婪吞噬了她，呆板地說道：「是的，演出很成功。」

「我想也是，」她滿意地點點頭。「可是你看起來很累。你哪裡不舒服嗎？要我替你泡杯茶嗎？」

他沉默地搖搖頭。

她在他身旁坐下，坐在那張椅子寬寬的扶手上。「你的眼睛好奇怪。」她擔憂地打量著他。「你的眼鏡呢？」

「摔壞了。」他試圖露出微笑，但是沒有成功。貝拉女士用指尖撫摸他的禿頭。「真是的！」她說，朝他俯下身子。

這時他哭了起來。他把上半身撲向前，把額頭塞進母親懷裡，肩膀由於哭泣痙攣而抖動。

貝拉女士已經習慣了她兒子這種神經質狀態。儘管如此，她還是嚇了一跳。她直覺地明白這番啜泣有著更深刻、更嚴重的原因，不同於他經常任性發作的小小崩潰。

「究竟是怎麼回事？究竟怎麼啦……」她說著。她的臉離他很近，這張臉和她兒子的臉十分相像，但是比較無辜，也顯得更老成。她感覺到他濕濕的淚水在她手上。他激動地伸手摟住她的脖子，彷彿想要緊緊攀附著它。她燙過的髮型被弄亂了。她聽見亨德里克在喘氣和呻吟。她心中充滿了同情。她同情地理解了一切。她明白他的全部罪過，他的巨大失敗，以及他極度不足的悔恨，也明白他為什麼不得不躲在這裡啜泣。「漢茲啊！」她輕聲地說。「漢茲啊！你冷靜一點吧！事情並沒有那麼糟！漢茲啊……」

聽見這個稱呼，聽見他年少時期的名字，這個被他的虛榮和高傲給拋棄了的名字，他先是哭得更厲害了，但隨即漸漸止住。他的肩膀不再抽搐，他的臉平靜地留在貝拉女士的膝上。

過了好幾分鐘，他才慢慢直起身子。睫毛上還掛著淚珠，淚水也仍濕了他的臉頰，還有他得意揚起的嘴唇，曾有那麼多人被這雙嘴唇引誘，還有他高貴的下巴，他懂得在勝利的時刻驕傲地將之抬起，此刻卻可憐地顫抖著。當他把疲憊不堪、被淚水浸濕的面容稍微向後仰，他用美麗、控訴、尋求幫助的無助姿勢張開雙臂，喊道：

「人們想要我怎麼樣？他們為什麼不放過我？為什麼他們這麼苛刻？我就只是個普普通通的演員罷了！」

此書中的人物全都是類型，而非肖像。

克勞斯・曼

國家圖書館出版品預行編目資料

梅菲斯特 / 克勞斯 . 曼 (Klaus Mann) 著 ; 姬健梅譯 . -- 初版 . -- 臺北市 : 商周出版 : 英屬蓋曼群島商家庭傳媒股份有限公司城邦分公司發行 , 2022.09

面； 公分 . --(新小說 ; 21)

譯自 : Mephisto : Roman einer Karriere

ISBN 978-626-318-404-6 (平裝)

875.57　　111013006

梅菲斯特

Mephisto: Roman einer Karriere

作　　者／克勞斯・曼Klaus Mann
譯　　者／姬健梅
責任編輯／余筱嵐

版　　權／林易萱、吳亭儀
行銷業務／林秀津、周佑潔、黃崇華
總　編　輯／程鳳儀
總　經　理／彭之琬
發　行　人／何飛鵬
法律顧問／元禾法律事務所 王子文律師
出　　版／商周出版
台北市 104 民生東路二段 141 號 9 樓
電話：(02) 25007008　傳真：(02)25007759
E-mail：bwp.service@cite.com.tw
Blog：http://bwp25007008.pixnet.net/blog
發　　行／英屬蓋曼群島商家庭傳媒股份有限公司 城邦分公司
台北市中山區民生東路二段 141 號 2 樓
書虫客服服務專線：02-25007718；25007719
服務時間：週一至週五上午 09:30-12:00；下午 13:30-17:00
24 小時傳真專線：02-25001990；25001991
劃撥帳號：19863813；戶名：書虫股份有限公司
讀者服務信箱：service@readingclub.com.tw
城邦讀書花園：www.cite.com.tw
香港發行所／城邦（香港）出版集團有限公司
香港灣仔駱克道 193 號東超商業中心 1 樓；E-mail：hkcite@biznetvigator.com
電話：(852) 25086231　傳真：(852) 25789337
馬新發行所／城邦（馬新）出版集團 Cite (M) Sdn. Bhd.
41, Jalan Radin Anum, Bandar Baru Sri Petaling, 57000 Kuala Lumpur, Malaysia.
Tel: (603) 90563833　Fax: (603) 90576622　Email: service@cite.my

封面設計／陳文德
排　　版／邵麗如
印　　刷／韋懋印刷事業有限公司
總　經　銷／聯合發行股份有限公司
電話：(02)2917-8022　傳真：(02)2911-0053
地址：新北市 231 新店區寶橋路 235 巷 6 弄 6 號 2 樓

■ 2022 年 9 月 15 日初版　　Printed in Taiwan
定價 560 元

城邦讀書花園
www.cite.com.tw

版權所有，翻印必究 ISBN 978-626-318-404-6

商周出版

廣　告　回　函
北區郵政管理登記證
北臺字第000791號
郵資已付，免貼郵票

104　台北市民生東路二段141號2樓

英屬蓋曼群島商家庭傳媒股份有限公司城邦分公司　收

請沿虛線對摺，謝謝！

商周出版

書號：BCL721　　書名：梅菲斯特　　編碼：

請於此處用膠水黏貼

商周出版

讀者回函卡

線上版讀者回函卡

感謝您購買我們出版的書籍！請費心填寫此回函卡，我們將不定期寄上城邦集團最新的出版訊息。

姓名：________________________ 性別：□男 □女

生日：西元__________年__________月__________日

地址：________________________________

聯絡電話：________________ 傳真：________________

E-mail ：

學歷：□ 1. 小學 □ 2. 國中 □ 3. 高中 □ 4. 大學 □ 5. 研究所以上

職業：□ 1. 學生 □ 2. 軍公教 □ 3. 服務 □ 4. 金融 □ 5. 製造 □ 6. 資訊
□ 7. 傳播 □ 8. 自由業 □ 9. 農漁牧 □ 10. 家管 □ 11. 退休
□ 12. 其他________________

您從何種方式得知本書消息？

□ 1. 書店 □ 2. 網路 □ 3. 報紙 □ 4. 雜誌 □ 5. 廣播 □ 6. 電視
□ 7. 親友推薦 □ 8. 其他________________

您通常以何種方式購書？

□ 1. 書店 □ 2. 網路 □ 3. 傳真訂購 □ 4. 郵局劃撥 □ 5. 其他________

您喜歡閱讀那些類別的書籍？

□ 1. 財經商業 □ 2. 自然科學 □ 3. 歷史 □ 4. 法律 □ 5. 文學
□ 6. 休閒旅遊 □ 7. 小說 □ 8. 人物傳記 □ 9. 生活、勵志 □ 10. 其他

對我們的建議：________________________________

____

____

【為提供訂購、行銷、客戶管理或其他合於營業登記項目或章程所定業務之目的，城邦出版人集團（即英屬蓋曼群島商家庭傳媒（股）公司城邦分公司、城邦文化事業（股）公司），於本集團之營運期間及地區內，將以電郵、傳真、電話、簡訊、郵寄或其他公告方式利用您提供之資料（資料類別：C001、C002、C003、C011 等）。利用對象除本集團外，亦可能包括相關服務的協力機構。如您有依個資法第三條或其他需服務之處，得致電本公司客服中心電話 02-25007718 請求協助。相關資料如為非必要項目，不提供亦不影響您的權益。】

1.C001 辨識個人者：如消費者之姓名、地址、電話、電子郵件等資訊。
2.C002 辨識財務者：如信用卡或轉帳帳戶資訊。
3.C003 政府資料中之辨識者：如身分證字號或護照號碼（外國人）。
4.C011 個人描述：如性別、國籍、出生年月日。

請於此處用膠水黏貼